Un diamant à Wild River

Le secret d'un été

CHARLENE SANDS

Un diamant à Wild River

Passions

éditions HARLEQUIN

Collection : PASSIONS

Titre original : EXQUISITE ACQUISITIONS
Titre original bonus : THE HIGHEST BIDDER : THE GOLD HEART, PART 2

Traduction française de TATIANA ANDONOVSKI

HARLEQUIN®
est une marque déposée par le Groupe Harlequin
PASSIONS®
est une marque déposée par Harlequin S.A.

Photo de couverture
Femme : © ANNA GALKOVSKAYA/ROYALTY FREE/GETTY IMAGES
Réalisation graphique couverture : M. GOUAZE

83-85, boulevard Vincent-Auriol, 75646 PARIS CEDEX 13.
Service Lectrices — Tél. : 01 45 82 47 47
www.harlequin.fr
ISBN 978-2-2802-8296-3 — ISSN 1950-2761

Prologue

Ranch de Wild River, Texas

Il frotta une allumette contre le talon de sa botte et dirigea la flamme vers la cigarette entre ses lèvres. Une longue inspiration suffit à embraser le bout.

Carter McCay ferma les yeux, l'esprit assailli d'images de soldats tombés à ses côtés.

Il tira une bouffée… Une inhalation pour l'honneur.

Le rituel avait été établi par ceux qui avaient eu la chance de revenir. Vingt-trois anciens camarades de l'armée américaine. Le premier jour de chaque mois, quelque part dans le monde, ils allumaient une cigarette pour se souvenir de l'Afghanistan.

Le bruit de la rivière le ramena à l'instant présent.

S'appuyant contre un chêne, il regarda l'eau couler paisiblement. A l'ombre du soleil texan, la rivière n'était plus aussi sauvage qu'elle l'avait été.

Le chien vint s'allonger à ses pieds, grognant son mécontentement alors que la fumée de cigarette atteignait son museau.

Carter releva son Stetson.

— Pourquoi m'as-tu suivi ?

Il jeta la cigarette à terre, l'écrasa sous sa botte, puis s'accroupit pour caresser l'animal.

Le chien laissa échapper comme un soupir.

— Je sais. Tu reviens de loin.

Il l'avait récemment sauvé de la maison où son père vivait et où il avait passé une partie de son enfance.

Décidément, cette maison ne lui procurait que de mauvais souvenirs.

Son portable vibra, le tirant de ses pensées maussades.

C'était un message de Roark Waverly, son ancien camarade d'armée, dont il n'avait plus eu de nouvelles depuis des mois. Mais il n'était guère étonnant qu'il choisisse justement ce jour pour se manifester. Il pensa tout d'abord que Roark lui écrivait pour lui dire de ne pas oublier d'allumer une cigarette, mais, en lisant le message, il s'aperçut bien vite que sa teneur était tout autre.

> Suis en mission secrète. Va voir Ann Richardson chez Waverly. Dis-lui que la statue du Cœur d'Or n'a pas été volée. A part toi, je ne fais confiance à personne.

Il fronça les sourcils.

Voilà un message qui sortait de l'ordinaire.

Après sa mission en Afghanistan, Roark avait parcouru les sept continents, dénichant des œuvres d'art pour le compte du prestigieux hôtel des ventes Waverly's de New York.

Roark avait le chic pour se retrouver en mauvaise posture, mais il avait aussi un don inné pour se tirer d'affaire. Carter lui-même avait été le premier à s'en féliciter, un jour où ils s'étaient retrouvés à patrouiller dans un petit village d'Afghanistan.

Se laissant guider par son sixième sens, Roark avait empêché Carter d'ouvrir le véhicule qu'ils s'apprêtaient tous deux à inspecter. Grand bien lui en avait pris, car la voiture était bourrée d'explosifs.

Depuis, Carter ne manquait pas de se rappeler qu'il lui avait sauvé la vie.

— Viens, Rocky, on rentre. Je dois mener mon enquête et j'ai dit à Brady de passer à la maison en fin d'après-midi, déclara-t-il en se dirigeant vers la Jeep sans se retourner.

Il savait que le chien de son père le suivrait ; il n'y avait pas animal plus loyal au monde.

Deux heures plus tard, son cousin frappait chez lui.

Il le fit entrer dans le grand salon. Cette pièce était l'une des nombreuses améliorations qu'il avait apportées au ranch après en avoir hérité de son oncle Dale.

Au fil des ans, grâce à un coup dc pouce du destin et beaucoup de travail, il avait transformé le modeste ranch de son oncle en ranch de première catégorie, qui avait tous les atouts pour rivaliser avec les meilleures exploitations du Texas.

— Tiens, dit-il en tendant un verre de whisky à son cousin.

Brady sourit, l'air surpris.

— Je peux savoir pourquoi tu m'offres un verre à 5 heures de l'après-midi ?

— Car grâce à toi, je pars pour New York demain.

— Grâce à moi ? Je ne vois pas ce que j'ai à voir avec ton déplacement pour New York.

Carter ne pouvait pas lui parler de l'étrange message de Roark, mais il pouvait dévoiler à son cousin l'autre raison de son voyage.

En effet, en enquêtant sur l'hôtel des ventes pour lequel Roark travaillait, Waverly's, il avait découvert que les diamants de Tina Tarlington, véritable légende de Hollywood décédée depuis peu, allaient être mis aux enchères ce week-end. Depuis le décès de la star du cinéma, les trois diamants étaient l'objet de toutes les attentions. Et de toutes les convoitises.

Carter avait décidé que sa mission à New York serait double. D'une part, il essaierait d'acquérir l'un des diamants de Tina Tarlington ; d'autre part, il tenterait de transmettre à Ann Richardson, la directrice de Waverly's, le message de Roark.

— C'est bien toi qui m'as présenté Jocelyn ?

— En effet.

— En ce moment, elle est à New York chez une amie.

Son cousin sembla perplexe.

— Oui, et alors ?

— Je vais aller la retrouver et lui demander de m'épouser.

Brady eut un léger mouvement de recul.

— Tu comptes demander Jocelyn Grayson en mariage ?

— Ça t'étonne ?

— Je ne savais pas que c'était sérieux à ce point.

— Tout ce qu'il y a de plus sérieux. Cela fait des semaines que je cherche la bague de fiançailles idéale, et je crois avoir enfin trouvé ce que je voulais. Si tout se passe bien, Jocelyn et moi seront fiancés dans quelques jours.

— Tu es vraiment amoureux de Jocelyn ? s'enquit son cousin, sans chercher à masquer son incrédulité.

La réaction de son cousin ne l'étonna pas. Lui-même s'était dit qu'il brûlait peut-être les étapes, Jocelyn et lui se fréquentant depuis un an à peine. Néanmoins, il se sentait prêt à franchir le pas et à s'engager pour la vie.

Jocelyn était l'héritière d'une des familles les plus en vue de Dallas, qui avait fait fortune dans le pétrole. Il avait envie de lui offrir ce qu'il y avait de plus beau.

Comme l'un des diamants ayant appartenu à Tina Tarlington.

— Jocelyn est la femme de ma vie, Brady.

— Alors, dans ce cas, félicitations.

Carter leva son verre.

Il avait hâte de voir la réaction de Jocelyn lorsqu'il lui ferait sa demande en mariage avec un diamant Tarlington.

— A Jocelyn !

Brady hésita quelques secondes, puis, regardant Carter dans les yeux, il leva aussi son verre.

— A Jocelyn.

Carter s'attendait à plus d'enthousiasme de la part de son cousin. Or, au moment de prendre congé, Brady n'avait jamais semblé aussi soucieux.

- 1 -

Macy Tarlington ne savait jamais si ses tentatives de déguisement allaient être un succès ou un échec.

Aujourd'hui, le foulard beige qui couvrait ses boucles noir corbeau et les lunettes de soleil qui cachaient ses yeux mauves semblaient lui réussir. Jusqu'à présent, elle n'avait pas été suivie.

Sa ressemblance avec sa mère n'avait pas que des bons côtés.

Tina Tarlington avait été réputée pour sa beauté, et Macy en avait en partie hérité. Mais être la fille d'une star de cinéma lui valait d'être sans cesse chassée par les paparazzi, qui semblaient considérer que son lien de parenté avec la star défunte leur donnait le droit de s'immiscer dans sa vie privée, même en période de deuil.

En entrant dans l'immeuble prestigieux de Madison Avenue, elle sentit soudain l'appréhension la gagner. Elle se rapprocha de son amie de toujours, Avery Cullen, l'héritière d'une riche famille anglaise, alors qu'elles pénétraient dans la salle où se déroulerait la vente aux enchères.

— Désolée de me coller à toi, mais c'est plus fort que moi. J'ai un peu peur.

Le sourire chaleureux d'Avery la rassura, et elle se sentit beaucoup mieux lorsque son amie la prit par le bras.

— Ne t'inquiète pas. Je suis là pour ça.

Les yeux cachés derrière ses lunettes, Macy pouvait à loisir admirer l'élégante salle des ventes dans laquelle les biens de sa mère seraient mis aux enchères.

De magnifiques chaises étaient alignées sur une douzaine de rangées, séparées au milieu par une allée centrale. Les murs étaient beige et pêche, lambrissés de blanc, baignés dans la lumière de magnifiques lustres en cristal.

— Je te serai éternellement reconnaissante d'avoir fait le voyage de Londres pour me soutenir dans cette épreuve.

— Sache que je serai toujours là pour toi.

— Merci, c'est gentil. Si tu savais comme j'ai l'estomac noué.

— Ce n'est pas étonnant. Je comprends à quel point cela doit être dur pour toi.

— Oui, c'est dur, mais nécessaire. Je n'ai pas vraiment le choix que de vendre aux enchères les biens de ma mère.

— Tout se passera bien, dit Avery en la prenant par la main.

Alors qu'elles gagnaient leurs places, Macy remarqua que tous les sièges étaient occupés.

Même décédée, Tina Tarlington attirait les foules.

Dès qu'elles furent assises, un assistant vint leur apporter le catalogue qui répertoriait les objets mis en vente. Macy le feuilleta, parcourant des yeux ce qui avait appartenu à sa mère. Pour chaque lot figurait une mise à prix.

Le premier objet la ramena des années en arrière, et, immédiatement, les larmes lui montèrent aux yeux.

Le jour de son dixième anniversaire, alors que la fête

allait commencer, Tina était arrivée précipitamment au Magic Castle Mansion, un club exclusif présentant des musiciens du monde entier. Elle était venue directement des studios de tournage, vêtue de ses vêtements de scène. A l'époque, elle jouait un rôle qui lui avait valu une nomination aux oscars.

Macy n'avait pas tenu rigueur à sa mère de son retard, trop heureuse qu'elle ait réussi à se libérer de ses obligations professionnelles. Elle s'était jetée dans ses bras, la serrant le plus fort possible. Tina avait ri aux larmes, son mascara coulant le long de ses joues. Cela avait été un moment magique, l'un des meilleurs anniversaires de Macy.

Aujourd'hui, le descriptif de la jolie robe de soie rose à paillettes que sa mère avait portée ce jour-là était le suivant : « Robe portée par Tina Tarlington dans *Quest for Vengeance.* »

La vie de sa mère semblait avoir été résumée en phrases descriptives numérotées.

Elle sentit la nausée la gagner.

Elle referma la brochure et prit une profonde inspiration. Elle ne pouvait pas se permettre de craquer. Pas maintenant. Elle devait faire face le plus courageusement possible à cette vente aux enchères.

Elle se remémora les raisons qui l'avaient poussée à vendre les objets de valeur de sa mère : elle avait besoin de cet argent pour payer ses frais d'avocats.

Alors qu'elle balayait la pièce du regard, elle trouva le moyen idéal de chasser ses pensées sombres. De l'autre côté de l'allée centrale, un rang devant, elle repéra un cow-boy coiffé d'un Stetson. La tête baissée, il avait les yeux rivés sur le catalogue.

Le cow-boy inconnu portait une belle chemise blanche

sous un manteau noir sûrement taillé sur mesure, tant il mettait en valeur sa carrure imposante. Il avait un profil robuste, des pommettes saillantes et une mâchoire angulaire.

Brusquement, il tourna la tête vers elle, comme s'il avait senti qu'elle l'observait.

Elle paniqua, prise au dépourvu.

Heureusement, son regard ne s'attarda pas sur elle.

La séquence ne dura qu'un court instant, mais ces quelques secondes suffirent pour qu'elle soit subjuguée par la beauté de son visage et de son regard pénétrant. Il était encore plus attirant que ce qu'elle avait cru au premier abord. D'une beauté à couper le souffle.

Elle fut soudain parcourue d'une onde délicieuse. C'était la première fois qu'elle éprouvait une sensation aussi intense en voyant un homme dont elle ignorait tout.

Les doux papillons du désir dissipèrent le nœud qu'elle avait à l'estomac depuis qu'elle était entrée dans la salle de vente aux enchères.

Comme c'était étrange !

Elle continua à le regarder de temps à autre, à la dérobée, pour ne pas se faire remarquer. Son déguisement était un don du ciel. Grâce à ses lunettes, elle pouvait observer ce qu'elle voulait en toute liberté, sans craindre d'attirer l'attention.

Le cow-boy jeta quelques regards furtifs en direction de l'assistance et du podium. Il semblait impatient que la vente commence.

Quelques instants plus tard, Ann Richardson apparut sur l'estrade. Après quelques mots chaleureux de bienvenue, elle fit un petit discours d'introduction, avant de passer le micro au commissaire-priseur chargé de la vente.

Le premier article fut mis à prix.

Macy regarda les acheteurs lever leur panneau.

Assise à côté d'elle, Avery la soutenait moralement. Quand le marteau du commissaire-priseur tomba et finalisa la mise à prix, Avery se pencha vers elle.

— Ta mère comprendrait tout à fait que tu agisses ainsi ; tu n'as pas à te sentir coupable.

Elle acquiesça, fermant les yeux quelques instants.

Avery avait raison.

Sa mère avait des goûts de luxe, menant un style de vie extravagant, sans vraiment se préoccuper de l'argent. Mais elle avait toujours veillé à ce que Macy sache que celle-ci était ce qu'elle avait de plus cher et qu'elle passait avant tout le reste. Avant le cinéma. Avant la célébrité. Avant les biens matériels.

Macy n'avait jamais douté de son amour.

Une fois de plus, elle jeta un coup d'œil furtif en direction de son apollon de cow-boy. Dès que la vente avait débuté, il avait enlevé son chapeau, sans doute pour ne pas gêner les gens derrière lui.

Ses cheveux blond foncé étaient soigneusement coiffés, épais et légèrement bouclés sur la nuque. Il avait posé son Stetson sur ses jambes allongées.

Si seulement elle avait pu échanger sa place avec le chapeau !

Elle sourit, surprise par cette pensée coquine. Elle, d'habitude si sage. Elle se fit la réflexion qu'elle était comme une adolescente en proie aux premiers émois de l'amour.

Toujours est-il que regarder cet homme suscitait en elle un trouble délicieux et un étrange réconfort. Elle ne pouvait plus s'empêcher de poser les yeux sur lui, attirée irrésistiblement par ce cow-boy séduisant.

A Hollywood, où elle vivait, elle avait l'occasion de croiser des hommes très séduisants tous les jours, partout où elle allait. Sans compter que, dans le milieu du cinéma, elle avait aussi rencontré de nombreux play-boys.

Non, cet homme ne l'attirait pas uniquement par sa beauté. Il y avait autre chose. Elle se sentait proche de lui, comme émue par sa présence.

De plus, il avait un air digne et confiant, alors qu'il donnait l'impression de ne pas avoir envie d'être dans cette salle, de s'y sentir mal à l'aise.

Peut-être était-ce ce qui lui plaisait chez lui. Le fait de déceler qu'une salle de vente aux enchères new-yorkaise n'était pas son élément.

Elle eut soudain terriblement envie de découvrir quel était son véritable élément.

Son esprit en profita pour flâner tout en imaginant son bel inconnu dans différentes situations.

Elle ne put réprimer un petit gloussement, et se rappela à l'ordre. Elle devait cesser de fantasmer à propos de cet homme et se concentrer sur la vente. Mais elle n'en était pas moins reconnaissante envers le cow-boy adonis qui lui offrait un divertissement inattendu pendant que la vie de sa mère était mise à nu et aux enchères.

Bientôt, les diamants seraient proposés à la vente.

Elle s'enfonça sur son siège, contrariée. Elle était désolée à l'avance pour les gens qui feraient l'acquisition de ces bagues.

Trois diamants. Trois mariages qui avaient mal fini.

— Ces bagues sont maudites, elles portent malheur, murmura-t-elle à Avery.

Son amie hocha légèrement la tête.

— Dans ce cas, tu devrais être contente de t'en débarrasser.

En effet, elle était bel et bien ravie de les mettre en vente.

Ces bagues étaient synonymes de douleur et de chagrin d'amour pour quiconque entrait en leur possession. L'union scellée par ces diamants ne pourrait jamais survivre. Les trois mariages de sa mère en étaient la preuve, raison pour laquelle Macy en était arrivée à surnommer les bagues « les diamants de l'amour maudit ».

Ces pierres précieuses faisaient resurgir des histoires qu'elle aurait volontiers oubliées. Naturellement, il était tout à fait inconcevable d'en toucher mot à la presse. Elle avait vraiment besoin de l'argent de la vente ; dès lors, il était hors de question de risquer de faire baisser leur valeur marchande.

Le commissaire-priseur allait à présent passer à la vente du diamant de trois carats que Clyde Tarlington avait offert à la mère de Macy. Le sertissage de la pierre reflétait le caractère unique de la bague. En effet, le diamant avait été serti de sorte à former un T avec les petits diamants qui l'entouraient. C'était de loin la plus belle des trois pierres.

Avery lui donna un léger coup de coude pour attirer son attention.

— Regarde. Le beau cow-boy que tu ne cesses de dévorer du regard depuis tout à l'heure se prépare. Je parie qu'il est là pour décrocher un des diamants Tarlington.

Carter avait tellement envie de faire l'acquisition de ce diamant qu'il ne tenait plus sur son siège, bouillant d'impatience. Il était même prêt à dépenser une fortune pour se l'approprier.

Pour se stimuler, il poussa un léger grognement. Sa voisine, une dame très distinguée appartenant probablement à la haute société, se tourna vers lui d'un air dédaigneux. En voyant le chapeau de cow-boy sur ses genoux, sa mine se fit désapprobatrice.

Comment son comportement avait-il pu l'offusquer ? Plutôt que de chercher midi à quatorze heures, il lui adressa son plus beau sourire. Après tout, il allait bientôt être en possession du diamant qui lui permettrait de faire sa déclaration à Jocelyn. Il était d'excellente humeur.

Tout en s'écartant légèrement, la femme serra un peu plus son sac contre elle, l'air pincé, et détourna la tête sans lui rendre son sourire.

Elle venait de lui signifier qu'elle désapprouvait sa présence en ce lieu. Pour tout dire, il ne se sentait vraiment pas dans son élément dans l'atmosphère étouffante de la salle des ventes, mais il avait deux bonnes raisons de participer à la vente aux enchères : la bague de fiançailles qu'il souhaitait acquérir et l'ami qu'il voulait aider.

Ces deux raisons étaient ce qui comptait le plus en cet instant ; elles avaient le pouvoir de changer sa vie.

Pourtant, la veille, après avoir lu un article très critique sur l'accord secret passé entre Waverly's et son premier concurrent, Rothschild, il avait eu des doutes sur le bien-fondé de son investissement.

L'espace d'un instant, il s'était dit qu'il ferait peut-être mieux de garder son argent. De rester fidèle à son habitude de s'en tenir à des placements tout à fait sûrs.

En définitive, il avait décidé de se fier à son instinct. Si Roark avait choisi de croire en Ann Richardson et en Waverly's, il n'en fallait pas plus pour le convaincre. C'était aussi simple que ça.

Ann Richardson était assise à l'avant, surveillant le déroulement de la vente aux enchères. Depuis le début, elle se trouvait dans son champ de vision. Il n'avait pas réussi à lui parler à son arrivée, mais il s'était juré de ne pas repartir sans lui avoir livré le message de Roark.

Avant le début de la vente, elle avait prononcé un petit discours de bienvenue, réaffirmant que Waverly's était une maison de renom, qui depuis cent cinquante ans procédait à des transactions honnêtes et transparentes. Sans doute une réponse aux rumeurs qui, depuis quelque temps, ternissaient la réputation de Waverly's et qui avaient dû être attisées par l'article de la veille.

Soudain, il revint brusquement au moment présent, saisi par l'importance de l'acte qu'il était sur le point d'accomplir. A trente et un ans, il était prêt à mettre un terme à son célibat et à partager sa vie avec une femme.

Le commissaire-priseur présenta le diamant tant convoité, annonçant une mise à prix de cinquante mille dollars.

Carter leva son panneau pour placer la première enchère. Trois autres enchérisseurs se manifestèrent. Lorsqu'il leva de nouveau son panneau, le prix était déjà monté à soixante-dix mille dollars.

Il régnait un calme olympien. Seuls les bruissements des vêtements et une toux occasionnelle résonnaient dans la grande salle cossue.

Quatre personnes étaient intéressées par le diamant, lui y compris, et tous restaient dans la course tandis que les enchères montaient. Il leva de nouveau son panneau.

Deux enchérisseurs abandonnèrent alors, le laissant dans la course avec une femme assise quelques rangs devant lui et qu'il ne voyait pas bien. Son adversaire paraissait aussi déterminé que lui à s'approprier le diamant.

Lorsque les enchères atteignirent quatre fois la mise à prix d'origine, il abandonna à regret. Manifestement, l'enchérisseuse encore en lice semblait prête à tout pour acquérir la bague.

Il avait trop la tête sur les épaules pour se laisser aller à acheter un diamant deux fois sa valeur d'origine. En l'état actuel des choses, il avait déjà dépassé son budget initial. De beaucoup.

Lorsque le commissaire-priseur eut prononcé le fatidique « adjugé, vendu » et abaissé son marteau, Carter tendit le cou pour tenter de mieux voir qui venait de rafler le diamant tant convoité.

Il s'agissait d'une jeune femme en tailleur très chic arborant un sourire satisfait.

Il s'enfonça sur son siège, mécontent.

Il détestait perdre.

Moins prisé que le diamant Tarlington, le diamant suivant sur la liste était constitué de deux carats montés à la perfection sur une bague en or. Il avait été offert à la star légendaire par son troisième mari, Joseph Madigan.

Cette fois, Carter était décidé à l'emporter.

— Attention, cet article est sur le point d'être vendu.

Il leva son panneau.

Quelques instants s'écoulèrent dans un silence total.

— Pas de surenchère ?

Le silence était tel qu'il crut même entendre le tic-tac d'une montre au loin.

— Adjugé, vendu !

La vente terminée, il s'empressa de régler la bague,

puis interpella Ann Richardson alors qu'elle s'apprêtait à quitter la salle.

— Madame Richardson ?

La grande femme blonde se tourna vers lui, étonnée.

— Oui ?

— Excusez-moi de vous importuner, mais j'aimerais m'entretenir en privé avec vous.

— Est-ce au sujet de la vente ? Y a-t-il un problème ?

— Non, aucun problème.

— Vous avez fait l'acquisition d'une bague superbe.

— Merci. Je suis entièrement satisfait de mon achat.

— J'en suis ravie. Je vous souhaite beaucoup de bonheur, dit-elle tout en l'observant d'un regard méfiant.

— Oui, j'espère que ce diamant me comblera. Je compte l'offrir à ma bien-aimée en guise de bague de fiançailles.

Tout à coup, sa méfiance s'évanouit, et son expression s'attendrit.

— Oh ! Félicitations, monsieur… ?

— Carter McCay. Et je ne suis pas journaliste, si cela peut vous rassurer, ajouta-t-il en lui tendant la main.

Après quelques instants d'hésitation, elle lui serra la main.

— Je dois avouer que l'idée m'a traversé l'esprit.

Elle jeta un coup d'œil alentour. La salle se vidait peu à peu.

— Ceux qui nous veulent du mal n'y vont pas de main morte, reprit-elle à voix basse.

Il acquiesça d'un signe de tête.

— Vous avez un instant ? J'aimerais vous parler de Roark Black.

Elle s'immobilisa, comme si c'était la dernière chose qu'elle s'attendait à entendre de la part de cet inconnu.

Une lueur d'inquiétude et de curiosité mêlées passa dans son regard.

— Suivez-moi, dit-elle.

Elle se mit en route vers un accès réservé au personnel, ses talons noirs vernis claquant sur le sol en pierre du couloir.

Il lui emboîta le pas, et ils arrivèrent dans un petit bureau. Elle attendit qu'il soit entré pour refermer la porte derrière lui. La pièce n'avait pas de fenêtre. Seul un néon au plafond donnait de la lumière. Il faisait froid.

Elle s'appuya contre le bureau de verre et croisa les bras.

— Vous avez des nouvelles de Roark ? Il va bien ?

— J'espère. C'est un ami de longue date. Nous nous sommes rencontrés en Afghanistan. Il y a quelques jours, il m'a envoyé un message où figurait votre nom.

— Je peux voir le message ?

Il sortit son téléphone, toucha l'écran à plusieurs reprises, puis le message codé apparut.

Il s'approcha d'elle et lui tendit le téléphone.

Elle lut le message de nombreuses fois, absorbée dans ses pensées.

— Dans quoi s'est-il embarqué ? s'enquit-elle, en le regardant droit dans les yeux.

— Aucune idée. Il parle d'une statue. Vous savez de quoi il s'agit ?

Elle acquiesça, relisant le message une énième fois.

— C'est la statue du Cœur d'Or. Il n'en existe que trois dans le monde. Il a peut-être découvert des informations tenues secrètes jusqu'ici. Il pourrait être en grand danger, dit-elle, préoccupée.

Il la fixa du regard.

— Ecoutez, je connais Roark. Il ne manque pas de ressources et s'est déjà sorti de situations très délicates.

— Vous pensez que je ne dois pas m'inquiéter ? demanda-t-elle d'une voix à peine audible.

— Oui, inutile de vous inquiéter. Surtout tant que nous n'en savons pas plus. J'ai confiance en lui. C'est un type bien. Il sait ce qu'il fait. J'imagine qu'il a préféré que je vienne vous délivrer le message en personne plutôt que de passer par les voies officielles habituelles. Il s'est peut-être senti piégé.

— Vous avez sûrement raison. En tout cas, merci d'avoir pris la peine de venir me parler en personne. Pourriez-vous me prévenir si Roark se manifeste de nouveau ?

— Bien sûr.

Elle s'avança vers la porte.

— Et félicitations pour vos fiançailles à venir. Je crois que toute femme rêve de posséder un diamant Tarlington.

Il sourit.

— Oui, c'est ce que je pense aussi. Enfin, je l'espère !

Elle lui adressa à son tour un beau sourire, chaleureux et sincère.

— Votre future épouse a beaucoup de chance.

Il la remercia et prit congé.

Il sortit de l'hôtel des ventes Waverly's avec un diamant en poche et le cœur gonflé d'espoir. Il avait accompli ses deux missions de la journée.

Ce soir, sa vie allait prendre un grand tournant.

Allongée sur son lit, Macy parlait au téléphone avec Avery.

Son amie était à l'aéroport, attendant de prendre un avion qui la ramènerait à Londres.

— Tu penses encore à ton cow-boy de la vente aux enchères ? lui demanda de but en blanc son amie.

Elle sourit.

Son cow-boy… c'était une exagération. Mais s'il la rejoignait dans sa chambre en cet instant, elle se sentirait beaucoup moins seule, et le lit lui paraîtrait aussi soudain beaucoup moins grand.

— Tout juste ! Il est craquant, et ma vie amoureuse est beaucoup moins trépidante que les médias le prétendent. Si j'avais ne serait-ce qu'un dixième des amants qu'on m'attribue, je serais entièrement comblée ! Je ne suis pas sortie avec un homme depuis huit mois… Je crois que je vais pouvoir bientôt prétendre au titre de vieille fille de l'année !

— Oh ! Macy, ne dis pas ça. Tu as dû prendre soin de ta mère pendant sa maladie. Puis elle est décédée. Tu as traversé une période difficile, et c'est normal que ta vie amoureuse soit passée au second plan. Tu n'avais pas l'esprit à ça.

Avery l'avait accompagnée tout au long de la maladie de Tina, lui procurant le soutien de son amitié sans bornes.

— Mais là, c'est bon signe, puisque ce cow-boy mystérieux t'a tapé dans l'œil. Cela signifie que tu es de nouveau disponible pour tenter l'aventure.

— Oui, tu as peut-être raison, répondit-elle, pensive.

Dès qu'elle avait posé les yeux sur ce cow-boy, elle avait immédiatement ressenti une attirance profonde. Comme un coup de foudre.

Mais comment pouvait-elle penser à un coup de foudre alors qu'elle ne le connaissait pas, qu'elle ne lui avait pas parlé, qu'il n'avait même pas semblé la remarquer…

Toujours est-il que cet apollon au Stetson lui avait permis de passer ce moment qu'elle redoutait terriblement de façon presque agréable. Cet homme avait beau tout ignorer de ce qui se passait pour elle, elle n'en éprouvait pas moins pour lui une très forte attirance.

— Le pauvre. Il a fait l'acquisition d'un des trois diamants maudits. Et il compte l'offrir en bague de fiançailles.

— Comment sais-tu tout ça ? Tu ne lui as pas parlé.

— Tu oublies que j'ai une ouïe quasi bionique ! Je voulais à tout prix entendre le son de sa voix, donc j'ai espionné une partie de sa conversation avec Ann Richardson. Il lui a dit pourquoi il avait acheté le diamant. J'étais dévastée. Cela m'apprendra à écouter les conversations privées.

Avery éclata de rire.

Son amie pensait-elle qu'elle plaisantait ?

Non. Elle était des plus sérieuse, même si Avery ne pouvait le concevoir. Toute femme normalement constituée n'éprouverait pas des sentiments profonds pour un parfait inconnu.

Elle n'osait pas entrer dans les détails avec Avery de peur qu'elle ne s'inquiète pour sa santé mentale, mais le fait est que lorsqu'elle avait entendu le cow-boy annoncer qu'il se fiançait, elle avait senti comme un gouffre s'ouvrir en elle.

Depuis, elle avait la gorge serrée, l'estomac noué.

Elle se sentait envahie d'une déception immense, attristée que l'homme dont elle ignorait l'existence le matin même et pour qui elle nourrissait une passion soudaine soit déjà pris par une autre femme.

Décidément, la vie était injuste.

— Au moins, tu es fixée. Tu sais que ce n'était pas l'homme de ta vie.

— Je le plains quand même. Il n'a pas encore fait sa demande que son mariage est déjà voué à l'échec.

— C'est toi qui as échafaudé cette théorie de la malédiction des diamants, mais on pourrait expliquer l'échec des trois mariages de bien d'autres façons. C'est peut-être une fâcheuse coïncidence, un caprice du destin, une incompatibilité…

— Oui, tu as sûrement raison. Les bagues n'y sont probablement pour rien. Peut-être que je ne crois plus en l'amour. Après tout, ma mère et toutes ses amies ont eu le cœur brisé. Tu sais à quel point ma mère aimait mon père. Quand il est mort, elle lui en a voulu de l'avoir quittée.

Clyde Tarlington avait été un acteur talentueux et un père aimant pour Macy, mais malheureusement, le jeu et l'alcool étaient ses deux passions et ses priorités dans la vie. Lorsqu'il gagnait, il buvait tous ses gains, invitant tout le monde. Un soir, après avoir trop arrosé sa bonne fortune au jeu, il s'était mis au volant de sa Lamborghini et avait heurté un arbre alors qu'il rentrait chez lui à vive allure.

— Oui, je me souviens qu'elle était quasiment inconsolable.

— Cela ne l'a pas empêchée de se remarier deux fois. Le cow-boy a acheté le diamant du troisième et dernier échec, dit-elle, la voix tremblotante, les larmes aux yeux.

— Macy, ça va aller ? Je suis vraiment désolée de devoir rentrer aussi tôt à Londres.

— Oui, ça va aller. Et surtout, ne sois pas désolée. C'était formidable que tu aies fait le déplacement.

Soudain, ses soucis financiers lui revinrent à l'esprit, et elle fut saisie d'un vertige. Elle avait été traînée en justice et faisait face à deux procès. Son crime ? Avoir voulu s'en tenir à ses principes moraux. Elle en payait à présent les conséquences, littéralement, avec les biens de sa mère.

— Tu es vraiment sûre que ça va aller ?

— Oui, ne t'en fais pas. En tout cas, encore un grand merci pour aujourd'hui, car, sans toi, je ne sais pas ce que j'aurais fait.

— Je t'en prie, les amies, c'est fait pour ça.

— Tu es extraordinaire.

— N'exagérons rien. Allez, je te laisse car l'embarquement va commencer. Qu'as-tu prévu, ce soir ?

— Rien. J'irai peut-être m'acheter mes sushis préférés et je me ferai une soirée tranquille devant un film.

— Je t'embrasse, à bientôt !

Après avoir raccroché, elle ressentit le besoin de sortir prendre l'air. Elle risquait de tomber nez à nez avec une horde de paparazzi, mais ses pensées bouillonnaient dans sa tête. Ses problèmes financiers se mêlaient aux images du beau cow-boy inconnu, et elle étouffait dans sa chambre.

Carter était assis à une table en face de Jocelyn dans un endroit calme du restaurant.

Les traits tirés, la mâchoire serrée, il la fixait d'un air abasourdi.

Le lieu, le diamant, tout était parfait.

Sauf la réponse.

— Alors, c'est non ?

— En effet. C'est non. Je ne veux pas t'épouser.

Secouant la tête, il s'adossa à son siège, incrédule.

Jocelyn inclina la tête de façon à faire passer ses cheveux d'un côté, un tic qu'elle avait quand elle était irritée. Sa longue chevelure blonde retomba sur sa robe dorée à fines bretelles. Ses lèvres généreuses recouvertes d'un brillant à lèvres rouge cerise firent la moue.

Enfin, elle poussa un profond soupir.

— Je croyais que tu savais que ce n'était pas sérieux entre nous.

Il tenta de garder son calme malgré son envie de hurler sa frustration à la Terre entière.

— Et comment étais-je censé le deviner ?

Il la vit jeter un œil en direction du boîtier ouvert où l'intérieur en velours foncé faisait ressortir l'éclat du diamant.

— Nous n'avons jamais parlé d'avenir. Pas en ces termes.

Il ne put contenir son agacement.

— Tu veux dire que quand nous étions au lit et que tu me disais vouloir fonder une famille, avoir trois enfants et peut-être une maison dans les Hampton, c'étaient des paroles en l'air ?

Il ne comprenait pas son rejet. Comment avait-il pu se tromper à ce point ? Lui qui pensait qu'ils avaient les mêmes attentes dans la vie, les mêmes projets.

Elle prit un air pincé.

— Nous ne nous connaissons pas depuis assez longtemps, dit-elle enfin, sans avoir répondu à la question.

— Un an, ce n'est pas assez long ?

— Non, car tu habites à Wild River et moi à Dallas. Nous ne nous sommes pas assez vus pour savoir si ça pouvait marcher entre nous.

Son amour-propre n'avait jamais eu à subir un tel affront. Blessé au plus profond de son âme, il découvrait Jocelyn sous un tout nouveau jour. Beaucoup moins flatteur.

— La bague est vraiment belle, mais je ne peux pas l'accepter. Je ne t'aime pas, dit-elle en haussant légèrement les épaules tout en feignant d'être désolée.

A bout de patience, énervé, il referma le boîtier contenant le diamant que jamais Jocelyn ne porterait à son doigt. Il ne voulait plus le voir, plus y penser.

— Merci pour ta franchise, dit-il en enfonçant le cube noir dans la poche de son veston.

— Je suis désolée.

— C'est bizarre, mais tu n'as pas l'air d'être désolée du tout.

Il se sentait tellement bête d'avoir aussi mal jugé la situation. C'était fou de se dire qu'il n'avait rien vu venir. Jocelyn n'avait pas un tempérament facile, mais il avait toujours été persuadé qu'il pourrait la rendre heureuse. Comment avait-il pu se tromper à ce point ? Et pendant aussi longtemps ?

— Quel idiot ! lança-t-il entre ses dents.

— Ne sois pas en colère, Carter, dit-elle d'un ton nonchalant.

Elle plaisantait ?

La colère figurait bel et bien parmi le flot d'émotions qu'il éprouvait en cet instant et qui le faisaient bouillir intérieurement.

— Visiblement, tu n'as aucune idée de l'effet que ton refus a sur moi.

— Arrête de dramatiser. Tu t'es trompé sur la nature de notre relation, c'est tout.

A présent, il enrageait.

Il tenta de garder sa voix à un volume raisonnable, sachant qu'il y avait des gens autour d'eux.

— C'est tout ? C'est pourtant toi qui m'as couru après ! Tu as déjà oublié ? Dès le premier jour où on s'est rencontrés, tu as insisté pour me revoir. Je dirais même que tu m'as poursuivi jusqu'à ce que tu arrives à tes fins. Et depuis, nous avons été ensemble. Donc, désolé d'être en colère et de ne pas comprendre pourquoi tu as joué à ce petit jeu, mais je crois que tu as une part de responsabilité dans mon erreur de jugement.

Et qu'en était-il de toutes les nuits où elle avait crié son nom, affirmant qu'elle n'avait jamais connu meilleur amant que lui ?

Et leurs promenades à cheval, au clair de lune ?

Et la façon dont elle l'enlaçait, en public, comme s'il était l'être le plus important dans sa vie ?

Toute leur relation n'avait-elle été que simulacre ?

— Tu ne comprends vraiment rien. Ce n'est pas après toi que je courais.

— Première nouvelle.

— Il faut que je te fasse un dessin ? Je pensais pourtant que c'était aussi évident que le nez au milieu de la figure. Je suis amoureuse de Brady. Je voulais le rendre jaloux. Voilà pourquoi j'ai fait tout ça.

L'aveu de Jocelyn le frappa comme un uppercut.

— Mon cousin Brady ?

Il avait rencontré Jocelyn un jour où elle rendait visite à sa grand-mère, la voisine de son cousin Brady. Elle était ensuite passée chez Brady, et ils avaient passé tous les trois la soirée ensemble. Puis les choses avaient rapidement évolué.

Il se leva brusquement, la toisant de toute sa haute stature, le regard noir.

— Ainsi, pendant tout ce temps, tu te servais de moi pour rendre Brady jaloux ? Ça a marché ? Tu as eu ce que tu voulais ?

— Tais-toi, dit-elle en se levant à son tour, l'air hautain, prête à partir.

Mais il la retint par le bras.

— Tu t'es moquée de moi ! Tu m'as pris pour un imbécile !

Elle se raidit, tête haute, telle une princesse royale.

— Tu n'es qu'un péquenaud !

La mâchoire contractée, il écumait. Mais il ne voulait pas laisser libre court à toute la violence qu'il ressentait en cet instant.

— Pars, dit-il en la lâchant.

Elle obéit, quittant les lieux sans se retourner.

Dès qu'elle eut disparu de son champ de vision, il alla directement au bar commander un double whisky.

Il s'était complètement trompé sur le compte de Jocelyn. Elle venait de se montrer sous son vrai jour en lui avouant qu'elle n'avait cessé de se servir de lui.

Ruminant sa déception, il prit une décision irrévocable. Plus jamais une femme ne le ferait souffrir. Il prêta serment en silence, puis avala d'une traite le double whisky.

Trente minutes plus tard, il sortit du restaurant revigoré et l'esprit clair.

Dans l'air frais de cette soirée du mois d'août, il fut soudain saisi par le brouhaha de la foule, des cris, les flashes des appareils photo.

Une dizaine de journalistes assaillaient une jeune femme qui tentait en vain de leur échapper. Il croisa son regard et y lut instantanément la détresse d'un animal pris au piège.

Puis il la reconnut.

Il l'avait vue à la vente aux enchères le matin même.

Quelqu'un tira sur son foulard, dégageant une longue chevelure noire luxuriante. Les boucles tombèrent en cascade sur ses épaules alors qu'elle tentait désespérément de replacer le foulard.

Sans réfléchir plus avant, il se fraya un chemin à travers la foule, moyennant quelques coudées franches. Quand il arriva enfin à la hauteur de la jeune femme, il la prit par les poignets.

Elle leva vers lui de magnifiques yeux lavande et un visage aux traits délicats.

Il s'interposa entre elle et un caméraman pour l'empêcher de filmer.

— Je peux vous tirer d'affaire, dit-il à la belle inconnue. Faites-moi confiance.

- 2 -

Affolée, Macy se dit qu'elle devait en plus être victime d'hallucinations. L'homme qui venait de repousser les journalistes était-il bel et bien le beau cow-boy de la vente aux enchères ?

Que faisait-il ici ? Certes, elle n'avait cessé de penser à lui, mais de là à le voir se matérialiser devant elle…

Le brouhaha des paparazzi et les flashes des appareils photo la ramenèrent soudain à la réalité, après un instant qui avait dû durer une demi-seconde mais qui lui avait paru se prolonger une éternité, comme dans un film.

— Vous faites dans le cow-boy ? lui lança un des loups de la horde.

— Macy, vous allez jouer une scène nue avec lui ? s'enquit un autre vautour.

Elle enrageait qu'ils prennent la liberté de l'appeler par son prénom, comme s'ils étaient amis, alors que la nature même de la question la poussait à les classer tous dans la catégorie « ennemis jurés ». Sa mère, Tina, avait toujours su gérer l'agressivité des paparazzi, mais elle n'avait pas ce talent. Elle en payait le prix.

Le cœur battant, le corps oppressé et l'esprit embrouillé, elle baissa les yeux vers ses poignets, serrés dans des mains fortes et protectrices. Lorsqu'elle releva la tête, elle croisa le regard de son cow-boy sauveur.

En quelques mots, qui avaient été comme de douces caresses, il avait réussi à la rassurer.

Faites-moi confiance.

Curieusement, elle lui faisait totalement confiance.

Quelqu'un la bouscula par-derrière. Une lueur sombre passa dans le regard du cow-boy.

— Reculez ! hurla-t-il sans ménagement.

Puis il la regarda droit dans les yeux.

— Alors, vous me suivez ?

Elle n'avait pas le temps de réfléchir à une autre solution. La foule qui se pressait s'était faite plus dense depuis l'intervention du cow-boy inconnu. Tous les journalistes voulaient savoir qui il était.

Les questions pleuvaient, mais elle était bien incapable d'y répondre : elle ignorait tout de cet homme.

— Je vous suis volontiers, dit-elle en lui adressant un sourire de reconnaissance.

Il l'entraîna alors dans une course effrénée, et elle maudit les sandales Paciotti qui la ralentissaient. Elle avait un mal fou à suivre le rythme imposé par son chevalier des temps modernes.

— Surtout, ne regardez pas derrière vous, ordonna-t-il.

Il la mena dans une allée, zigzagant entre les bennes à ordures. Elle courait sur la pointe des pieds pour éviter de trébucher sur ses hauts talons. L'écharpe qui lui couvrait la tête s'envola. Elle sentit la sueur perler sur son front.

Peu à peu, le gros de leurs poursuivants perdit du terrain, mais quelques irréductibles continuaient de les talonner. Il s'immobilisa au bout de l'allée et regarda à gauche, puis à droite.

— Là ! s'exclama-t-il, indiquant une voiture noire.

Elle le suivit, courant aussi vite que ses escarpins le lui permettaient.

— Montez ! lança-t-il en ouvrant une portière.

Elle s'exécuta après avoir aperçu le flash d'un photographe. Elle se laissa glisser sur la banquette.

Il la rejoignit aussitôt.

A l'intérieur, le chauffeur mangeait un sandwich.

— Dépêchez-vous, Larry ! Partons au plus vite.

— Tout de suite, monsieur, répondit le chauffeur, qui, après avoir posé son sandwich sur le siège passager, démarra en trombe.

— Ouf ! s'exclama Macy en s'adossant à la banquette.

Elle ferma les yeux.

Tout s'était précipité quand elle avait quitté l'hôtel pour acheter des sushis dans un petit restaurant japonais qu'elle aimait beaucoup. Elle avait immédiatement été happée par une horde de journalistes.

Son cœur continuait de battre à tout rompre. Comment pourrait-il se calmer alors qu'elle était assise sur la banquette arrière d'une limousine au côté du cow-boy de ses rêves ?

Les yeux toujours clos, elle en profita pour humer son parfum musqué, une fragrance virile qui la troublait au plus haut point.

Puis elle ouvrit les yeux en se tournant vers lui.

— C'est la première fois que je monte en voiture avec un inconnu, dit-elle pour briser la glace.

Il lui adressa un sourire ravageur, où deux fossettes jumelles adoucissaient sa mâchoire carrée.

— Vous n'avez pas peur ?

— Non, je vous fais confiance. Et ce n'est pas la

première fois que je vous rencontre. Nous étions tous les deux à la vente aux enchères.

— Je sais.

— Vous savez qui je suis ?

— Non, mais je vous ai remarquée.

— Ah bon ?

— Comment ne pas remarquer une jolie jeune femme comme vous ? Vous aviez l'air de vouloir éviter à tout prix d'attirer l'attention. Mais les lunettes de soleil de luxe et l'écharpe ont souvent un effet inverse. Vous avez souvent besoin de vous travestir quand vous vous déplacez ?

Il venait de lui dire qu'il l'avait trouvée jolie, même affublée d'un foulard et de lunettes de soleil. Elle sentit une douce chaleur se diffuser dans tout son corps.

— Oui, malheureusement, ces derniers temps, ce genre d'incident arrive souvent. J'essaie de me protéger.

Elle n'avait aucune idée de là où ils allaient.

Après avoir déposé son chapeau entre eux, il continua à l'observer.

En général, elle avait horreur d'être examinée de la sorte, mais le porteur du Stetson avait beau être un inconnu, la scène était grisante, comme si ses fantasmes devenaient soudain réalité.

Puis elle se rappela brusquement à l'ordre. Il était fiancé. Ou sur le point de l'être. Elle ferait mieux d'oublier ses fantasmes et de revenir sur terre.

— Je m'appelle Macy Tarlington.

— Tarlington ?! s'exclama-t-il.

— Tina Tarlington était ma mère.

— Ça alors ! Je n'en reviens pas ! Je m'appelle Carter McCay. J'habite à Wild River, au Texas. Enchanté, dit-il en lui tendant la main.

Un Texan ! Bien sûr ! Et quel charmant accent ! Une arme supplémentaire dans son attirail de séduction.

— Enchantée. Moi, j'habite à Hollywood.

Ils restèrent quelques instants à se serrer la main, les yeux dans les yeux, sans mot dire.

La douce chaleur s'accentuait, et elle sentait son corps parcouru d'une onde délicieuse.

— Je vous remercie de vous être interposé. Sans vous, je ne sais pas comment j'aurais fait.

Enfin, il lâcha sa main.

Elle se sentit orpheline.

— J'ai vu en effet que vous étiez en difficulté.

— Vous m'avez sauvée.

— Vous aviez besoin d'aide, et je suis intervenu. C'est normal. Je n'ai fait que mon devoir.

Décidément, sa fiancée ou future fiancée avait beaucoup de chance.

— Votre devoir est-il de sauver toutes les femmes en mauvaise posture ?

— Vous ne croyez pas si bien dire. A une période de ma vie, il était en effet de mon devoir de sauver des gens.

— C'est-à-dire ?

— J'étais dans l'armée.

— Je comprends à présent pourquoi votre intervention a été si rondement menée.

— Que voulez-vous dire ? demanda-t-il brusquement, plongeant son regard dans le sien.

Etait-il fâché ? Elle ne voulait surtout pas froisser l'homme qui venait de la sauver.

— Eh bien… Je… Disons que vous êtes habitué à intervenir promptement… En cas de crise…

Il se détendit, lui souriant de nouveau.

— Je suis texan. Nous n'aimons pas voir les femmes malmenées. Tout homme qui se respecte serait intervenu.

— Dans tous les cas, merci de l'avoir fait.

— Pourquoi ces imbéciles vous poursuivaient-ils ?

La question redoutée.

— Ils se disent qu'ils ont le droit d'agir ainsi.

— Personne n'a le droit de harceler une jeune femme sans défense.

— D'habitude, je fais plus attention. Aujourd'hui, j'ai été prise au dépourvu.

— Je ne pourrais pas vivre comme ça.

— C'est plus difficile ces derniers temps. Le décès de ma mère a accentué le phénomène. Et je suis aussi au cœur d'une controverse.

Il la scrutait toujours aussi intensément.

Cette fois, il semblait attendre une réponse, l'interrogeant de son regard perçant.

Pourtant, elle n'avait nulle envie de lui parler du film et de l'émission qu'elle avait refusé de faire pour des raisons personnelles.

Elle choisit de ne pas entrer dans les détails, malgré le regard insistant de Carter.

— Pourquoi avoir procédé à une vente aux enchères ? Votre mère était…

— A sec. Elle n'a jamais su gérer son argent, et elle avait des goûts de luxe.

— Je vois. Vous voulez un verre ? Je n'ai que du champagne.

La bouteille de Dom Pérignon était au frais dans un seau argenté. Il leur versa une flûte.

Elle accepta volontiers le verre qu'il lui tendit, et ils trinquèrent en silence. Les bulles lui chatouillèrent le palais, puis la gorge.

— Au fait, où m'emmenez-vous ? murmura-t-elle enfin.

Ses cheveux volaient au vent. La brise fraîche lui remettait les idées en place et revigorait son corps. Debout sur le pont d'un yacht privé, Macy admirait la vue sur Manhattan.

Finalement, si Avery n'avait pas dû avancer son vol et si elle avait pris un taxi jusqu'au restaurant, elle aurait passé la soirée seule dans sa chambre d'hôtel.

Jamais elle n'aurait imaginé la tournure qu'avaient prise les événements. D'ailleurs, elle ne s'en plaignait pas.

Quand il lui avait proposé de la ramener à son hôtel, en parfait gentleman, elle avait hésité, puis, suivant l'impulsion du moment, elle lui avait demandé s'il n'avait pas autre chose à lui proposer.

Et voilà qu'elle naviguait sur l'Hudson avec le cow-boy le plus charmant du monde.

Dans la limousine, elle s'était retenue de lui poser les questions qui se pressaient sur ses lèvres. Elle était encore surprise de son audace. Pour la première fois, elle avait agi sur un coup de tête.

Carter vint la rejoindre et s'appuya à la rambarde, non loin d'elle.

Comme chaque fois qu'il se trouvait près d'elle, elle sentit un trouble la gagner.

Un trouble délicieux.

Et elle était surprise de lui avoir accordé si vite sa confiance, ce à quoi son enfance dans le redoutable milieu du cinéma hollywoodien ne la prédisposait pas.

— Merci pour cette balade. C'est très agréable. Et tellement calme. Comme un coin de paradis.

Il inspira profondément.

— Oui, j'avais tout prévu pour que ce soit le paradis.

— Mais pas avec moi.

— En effet. Vous avez vu la bague que j'ai achetée ce matin ?

— Oui.

— Je me suis dit qu'un diamant Tarlington serait une bague de fiançailles idéale. J'ai fait ma demande ce soir.

— Ce soir ?

— Avant de tomber sur vous. Elle a refusé de m'épouser, et nous avons rompu. J'ai appris que tout le temps où nous avions été ensemble, elle s'était servie de moi pour attirer l'attention de… quelqu'un d'autre.

Elle avait refusé de l'épouser ? Cette femme ne devait pas avoir toute sa tête !

— Oh ! Je suis vraiment désolée.

— Vous n'y êtes pour rien.

— Non, mais c'est vraiment horrible. C'est un manque de respect total envers vous. C'est mal.

— Je crois que je préférerais changer de sujet, car ce que vous dites ne m'aide pas à me sentir mieux, dit-il, souriant malgré lui.

— Mais j'ai quand même réussi à vous faire sourire.

— Oui, merci.

La malédiction des diamants !

Si seulement elle avait pu l'empêcher de surenchérir.

Si seulement elle avait pu le protéger pour qu'il ne souffre pas du refus de cette femme sans cœur.

Tout à coup, elle repensa à la limousine, au champagne, et maintenant au yacht. Il avait orchestré sa soirée de fiançailles à merveille, et il avait subi un échec cuisant.

— Je suis vraiment désolée.

Il plongea son regard pénétrant dans le sien.

— Ne le soyez pas. Grâce à vous, j'ai pu me changer

les idées, oublier la défaite de ce soir et tenter de panser mon ego qui en a pris un sacré coup. Finalement, vous m'avez aidé autant que moi je vous ai aidée.

— J'en doute, mais c'est gentil de le dire.

— C'est vrai. Et je me sens prêt à rentrer chez moi. Je déteste la ville.

— Cette ville en particulier ?

— New York en particulier, mais je n'aime pas les villes où les gratte-ciel empêchent de voir le coucher de soleil, où on se fait bousculer sur les trottoirs et où les rues sont bondées. J'aime les grands espaces, la nature, la tranquillité. Et c'est ce que m'offre Wild River. Je peux m'entendre réfléchir.

Elle ferma les yeux.

— A vous entendre, j'ai l'impression que vous décrivez un lieu paradisiaque.

— C'est assez proche du paradis, en effet. Et vous ? Vous êtes une fille de la ville ?

— Je n'ai pas vraiment eu le choix. Mes deux parents étaient acteurs, on était obligés de vivre dans les cercles mondains urbains. Mais je n'aime pas la ville. Et je déteste attirer l'attention. Los Angeles ou New York, c'est un peu la même chose. J'ai l'impression de n'avoir jamais le droit de vivre en paix.

— Etes-vous obligée de repartir tout de suite à Hollywood ? Vous ne pouvez pas partir quelque temps pour souffler un peu ?

Elle secoua la tête. L'argent de la vente servirait à régler les dettes de sa mère et ses frais d'avocats. Malheureusement, elle n'avait pas les moyens de s'échapper sur une île déserte, loin des paparazzi.

— Non, je n'ai nulle part où aller, hormis mon appartement à Los Angeles.

Il se tut quelques instants tandis que le yacht passait à proximité d'Ellis Island. Des rayons de lumière provenant de la statue de la Liberté se reflétaient à la surface de l'eau, les éclairant au passage.

La brise porta jusqu'à elle son parfum musqué. Elle soupira. Comme il était bon de le sentir près d'elle. Auprès de lui, elle se sentait en sécurité. Mais ce sentiment prendrait bientôt fin. Dès leur retour au port, la réalité reprendrait ses droits.

Elle ferma les yeux, pour mieux se laisser imprégner de la magie de l'instant.

Lorsqu'elle les rouvrit, il la scrutait d'un air résolu.

— Pourquoi ne viendriez-vous pas à Wild River avec moi ?

— Quoi ?

— Vous pourriez vous cacher là-bas aussi longtemps que vous le souhaitez. J'ai une grande maison et des milliers d'hectares. Personne ne saurait que vous êtes là.

— Je…

— Vous pouvez partir avec moi par le vol de nuit. On petit-déjeunera au Texas et on déjeunera à Wild River.

C'était une proposition en or, mais elle ne pouvait pas accepter de partir sur un coup de tête avec un étranger. Elle ne savait rien de lui, hormis qu'il était riche, séduisant, respectueux et gentil.

Des traits de caractère qui lui donnaient justement envie de tenter l'aventure.

Qu'irait-elle faire à Los Angeles, après tout ?

Elle devait penser à son avenir, certes, mais la vente aux enchères l'avait vidée de son énergie.

Peut-être était-ce l'occasion rêvée ? Une période au calme, loin du tourbillon urbain et humain, qui lui permettrait de réfléchir à ce qu'elle voulait faire de sa vie ?

— Je ne sais pas…

— Ce n'est pas une proposition indécente. Cela ne nous engage à rien. Ni l'un ni l'autre. Je promets de ne pas venir me glisser dans votre lit la nuit.

Pourquoi ? Il ne la trouvait pas assez attirante ?

— Dès que nous serons rentrés au port, reprit-il, je repartirai pour Wild River. A vous de décider.

Que préférait-elle ? Rentrer à Los Angeles, seule et harcelée par les journalistes, ou s'envoler pour le Texas avec le cow-boy le plus séduisant du monde ?

A première vue, le choix était vite fait, mais elle n'était pas comme sa mère, à prendre des décisions sur un coup de tête.

Qu'à cela ne tienne ! Pour la deuxième fois aujourd'hui, elle allait suivre son intuition.

Elle avait besoin de calme. De temps pour réfléchir. Pour savoir ce qu'elle comptait faire de sa vie.

Avec un sourire radieux, elle se tourna vers lui.

— J'accepte votre invitation avec plaisir, merci. Surtout, ne vous inquiétez pas, je me ferai aussi discrète que possible.

Macy était assise en première classe en compagnie de Carter dans un avion quasiment vide, qui volait vers le Texas, un Etat où elle était allée quelquefois, enfant, lors de tournées promotionnelles avec sa mère.

Dans son souvenir, les gens étaient polis, les hommes étaient grands, gentils et portaient tous des chapeaux de cow-boy. Mais il s'agissait toujours de villes comme Dallas, Houston et Austin. Elle n'avait jamais vu le

Texas tel qu'il était dépeint dans les westerns dans lesquels jouait sa mère ou que lui avait décrits Carter.

Elle avait hâte de voir Wild River.

Carter était assis de l'autre côté de l'allée centrale, confortablement installé dans un large fauteuil en cuir, les jambes allongées sous le siège devant lui. Comme il avait les yeux fermés, elle en profita pour l'admirer.

Ses cils étaient anormalement longs. Ses cheveux châtain clair lui tombaient dans la nuque, ce qui le rendait particulièrement séduisant. Ses épaules étaient larges et robustes.

Vêtu d'une chemise beige, d'un jean élimé, d'une ceinture à boucle en argent aux initiales WR et de bottes, il avait tout du parfait cow-boy. D'autant que son Stetson ne le quittait jamais. Sur lui, il ne s'agissait pas d'un article de mode, c'était comme s'il était né avec ce chapeau.

Soudain, il ouvrit les yeux et se tourna vers elle, la prenant sur le fait. Elle leva aussitôt la tête vers les compartiments à bagages pour éviter de croiser son regard.

— Qu'en est-il de cette fameuse scène de nu ?

Elle sentit son cœur se serrer. Elle avait espéré que Carter n'avait pas entendu les commentaires des journalistes.

— Ce n'est rien.

Il n'avait apparemment plus envie de se reposer et semblait décidé à continuer la conversation.

— Rien ? Je vais devoir aller sur Internet pour en savoir plus ?

— Vous feriez ça ?

— Ah… Donc, ce n'est pas rien.

— Rien d'intéressant. Je n'ai pas envie d'en parler.

— Je ne suis pas accro aux ordinateurs, mais je sais m’en servir quand il le faut.

— Je vous assure que ça n’en vaut vraiment pas la peine.

Elle l’observa quelques instants.

Il l’avait sauvée d’une situation délicate et lui avait offert un refuge sans rien attendre en retour. Elle lui devait bien une explication.

— J’avais été recrutée pour jouer dans un film. Un petit rôle. C’était l’histoire de cinq filles qui se retrouvent échouées sur une île. Dans une scène…

Il se pencha vers elle, l’observant comme s’il découvrait pour la première fois qu’elle était une femme.

Sous son regard, une vague de frissons délicieux s’cmpara d’cllc, lui faisant tourner la tête.

— J’écoute.

Il suffisait de parler de cinq filles sur une île pour attirer l’attention d’un homme.

— Dans une scène, je me faisais bronzer et…

— Et ?

— Et vous pouvez imaginer la suite tout seul. Je n’ai pas besoin de vous faire un dessin.

Il la scruta de ses yeux perçants.

Elle crut fondre sous la chaleur de son regard.

— En effet, je peux imaginer la suite tout seul, murmura-t-il.

Si seulement elle avait pu retirer ce qu’elle venait de dire ! Elle n’avait pas voulu insinuer qu’il l’imagine nue sur une plage, et pourtant l’expression qu’elle lut sur son visage suffit à la faire chavirer.

Elle décida néanmoins de terminer son récit pour éviter qu’il se fasse de fausses idées.

— J’ai refusé dc faire la scène, car je ne voulais pas

que des millions de gens me voient en tenue d'Eve. Les studios ont proposé de faire appel à une doublure, mais les gens auraient quand même pensé qu'il s'agissait de moi.

Raconter une expérience aussi humiliante à un homme qu'elle venait à peine de rencontrer la mettait terriblement mal à l'aise.

— J'ai fait une crise de nerfs et j'ai refusé de continuer le tournage. Finalement, ils ont réécrit la scène sans le passage où j'étais nue. Inutile de préciser que je me suis attiré les foudres de nombre de personnes.

— Peu importe. Au moins, vous avez agi selon vos principes.

— J'aurais dû refuser le rôle dès le départ.

— Parfois, le recul n'a pas que du bon. On fait quelque chose en pensant qu'on est sur la bonne voie, pour plus tard découvrir qu'on s'est trompé sur toute la ligne.

En entendant la pointe de regret dans sa voix, elle comprit qu'il parlait d'expérience.

Elle changea de ton, lui adressant un sourire qui se voulait doux et amical.

— Je suis désolée pour…

— Jocelyn ? Je dois dire que je n'ai rien vu venir. J'ignore ce qui s'est passé, mais je peux vous assurer que ça ne se reproduira plus. Je ne baisserai plus jamais ma garde.

Elle frémit.

Etait-ce un avertissement ?

— Vous savez, vous pouvez me demander de partir à tout moment. Si vous regrettez de m'avoir invitée chez vous et que vous préférez être seul, je comprendrai tout à fait.

Il se tourna de nouveau vers elle.

— Non, pas du tout. Comme je vous l'ai dit, j'ai une grande maison et des milliers d'hectares. On aura assez d'espace pour ne pas se gêner l'un l'autre. Ne vous inquiétez pas pour moi. Promis ?

— Promis, répondit-elle, rassurée.

— Et comme nous allons être amenés à nous côtoyer plus régulièrement, je propose qu'on se tutoie.

— D'accord !

- 3 -

A l'instant où il posa le pied au Texas, Carter se sentit revivre. Il n'était parti que quelques jours, mais comme il était bon de rentrer à Wild River !

L'épisode avec Jocelyn l'avait profondément secoué. C'était la première fois qu'il demandait une femme en mariage. Avant elle, il n'avait jamais envisagé pareil engagement. Sûr de lui, il avait décidé de faire le pas, pensant que tout se déroulerait à merveille. Or elle l'avait repoussé, dévoilant son jeu.

Apparemment, Macy n'avait pas été épargnée non plus. Lorsqu'il l'avait aperçue dans la rue, il avait lu dans ses yeux la détresse et la douleur. Il avait senti que se forgeait entre eux un lien qu'il aurait été bien incapable de qualifier, mais qui était encore présent lors de leur arrivée au Texas. C'est ce qui l'avait poussé à lui proposer de venir s'installer chez lui.

Il embrassa du regard sa grande demeure, respirant à pleins poumons l'odeur de la terre et des animaux. Puis il se tourna vers le véhicule et tendit la main à Macy pour l'aider à descendre.

Elle sauta avec la grâce d'une biche.

— Prête pour un avant-goût du paradis ?

Ses ravissants yeux mauves balayèrent le paysage, et un soupir d'émerveillement s'échappa de ses lèvres si joliment dessinées.

— Oh ! Carter, c'est formidable, s'écria-t-elle.

Il avait fait appel à un architecte pour obtenir un style à la fois confortable et moderne. Sa maison était de bois et de pierre, avec de grandes fenêtres qui laissaient passer la lumière naturelle. Au-delà de la maison principale s'étendaient les bâtiments annexes du ranch.

Il était fier du résultat et fier que Macy ait l'air subjugué.

— Pas de gratte-ciel bloquant le soleil. Toutes les pièces sont exposées de façon à profiter soit du lever, soit du coucher de soleil.

— Et je suis prête à parier que tu te lèves chaque matin pour voir le lever du soleil.

— A l'aube, en effet.

— Comme un bon cow-boy qui se respecte.

— Je suis un homme d'affaires, mais avant tout un homme de la terre. Il faut savoir en apprécier toutes les qualités pour en tirer le meilleur profit.

— Merci de m'avoir invitée ici, je me sens déjà beaucoup mieux. Je suis sûre que ce séjour va me faire le plus grand bien.

Il en était tout aussi persuadé.

Une boule de poils sortit en trombe de la grange et se précipita vers elle.

— Oh ! qu'il est mignon ! s'exclama-t-elle.

— Voici Rocky, le maître des lieux.

Carter se baissa en même temps que Macy.

Leurs mains se frôlèrent lorsqu'ils caressèrent le chien.

— Enchantée, Rocky.

— Tu aimes les chiens ?

— J'adore les chiens. Quand j'étais petite, j'avais une chienne, Queenie. Un jour, mon père l'a écrasée par accident, c'était horrible.

— Je comprends. Rocky a échappé à la mort il y a peu de temps.

— Comment ça ?

— Dans un incendie.

— Mais c'est affreux !

— Oui, c'était moins une pour Rocky.

— C'est toi qui l'as sauvé ?

— Oui, mais c'est du passé, n'en parlons plus.

Il préférait changer de sujet. C'était une belle journée, et il n'avait pas envie de la gâcher en pensant à son alcoolique de père, Riley McCay.

Il se tourna vers Henry, son contremaître, qui sortait les bagages. Depuis qu'il était venu les chercher à l'aéroport, il lui jetait des regards perplexes. Visiblement, l'homme s'attendait à le voir arriver au côté de Jocelyn et non d'une inconnue. Le cocasse de la situation amusait Carter.

— Merci d'être venu nous chercher, Henry. Je porterai nos bagages à l'intérieur.

— Merci, Henry, ajouta-t-elle.

L'homme se contenta d'acquiescer, tout en regardant une dernière fois en direction de Macy. Il inclina son chapeau avant de remonter dans son véhicule.

— Je crois que tu t'es fait un ami, dit Carter en soulevant les bagages.

— Henry ?

— Non, je parlais du chien.

— Je crois en effet que Rocky et moi allons très bien nous entendre.

Elle le suivit dans la maison, Rocky sur les talons.

Au moins, son invitée aimait les chiens, ce qui n'était pas le cas de Jocelyn qui accusait Rocky de déclencher ses allergies.

Non qu'il cherchât à comparer les deux femmes.

Il fut de nouveau très fier lorsque Macy s'extasia sur l'intérieur de la maison. Puis il l'escorta dans le couloir qui menait aux chambres.

— Où est la tienne ?

Il ne s'attendait pas à une question aussi directe.

— La dernière à droite. Pourquoi ?

— C'est gentil de m'accueillir, mais comme je ne veux surtout pas te gêner, je vais prendre celle qui se trouve la plus éloignée de la tienne si tu n'y vois pas d'inconvénient.

Décidément, elle était très prévenante.

— Comme tu voudras.

Il la précéda dans la pièce et y déposa sa valise.

Elle se dirigea vers la fenêtre.

— On dirait que j'ai choisi le coucher de soleil.

Il la rejoignit.

Sa fragrance fleurie lui chatouilla le nez, évoquant des pêches mûries sous le soleil de l'été. Il inspira à pleins poumons, surpris de ne pas avoir remarqué ce parfum auparavant.

— Tu ne seras pas déçue. Les couchers de soleil texans sont splendides.

La faim lui tirailla l'estomac.

— Prête pour le déjeuner ?

Elle jeta un œil en direction du lit.

— Non, merci, je n'ai pas faim. Je crois que je vais me reposer un peu.

— Tu sais où est la cuisine. Henry nous aura forcément préparé quelque chose. Fais comme chez toi.

— Henry ? C'est ton cuisinier ?

— D'habitude, c'est sa femme, Mara, qui cuisine pour moi, mais elle était malade. Elle sera de retour demain. Cela dit, Henry est excellent aux fourneaux. N'hésite pas à profiter de la piscine.

— Merci, Carter.

— On dîne à 19 heures. A tout à l'heure.

Il sortit, se mettant aussitôt à la recherche d'Henry, qu'il trouva dehors devant la grange.

— J'aimerais vous parler un instant, Henry.

— Moi aussi, mais j'attendais que vous soyez seul.

— Allez-y, j'écoute.

— Quelqu'un a essayé d'entrer dans le cottage. Une fenêtre a été brisée. Je l'ai remplacée. A priori, il n'y a pas eu d'autres dégâts. Je voulais vous prévenir. Bucky a dit avoir vu quelqu'un rôder.

Carter n'aimait pas le sentiment que quelqu'un puisse s'introduire sur sa propriété, à son insu. Depuis quelque temps, il se demandait s'il devait démolir ce cottage ou bien le rénover.

— J'ai rencontré un homme en ville qui m'a abordé en disant qu'il cherchait du travail. Je me suis dit qu'il serait parfait pour garder la propriété.

Il réfléchit à la proposition d'Henry.

Avec Macy Tarlington à Wild River, une sécurité renforcée ne serait pas une mauvaise idée.

— Faites-lui passer un entretien, et tenez-moi au courant.

— Ce sera fait. Et vous, que vouliez-vous me dire ?

— Vous avez reconnu la jeune femme avec qui je suis arrivée aujourd'hui ?

— Non, pourquoi ? s'enquit Henry, étonné.

— Parce que c'est une célébrité. Mara la reconnaîtra sûrement.

Il prit le temps d'expliquer la situation à son contremaître en insistant sur le fait que la discrétion était de mise.

Incrédule, Macy contempla la chambre où elle venait de prendre ses quartiers.

Avait-elle perdu la tête ? Quelle mouche l'avait piquée quand elle avait accepté d'accompagner ce cow-boy charmant, attentionné et beau comme un dieu ?

Epuisée, n'ayant pas le courage de défaire sa valise, elle se laissa choir sur le lit, s'enfonçant dans les oreillers.

Elle était venue à Wilder River Ranch par curiosité, mais aussi parce qu'elle avait décidé de répondre à l'appel de l'aventure. Mais elle n'avait pas réussi à être honnête envers Carter au point de lui raconter sa théorie sur la malédiction des diamants Tarlington.

Tout comme lui, elle ne croyait plus en l'amour éternel. Son entourage comptait de nombreux couples divorcés. A Hollywood, ils étaient légion.

Elle ferma les yeux, prête à sombrer dans un demi-sommeil. Comme il était agréable de sentir son corps se détendre et de s'extraire de la dure réalité. Pas de rendez-vous avec des avocats. Pas de paparazzi. Pas de questions à éluder. Personne à ses trousses.

Soudain, quelque chose bougea sur le lit.

Ouvrant les yeux d'un coup, elle réalisa qu'elle s'était trompée. Quelqu'un était bel et bien à ses trousses.

— Salut, Rocky.

Le chien se recroquevilla contre elle, en levant vers elle son petit museau. Elle se sentit fondre.

Décidément, Carter avait raison. Ce ranch était un véritable coin de paradis.

*
* *

Une heure plus tard, reposée, Macy se doucha, enfila un jean blanc et un haut indigo, puis rassembla ses cheveux mouillés en une queue-de-cheval. Quelques minutes de chaleur texane suffiraient à les sécher.

Elle fut tentée de passer ses tongs, mais opta finalement pour des baskets. Comme elle n'était venue à New York que pour quelques jours, elle n'avait pas vraiment de vêtements adaptés à la vie dans un ranch. Elle devrait tôt ou tard aller faire du shopping en ville pour se constituer une garde-robe adéquate.

Rocky était toujours avec elle, n'ayant pas manifesté le besoin de quitter sa chambre.

— Tu voudras m'emmener découvrir le ranch après mon déjeuner ?

Le chien remua la queue en signe d'assentiment.

Enfin prête, elle sortit de sa chambre, Rocky sur les talons.

Grande, très bien équipée, la cuisine était une véritable pièce à vivre. Dans le frigo, elle prit du fromage et de la viande froide et se concocta un succulent en-cas.

Tout en dégustant son sandwich, elle jetait de temps à autre des petits morceaux de bœuf à Rocky.

— Alors là, tu es sûre de gagner son amitié pour la vie.

Surprise, elle se retourna et découvrit Carter dans l'embrasure de la porte. Il la regarda des pieds à la tête avant de poser les yeux sur Rocky.

Sous son regard intense, elle se sentit de nouveau troublée. Quand cesserait-elle de réagir aussi vivement en sa présence ?

— Désolée, je ne devrais peut-être pas…

— Ne sois pas désolée, il est vorace, dit-il en prenant une bière dans le frigo et en lui en offrant une.

— Non, merci.

— Il ne refuse jamais rien. Je crois que mon père lui donnait n'importe quoi. Enfin, quand il pensait à le nourrir.

Ces quelques mots lui permettaient d'en savoir un peu plus sur le père de Carter et sur Rocky.

Ils restèrent quelques instants à se regarder en silence.

— J'ai bientôt fini, je vais te laisser, dit-elle alors que Carter s'apprêtait à boire une gorgée.

Il l'arrêta dans sa lancée.

— Tu sais, nos chemins vont forcément se croiser. Tu n'es pas obligée de t'éclipser chaque fois que tu me vois. Et la cuisine est assez grande pour nous deux.

Elle n'était pas du même avis, mais se garda bien de formuler son désaccord.

— C'est noté.

— Tu comptais aller où, après ton déjeuner ?

— Faire le tour de la propriété. J'ai besoin de marcher un peu.

— Je devrais t'accompagner, dit-il, l'air soucieux.

— Tu as peur que je me perde ?

— Le ranch est grand, tu sais.

— Je suis une grande fille et mon portable est équipé d'un GPS, répondit-elle sur un ton taquin.

Il la regarda, l'air sérieux. Peut-être ne se connaissaient-ils pas suffisamment pour se permettre ce genre de plaisanterie ?

Après l'avoir de nouveau regardée de la tête aux pieds, il reposa sa bière.

— Suis-moi, je vais te proposer une tenue un peu plus appropriée.

Elle attendit sur le seuil de sa chambre le temps qu'il fouille dans son dressing. Il revint avec des vêtements de femme. Probablement ceux de Jocelyn.

— Tiens.

— Non, merci.

— Pourquoi ?

— Ce n'est pas mon style.

Elle n'avait pas envie de lui rappeler la femme qu'il avait failli épouser, mais se garda de tout commentaire.

— Comme tu voudras. Tu n'as pas autre chose à mettre ? Avec un jean blanc, tu vas te faire remarquer, et c'est très salissant.

— Quand j'ai fait ma valise à Los Angeles, je n'avais pas prévu de séjourner dans un ranch.

— Demain, on ira en ville pour t'acheter des vêtements de circonstance. Et des bottes.

Elle allait repartir, mais il la retint.

— Attends.

Il disparut dans sa chambre quelques instants, puis revint avec un chapeau qu'il lui posa sur la tête.

— Celui-ci m'appartient. Non seulement il te va à ravir, mais il est idéal pour passer inaperçu.

Elle cacha sa chevelure sous le chapeau, et il lui adressa un regard approbateur.

— Avec tes lunettes de soleil, ta panoplie est parfaite.

Macy tourbillonnait sur elle-même, souriante et libérée.

Si elle avait été toute seule, elle aurait jeté son chapeau en l'air et hurlé de joie.

Elle se trouvait au centre d'un kiosque délabré qui avait un potentiel formidable pour faire une scène de théâtre. Aussitôt, elle eut des images d'enfants courant ici et là, se préparant pour leur premier spectacle, anxieux de savoir ce qu'en penserait le public.

Son regard tomba sur Rocky, allongé dans l'herbe, puis sur Carter.

Ce dernier avait finalement décidé de l'accompagner dans sa découverte du ranch et avait à tout prix voulu lui montrer le cottage et le kiosque érigés il y a plus de soixante-dix ans.

Elle jeta un coup d'œil en direction de son hôte.

— Rocky, on dirait que Carter nous attend.

Il était à l'entrée du cottage.

— Que comptes-tu faire de cette bâtisse ?

— Je vais tout démolir, lui dit-il alors qu'elle s'approchait.

— Oh ! non, tu n'as pas le droit !

— Pourquoi ?

— Parce que c'est un lieu formidable qui ne demande qu'à être rénové.

— C'est dangereux. En cas d'orage, tout s'écroulerait.

— On ne peut pas consolider la structure ?

Il eut un petit rire sarcastique.

Il n'avait pas tort de ne pas la prendre au sérieux, car elle n'était pas réaliste. Son projet d'école de théâtre n'était qu'un rêve. Une utopie. Jamais elle n'enseignerait le théâtre. Ni ici. Ni ailleurs.

Il lui fit faire le tour du propriétaire.

Le cottage comptait six chambres. A l'origine, il se trouvait sur un terrain adjacent à la propriété qu'il avait héritée de son oncle. Il l'avait acheté il y a quelques années.

La réussite de Carter McCay la laissait admirative. A partir d'un vieux ranch désuet, il avait construit un empire.

Elle l'enviait. Au bout d'une demi-journée, elle se rendait compte à quel point la vie de Carter avait un sens. Elle ne pouvait pas en dire autant de la sienne.

A l'étage, il lui montra cinq des six chambres, en piteux état. Avant de redescendre, elle lui demanda ce qu'il y avait dans la sixième.

Il hésita, le visage soudain sombre et soucieux.

Elle poussa la porte avant qu'il ait le temps de lui répondre.

— C'est formidable, s'écria-t-elle. Cette pièce est entièrement rénovée.

— En effet, se contenta-t-il de dire.

Elle admira les murs fraîchement repeints, le grand lit à l'apparence confortable, et le parquet verni.

— Cela donne une bonne idée de ce à quoi la maison pourrait ressembler.

— Pour le moment, ce n'est pas dans mes projets, répliqua-t-il d'un ton amer.

Il descendit l'escalier en silence.

Elle referma la porte et le suivit, l'esprit assailli de mille et une questions. Ils se retrouvèrent dans la cuisine envahie pas les toiles d'araignée.

— Tu penses que ce lieu vaut la peine d'être rénové ?

— Bien sûr. Ce cottage a beaucoup de charme.

Il haussa les épaules.

— Pour certains, il a du charme, pour d'autres, il n'est bon qu'à être démoli.

— Tu penses vraiment à détruire ce lieu ?

— C'est une ruine qui ne met pas en valeur ma propriété.

— Il suffirait de consacrer un peu de temps à sa rénovation. Je suis sûre qu'il pourrait être un vrai bijou.

Il resta pensif quelques instants, appuyé contre la fenêtre.

— Je vais y réfléchir.

Une fois dehors, ils longèrent la rivière.

Elle se laissa bercer par le bruit paisible de l'eau. La chaleur du Texas l'aidait à se sentir à l'aise dans ce nouvel environnement, aux antipodes des lieux qu'elle fréquentait habituellement.

— C'est exactement ce dont j'avais besoin, murmura-t-elle.

— C'est l'effet Wild River.

Rocky vint courir à côté d'eux.

Curieusement, elle se sentait en sécurité et rassérénée dans un lieu qui ne lui était pas familier et avec un homme qu'elle connaissait à peine.

— Merci de m'avoir invitée, dit-elle, tout en ayant peur d'avoir l'air d'un disque rayé.

Il se tourna vers elle, les yeux plissés, aveuglé par le soleil.

— Tu peux rester aussi longtemps que tu veux, Hollywood.

Elle sourit en entendant son nouveau surnom. Mais était-il représentatif de qui elle était vraiment ?

Jusqu'à ce jour, elle avait avancé dans la vie au gré des flots, sans avoir le temps de réfléchir à sa véritable personnalité ou de s'interroger sur ses désirs. A présent, elle était à un carrefour de sa vie, incapable de savoir quelle direction prendre. Son séjour à Wild River l'aiderait peut-être à trouver des éléments de réponse.

Pour l'heure, au côté de Carter, elle était en vacances.

*
* *

Après le dîner, Carter laissa Macy seule.

Il avait des comptes à régler. Plus exactement, il avait besoin d'éclaircir la situation avec son cousin.

Une fois devant chez Brady, il inspira profondément et frappa à la porte. Personne ne vint lui ouvrir, mais l'odeur du barbecue l'incita à faire le tour par le jardin.

— Carter ! Je ne m'attendais pas à te voir de sitôt. Tu n'es pas en pleins préparatifs de mariage ?

— Non, Jocelyn a refusé.

Brady abandonna la cuisson de son steak pour se concentrer sur son cousin.

— Vraiment ?

— Ne fais pas l'innocent.

— Pourquoi tu dis ça ?

Carter se mit à arpenter la pelouse.

Son cousin avait l'air sincère, mais, maintenant qu'il avait fait le déplacement, il souhaitait aller au fond des choses.

— Tu n'as vraiment rien à dire sur le sujet ?

— Ecoute, je suis vraiment désolé qu'elle ait refusé mais…

— Mais quoi ?

— Si tu veux savoir la vérité, la voici. Je n'ai jamais aimé cette fille. Quand vous avez commencé à sortir ensemble, j'ai décidé de ne rien dire. Elle venait rendre visite à sa grand-mère, Regina, et pourtant elle n'arrêtait de dire des choses méchantes sur elle. Je sais que Jocelyn est jolie et qu'elle a des qualités, mais ça me faisait de la peine d'entendre ça. Et en plus, chaque fois qu'elle rendait visite à sa grand-mère, elle venait me demander de l'aide. Je le faisais pour Regina, mais j'en voulais à Jocelyn de manquer de tact à ce point.

Soulagé d'entendre la version de son cousin, il commença à se détendre.

— Pourquoi tu ne m'as jamais rien dit ?

— Parce que je n'aime pas me mêler des affaires des autres et que je ne savais pas comment tu réagirais. En tout cas, si tu veux mon avis, je crois que tu l'as échappé belle.

— Je vois que tu n'as pas ta langue dans ta poche.

— Désolé, mais c'est toi qui m'as poussé à parler, dit Brady avant de rentrer dans sa cuisine.

Il revint rapidement avec deux bières.

— Tiens. Pour noyer ton chagrin.

Il accepta l'offre de son cousin.

— D'après toi, je devrais plutôt fêter la nouvelle ?

— Absolument, répondit Brady en lui lançant un regard complice.

Il avala d'un trait la moitié du breuvage.

— Tu n'es pas curieux de connaître la raison de son refus ?

— Je ne suis pas du genre indiscret, mais je sens que ça te démange et que tu as envie de vider ton sac.

— Cela te concerne, Brady, donc je préfère te le dire. Je ne voudrais pas que ça revienne me hanter. En plus, ce serait bête de me fâcher avec toi, car tu es ma seule famille proche.

— C'est faux. Tu as Riley.

Carter secoua vivement la tête.

— C'est quand même ton père.

— Ne parlons pas de ça maintenant. Revenons-en plutôt à Jocelyn. Elle m'a avoué que tout le temps où elle était avec moi, elle ne pensait qu'à toi.

— Quoi ? hurla Brady, manquant de s'étouffer en buvant sa bière.

— Elle m'a dit qu'elle était amoureuse de toi.

— Ce n'est pas possible ! lança Brady, incrédule.

— C'est la seule et unique raison qu'elle m'ait donnée et elle n'y est pas allée par quatre chemins. Son but était de te rendre jaloux. Alors, voilà la question qui me ronge : est-ce que son petit jeu a fonctionné ?

Brady posa sa bière et le regarda droit dans les yeux.

— Carter, je te jure que cette fille ne m'a jamais intéressé et qu'il ne s'est jamais rien passé entre nous. J'ai toujours cru que tu faisais une erreur, c'est vrai, mais si vous y trouviez votre bonheur, alors je n'avais rien à dire.

— OK, merci. Désolé de ma franchise, mais j'avais besoin de savoir.

— C'est moi qui suis désolé.

— Tu es désolé d'être un don Juan dont toutes les filles tombent amoureuses ?

— Non, je suis désolé que tu aies souffert dans cette histoire.

Il termina sa bière, pensif.

— Au moins, cela m'a servi de leçon. J'ai fait une croix sur le mariage. Je peux te jurer qu'on ne m'y reprendra plus.

Son cousin éclata de rire.

— Et moi, je te jure que tu finiras par changer d'avis.

— Jamais.

— On en reparlera !

— Bon, je vais te laisser finir ton repas. Et surtout, passe me voir. J'ai une invitée au ranch. J'aimerais te la présenter.

— Une invitée ? De New York ? Décidément, malgré tes grands discours, tu n'as pas perdu de temps.

Il éclata de rire.

— Mais non, ce n'est pas ce que tu crois. Macy est…

— Macy est quoi ? Vieille, hideuse et grosse ?

Il n'hésita pas un seul instant à rétablir la vérité.

— Macy est jeune, belle et dotée d'un corps de déesse.

— C'est une blague ? Tu es venu pour me narguer ?

Il expliqua alors à son cousin comment il avait rencontré Macy et le lien étrange qui les unissait.

— Tu as piqué ma curiosité ! Je ne manquerai pas de passer dans les plus brefs délais pour faire la connaissance de Macy.

— Je te laisse, ton steak va refroidir, dit Carter.

Soulagé que les liens avec son cousin aient résisté à cette épreuve, il repartit le cœur léger et l'esprit libre.

- 4 -

Des boucles noires humides lui tombaient dans la nuque. Macy avait rassemblé ses cheveux en un chignon, mais des mèches rebelles étaient retombées.

De la cuisine, Carter l'observait en train de lire au bord de la piscine.

Ses épaules rondes doraient à vue d'œil au soleil, tout comme le reste de son corps, hormis les parties couvertes par deux morceaux de tissu blanc de taille ridicule.

Lorsqu'elle lui avait montré ce maillot de bain dans le magasin où il l'avait emmenée faire du shopping en ville, il avait tenté de la dissuader de l'acheter, avançant que le but des vêtements était de lui permettre de passer inaperçue, non d'attirer davantage l'attention. Mais elle avait rétorqué que personne ne la verrait bronzer au bord de la piscine. Elle pouvait donc porter ce qu'elle voulait.

Elle ne semblait pas avoir pris en compte Carter. Pourtant, il était bel et bien en train de la regarder, au bord de la piscine, vêtue de ce maillot de bain ridiculement petit. Et il n'était pas près d'oublier ces images exquises.

Depuis son arrivée, elle faisait tout pour se faire aussi discrète que possible. Quant à lui, il se surprenait souvent à avoir envie de sa compagnie, mais résistait à suivre son mouvement. Il s'était promis qu'il ne se brûlerait plus les ailes, et il savait que Macy retournerait bientôt à sa vraie vie. Une vie qui n'avait rien à voir avec la sienne.

Alors qu'il s'apprêtait à s'éclipser, elle l'interpella :

— Carter, c'est toi ?

— Pardon, je ne voulais pas te déranger.

— Tu plaisantes ? J'ai justement envie d'être dérangée, dit-elle en se tournant vers lui après avoir refermé son livre.

Il alla la rejoindre, s'asseyant sur un siège à l'ombre.

— Tu n'oses pas venir te baigner quand je suis là ?

— Non, cela mettrait à mal mon image de cow-boy.

Elle éclata de rire et il en fit autant.

Subjugué, il laissa son regard errer sur le corps de la jeune femme. Son visage radieux si joliment dessiné, sa peau soyeuse couleur miel, ses jambes si longues, son ventre plat, et sa poitrine…

Levant la tête, leurs regards se croisèrent.

Elle rougit comme une pivoine.

Pensait-elle qu'il ne remarquait pas son corps merveilleux ? Comment aurait-il pu y rester insensible ?

— Alors, dis-moi, de quelle manière as-tu envie d'être dérangée ? demanda-t-il d'une voix suave.

Gênée, elle prit son temps avant de répondre à la question.

— Eh bien… Je… Je m'ennuie. Je sais que ce n'est pas ton problème et je ne veux surtout pas paraître ingrate, mais hormis Henry, Mara et toi, je n'ai vu personne en trois jours. La virée shopping en ville hier ne compte pas, car je n'ai pas eu le temps de m'y faire des amis, surtout déguisée comme je l'étais.

— Tu sais monter à cheval ? demanda-t-il de but en blanc.

— Bien sûr !

— Tu veux que je t'emmène en promenade après le dîner ? Au coucher du soleil ?

— Ce serait formidable.

Etant donné l'enthousiasme dont elle faisait preuve pour une simple balade à cheval, il se rendit compte à quel point il avait négligé son invitée.

— Surtout, n'oublie pas de porter les vêtements qu'on a achetés hier. Et un chapeau.

— Je ne crois pas avoir besoin de me déguiser.

— Ce n'est pas pour ça, dit-il en lui adressant un regard perçant.

— Ah ? s'exclama-t-elle, les yeux écarquillés.

Etait-elle consciente de l'effet qu'elle produisait sur lui ? Si elle ne l'avait pas entendu dans la cuisine, il serait reparti dans son bureau, continuant à ignorer l'attirance croissante qu'il ressentait pour elle.

Ni Macy ni lui n'avaient besoin de compliquer leur vie en ce moment ; il valait donc mieux éviter de provoquer une situation embarrassante.

— Excusez-moi, dit Mara en sortant de la cuisine.

— Qu'y a-t-il ?

— Henry a fini l'entretien avec M. Fargo, et il aimerait que vous le rencontriez, si vous avez le temps.

— Merci du message. Dites-lui que j'arrive.

— Bonne soirée, dit-elle avant de prendre congé.

Il observa Macy renouer le haut de son maillot de bain. Quand il vit ses seins remplir les petits triangles de tissu, il choisit lui aussi de prendre congé, tant la tentation devenait forte.

— On se voit au dîner, déclara-t-il en se levant.

Avait-il eu raison d'inviter Macy chez lui ?

Compte tenu de l'effet qu'elle produisait sur lui, il n'en était plus si sûr.

Son bureau se trouvait de l'autre côté des pièces à vivre de la maison. Dès qu'il le pouvait, il y dirigeait sa société de bétail, préférant rester à Wild River que de se rendre à Dallas où il possédait cinq cents mètres carrés de bureaux.

Un sourire cordial aux lèvres, il s'installa derrière son grand bureau de verre et accueillit l'homme à qui Henry venait de faire passer un entretien.

En lui serrant la main, il le regarda droit dans les yeux. L'homme, sans ciller, lui retourna un regard franc et sincère. Immédiatement, il sut qu'il voulait l'embaucher.

— J'ai lu votre CV. Vous avez beaucoup d'expérience.

— Disons que j'ai vu du pays, répondit l'homme, une lueur malicieuse dans les yeux.

— Vous avez travaillé sur les chantiers, pour le gouvernement et vous avez même enseigné. Vous avez enseigné quoi ?

— L'histoire américaine. J'ai aussi été entraîneur de football.

S'adossant à son fauteuil, il observa plus attentivement l'homme en face de lui. Grisonnant, la soixantaine, bien mis, il aimait la confiance qui émanait de lui.

— J'ai joué à la fac, dit Carter.

— Vous avez même établi des records.

— En effet. Mais c'était il y a longtemps.

— Vous avez marqué treize *touchdowns* pour votre équipe.

— Je vois que vous avez enquêté.

— Disons que j'aime savoir où je mets les pieds.

— Et que savez-vous d'autre à mon sujet ?

— Vous étiez dans l'armée. Votre père est alcoolique. Vous êtes un homme bon et juste. Vous menez vos affaires d'une main de maître. Et vous avez amassé une jolie fortune.

Il regarda son interlocuteur, abasourdi.

Jamais personne n'avait résumé sa vie aussi succinctement et fidèlement. Enfin, pas si fidèlement que ça, puisqu'il avait omis d'ajouter : « Vous venez de vous faire larguer par votre petite amie. »

— Je cherche quelqu'un pour surveiller ma propriété. Vous vous sentez d'attaque ?

Bill Fargo croisa les bras, comme pour se donner le temps de réfléchir.

— J'ai réussi à contrôler vingt gamins dans une classe et à me faire respecter dans des vestiaires de football. Si on me donne un boulot, je le fais. Je sais aussi me servir d'une arme à feu.

— Je n'en doute pas. J'ai vu que vous aimiez chasser.

— Oui, beaucoup.

— Pourquoi voulez-vous ce boulot ?

— J'ai envie de travailler, et Wild River est un endroit agréable.

Fargo plaisait à Carter.

— OK, ça me va. Si vous voulez le poste, il est à vous, dit Carter en lui tendant la main.

Ils se levèrent tous les deux.

— Venez demain matin, Henry vous expliquera tout. Des questions ?

— Non.

— Alors, merci d'être passé me voir, et à bientôt.

*
* *

— Je voulais te prévenir que j'ai engagé quelqu'un pour veiller sur la propriété la nuit.

Surprise, Macy leva les yeux vers Carter. Elle était en train de mettre la table, absorbée dans ses pensées, et ne l'avait pas entendu arriver.

— Il a la soixantaine, mais il m'a l'air taillé pour l'emploi. Tu auras sûrement l'occasion de le croiser.

Elle avait toujours autant de plaisir à entendre son accent texan. Il s'avança vers elle, d'une allure à la fois nonchalante et gracieuse, ses bottes claquant sur le sol en pierre.

— Je pensais que j'étais en sécurité.

— C'est le cas. Mais pendant mon absence, quelqu'un a tenté de pénétrer dans le cottage. Rien de grave, mais comme tu es là, je me suis dit que ça ne mangeait pas de pain de renforcer la sécurité.

— De la renforcer ? Qu'y a-t-il en plus des barrières et des barbelés qui entourent le terrain ? s'enquit-elle en plongeant son regard dans ses yeux noisette.

Il sentait bon la terre et le musc.

— La plupart de mes hommes sont armés.

Sa gorge se serra. Elle venait d'un lieu où porter une arme était considéré comme un acte politiquement incorrect.

— Pourquoi ?

— Pour se défendre contre les serpents à sonnettes et les voleurs de bétail.

— Tu plaisantes ?

Il effleura son épaule en se tournant pour prendre la carafe de thé glacé dans le réfrigérateur. Des sensations délicieuses se propagèrent en elle.

— Tu saurais que je ne plaisante pas si tu t'étais déjà retrouvée face à un crotale du Texas.

— Cela t'est déjà arrivé ?

Il leur versa un verre de thé glacé à chacun.

— Une bonne dizaine de fois.

Elle frissonna.

— J'ai horreur des serpents.

— Je suis sûr qu'ils ne nous aiment pas non plus. Cela fait partie des risques dans un ranch.

— J'ai l'impression que tu te moques de moi.

— Pas du tout.

— Pourquoi ne m'as-tu rien dit quand tu m'as fait visiter ta propriété ?

— Je faisais très attention et j'étais prêt à intervenir.

— Tu avais une arme sur toi ?

— Un couteau.

— Si j'avais su…

— Tu essaies de me dire que tu ne veux plus aller te balader à cheval avec moi ?

— Pas du tout. Je ne suis pas du genre à me défiler, dit-elle la voix tremblante.

Intérieurement, l'idée d'annuler lui avait traversé l'esprit, mais elle ne voulait pas passer pour une peureuse.

— Et tu seras armé ?

— Oui, mais, de toute façon, c'est quand même difficile de se faire mordre par un serpent quand on est sur un cheval, dit-il en soulevant le couvercle de la casserole.

— Là, tu te moques de moi.

— Un peu, répondit-il avec un clin d'œil.

Mara leur avait préparé de la viande rôtie avec des pommes de terre et des légumes vapeur.

Il huma l'odeur délicieuse, poussant un soupir de satisfaction.

— Ça a l'air délicieux ! Je meurs de faim.

— Moi aussi.

Depuis l'épisode à la piscine, elle était légèrement perturbée. Sur le moment, elle avait eu l'impression qu'il la dévisageait autrement, comme si l'attirance entre eux était palpable. Mais à présent, elle doutait des signes qu'elle avait cru lire.

Mieux valait jouer la carte de la prudence.

Il était forcément encore amoureux de Jocelyn. Même si elle l'avait rejeté, on ne se remettait pas du jour au lendemain d'un chagrin d'amour causé par la perte de la femme avec laquelle on envisageait de faire sa vie.

Ils se servirent, puis mangèrent en silence. Il termina le premier, alors qu'elle avait encore la moitié de son repas dans son assiette.

— Tu as toujours vécu au ranch ?

Il croisa les bras et s'adossa confortablement à sa chaise avant de lui répondre.

— Non. C'était le ranch de mon oncle. J'ai vécu avec lui par intermittence jusqu'à mes douze ans. Puis mon oncle m'a adopté, et je suis venu vivre avec lui de façon permanente. C'est lui qui m'a tout appris. A l'époque, il n'y avait que trois chambres et une salle de bains dans la maison. Le troupeau était de petite taille, mais solide. Mon oncle était un homme bien.

— Qu'est-il arrivé à tes parents ?

Il la fixa d'un regard hésitant où se lisait aussi de la douleur.

L'espace d'un instant, elle crut qu'il ne lui répondrait pas et regretta d'avoir posé la question. Or, au moment où elle s'apprêtait à s'excuser, il prit la parole.

— Ma mère est morte quand j'avais huit ans. Elle se disputait avec mon père quasiment tous les soirs. Je l'entendais pleurer dans son lit. Moi aussi, je pleurais.

Riley est égoïste, faible, et il a poussé ma mère dans sa tombe. C'est un alcoolique.

Elle comprenait les sentiments de Carter. Elle aussi avait ressenti la même chose envers son père alcoolique.

— Je vois tout à fait ce que tu as pu éprouver dans ton enfance.

— Franchement, Hollywood, j'en doute.

— Mon père a foncé dans un arbre au volant de sa voiture il y a dix ans. Il était ivre mort. C'était un joueur invétéré. Ce soir-là, il avait beaucoup gagné et bu à l'excès. L'alcool l'a tué. Sa mort était dans les journaux. Tu ne t'en souviens pas ?

— Non, j'étais à l'étranger. Désolé, cela a dû être dur.

— C'était horrible. En plus, ma mère a plongé dans une dépression et ne pouvait plus s'occuper de moi. J'avais seize ans.

— Ce n'est pas un âge facile pour gérer ça.

— Je ne te le fais pas dire.

Il se leva, tenant son assiette. Manifestement, la conversation était terminée.

— Duke et Honey nous attendent. Ils ont besoin de se promener et nous avons besoin de prendre l'air pour nous changer les idées. On y va ?

— J'ai déjà mes bottes, chef ! dit-elle en levant une jambe en l'air pour le lui prouver.

Il inspecta les bottes, puis remonta le long de son jean, parcourut sa chemise blanche pour enfin plonger son regard intense dans le sien.

— Alors, c'est parti !

- 5 -

Macy avait mal aux fesses, mais elle aurait tout enduré plutôt que de se plaindre. Honey était adorable, et Carter lui avait donné un cheval qui lui convenait parfaitement.

Décidément, tout ce qu'il entreprenait, il le faisait bien. Sous ses allures d'homme parfait, il devait pourtant avoir des défauts ! Lesquels ? C'est ce qu'elle devait découvrir avant de perdre la tête pour lui.

En outre, il montait admirablement l'étalon noir qu'il avait dressé lui-même.

Elle était déjà sortie avec des jeunes hommes séduisants, intelligents et attentionnés, mais aucun ne sortait du lot. Sans compter qu'ils semblaient toujours plus intéressés par son nom de famille que par sa personnalité.

Soudain, Duke partit au trop, et Honey suivit. Elle fut subitement tirée de ses pensées. Quand Carter ralentit, elle s'efforça de reprendre sa respiration. Ses fesses étaient en feu, mais jamais elle ne le reconnaîtrait.

— On pourrait faire une pause ?

— Si tu veux.

— J'aimerais aller voir cet endroit de la rivière, dit-elle avec un geste vague.

— Cela n'a rien d'exceptionnel, mais si tu as besoin de t'arrêter, allons-y.

— Je n'ai pas besoin de m'arrêter. J'ai envie de m'arrêter.

— Entendu.

Il ouvrit la marche alors que les rayons du soleil couchant embrasaient le ciel. Le paysage était à présent mauve. L'air était lourd, mais l'eau rafraîchissait l'atmosphère.

Quelques minutes plus tard, ils s'arrêtèrent.

Carter descendit de son étalon avec une grâce suprême et caressa son cheval avant de venir à sa rencontre.

Elle tenta de descendre avec la même agilité, mais sa botte se coinça, Honey rua légèrement et elle perdit l'équilibre. Heureusement, Carter arriva à temps pour l'empêcher de tomber.

— Attention, dit-il de sa voix de velours.

L'instant d'après, elle était dans ses bras, serrée contre son torse, prise en sandwich entre Honey et le cow-boy de ses rêves.

Les bras noués autour de son cou, elle le regarda dans les yeux. Ce fut une erreur. Au lieu d'y lire un désir irrépressible, elle y vit une lueur d'amusement.

— Peut-être n'es-tu pas aussi bonne cavalière que tu le prétends, la taquina-t-il.

— Je sais très bien monter, dit-elle, se dégageant de ses bras.

— Tu n'étais pas montée depuis quand ?

— Trois ou quatre ans.

Il scruta son visage, toujours aussi amusé.

— Ou plutôt cinq ou six ?

Décidément, il ne lâchait rien !

— Disons huit ans. Je suis un peu rouillée.

Il lui tourna le dos. Elle s'empressa de se frotter les fesses pour sentir l'étendue des dégâts.

— De retour à la maison, rappelle-moi de te donner un baume spécial pour les derrières malmenés, dit-il en se retournant, la prenant en flagrant délit.

Il éclata de rire.

— Carter McCay, je crois que tu prends trop de plaisir à te moquer de moi.

— On ne peut rien te cacher.

Une fois au bord de la rivière, il se baissa pour ramasser un galet qu'il jeta au loin. De jolis cercles concentriques se formèrent à la surface de l'eau claire. C'était une vision très relaxante.

— On m'a dit que la rivière était sauvage, mais elle n'en a pas l'air.

— Pas ce soir. Mais parfois, elle peut être mortelle.

Le soleil s'éclipsait à l'horizon. Le crépuscule était le moment qu'elle préférait. Ils restèrent en silence à observer les derniers rayons disparaître alors que la nuit s'installait autour d'eux.

— Je me plais beaucoup ici.

— J'en étais sûr, dit-il en la fixant avec intensité.

— Mais je n'en peux plus de ne rien faire. Je tourne en rond, et j'ai découvert que je n'aimais pas ça du tout.

— Où veux-tu en venir ?

— J'ai besoin de m'occuper, de faire quelque chose de mes dix doigts.

L'idée lui était venue dans l'après-midi. Depuis, elle ne cessait d'y penser. Ce serait bénéfique pour tous les deux, elle se sentirait utile et il n'aurait pas l'impression de l'avoir à sa charge.

— Carter, tu peux refuser, mais j'aimerais que tu m'autorises à retaper le cottage. J'ai besoin d'avoir un projet qui me donne une raison de me lever. Et mes tarifs sont imbattables. Je suis gratuite.

— C'est non.

— Pourquoi ?

— Je n'ai pas eu le temps d'y réfléchir.

— Dis-moi au moins que tu n'envisages plus de le faire démolir.

— Je ne peux rien te promettre.

— Soit, dit-elle en croisant les bras, le défiant du regard.

Mais intérieurement, elle eut envie de sauter de joie. Enfin ! Elle lui avait trouvé un défaut : il était têtu comme une mule.

N'y tenant plus, elle éclata de rire.

— Pourquoi tu ris ?

— Pour rien, prétendit-elle en haussant les épaules.

Quel soulagement ! Son cow-boy n'était pas parfait.

Il se pencha vers elle, sceptique.

— Tu ne vas pas chercher à me convaincre de faire ton projet ?

— Oh ! si, ne t'inquiète pas pour ça. Je peux me montrer très coriace quand je sais que j'ai raison.

— C'est-à-dire la plupart du temps ?

— On ne peut rien te cacher, répliqua-t-elle, contente d'elle.

— Au revoir, Mara. Et encore merci pour le déjeuner, lança Macy qui s'apprêtait à sortir.

— Je vous en prie, répondit la femme dans la cuisine.

Munie du chapeau en feutre de Carter et vêtue de son nouveau jean, elle ressemblait vraiment à une Texane de Wild River.

Le soleil de la fin d'après-midi l'aveugla. Elle mit ses lunettes. Le long des corrals, elle vit Henry s'entretenir avec l'un des travailleurs du ranch. Elle lui fit un signe, et il inclina la tête en portant la main à son chapeau.

Puis elle continua en direction du cottage délabré. Elle avait besoin de se changer les idées. Une promenade lui ferait le plus grand bien.

Carter était parti à Dallas pour la journée, et elle avait assez lu au soleil pour la journée.

Rocky sortit des écuries, courant après elle, la langue pendante.

— Tu viens m'escorter pour me défendre contre les serpents ?

Il lui emboîta aussitôt le pas. C'était agréable d'avoir un compagnon aussi fidèle. Longeant la rivière, elle marcha d'un bon pas dans l'espoir de brûler quelques calories. Grâce à Mara, elle avait un peu moins peur de tomber nez à nez avec un crotale texan. En effet, Mara lui avait dit qu'elle avait vécu ici toute sa vie sans en avoir jamais vu un.

Après leur conversation, elle avait décidé de braver sa peur. De toute façon, il était hors de question de tourner en rond dans la maison ou au bord de la piscine. Le cottage l'intriguait énormément, mais, malgré son insistance, Carter refusait toujours de la laisser monter un projet de rénovation. Comme s'il avait un blocage psychologique dont elle aurait ignoré la raison.

Elle entra dans la bâtisse, toujours suivie de Rocky. Elle commença par faire le tour du rez-de-chaussée poussiéreux. Il n'était guère difficile d'imaginer l'heure de gloire de ce lieu, et elle n'avait aucun mal à trouver des idées de rénovation. Quel dommage que le propriétaire soit aussi têtu !

Avant de passer à l'étage, elle ressortit et se dirigea

vers le kiosque. Avec la rivière à proximité et les grands chênes, c'était un lieu magique.

Un bruissement dans les arbres la fit tressaillir. Elle se figea, Rocky à ses pieds. L'image d'un crotale géant s'imposa à elle et lui glaça le sang.

— Il y a quelqu'un ? dit-elle d'une voix tremblante en s'accroupissant à côté de Rocky.

Un homme sortit de derrière les arbres. Elle se releva d'un bond.

— C'est moi, Bill Fargo. Je vous ai fait peur ?

— Euh… Oui, un peu, répondit-elle, néanmoins soulagée.

Il s'approcha d'elle, lentement.

— M. McCay m'a embauché pour surveiller la propriété.

— Ah, oui, il m'en a parlé.

— Qui êtes-vous ?

Elle le fixa du regard sans mot dire, hésitant à lui répondre.

— Je vous ai fait peur, mais je ne mords pas, renchérit-il, non sans humour.

Enfin, elle se décida à lui répondre.

— Je m'appelle Macy. Je suis l'invitée de M. McCay. Je pensais que vous ne faisiez vos rondes que la nuit.

— Je travaille de 16 heures à minuit, dit-il après avoir regardé sa montre.

— Vous m'avez suivie ?

— Non, c'est une coïncidence. Je débute, donc j'en suis encore à la phase d'exploration.

— Moi aussi, j'aime explorer ce ranch, mais l'endroit que je préfère, c'est ici.

— Oui, ce lieu a beaucoup de charme.

— Bon, je vais finir mon petit tour et vous laisser faire votre travail.

— Ravi de vous avoir rencontrée, et encore désolé de vous avoir fait des frayeurs, dit-il en tournant les talons.

Cette fois, elle rentra dans la maison et alla directement à l'étage. Quand elle était venue avec Carter, elle n'avait pas eu le temps de bien examiner le potentiel des pièces.

Peut-être était-il réticent à cause de Jocelyn ? Peut-être était-ce elle qui avait décoré l'unique chambre habitable du cottage ? Peut-être avait-elle voulu elle aussi rénover le lieu ?

Par la fenêtre, elle admira la vue magnifique. Soudain, elle entendit le bruit d'un moteur. L'instant d'après, une Jeep apparut dans son champ de vision.

C'était Carter.

Aussitôt, son cœur se mit à battre la chamade. Pourquoi cette réaction aussi intense dès qu'elle le sentait approcher ? Chaque fois, elle devait se rappeler à l'ordre en se disant qu'il n'était pas pour elle. Et ce, pour une multitude de raisons.

Elle entendit sa voix.

— Hollywood, tu es là ?

— Oui. Là-haut !

Rocky aboya.

Elle s'assit sur le lit pour reprendre contenance, tandis qu'elle entendait le bruit de ses pas dans l'escalier.

— Coucou, dit-elle en le voyant entrer dans la chambre.

Il vint s'asseoir sur le lit à côté d'elle.

Son odeur citronnée et musquée l'enveloppa aussitôt.

— Bonjour, Macy, dit-il d'un ton aussi doux que la plus fine des soies.

— Tu me cherchais ?

Il n'y avait aucune raison qu'il soit venu à sa rencontre, mais elle n'avait rien trouvé d'autre à dire.

— Oui, répondit-il, la prenant par surprise.

— Pourquoi ?

Il lui lança un regard interrogateur.

— Je ne sais pas. Mara m'a dit que tu étais partie te promener, et je me suis dit que je te trouverais ici.

— Tu as vu juste. Tiens, j'ai fait la connaissance de Bill Fargo.

— Je sais, je l'ai croisé. Il m'a dit qu'il t'avait fait peur.

— J'ai entendu un bruissement dans les arbres, et j'ai cru que c'était un crotale géant. Tu dois me trouver pitoyable.

Il éclata de rire.

— Mais non, pas du tout. J'ai peut-être un peu exagéré sur les serpents. Je veux simplement que tu sois sur tes gardes, au cas où.

Il ôta son chapeau, le posa entre eux sur le lit, puis passa la main dans ses cheveux.

Elle frémit.

Ce simple geste suffisait à la troubler profondément. Dès qu'elle était en sa compagnie, elle perdait pied avec la réalité. Puis elle se souvint de son entêtement à refuser la rénovation du cottage, et la question qui la taraudait sortit malgré elle.

— C'est Jocelyn qui a refait cette chambre ?

Il se tourna brusquement vers elle.

— Quoi ?

— Je me demandais si ta fiancée avait voulu rénover le cottage.

D'un bond, il se leva du lit et se campa près de la fenêtre, tournant le dos à Macy.

— Elle n'a jamais été ma fiancée.

— Pardon, murmura-t-elle.

Un silence gêné s'installa entre eux. Elle se leva à son tour pour le rejoindre.

— Excuse-moi, je ne voulais pas être indiscrète.

— Ah non ? lança-t-il en se tournant brusquement vers elle.

Sa réaction la poussa à reculer d'un pas.

— Non… Je comprends que tu ne veuilles rien me dire.

Il ferma les yeux, contrarié. Il ne lui devait aucune explication ; pourtant, elle avait très envie de savoir.

Il ne s'agissait pas que du cottage.

Elle résidait depuis quelques jours chez lui, ils étaient encore quasiment des étrangers l'un pour l'autre, et pourtant, le lien qui existait entre eux semblait solide et naturel. Elle se sentait anormalement proche de lui.

Et surtout, elle tenait beaucoup à lui.

Enfin, il rompit le silence.

— Jocelyn n'aimait pas cet endroit. Elle pensait qu'il fallait le détruire.

Choquée, elle resta immobile, observant son regard s'assombrir.

— Moi aussi, je suis du même avis, mais pas pour les mêmes raisons qu'elle.

— Pourquoi, alors ?

— C'est lié à mon père.

Elle patienta, brûlant de curiosité, mais ne le pressa pas. De toute évidence, il s'agissait d'un sujet douloureux pour lui. C'était à lui de décider s'il lui faisait suffisamment confiance pour lui en parler.

Après avoir fouillé son regard, il reprit la parole.

— Après sa dernière cure de désintoxication, on

a décidé qu'il serait chargé de surveiller la bâtisse et de superviser la rénovation. Je lui ai dit que c'était un test, et il a promis qu'il serait à la hauteur. Il a tenu sa promesse deux semaines. Un jour, le décorateur est venu me voir en me disant que mon père n'était pas là pour leur ouvrir la porte. Je suis allé immédiatement chez lui. Sa maison était en feu. Il était trop ivre pour s'en rendre compte. Puis j'ai entendu Rocky hurler, piégé dans la maison.

— Quelle horreur !

— Je l'ai sauvé, et je l'ai ramené chez moi.

— Et ton père ?

— Il s'en est sorti sans une égratignure. Riley McCay est un dur à cuire.

— Heureusement que tu as réagi aussi rapidement, sinon ils auraient pu tous les deux périr dans l'incendie.

Le silence retomba, lourd et douloureux.

— Maintenant, tu sais pourquoi j'hésite à rénover ce lieu.

— Mais…

Il posa deux doigts sur sa bouche, l'empêchant de continuer. A son contact, elle frémit intensément, dans tout son corps.

— Mais j'ai changé d'avis. Tu m'as permis de voir le potentiel de cette maison. Donc si tu es toujours d'accord, tu peux commencer la rénovation. J'ai parlé à mon comptable aujourd'hui…

— C'est vrai ? Tu acceptes de me confier ce projet ? s'enquit-elle, incrédule.

Il acquiesça en silence.

— Oh ! merci ! Tu ne le regretteras pas !

Elle se jeta à son cou et déposa un léger baiser sur ses lèvres.

- 6 -

Carter le regrettait déjà.

Il tenait Macy dans ses bras, les mains posées sur ses hanches si fines. Son pouls s'accéléra lorsque son regard tomba sur sa bouche. Ses lèvres étaient pleines, soyeuses et généreuses. Ses yeux mauves resplendissaient. Son visage tout entier était illuminé de joie. Comment pouvait-il ne pas partager cet enthousiasme spontané ?

Son corps était sensible au moindre contact de la jeune femme.

Elle cilla, puis plongea son regard innocent dans le sien, comme pour sonder ses sentiments. Il la fixa en retour, évaluant la situation, jusqu'à ce que ses lèvres tentatrices s'ouvrent légèrement et que son parfum si féminin lui fasse tourner la tête.

Sa capacité de résistance avait ses limites. Baissant la tête, il vint mordiller ses lèvres.

Elle laissa échapper un petit gémissement qu'il interpréta comme une invitation à continuer. Tant mieux, car il n'avait pas envie d'arrêter. Il recouvrit ses lèvres pulpeuses de sa bouche avide.

Elle se laissa aller dans ses bras, comme si c'était ce qu'elle attendait depuis toujours, comme si elle était faite pour s'y blottir.

Son corps fut secoué d'une vague de frissons.

Non, elle n'était pas faite pour lui, mais cette étreinte

était trop tentante, sa bouche trop alléchante pour y résister.

Etait-ce un accès de fierté masculine ou la passion qui le poussait à agir ainsi ?

Il l'ignorait et préférait ne pas y penser.

Ils étaient tous deux à un carrefour de leur vie, seuls, et s'ils pouvaient se réconforter l'un l'autre, pourquoi pas ?

Il resserra son étreinte, approfondissant son baiser.

Elle se laissa aller à parcourir son torse de ses mains agiles, puis lui caressa le cou. Il aimait sentir ses doigts l'explorer avec délicatesse.

Passant la main dans sa nuque, il détacha sa queue-de-cheval et libéra ses cheveux. Les boucles soyeuses tombèrent sur ses épaules.

— Ouvre-toi, murmura-t-il.

Sans se faire prier, elle ouvrit ses lèvres.

Aussitôt, il glissa la langue dans sa bouche pour l'embrasser avec encore plus de fougue.

Elle murmurait son prénom entre chaque baiser, telle une prière sensuelle. Il avait très envie d'elle, et ils se trouvaient justement dans l'unique chambre meublée du cottage, équipée d'un grand lit accueillant.

Cependant, avant de passer aux choses sérieuses, il se devait de lui rappeler ce qu'il lui avait dit sur le yacht dans le port de New York.

C'était sans engagement. Il ne pouvait rien lui promettre. A regret, il s'arracha à elle.

— Tu sais…

Mais il n'eut pas le temps d'aller plus loin, car, par la fenêtre, il vit arriver le camion d'Henry.

— Mince, voilà Henry. Il me cherche sûrement.

Elle le regarda, légèrement déboussolée.

— Je vais voir ce qu'il veut.

Il mit son chapeau, puis lança un coup d'œil troublé dans sa direction avant de quitter la chambre.

En définitive, il était reconnaissant à Henry d'être arrivé. Sans ça, Dieu sait ce qu'il se serait passé entre Macy et lui.

Le temps qu'il rejoigne son contremaître, il avait recouvré ses esprits. L'homme était assis au volant de son camion.

— Henry, vous me cherchiez ?

— C'est au sujet de Belle. La jument est sur le point de mettre bas, et vous m'aviez dit que vous vouliez être là.

— Merci. Comment va-t-elle ?

— Tout va bien, mais je dois y retourner rapidement.

— Allez-y. Je vous rejoins.

Macy apparut dans l'embrasure, les cheveux rassemblés en queue-de-cheval, son chapeau ornant joliment son visage.

— Miss Tarlington, dit Henry à l'attention de Macy.

Carter savait qu'il était trop poli pour poser des questions indiscrètes.

Il se tourna vers elle.

— Tu as déjà vu une jument mettre bas ?

— Non.

— Tu as envie de vivre un moment inoubliable ?

— Et comment !

— On se retrouve aux écuries, dit Henry avant de repartir.

Une fois que le camion se fut éloigné, il se tourna vers elle. Ses yeux lavande étaient d'une intensité éblouissante. Il observa sa bouche, gonflée de leurs baisers.

Gêné, il glissa les mains dans les poches arrière de son jean, se campant sur les talons de ses bottes.

— Ecoute, quand je t'ai invitée ici, je t'ai dit que ça

ne nous engageait à rien. C'est toujours le cas. Surtout, ne te sens pas obligée de…

— De quoi ? De t'embrasser ? l'interrompit-elle, le foudroyant du regard.

Il eut un mouvement de recul, étonné de sa réaction.

— Tu penses que je t'ai embrassé parce que j'ai l'impression de t'être redevable ? Dis donc, ça en dit long sur ce que tu penses de moi.

— Pourquoi es-tu si agacée par ce que j'ai dit ?

— Je ne suis pas agacée.

Pourtant, on aurait dit que de la fumée sortait de ses oreilles.

— Alors, pourquoi hausses-tu le ton ?

— C'est toi qui m'as poussée à hausser le ton. Je t'ai embrassé car j'en avais envie, et depuis longtemps. Si tu penses que c'était pour une autre raison, alors tu me connais vraiment mal.

— C'est un peu vrai. Après tout, on se connaît à peine. Et manifestement, mieux vaut en rester là, dit-il fermement.

Il n'avait surtout pas envie de se compliquer la vie avec Macy Tarlington. Il venait d'essuyer un rejet dans sa vie amoureuse et n'était pas près de refaire confiance à une femme de sitôt. Même si Macy était très attirante, même si elle avait un corps de déesse et même si les baisers qu'ils avaient échangés étaient parmi les plus troublants de sa vie.

— En plus, c'est moi qui t'ai embrassée. Toi, tu t'es contentée de m'administrer un petit baiser insignifiant.

— Je voulais te remercier. J'étais grisée par la nouvelle. Je me suis laissé emporter. Et si tu me trouves aussi insignifiante que tu le prétends, je me demande d'où vient cette réaction, dit-elle en regardant son pantalon gonflé sous la ceinture.

C'est vrai qu'elle l'avait excité. Ce n'était pas un crime, et il n'avait pas envie de s'excuser à ce sujet.

— Inutile d'aller chercher midi à 14 heures. Tu es une très belle femme, et notre étreinte dans la chambre ne m'a pas laissé indifférent. C'est tout. Maintenant, si tu veux venir voir Belle mettre bas, monte dans la Jeep.

Il s'installa au volant. Elle ne tarda pas à monter à son tour, même s'il avait espéré qu'elle change d'avis. Avant qu'elle ait eu le temps de s'asseoir confortablement, il appuya sur l'accélérateur.

Voir la jument mettre bas aurait été l'événement le plus marquant de son année si Carter ne l'avait pas embrassée. En effet, leur étreinte arrivait indéniablement parmi les dix meilleurs moments de sa vie.

Elle ne cessait de repenser à ses bras autour d'elle, à leurs corps blottis l'un contre l'autre, à la chaleur de son souffle lorsque sa bouche avide avait pris possession de ses lèvres.

Elle ne regrettait nullement d'avoir donné libre cours à son désir. Carter avait exalté son esprit et embrasé son corps. Mais elle ne comprenait pourquoi il s'était refermé aussi vite, se montrant soudain froid et distant.

Elle ne cherchait pas l'amour, et Carter n'était pas disponible. Il sortait à peine d'un chagrin d'amour et, au passage, sa fierté avait été profondément blessée. Sans oublier qu'il était en possession d'un des trois diamants maudits.

Cependant, elle n'en revenait pas d'avoir éprouvé des sensations qu'elle croyait enfouies en elle pour toujours, voire qu'elle n'avait jamais ressenties auparavant. Et elle ne pouvait s'empêcher de penser à ce qui aurait pu se passer si Henry ne les avait pas interrompus.

Elle était convaincue qu'elle n'aurait pas regretté que les choses aillent plus loin. S'il y avait un homme en qui elle avait confiance et qu'elle désirait plus que tout au monde, c'était Carter.

Appuyée contre la barrière du corral, elle fixait l'horizon. L'air était chaud et moite, le soleil couchant répandant sa douce lumière crépusculaire.

Le poulain était né depuis moins d'une heure, et voilà qu'il avançait déjà au côté de sa maman. Ils étaient tous les deux magnifiques, à la fois gracieux et maladroits, leur manteau marron foncé brillant sous les derniers rayons lumineux.

Carter les laissa dans le corral, puis vint s'appuyer de l'autre côté de la barrière à côté de Macy.

— Il est beau, tu ne trouves pas ? s'enquit-il, sans la regarder.

— Je suis impressionnée. Je n'arrive pas à croire qu'il tienne déjà sur ses pattes.

— C'est dans sa nature. Il trottera d'ici peu et, demain, il pourra déjà galoper.

— Vraiment ?

— Tu verras par toi-même.

L'atmosphère entre eux s'était détendue depuis la naissance du poulain.

Au loin, on entendait le bétail.

Ce ranch était tellement grand qu'il s'y passait toujours quelque chose. L'homme à son côté était trop beau pour sa tranquillité d'esprit et, pourtant, elle se sentait bien.

Soudain, des larmes de joie perlèrent à ses paupières. Désireuse de les cacher à Carter, elle se détourna, prétendant admirer le croissant de lune.

Même le ciel était parfait.

— Qu'y a-t-il, Hollywood ?

Décidément, il était doué d'un sixième sens.

Sans même voir son visage, il avait deviné qu'elle n'était pas dans son état normal.

— J'ai une poussière dans l'œil.

— Tu mens.

— Ah oui ? Et qu'est-ce qui te fait dire ça ? s'enquit-elle en le regardant, l'air défiant.

— Je sais que c'est à cause de ce qui s'est passé entre nous.

— Pas du tout. Tu te trompes. Je suis émue d'avoir vu la naissance d'un poulain.

— Si tu le dis…

Ils se fixèrent longuement, en silence. Il était temps de changer de sujet.

— J'aimerais commencer les travaux demain.

— Je m'en doutais. Je dirai à Henry de t'épauler si tu as besoin d'aide.

— Merci.

— Il faudra aussi qu'on discute du budget.

— Je sais être économe.

— Ne t'inquiète pas pour ça. J'ai envie que ce soit bien fait, et je peux me le permettre. Mais j'ai une condition.

— Vas-y, c'est toi le boss et c'est ton argent. Tu veux des murs rouges et des meubles rétro ?

— Très drôle. Non, je veux faire appel à des personnes de la région pour la main-d'œuvre et le matériel.

— C'est très louable de ta part.

— Je sais, dit-il en lui lançant un sourire malicieux.

— J'accepte ta condition.

— Alors, tout est en règle.

— Je suis vraiment contente de me lancer dans ce projet.

— C'est marrant, je n'aurais pas deviné, la taquina-t-il.

Elle rougit jusqu'aux oreilles.

Il avait vraiment le don de faire naître en elle des réactions inhabituelles.

Il regarda la jument et le poulain.

— Je trouve que Midnight serait un nom idéal.

— C'est parfait.

— Bon, je vais rentrer la petite famille. Je te laisse. Bonne nuit.

— Bonne nuit, dit-elle en partant vers la maison.

Arrivée dans sa chambre, elle prit une décision.

Il était hors de question qu'elle reparte de Wild River le cœur brisé. Dès lors, elle n'avait d'autre choix que de concentrer toute son attention sur le projet de rénovation pour ne plus penser à Carter.

Le surlendemain, en début de soirée, Macy était encore au cottage en train de plancher sur son projet de décoration quand quelqu'un frappa à la porte.

Elle s'était enfermée à clé, sur les instructions de Carter. Regardant sa montre, elle s'aperçut qu'il était 19 heures. Elle n'avait pas vu le temps passer et avait raté le dîner avec Carter.

— Mademoiselle Tarlington ? Tout va bien ?

Ayant reconnu la voix, elle ouvrit à Bill Fargo.

— Désolé de vous déranger, mais je faisais ma ronde et je voulais voir si tout allait bien.

— Allez, avouez-le. C'est Carter qui vous a demandé de prendre de mes nouvelles.

— Je ne fais que mon travail, répondit-il, l'air contrit.

— Je vais bien, mais je ne m'étais pas rendu compte qu'il était aussi tard. Si vous avez le temps, entrez.

— D'accord, mais je ne reste pas longtemps, dit-il en enlevant son chapeau.

— Vous voulez du thé glacé ? J'ai apporté deux verres.

— Avec plaisir.

— Alors, comme ça, vous connaissez mon nom de famille ?

— Oui, je sais qui vous êtes.

— C'est Carter qui vous l'a dit ?

— Non, j'ai mené ma petite enquête. Je suis curieux de nature. Vous savez, malgré mes allures d'ours, je suis loin d'être un ermite. J'aimais beaucoup votre mère, c'était une actrice hors pair.

Beaucoup de gens lui avaient déjà dit la même chose, mais là, c'était différent. Les paroles de Bill Fargo lui allèrent droit au cœur.

— Et c'était aussi une mère merveilleuse.

— Elle doit vous manquer.

— En effet. Mais sa maladie la faisait beaucoup souffrir et, même si j'aurais aimé passer plus de temps avec elle, c'était mieux qu'elle parte rapidement.

— Je comprends. Et ne vous inquiétez pas. Je sais que vous êtes venue ici pour avoir la paix. Vous pouvez compter sur ma discrétion.

— Merci, c'est gentil. Tenez, puisque vous êtes là, vous pourriez me donner votre avis. Je n'arrive pas à me décider pour la peinture.

— Je ne dirais pas que la décoration d'intérieur est mon point fort, mais je suis prêt à défendre mes goûts.

— J'ai ce mauve qui tend vers la lavande. Ce gris couleur pierre de montagne. J'aime aussi ce ton chocolat au lait, et ces nuances sucre roux. Je suis tellement indécise !

— Vous ne pouvez pas opter pour plusieurs coloris ?

— Si. Je pensais faire chaque chambre à l'étage dans une couleur différente.

— Alors, ces tons seront parfaits pour les chambres. Et cette couleur sauge me rappelle la couleur qu'il y avait dans la cuisine d'une des maisons de mon enfance.

— Quelle coïncidence ! C'est justement la couleur que j'ai choisie pour la cuisine. C'est un ton chaud et accueillant. Je suis contente de vous avoir demandé votre avis.

— Surtout, n'hésitez pas !

— Et où avez-vous grandi, si je puis me permettre ?

Fargo se raidit.

Elle regretta aussitôt d'avoir posé la question.

— J'ai grandi sur la côte Est, mais j'ai beaucoup déménagé. J'ai eu une enfance mouvementée.

— Oui, moi aussi ! Je suis sûr qu'on aurait de sacrées histoires à se raconter.

Il se leva.

— Peut-être une autre fois ? Pour l'heure, je dois me remettre au travail. Je vous ramène ?

— Volontiers.

Elle ramassa ses affaires, contente de sa journée. Le peintre qu'elle avait embauché allait pouvoir commencer la peinture à l'étage. Comme elle n'était que de passage à Wild River, son but était de faire avancer le projet au maximum pendant la durée de son séjour.

Plus tard dans la soirée, Macy n'arrivait pas à trouver le sommeil, ne cessant de se retourner dans son lit.

L'atmosphère de sa chambre était étouffante.

Elle se leva, enfila un déshabillé de soie et sortit à pas feutrés. Avançant dans le noir, elle chercha à tâtons l'interrupteur le plus proche. Mais avant de le trouver, elle marcha sur un objet qui lui blessa le pied et lui fit perdre son équilibre. Elle tomba de tout son long sur le carrelage, poussant un cri de douleur.

L'instant d'après, elle entendit la voix de Carter qui venait d'allumer la lumière.

— Macy ? dit-il, penché au-dessus d'elle.

Il avait le corps couvert de gouttes d'eau, une serviette nouée autour de la taille.

— Tu es blessée ?

— Je me suis fait mal au pied.

Derrière elle, il trouva un os en plastique. Rocky l'avait rongé au point de rendre l'objet pointu.

— En effet, ça a dû faire mal, dit-il, après inspection de l'objet.

Elle ne parvenait pas à détacher les yeux de son torse nu, musclé à souhait. Depuis des nuits, elle imaginait à quoi Carter ressemblait sous ses chemises.

La réalité dépassait la fiction.

— Je vais regarder, dit-il en examinant son pied.

Ses yeux noisette se concentrèrent sur son talon tandis que ses mains expertes lui effleurèrent la plante du pied.

Elle sentit tout son corps frémir.

— C'est bon, je ne vois pas de sang, tu devrais survivre à ta blessure, la taquina-t-il en reposant son pied.

— Bonne nouvelle. Merci, docteur, répondit-elle, continuant la plaisanterie.

Il se pencha vers elle pour essuyer une goutte tombée sur sa gorge.

A son contact, elle sentit sa peau s'embraser.

— Désolé, je ne voulais pas te mouiller.

L'allusion renforça son effervescence intérieure. Elle ne répondit rien.

— Où allais-tu ?

— Je… Je n'arrivais pas à dormir et j'avais décidé d'aller me faire une tisane dans la cuisine.

Heureusement, elle marchait dans la direction inverse de la chambre de Carter. Elle ne tenait pas à ce qu'il se fasse plus d'idées encore.

— Et toi, que faisais-tu ?

Sa question n'était pas forcément justifiée, mais elle ne voulait pas donner trop d'importance à son insomnie.

— Moi non plus, je n'arrivais pas à dormir. J'ai piqué une tête dans la piscine.

— Tu as un maillot de bain sous ta serviette ?

Depuis quand posait-elle des questions aussi indiscrètes ?

Le regard de Carter se fit plus perçant.

— Et si je te disais non ? répondit-il, l'air taquin.

— Alors, je saurais que tu aimes te baigner nu la nuit.

— Et non… Désolé de te décevoir. Je porte un maillot de bain. Ce n'est pas drôle de se baigner nu sans partenaire. Tu es prête ?

— Pour un bain de minuit ? demanda-t-elle, les yeux écarquillés.

— Peut-être un jour, mais pas ce soir, Hollywood, répondit-il avec un clin d'œil.

— Ah, je croyais que…

Elle se mordit la lèvre inférieure, honteuse. Quelle idiote ! Elle sentit ses joues s'embraser. Cela lui apprendrait à ne pas se maîtriser. Elle se sentait ridicule !

— Tu penses pouvoir te lever ?

Il ne semblait pas avoir remarqué sa gêne, ou bien il

avait décidé d'en faire abstraction, pour ne pas compliquer les choses.

— Oui, ça devrait aller.

Il tenta de la relever, mais elle poussa de nouveau un cri de douleur, retombant aussitôt dans ses bras.

— Hollywood, ça va ?

Blottie dans ses bras, qu'aurait-elle pu souhaiter de mieux ?

— Quand j'ai posé le pied par terre, j'ai ressenti une douleur vive.

— Ne bouge pas, je vais te porter.

Il la souleva et la porta dans sa chambre. Il la déposa sur le lit, mais elle garda les mains nouées autour de son cou. Il faisait sombre, l'ambiance était intime, ils étaient à peine vêtus.

— Macy, dit-il sur le ton de l'avertissement.

Il était à moitié hors du lit, elle était sous lui, à sa merci. Hésitant, il jeta un bref coup d'œil en direction de sa bouche.

Elle retint son souffle. Une lueur dans ses yeux attisa son désir. Que lui arrivait-il ? Voulait-elle vraiment faire l'amour avec un homme qu'elle ne connaissait que depuis quelques jours ?

Il cilla, perplexe, avant de prendre possession de ses lèvres avec avidité. C'était du plaisir à l'état pur, le paradis sur Terre. Son cœur battait à vive allure dans sa poitrine. Sa bouche était chaude, son rythme fougueux…

Mais il mit vite fin au baiser. Puis il se releva, la dominant de toute sa hauteur.

— Bonne nuit, Hollywood, et à demain, dit-il avant de partir sans se retourner.

Dès qu'il eut refermé la porte, elle enfonça la tête dans les oreillers en les martelant de rage.

Quelle idiote ! Elle avait mal au pied, il l'avait blessée dans sa fierté, et voilà qu'elle n'avait plus qu'à compter les moutons pour espérer trouver le sommeil !

Comment avait-il pu lui souhaiter une bonne nuit ? Jamais elle n'arriverait à fermer l'œil dans son état de frustration.

- 7 -

En trois jours, les travaux de peinture furent terminés. Macy, fière d'être aux commandes, supervisait tous les corps de métier, satisfaite de l'avancée de son projet. C'était fou comme une couche fraîche de peinture changeait un lieu ! Les couleurs avaient un effet subtil et apaisant, mais avec assez de caractère pour conférer charme et chaleur aux pièces. Un peu comme la toile de fond sur laquelle elle allait pouvoir créer son tableau.

Elle était vraiment contente d'avoir réussi à accomplir autant de choses en dix jours à peine.

— Alors, qu'en penses-tu ? demanda-t-elle à Rocky, alors qu'ils étaient tous deux à l'extérieur du cottage.

Le chien aboya.

— Oui, moi aussi, je trouve ça super.

Des jardiniers paysagistes étaient en train de désherber les plates-bandes qui longeaient l'allée menant à la bâtisse. Ils y mettraient des fées des neiges, ces grosses roses blanches qui fleurissaient de la mi-mai jusqu'au début du mois de novembre.

Le projet progressait à vive allure. Encore un peu, et elle aurait terminé sa mission avant même d'être prête à rentrer à Hollywood.

Elle n'avait plus beaucoup d'argent, sa mère était décédée, les paparazzi seraient sans merci, et elle n'avait toujours pas trouvé ce qu'elle avait envie de faire de sa vie.

En un mot comme en cent, elle n'avait pas envie de partir de Wild River.

Quand elle voyait le kiosque, elle ne pouvait s'empêcher de l'imaginer servant de scène de théâtre. Ne serait-elle pas comblée si elle pouvait aussi le rénover ?

A cet instant, Bill Fargo s'approcha.

Il venait la voir tous les après-midi depuis le premier jour où ils avaient partagé un verre de thé glacé. C'était devenu une habitude, et Macy emportait toujours un verre supplémentaire et de quoi grignoter en sa compagnie.

— Prêt pour la pause ?

— Oui.

— Aujourd'hui, j'ai pris les biscuits au citron de Mara.

— J'ai hâte d'y goûter.

Ils s'assirent à l'extérieur.

Rocky se joignit à eux.

— Je vous ai déjà dit que le jour où j'ai rencontré la femme de ma vie, je lui ai dit de but en blanc que nous étions faits l'un pour l'autre ?

— Non, mais ça a l'air très romantique.

— Nous avions tous les deux une vingtaine d'années, on ne se connaissait pas. Je l'ai vue rire avec un groupe d'amis à moi. Je me suis approché, et on nous a présentés. Son rire était fabuleux. J'ai su sur-le-champ que nous étions faits l'un pour l'autre. Je lui ai dit le soir même. Elle m'a pris pour un fou. Mais moi, j'en étais sûr.

Elle n'avait jamais éprouvé pareil sentiment. A la réflexion, elle n'avait probablement jamais été amoureuse de sa vie.

— Mais comment peut-on en être sûr ?

Bill Fargo n'eut pas le temps de lui répondre, car Carter venait d'arriver en Jeep. Il se gara puis vint aussitôt les rejoindre. En le voyant, elle sentit les battements de son cœur s'accélérer.

— Je voulais voir où en étaient les travaux, dit-il en s'asseyant à la droite de Macy, qui se retrouva ainsi en sandwich entre les deux hommes.

— Comme tu peux le voir, ça prend forme, dit-elle.

— Macy mène le projet de main de maître, déclara Fargo.

Carter remarqua les biscuits dans la boîte.

— Ils sont pour quelqu'un en particulier ?

— C'est Mara qui les a faits. Tu en veux un ?

— Et comment !

— Je crois que l'intérieur du cottage va te plaire, dit-elle.

— Tu es contente du travail des frères McManus ?

— Oui, merci de me les avoir recommandés.

Bill se leva pour continuer sa ronde. Carter finit son biscuit, puis se tourna vers elle.

— Tu veux dîner avec moi, ce soir ?

Elle fit mine de remettre ses cheveux en place pour gagner du temps avant de répondre. Ces derniers temps, elle avait tout fait pour ne pas dîner avec lui. Le soir où elle s'était blessée, elle s'était vraiment sentie humiliée. Depuis, elle voulait à tout prix éviter de croiser son chemin. Il lui avait clairement fait savoir qu'elle ne l'intéressait pas, et elle se devait de garder ses distances.

— Pourquoi me demandes-tu ça ?

Avait-il envie de dîner en sa compagnie ?

— J'adore les côtes de porc au barbecue. Je connais un petit endroit à l'extérieur de la ville qui les cuisine à merveille. Que dirais-tu de m'accompagner ?

Hormis quelques virées en ville pour acheter du matériel, elle n'était pas vraiment sortie du ranch. Cela lui ferait le plus grand bien.

— Oui, avec plaisir. Mais il me faut une heure pour me préparer.

— Ce serait bien si tu mettais une tenue de camouflage.

— Ne t'inquiète pas pour ça, j'ai déjà ma petite idée.

Carter s'était douché et habillé en vingt minutes, puis il était allé dans son bureau pour travailler sur sa comptabilité.

Son estomac gargouilla. Il regarda sa montre. Cela faisait plus d'une heure que Macy se préparait. La patience n'était pas son point fort, encore moins quand il avait faim.

Soudain, il entendit des voix dans le salon.

Il sortit de son bureau en imaginant l'assiette alléchante de côtes de porc, de purée de pommes de terre et de crème de maïs qu'il commanderait dès son arrivée au restaurant.

Lorsqu'il arriva dans le salon, il s'immobilisa.

Son cousin était en grande conversation avec une jeune femme vêtue d'un chemisier en cachemire, d'une jupe courte en peau et de grandes bottes en cuir. Elle lui tournait le dos, ses cheveux noirs et raides tombaient merveilleusement sur ses épaules sveltes.

Que faisait son cousin ici ? Et qui était cette personne qui l'accompagnait ? Cette personne si… Quel idiot ! C'était Macy !

Elle avait l'air de bien s'entendre avec Brady, qui lui portait une attention particulière. Un peu trop, à son goût. Au même instant, elle se tourna vers lui.

— Tiens, voilà Carter.

La métamorphose était incroyable.

Il n'était pas très fier d'être jaloux à ce point de son cousin, mais les paroles de Jocelyn lui revinrent immédiatement à l'esprit. Elle l'avait quitté car elle lui préférait Brady. Voir son cousin et Macy s'entendre aussi bien, c'était presque comme une seconde trahison.

Pourtant, rien ne le justifiait, puisqu'il n'avait aucun sentiment pour elle. Mais il mentirait s'il disait qu'il n'était pas attiré par elle. Depuis leur baiser, il en était convaincu. De là à être jaloux ?

— Brady, quel bon vent t'amène ?

— Je passais par là et je me suis arrêté pour dire bonjour. Tu m'avais dit que tu me présenterais ton invitée, mais comme tu vois, les présentations sont faites.

— Oui, en effet, je vois ça. Macy, bravo, je ne t'avais pas reconnue.

Elle passa la main sur ses cheveux raides.

— C'est mon arme secrète. Je ne peux pas le faire souvent par peur que les gens le remarquent, mais aujourd'hui, je me suis dit que c'était l'occasion parfaite.

Elle fouilla dans son sac et en sortit une paire de lunettes.

— Elles font office de loupe, donc certains objets paraissent plus grands, dit-elle tout en regardant tour à tour les deux hommes, sans chercher à masquer son sous-entendu.

— Macy, je te trouve formidable, lança Brady.

— Oui, on me l'a déjà dit, plaisanta-t-elle.

Carter, en revanche, n'avait nulle envie de plaisanter. La scène le mettait hors de lui. Il s'approcha d'elle et la prit par le bras, comme pour se l'approprier.

— Tu es prête ? On peut y aller ? J'ai très faim, ajouta-t-il, fermement.

Brady sortit avec eux, un grand sourire aux lèvres.

— Amusez-vous bien !

Carter s'en voulait de ne pas avoir accueilli son cousin plus chaleureusement, mais il n'avait pas envie qu'un autre homme s'intéresse à Macy. Curieusement, il s'était senti soudain très possessif envers elle.

C'était très déstabilisant, mais il ne chercha pas à justifier sa réaction, préférant ne pas s'y attarder.

— Ton cousin est vraiment sympa.

Il ne se sentait pas d'attaque pour louer les mérites de son cousin. C'était même la dernière chose qu'il avait envie de faire. Il décida de changer de sujet.

— Tu es absolument ravissante, et complètement métamorphosée. Tu ressembles à une princesse indienne.

— C'est le maquillage qui donne cet effet. Le seul problème, ce sont mes yeux. Je ne peux pas les changer.

Il les trouvait absolument fabuleux.

— De mon point de vue, ce n'est pas un problème. Je n'ai jamais vu des yeux d'une couleur aussi unique.

— Justement, les gens les remarquent.

— Tes lunettes feront l'affaire.

— Espérons-le. En tout cas, je suis affamée.

Il jeta un rapide coup d'œil en direction de ses vêtements. Ainsi habillée, elle cadrerait parfaitement au restaurant où ils allaient. Ce qui, étrangement, le mit de très bonne humeur.

Macy aima instantanément le restaurant où Carter l'avait emmenée. C'était un lieu incongru, avec un groupe qui jouait de la musique texane, des gens quasiment déguisés, une décoration rocambolesque et de la sciure sur le sol. Ils étaient assis l'un en face de l'autre dans un box en vinyle rouge. Elle tapait la mesure avec son pied.

Sans se soucier des bonnes manières, elle mangea avec les mains.

— Alors, que dis-tu de ces côtes ?

Il arborait un large sourire qui la fit fondre. Ses fossettes étaient de loin les plus craquantes du monde.

— C'est succulent, comme tu l'avais dit. Mais là, je ne peux pas finir mon assiette, j'ai trop…

Au même instant, une serveuse déposa sur la table une énorme part de gâteau au chocolat.

— Et voilà la spécialité du chef, annonça la serveuse.

Macy n'avait jamais vu de part de gâteau aussi grosse.

— Merci, Jody.

Ignorant Macy, la serveuse blonde adressa son plus beau sourire à Carter.

— Tu n'étais pas venu depuis longtemps, Carter.

— C'est vrai, mais je compte bien me rattraper.

Enfin, Jody daigna se tourner vers elle.

— Celle-ci n'a pas peur de se salir les doigts, ni les habits. J'aime bien, ça me plaît.

Il éclata de rire, puis la serveuse repartit.

— Quoi ?

Elle n'aimait pas qu'on se moque d'elle. Il ne dit rien, se contentant de jeter un rapide coup d'œil en direction de sa poitrine. Suivant son regard, elle baissa la tête.

— Oh, non !

Elle constata avec horreur que de la sauce avait coulé entre ses deux seins.

— Ne bouge pas, dit-il.

Il mouilla une serviette et se pencha pour l'appliquer sur son chemisier. Il était tout prêt d'elle, prenant son temps. Son parfum l'enivra sur-le-champ, et elle fut parcourue d'une vague de frissons.

Il inspecta la tache, puis leva les yeux vers elle, et

elle lut dans son regard ardent du désir mêlé à de l'hésitation. Ils se dévisagèrent un long moment en silence.

— Je n'arrive pas à tout enlever.

— Pourtant, ce n'est pas faute d'avoir essayé, dit-elle, taquine.

— Ravi que tu aies remarqué mes efforts, répondit-il sur le même ton.

— Merci, murmura-t-elle, à bout de souffle.

Il contempla sa poitrine, admiratif.

— Ce fut un plaisir.

— Pour moi aussi, répliqua-t-elle, sans réfléchir.

Le groupe jouait un slow.

Il se leva, fit le tour de la table et vint se poster à côté d'elle en lui tendant la main.

— Tu viens danser ?

Elle avait un chemisier maculé de sauce au whisky, mais ce n'était pas suffisant pour la dissuader d'accepter l'offre de Carter. Glissant la main dans la sienne, elle le suivit sur la piste de danse.

Il la prit par la taille, et elle noua les bras autour de son cou. Ils se mirent à bouger, en rythme, entourés d'une dizaine de couples.

— J'aime cette chanson, murmura Carter.

Elle posa la tête sur son épaule.

— Moi aussi.

Dorénavant, ce serait sa chanson préférée.

Elle se laissa bercer par la musique, comme si le temps était suspendu, profitant de cet intermède délicieux où rien ni personne ne pouvait les séparer.

Si seulement elle avait pu préserver ce moment dans une bulle, afin de pouvoir s'y replonger à souhait !

— Désolé pour ma piètre performance, mais je danse rarement.

— Je trouve que tu es un excellent danseur.

— En fait, j'avais surtout envie de te tenir dans mes bras.

— Je ne vais pas m'en plaindre.

— J'aime être avec toi. Tu es facile à vivre.

— Je peux être aussi très pénible.

— Je préfère ne pas tester.

— Tu as raison. Au fait, je n'ai pas compris l'allusion de la serveuse quand elle a parlé de moi.

— Jody dit beaucoup de choses. Il ne faut pas faire attention.

Elle recula légèrement pour le regarder.

— Pourtant, j'aimerais savoir, car j'ai trouvé ses propos insultants.

— Non, ils ne l'étaient pas. Ne t'en fais pas.

— Tu refuses de me répondre ?

Elle aurait pu en rester là, mais c'était plus fort qu'elle.

— Tu es passé en mode pénible ?

— Si tu savais ! J'en suis encore très loin.

Il sourit, dévoilant aussitôt ses fossettes. Elles étaient son arme secrète, qu'il le veuille ou non.

— Puisque tu n'as pas l'air de vouloir lâcher le morceau, sache qu'elle faisait allusion à Jocelyn. Elle n'aimait pas cet endroit. La dernière fois que nous sommes venus, elle a critiqué la nourriture et le service.

— Je vois.

Décidément, elle avait le chic pour mettre les pieds dans le plat.

Il la reprit dans ses bras, la serrant contre lui.

— Je n'ai pas envie de parler d'elle. D'ailleurs, je n'ai pas envie de parler du tout.

Elle eut l'impression de fondre dans ses bras. Il leva son menton vers lui et la fixa, comme pour évaluer son état d'esprit. Puis, l'instant d'après, il lui donna un baiser lent et sensuel. Un baiser à couper le souffle.

A la fin de la danse, elle regarda autour d'elle, gênée. Il venait de l'embrasser langoureusement sur la piste, mais les clients du restaurant n'avaient pas l'air d'avoir remarqué. Comme si ce genre de scène était monnaie courante dans ce restaurant.

En tout cas, pour elle, ça ne l'était pas.

Il l'entraîna vers leur table.

— Tu veux du gâteau ?

— Non, merci, j'ai déjà pris mon dessert.

Il cilla, étonné de sa réponse suggestive.

— Mais si tu en veux, vas-y, ajouta-t-elle.

Après avoir mis son chapeau, il la regarda intensément.

— Je n'ai pas envie de gâteau.

— De quoi as-tu envie ? demanda-t-elle d'une voix tremblante.

Décidément, elle ne reculait devant rien.

Soudain, l'ambiance du restaurant changea. La musique se fit plus bruyante. Les couples de danseurs se mirent à taper des pieds.

L'espace d'un instant, elle avait formé un couple avec Carter. A présent, leur lien s'était distendu. A sa merci, elle attendait sa réponse. S'il répondait qu'il avait envie d'elle, elle s'offrirait à lui.

Il prit le temps de réfléchir, puis une expression de regret passa sur son visage. Après avoir enlevé son chapeau, il le remit sur la banquette et se rassit de nouveau à leur table.

— Tout compte fait, je vais prendre du gâteau. Viens, goûte-le, tu seras conquise.

Déçue, elle se rassit à son tour. Elle ne voulait pas le mettre sous pression. Soit, il l'avait embrassée passionnément sur la piste de danse, mais ce baiser devait être plus une tentative d'oublier Jocelyn qu'une véritable expression de son désir pour elle.

Elle eut soudain le cœur lourd.

Elle comprenait qu'il fasse preuve de prudence, mais son désir pour lui ne faisait que s'accroître de jour en jour, même si elle savait que cette relation était vouée à l'échec, car sa vie était à Los Angeles.

Quoi qu'il en soit, tant qu'elle était à Wild River, rien ne l'empêchait d'en profiter. Mais pour y parvenir, elle devait réussir à ne pas se projeter et vivre dans l'instant présent.

Et même s'il ne s'agissait pour l'instant que d'un gâteau, l'offre de cet apollon texan était trop irrésistible.

— Tu m'as mis l'eau à la bouche.

Il eut un petit rictus d'étonnement face à cette réponse ambiguë, puis il lui coupa un morceau de gâteau et lui présenta une assiette bien remplie.

Après quelques bouchées, elle fit une pause, laissant échapper un long soupir de satisfaction.

— Tu as raison. Je suis conquise.

— Je te l'avais bien dit.

Mais elle ne parlait pas du gâteau au chocolat.

Après la soirée de la veille, Macy cherchait toutes les raisons pour se convaincre que le changement soudain d'attitude de Carter envers elle était finalement une bonne chose. Mais son cœur lui disait exactement le contraire.

Tôt le matin, elle s'était plongée corps et âme dans le travail, espérant chasser Carter de son esprit. Avec un succès mitigé.

Elle monta inspecter l'une des chambres à l'étage.

Soudain, la lumière extérieure s'obscurcit. Jetant un œil par la fenêtre, elle vit que des nuages noirs menaçants s'étaient amoncelés dans le ciel. Il était temps de rentrer. Elle avait entendu dire que les orages texans arrivaient très rapidement et pouvaient être d'une violence inouïe.

Rocky, le lâche, était déjà parti.

Un coup de tonnerre la fit sursauter. Puis il y eut une coupure de courant. Elle frémit de peur. Seule dans le noir, elle tenta de sortir de la chambre, attendant que ses yeux s'habituent à l'obscurité. Un second coup de tonnerre retentit. Un bruit venu du rez-de-chaussée la figea sur place. L'instant d'après, elle entendit du verre se briser. Il pleuvait, le vent soufflait, mais l'intensité de l'orage n'était pas suffisante pour casser une vitre.

Quelqu'un était en bas.

Quelqu'un essayait d'entrer.

Paralysée, elle se sentait incapable de réfléchir. Puis elle entendit une voix masculine et rauque.

Tremblant comme une feuille, elle tenta de recouvrer ses esprits pour trouver un plan d'action. Elle décida de retourner dans la chambre. Après avoir refermé la porte le plus silencieusement possible, elle s'y adossa, priant pour sortir de cette situation indemne.

Soudain, des pas retentirent dans l'escalier. Elle était piégée, sans arme, sans défense.

— Macy ? Tu es là ?

Elle crut défaillir.

— Carter ! Dieu merci !

Un fin rayon de lumière passa sous la porte, puis il entra dans la pièce. La torche l'aveugla, mais elle eut le temps de voir l'expression inquiète sur son visage.

Il la prit dans ses bras.

— Tout va bien ?

— Je… Je… Oui, dit-elle, chancelante, arrivant à peine à parler.

— C'est bon. Ne crains rien. Je suis là, dit-il en lui embrassant le front.

Les larmes se mirent à couler le long de ses joues.

— J'ai… J'ai… J'ai eu si peur.

— Je sais. Mais je suis là. Tout va bien.

Sa voix était douce comme le velours, chaude et rassurante.

— Que s'est-il passé ? Quelqu'un a voulu entrer ?

— Oui. J'ai vu une silhouette s'enfuir.

— J'ai entendu des jurons. C'était une voix d'homme âgé.

— Il a probablement voulu s'abriter. Fargo est parti à sa recherche. Je crois savoir de qui il s'agit.

— Ah bon ? Tu vas appeler le shérif ?

— Non, je m'occuperai de ça demain.

Puis la pièce tomba dans le silence. L'atmosphère changea.

Il laissa glisser les mains le long de son corps, ses doigts lui administrant de délicieuses caresses. Elle se sentait tellement bien avec lui. Blottie contre son torse, elle n'avait aucun mal à oublier ses peurs. Il l'embrassa derrière l'oreille.

— Si tu savais comme j'ai envie de toi, murmura-t-il enfin.

Elle frémit de nouveau, mais cette fois sous l'effet du désir.

— Moi aussi, j'ai très envie de toi.

Il défit sa queue-de-cheval et laissa ses longues boucles tomber sur ses épaules. Son corps réagissait au moindre contact, son esprit savourant le désir intense qu'elle lisait dans ses yeux.

Elle était incapable de parler, submergée par les émotions qui s'emparaient d'elle, et prise au piège du désir qui l'animait.

Elle avait envie de Carter plus que tout au monde.

S'arrachant quelques instants à son emprise, il la suivit du regard, langoureusement, guettant ses gestes tel un animal scrutant sa proie. Elle défit le nœud qui retenait son dos-nu. Le morceau d'étoffe tomba au sol, libérant ses seins.

Le regard du cow-boy de ses rêves était suffisamment embrasé pour la réchauffer. En voyant son expression admirative, elle se sentit belle et désirée.

Elle lui prit la main et la porta à sa bouche. Cette invitation suffit à Carter pour passer à l'action.

Sans la quitter des yeux, il prit un sein dans une main, titillant son téton déjà durci. Elle était au paradis. Puis il se baissa pour prendre l'autre sein dans sa bouche.

Des sensations merveilleuses déferlèrent dans tout son corps. Tour à tour, il lécha, mordilla et suça son sein, sa langue toujours plus avide lui donnant envie de hurler de plaisir.

Elle ne pouvait plus attendre. Le corps embrasé, elle rejeta la tête en arrière pour mieux s'offrir à lui.

Il abandonna ses seins, à son grand désarroi, pour embrasser ses épaules, sa gorge, son menton… Enfin, il prit ses lèvres à pleine bouche, ce qui ne fit qu'attiser son désir.

Ce fut un baiser torride, leurs langues et leur souffle se mêlant.

— Prends-moi, Carter, murmura-t-elle.

— J'y compte bien, répondit-il.

Les paumes de ses mains se refermèrent sur ses seins, les caressant d'une manière qui lui procura un plaisir intense. Elle aussi voulait le toucher, explorer son corps, caresser sa peau. Elle le voulait à tout prix, nu, rien que pour elle. La modestie et la timidité n'avaient pas de place en cet instant.

Elle se redressa et entreprit de défaire sa chemise. Il se retrouva vite torse nu. Enfin, elle put poser les mains sur son torse puissant et ferme, musclé à merveille, parfait.

Elle sentit tout son corps frissonner. Elle eut une petite expression d'admiration.

— Attends la suite avant de juger.

Il s'empressa de finir de la déshabiller, puis glissa une main entre ses cuisses. Chaque mouvement de ses doigts à l'orée de son sexe humide déclenchait en elle comme des décharges électriques d'une intensité inouïe.

Avide de lui procurer autant de plaisir qu'il lui en donnait, elle déposa une pluie de baisers humides sur son torse.

Ses caresses lui faisaient perdre la tête. Elle ferma les yeux, accueillant les sensations qui la submergeaient tel un raz-de-marée.

Il la saisit par la nuque, réclamant de nouveau sa bouche avec empressement, toujours plus possessif et impérieux.

— Laisse-toi aller.

Elle se mit à bouger contre lui. Dehors, l'orage ravageait tout sur son passage, tout comme Carter la ravageait à l'intérieur.

Sa respiration s'accéléra, et des spasmes de plaisir montèrent en elle. Parmi les soubresauts de l'orgasme, elle resta blottie dans les bras musclés de Carter tandis que le plaisir explosait en elle.

Il lui fallut du temps pour revenir à la réalité. Tout semblait plus limpide. Elle n'avait jamais été aussi apaisée. Un sourire aux lèvres, elle laissa échapper un long soupir de bien-être.

Sans perdre un seul instant, il la porta sur le lit qui avait été livré et assemblé la veille.

— Il est temps d'inaugurer ce lit.

Il l'y déposa délicatement, puis la couvrit de son regard langoureux.

— Tu es magnifique.

— Tu n'es pas obligé de dire ça, dit-elle, gênée.

— Je suis sincère.

La solennité de son regard la rassura. Sous son regard, elle se sentait belle. Désirée. Désirante. Et elle le désirait, lui. Sans attendre.

— Déshabille-toi, McCay.

— Vos désirs sont des ordres, mademoiselle Tarlington, dit-il d'une voix rauque et sensuelle tout en enlevant sa ceinture.

Elle avait senti son érection lorsqu'il l'avait serrée dans ses bras, mais, malgré elle, elle fut impressionnée en découvrant son sexe durci.

Carter revint vers le lit, posant un genou sur le matelas. Elle alla à sa rencontre, prenant son sexe dans sa main.

— Depuis le temps que j'attendais ça, murmura-t-elle, plongeant son regard dans ses yeux noisette.

— Moi aussi.

Comme il était bon de le caresser ainsi. Elle laissa sa main aller et venir le long de son sexe, qu'elle sentit se durcir plus encore sous ses doigts.

Elle vit l'expression de son visage changer à mesure qu'elle lui procurait du plaisir. Ses caresses s'accélérèrent. Elle était de nouveau très excitée et n'avait qu'une envie : qu'il la fasse sienne.

Il gémit et immobilisa sa main. Elle sut qu'il était sur le point de jouir.

— Protégeons-nous, dit-il, se baissant pour fouiller dans son jean.

Dès qu'il eut enfilé le préservatif, il vint la rejoindre sur le lit.

— J'ai terriblement envie de toi, murmura-t-il.

— Moi aussi, mais j'appréhende un peu… Je n'ai pas fait l'amour depuis longtemps.

— Ne t'inquiète pas, j'irai doucement.

Il l'embrassa avec fougue, la caressa, puis la pénétra avec délicatesse. Elle s'ouvrit à lui, l'accueillant au plus profond d'elle.

Comme c'était bon, chaud et exquis. Carter lui fit l'amour comme un homme qui s'est juré de faire jouir une femme le plus merveilleusement du monde.

Ils étaient en parfaite harmonie, leurs corps mouvant à l'unisson.

Il accéléra le rythme de son va-et-vient en elle, et elle se cambra, offerte, consentante. Puis soudain il poussa un râle de plaisir et se laissa emporter par un orgasme qui le secoua tout entier. Au même instant, elle sentit de nouveau monter en elle la jouissance et elle s'y abandonna, unie avec lui dans le plaisir.

Il s'effondra sur elle tout en prenant garde à ne pas l'écraser. Ils restèrent allongés un moment, en silence. Elle ne savait pas quoi dire, ignorant si les termes de leur relation avaient changé ou non.

— C'était fabuleux, dit Carter, émergeant à peine.

— Tu es sérieux ?

— Pas du tout, je le pense vraiment.

— En tout cas, j'ai eu la peur de ma vie, et une fois de plus, tu m'as sauvée.

— Je suis là pour veiller sur toi.

— Comment as-tu su que j'étais en danger ?

— Je ne le savais pas. Je passais pour te ramener dîner.

— Pourquoi ?

— Il se faisait tard.

— Il m'est arrivé plusieurs fois de rester tard ici.

— Justement, j'ai décidé qu'il était temps que cela change.

Il lui donna aussitôt un baiser torride, l'empêchant de répondre.

Elle comprit le message.

Il avait pris sa décision, il avait rendu son verdict et l'heure n'était plus au bavardage.

- 8 -

Midnight gambadait dans le corral, malgré les pluies diluviennes de la veille qui avaient rendu la terre très boueuse. A présent, un beau soleil chauffait l'atmosphère, asséchant peu à peu la terre détrempée.

Carter inclina légèrement son chapeau pour se protéger de la lumière matinale. Il s'était réveillé tôt, comme à son habitude, et était sorti pour s'éclaircir les idées. Grâce à l'orage, l'air était plus frais. C'était exactement ce dont il avait besoin.

Il avait toujours aimé l'aube, ce moment de la journée où tout était si tranquille. Il serait volontiers resté des heures à regarder le poulain suivre l'apprentissage de sa maman. C'était dans l'ordre des choses. Les parents devaient être des modèles pour leurs enfants.

Il repensa à son enfance, au décès de sa mère, et à la chance qu'il avait eue de quitter une maison qui empestait le whisky pour venir habiter chez son oncle, à l'autre bout de la ville.

Aujourd'hui, il vivait bien. Très bien, même. Il travaillait dur, il se servait de la cervelle dont il avait été doté pour avancer dans la vie, et il avait accumulé assez d'argent pour ne pas avoir à se faire de souci pour le restant de ses jours.

Il n'avait pas le droit de se plaindre, et pourtant, le cambriolage de la veille l'obnubilait. En effet, l'événement l'avait contrarié au plus haut point. Mais pour faire bonne figure en présence de Macy, il avait rongé son frein, ne voulant pas céder à la colère devant elle.

— McCay, un café ?

Il se retourna et vit Macy sortir de la maison avec deux tasses fumantes.

Les boucles noires entourant son doux visage rebondissaient harmonieusement sur ses épaules. Ses yeux étincelaient. Elle portait une robe en tissu écossais bleu et rouge. Et ses bottes.

L'image le fit sourire. La starlette d'Hollywood était très mignonne au saut du lit. Elle s'insérait parfaitement dans le paysage.

Une émotion étrange s'empara de lui, mais il la chassa aussitôt, la mettant sur le compte d'une réaction purement physique.

La veille, ils avaient fait l'amour deux fois avant de rentrer. A leur retour, elle s'était arrêtée devant sa chambre, levant vers lui des yeux hésitants. Il l'avait prise par la main et l'avait conduite jusqu'à sa chambre. Elle avait dormi blottie contre lui toute la nuit.

Qu'il le veuille ou non, les termes établis sur le yacht à New York avaient changé. Au départ, il avait sauvé une inconnue à qui il avait offert un refuge. A présent, il avait Macy dans le sang, et il souhaitait qu'elle partage son lit.

Mais jusqu'à quand ?

La réponse était trop compliquée pour y réfléchir au saut du lit. Il choisit d'ignorer le problème.

— Comment refuser un café apporté par une aussi belle jeune femme ?

Un sourire radieux illumina son visage de déesse.

— Tu t'es levé tôt, dit-elle en déposant les tasses sur un tronc coupé.

— J'allais te rejoindre au lit.

Elle leva instantanément la tête vers lui, les yeux grands ouverts.

— Tu veux que j'y retourne ? Je ne voudrais surtout pas te décevoir.

Son petit accent matinal le faisait déjà frémir de désir.

— Je crois que tu aurais du mal à me décevoir, dit-il en la prenant par la taille, l'attirant à lui.

Elle se laissa aller dans ses bras. Il enfouit la tête dans sa nuque, la parcourant de baisers, goûtant de nouveau sa peau douce et sucrée.

Relevant la tête, il regarda autour de lui. Ses hommes n'étaient pas encore arrivés. Comme il n'y avait personne, il recouvrit sa bouche de ses lèvres avides et l'embrassa langoureusement.

Elle laissa échapper un petit gémissement de plaisir qui le replongea aussitôt dans les souvenirs de leurs ébats de la nuit.

Il la désirait plus que tout.

Encore et toujours ?

Décidément, il avait le don de se poser des questions ardues à peine sorti du lit.

— Tu as bien dormi ?

— Très bien, merci. Grâce à toi, je me suis remise de mes émotions. Désolée, je ne suis pas peureuse de nature, mais hier soir, j'ai vraiment paniqué.

— Ne t'inquiète pas. Je veillerai à ce que l'incident ne se reproduise pas.

— Comment vas-tu faire ?

— Je suis quasiment sûr qu'il s'agissait de mon père.

— Ton père ?

— Hélas ! oui. Je lui en veux énormément, et je suis fou de rage qu'il t'ait fait peur.

— Ce n'est pas si grave.

— Si, c'est grave, car il ne changera jamais.

— Ne dis pas ça. Les gens peuvent changer.

— Pas lui. J'avais déjà fait un trait sur lui en tant que père, mais après hier soir, je veux le rayer de ma vie.

— Tu ne peux pas faire ça. Il a besoin de ton aide.

— Tu voudrais que je l'aide ? Après tout ce qu'il a fait ? Pas question. Il ne mérite pas mon aide.

Elle le regarda droit dans les yeux.

— Tout le monde a droit à une deuxième chance.

— Je lui ai déjà donné des dizaines de chances. C'est terminé. J'ai essayé de l'aider, toutes mes tentatives ont échoué, je tire un trait. N'en parlons plus.

Il en avait assez de subir les frasques de son père.

— Mais…

— Arrête. Tu ne connais pas toute l'histoire. Tu ne peux pas comprendre.

— Qu'est-ce que tu peux être têtu ! Je pourrais comprendre si tu m'expliquais.

Il la toisa, méfiant, décidé à ne pas la laisser s'en mêler. Sa patience était à bout.

— Je n'ai rien à t'expliquer. Je te demande expressément de ne pas intervenir dans mes affaires personnelles.

— Si j'ai bien compris, tu me dis de m'occuper de mes oignons ?

— Exactement.

Elle le fusilla du regard, reprit les tasses et repartit aussitôt vers la maison, l'air pincé, la tête haute, comme si c'était elle qui avait raison et lui qui était le dernier des imbéciles.

Bon sang ! Voilà qu'ils venaient d'avoir leur première dispute, et elle concernait son père.

Ce n'était certainement pas la façon dont il avait envisagé le début de matinée.

Bill Fargo semblait être malin, digne, et il avait vu du pays. Exactement le genre d'homme que Carter aurait aimé avoir comme père. Difficile de comprendre pourquoi il travaillait à Wild River pour un si maigre salaire, alors qu'il aurait pu gagner plus ailleurs.

Quoi qu'il en soit, Carter se félicitait de l'avoir engagé.

— Je suis venu un peu plus tôt pour parler d'hier soir, annonça Fargo une fois entré dans le bureau de Carter.

— Nous nous sommes parlé au téléphone, il n'y a rien à ajouter.

— D'accord… Mais j'ai ma fierté et j'aimerais vous raconter ma version des faits.

— Je vous en prie, allez-y.

— Quand l'orage a éclaté, je me trouvais à l'autre bout de la propriété. J'ai aussitôt fait demi-tour pour aller chercher Macy au cottage.

— Vous avez vu la personne qui a tenté de s'introduire dans la maison ?

— Non. Quand je suis arrivé, j'ai aperçu la fenêtre cassée, et c'est là que je vous ai vu. Je pense qu'on a repéré l'intrus en même temps. Il a disparu dans les fourrés, et je suis parti à sa recherche, sur vos instructions. J'ai cherché pendant une heure, mais je n'ai rien trouvé. Vous m'avez dit que vous pensiez savoir de qu'il s'agissait. Vous avez enquêté ?

Carter se raidit. Dès qu'il pensait à son père, il enrageait.

— Oui. C'était mon père, Riley McCay. Mais il ne

reviendra pas de sitôt sur ma propriété. Je lui ai rendu visite aujourd'hui. Il sait que s'il remet les pieds ici, il ira directement en prison.

Fargo lui jeta un regard impénétrable.

— Vous avez eu une enfance difficile.

Sa remarque acérée l'étonna.

— En effet. Vous me trouvez amer ?

— Pas du tout. Il ne faut pas avoir peur de la vérité, et malheureusement elle n'est pas toujours très belle. Je suis le premier à penser qu'on ne peut pas juger de ce genre de choses. C'est votre vie, et personne n'a le droit d'intervenir en vous disant ce qu'il faut faire.

Il examina Bill Fargo en silence, puis lui sourit, content d'entendre qu'il soutenait sa ligne d'action. Il eut soudain envie de lui raconter la dispute qu'il avait eue avec Macy. Il lui faisait confiance.

— Macy trouve que je suis trop dur envers lui.

— Et son avis vous importe ?

Il prit quelques instants pour réfléchir. Cette question était une colle. Il ne voyait pas où Fargo voulait en venir. Depuis qu'il avait fait l'amour avec Macy, il se rendait compte qu'il tenait à elle et qu'il ne voulait pas gâcher leur relation à cause d'une dispute.

Sur le coup, il avait pensé être dans son droit en lui demandant de ne pas se mêler de sa vie privée. A présent, il en était moins sûr. Elle lui avait offert des moments exceptionnels, et il l'avait remerciée en se fâchant contre elle. En un mot comme en cent, il s'était comporté comme un goujat.

— Elle vous a parlé de son père ? Vous savez qu'il était alcoolique et qu'il en est mort ?

— Oui, dit Carter, à bout de patience.

— Ce ne sont pas mes affaires, mais si son avis vous

importe, je pense que vous devriez tenter de mettre les choses à plat avec elle.

Avant cette conversation, son caractère obstiné l'aurait empêché de voir la réalité en face, mais grâce à Bill Fargo, il comprenait qu'il devait s'excuser auprès de Macy, car son avis lui importait. Il se souciait de ce qu'elle pensait de lui.

Une heure plus tard, il sortit de son bureau avec un plan en tête. L'air était chaud et la lumière encore éclatante lorsqu'il entreprit de se rendre à pied jusqu'au cottage.

Rocky le rejoignit à mi-chemin, lui emboîtant le pas. Arrivé au cottage, il trouva Macy facilement. Elle était à l'extérieur, sous le kiosque, parlant toute seule, comme si elle répétait un texte.

Il l'observa quelques instants, impressionné par son talent expressif, puis, avant de changer d'avis concernant les excuses qu'il lui devait, il s'approcha.

Dès qu'elle l'aperçut, elle se figea.

— Tu es là depuis longtemps ?

— Disons que j'ai pu voir Macy Tarlington en action sur les planches.

— C'est beaucoup dire.

Il monta les quelques marches qui le séparaient d'elle et tendit la main qu'il tenait cachée dans son dos.

— Tiens, dit-il en lui offrant un lis blanc éclatant.

Un sourire s'esquissa sur ses lèvres divines.

— C'est ma fleur préférée. Comment as-tu deviné ?

— Mon sixième sens.

Il pourrait lui dire plus tard que c'était grâce à Mara qu'il l'avait appris. Et c'est aussi sa gouvernante qui lui avait conseillé de ne lui offrir qu'un seul lis, et non tout un bouquet.

Macy observait la fleur en silence.

— Je suis venu m'excuser de m'être comporté comme un goujat ce matin.

— Je vois, répondit-elle, les yeux toujours rivés sur le lis.

— Je n'aurais pas dû me montrer aussi dur et inflexible.

Enfin, elle leva les yeux vers lui.

— Tu as raison, ce ne sont pas mes affaires, mais je voulais…

— Tu voulais m'aider, je le sais, mais ce n'est pas possible. Sur ce point, je ne changerai pas d'avis. Je te demande simplement d'accepter mes excuses pour m'être mal comporté envers toi.

Elle pencha la tête, comme pour l'observer sous un autre angle. Avec ses boucles noires, son chemisier blanc flottant, son jean moulant, et le lis dans une main, elle était d'une beauté à couper le souffle.

— Comment ne pas accepter tes excuses ? Tu m'as offert ma fleur préférée, dit-elle, lui adressant son plus beau sourire.

Sans plus attendre, il la prit dans ses bras. C'était tellement bon d'entrer de nouveau en contact avec ce corps svelte et si sensuel. Aussitôt, il eut envie de lui faire l'amour. Mais il n'en avait pas encore fini avec ses excuses.

— Le lis faisait partie des préliminaires. Mais je suis venu avec des gages de réconciliation plus consistants.

Elle cilla, incapable de détacher les yeux de sa bouche. Il prit son menton dans sa main et inclina la tête vers elle.

— Et je ne parlais pas de ça, dit-il en déposant ses lèvres avides contre les siennes.

Quelle libération ! Il attendait ce baiser depuis qu'il s'était levé, et voilà qu'il l'obtenait enfin.

Dès que leurs lèvres entrèrent en contact, ce fut comme l'ouverture du barrage qui retenait leurs émotions. Elle était douce, séduisante, offerte, et leurs corps s'emboîtaient à merveille, se fondant l'un dans l'autre.

Ses lèvres s'ouvrirent, et il put enfin glisser sa langue gourmande dans sa bouche. Son goût sucré déclencha en lui un tourbillon de sensations exquises.

Ce baiser, d'une intensité inouïe, embrasa tout son corps. Il commença par caresser le visage de Macy, puis il effleura délicatement sa nuque et ses épaules, avant de prendre dans ses mains ses seins gonflés de désir. Elle laissa échapper un gémissement de plaisir, comme un appel à aller plus loin.

Il fut le premier surpris lorsqu'il s'arracha à cette étreinte prometteuse. Il mourait d'envie de lui faire l'amour, mais il n'avait pas fini d'accomplir sa mission.

— Je veux t'emmener dîner.

— Quand ? balbutia-t-elle.

— Ce soir. Je te propose notre première sortie officielle.

Sa proposition semblait lui avoir coupé le souffle.

— Vraiment ? Ce soir ?

— Oui. J'ai réservé dans un restaurant haut de gamme de Dallas. Réfléchis bien avant de répondre, cela fait partie de mes gages de réconciliation.

— Mais… Pourquoi ?

Il était prêt à s'excuser, mais non à lui avouer ses véritables motivations. D'ailleurs, il refusait de se les avouer à lui-même.

— Pourquoi pas ?

Après quelques secondes de réflexion, elle leva vers lui un visage radieux.

— J'accepte ton invitation avec plaisir.

— Parfait. J'ai réservé une salle privée. On passera la nuit à Dallas, et demain, sur le chemin du retour, on s'arrêtera pour chiner dans des magasins d'antiquités et trouver des meubles pour le cottage.

— Génial ! s'exclama-t-elle simplement.

— Comme tu peux le constater, je ne fais pas les choses à moitié. Avoue que je suis doué pour les excuses.

— Je dois reconnaître en effet que personne ne m'a jamais fait des excuses de ce standing. Bravo !

— Sois prête à 18 heures, revêtue de ta meilleure tenue de camouflage.

- 9 -

Quand Macy vit la réaction de Carter, elle ne regretta pas le temps qu'elle avait passé à se préparer. Les yeux écarquillés, bouche bée, il resta cloué sur place.

Elle avait réussi son effet.

Elle portait une robe rouge moulante très courte. Un cadeau de sa mère. C'était la première fois qu'elle enfilait le fourreau signé Emilio Pucci.

Sa mère, qui était douée pour habiller les gens, lui avait toujours dit que le rouge était la couleur qui lui correspondait le mieux.

Après s'être examinée dans la glace, elle avait longuement hésité. C'était un peu osé. Et puis elle s'était rappelé les paroles de sa mère lorsqu'elle l'avait essayée.

« Ma fille, cette robe te sied à ravir, tu vas faire un malheur. »

Comme d'habitude, elle avait mis un temps fou à lisser ses boucles noires rebelles. Mais elle était satisfaite du résultat : ses cheveux bien lisses lui tombaient dans le dos.

Pour l'occasion, elle avait forcé un peu sur le maquillage : un rouge à lèvres rubis et de l'autobronzant pour rehausser ses pommettes. Quant à ses yeux, hormis porter des lentilles, elle ne pouvait pas y faire grand-chose.

Carter tenait une grande enveloppe marron dans les

mains, mais, quand il l'aperçut, il jeta l'enveloppe sur le canapé et se concentra entièrement sur elle.

— Tu es resplendissante.

— Merci, dit-elle, secrètement ravie du compliment.

Lui n'était pas en reste. Vêtu d'une veste noire taillée à la perfection et d'une chemise de soie blanche, il était indéniablement le plus beau cow-boy de tous les temps.

— Tu n'es pas mal non plus, ajouta-t-elle pour le taquiner.

— Merci, je prends ça pour un compliment. Prête pour une virée en ville ? s'enquit-il avec un clin d'œil avant de la prendre par la taille.

A son contact, elle frémit.

— Emmène-moi où tu voudras.

Ils avaient fait quelques pas quand Carter s'arrêta brusquement, puis retourna vers le canapé pour ramasser l'enveloppe.

— Au fait, avant que j'oublie, c'est pour toi. C'est arrivé aujourd'hui. C'est la première fois que tu reçois du courrier. Je pensais que personne ne savait que tu étais ici.

— J'ai prévenu ma meilleure amie, Avery, ainsi que mon avocat, Barton Lowenthal. Cela vient de lui, dit-elle après avoir examiné l'enveloppe.

— C'est important ?

— Non. Probablement des documents à signer, je regarderai ça plus tard.

Elle se tourna vers Carter qui l'attendait, Stetson en main.

Curieusement, ce courrier venait de la ramener à la réalité. Sa vie à Wild River n'avait rien à voir avec celle qu'elle menait à Hollywood. Et sa relation avec Carter était sans lendemain, elle ne devait pas l'oublier. Elle n'était que de passage dans sa vie, un divertissement qui lui permettait de se remettre du rejet de Jocelyn. Rien de plus.

Néanmoins, elle décida de se laisser complètement aller le temps de leur sortie à Dallas et d'en profiter au maximum.

Tout le long du trajet, Carter se montra adorable, faisant tout pour se faire pardonner. Il n'arrêtait pas de jeter des coups d'œil dans sa direction. Elle aussi éprouvait une attirance irrésistible pour cet homme charmant et séduisant. On aurait dit qu'un magnétisme les poussait l'un vers l'autre.

A mi-chemin environ, il posa la main sur sa cuisse. Lorsque leurs peaux entrèrent en contact, elle fut parcourue de frissons qui ricochèrent dans tout son corps, jusque dans son sexe, lui donnant instantanément envie de lui.

— Si tu continues, je crois qu'il faudra sauter la case restaurant, dit-elle de sa voix la plus sensuelle.

— Ce n'est pas l'envie qui m'en manque, mais je me suis promis de m'en tenir à ma parole. Aussi, restons-en là pour l'instant, dit-il en retirant sa main.

Elle ressentit un profond sentiment de vide.

Ils arrivèrent en catimini au restaurant du Majestic Hotel. Ils prirent l'ascenseur réservé au personnel pour monter dans une salle privée où ils bénéficiaient d'un bar et d'une piste de danse pour eux deux.

La nourriture était exquise et des plus raffinées, mais Macy n'avait pas d'appétit, trop subjuguée par le cow-boy romantique assis en face d'elle. Entre chaque plat, il l'invitait à danser, rendant la soirée d'autant plus mémorable.

— Alors, que dis-tu de ce gage de réconciliation ?

s'enquit-il alors qu'il resserrait son étreinte et qu'elle posait la tête sur son épaule.

— Tu es pardonné pour tes cinq prochains manquements.

— Comment peux-tu en être aussi sûre ? dit-il avant d'éclater de rire.

— Crois-moi, j'en suis plus que sûre, répondit-elle avant d'éclater de rire elle aussi.

C'était tellement bon d'humer son parfum musqué, de sentir son corps musclé la tenir fermement, comme si rien ne pouvait les séparer.

Le désir qu'elle ressentait depuis le début de la soirée crût instantanément, enflammant ses sens et la plongeant dans un vibrant tourbillon d'excitation.

Enfin, d'un accord tacite, leurs bouches se trouvèrent. Lentement, avec langueur. Mais ils étaient tous deux trop impatients pour en rester là. Leurs corps frémissants l'un contre l'autre, la respiration haletante, ils ressentaient comme une urgence à assouvir le désir qui les poussait irrémédiablement l'un vers l'autre.

Puis Carter la prit par la main, mettant fin à leur étreinte.

— Prends ton sac ! lança-t-il.

L'instant d'après, ils étaient dans l'ascenseur qui les menait à la suite de luxe qu'il avait réservée.

Les portes s'ouvrirent sur un décor incroyable.

— C'est…

Elle n'eut pas le temps de finir sa phrase, car déjà la bouche de Carter recouvrait la sienne, alors qu'il la plaquait contre le mur. Il lui murmura toutes les choses qu'il comptait lui faire dans cette chambre, et son visage s'enflamma autant que son corps brûlait d'un désir intense pour lui.

La robe Pucci était une tenue idéale pour un homme qui avait les mains aussi aventureuses que Carter. Il veilla à n'épargner aucun recoin de son corps. Elle gémissait sous ses délicieux assauts, impatiente de lui appartenir.

S'arrachant à sa bouche, il déposa une pluie de baisers dans son cou et descendit jusqu'à sa poitrine. Elle se cambra, s'offrant davantage à lui. Il ne tarda pas à lui ôter sa robe.

Ses doigts glissèrent entre ses cuisses, dans son sexe moite prêt à l'accueillir. Elle avait l'impression que tout son corps vibrait. Jamais elle n'avait ressenti autant de plaisir avec un homme. Jamais elle n'aurait cru pouvoir en ressentir autant, alors qu'il multipliait ses caresses audacieuses, lui arrachant des cris de plaisir.

Puis, comblée, elle se laissa tomber dans ses bras, à bout de forces.

— C'est tout ? le taquina-t-elle quand elle eut repris son souffle.

Il eut un petit rire satisfait et fier, puis la souleva dans ses bras et la déposa sur le lit.

— Attention, tu n'as rien vu. Là, ce n'était qu'une mise en bouche.

Macy fut réveillée par le ronronnement de la climatisation de la chambre d'hôtel. Elle était confortablement allongée dans un lit luxueux, nue, couverte d'un drap de soie. Voyant qu'elle ouvrait les yeux, Carter roula vers elle, posant aussitôt une main possessive sur sa hanche. Aussitôt, une chaleur se diffusa dans tout son corps.

— Bonjour, dit-il en lui déposant un baiser chaste sur la joue.

— Bonjour, murmura-t-elle, fondant à la vue des

fossettes qui se formaient sur le visage de son cow-boy sexy.

Elle lui sourit tout en se disant que Carter était bien plus que son sauveur au Stetson. Elle sentait naître en elle des sentiments profonds.

Or ce n'était pas raisonnable, étant donné la situation. Elle avait le droit de tenir à lui et de l'admirer, mais elle ne pouvait pas s'autoriser à aller plus loin. Ce serait du suicide émotionnel, sa perte assurée.

— Tu es encore fatiguée ? demanda-t-il tout en lui caressant le dos.

— Je ne suis jamais fatiguée lorsqu'il s'agit d'acheter des meubles, répondit-elle sur le ton de la plaisanterie.

— C'est bien ce que je craignais.

— Tu me l'as promis, tu t'en souviens ? Cela fait partie de tes gages de réconciliation. Tu ne peux pas revenir sur ta parole !

Il la regarda en silence, tentant peut-être de l'hypnotiser de son regard intense.

— Je pensais que cette nuit suffirait à effacer ma dette.

— Cette nuit était absolument merveilleuse, mais une promesse est une promesse. Tu n'as pas le choix.

— Ah oui ?

Alors, il la fit rouler sur lui, la bloqua d'un bras et se mit à la chatouiller jusqu'à ce qu'elle le supplie d'arrêter.

— Tu es sûre que je n'ai pas le choix ?

— Arrête, tu ne joues pas franc-jeu.

— Tu as raison. Je joue pour gagner, dit-il avant de la relâcher.

Le silence retomba dans la pièce.

Quelques instants s'écoulèrent, comme si le temps s'était arrêté.

— A quoi penses-tu ? demanda-t-il, rompant le silence.

— Tu sais vraiment qui tu es et où tu vas. Je t'envie. Moi, je suis un peu perdue.

— Tu te sens un peu perdue en ce moment, mais j'ai néanmoins l'impression que tu sais parfaitement qui tu es.

— Ce n'est pas toujours aussi clair. Je sais que je suis une actrice, mais que je n'ai aucun mérite, car je suis la fille d'une légende d'Hollywood. Je sais plus ou moins jouer, et mes rôles me permettent de vivre. Mais j'ai de nombreux rêves que je n'ai jamais réalisés, alors que certains sont à portée de main.

— Lesquels ? demanda-t-il, intéressé.

— J'aimerais ouvrir une école de théâtre pour les enfants. Contrairement à mes parents qui ne vivaient que pour être devant la caméra, je préfère les coulisses. Et j'adore les enfants.

— Pourquoi ne montes-tu pas un projet dès ton retour à Hollywood ?

Sa réaction la blessa profondément et la déconcerta au plus haut point. Elle ne s'attendait pas à ce qu'il l'invite à s'installer à Wild River, mais elle n'était pas du tout prête à rentrer.

— Je… Pour le moment, je n'ai pas envie de rentrer. C'est trop tôt.

Il garda le silence quelques instants, les yeux sur l'horizon par la fenêtre.

— Tu as raison. Prends ton temps.

La conversation en resta là et, une heure plus tard, ils sortaient de l'hôtel.

Sur le chemin du retour, comme promis, ils s'arrêtèrent dans des magasins d'antiquités afin de meubler le cottage.

Lors de leur cinquième arrêt, la vendeuse, Addie,

petite-fille du fondateur de la boutique, se montra assez curieuse. Le temps qu'ils fassent le tour du magasin et trouvent une armoire qui leur plaisait, Macy se sentait de plus en plus mal à l'aise. D'habitude, les jeunes femmes s'intéressaient uniquement à Carter, mais là, même pendant qu'il payait le meuble, Addie n'arrêtait pas de la dévisager.

— C'est étrange, mais j'ai l'impression qu'on se connaît, dit-elle enfin à Macy.

Ce n'était pas la première fois qu'on l'approchait de la sorte, et elle avait tout un attirail de réponses.

— Non, je ne crois pas.

— Je suis sûre de vous avoir déjà vue. D'ailleurs, vous ressemblez à cette actrice…

Carter s'approcha d'elle et l'embrassa sur la joue.

— Chérie, on doit se dépêcher de rentrer, sinon ma mère va devenir folle avec les petits.

Elle le suivit avec soulagement, lançant un regard désolé à la vendeuse.

— Excusez-nous, mais mon mari a raison. Toby et Kenny sont de vrais garnements, et on ne peut pas les laisser trop longtemps à ma belle-mère !

Elle sauta dans la voiture, mit sa ceinture. Carter démarra aussitôt le moteur. Il lui lança un regard amusé.

— Alors, comme ça, nos enfants s'appellent Toby et Kenny ?

— C'étaient les prénoms des deux derniers chanteurs qu'on a entendus à la radio.

— Bravo, beau réflexe, dit-il en lui prenant la main.

Cette manifestation d'affection l'émut profondément. Son cœur se gonfla, tandis qu'elle s'imaginait avoir un enfant avec Carter.

Stop ! Elle n'avait pas le droit de nourrir de telles

pensées. Ce scénario n'était pas du tout envisageable, et elle devait le chasser au plus vite de son esprit.

— Après coup, elle va sûrement deviner qui je suis et elle a ton adresse.

— Non. J'ai payé en liquide, et c'est Henry qui ira prendre livraison de l'armoire.

— Bravo, beau réflexe de ta part également.

Une fois de plus, elle fut admirative. Il pensait à tout, c'était formidable. Elle n'avait pas à craindre d'être reconnue en plein Texas, ce qui la soulagea. Elle préférait conserver son anonymat le plus longtemps possible.

Ils poursuivirent leurs emplettes, qui s'avérèrent être très fructueuses.

— Enfin rentrés ! s'exclama Carter une fois qu'ils se trouvèrent sur les terres du ranch.

Pensive, elle leva les yeux vers la demeure, et son cœur se serra. Comme la vie à Wild River lui plaisait ! Tout y était facile et agréable. Mais elle n'avait aucun avenir ici. Cette propriété était celle de Carter, pas la sienne. Elle n'était que de passage, une invitée temporaire qui devait se montrer reconnaissante d'avoir été ainsi accueillie. Sa proposition désintéressée ne se transformait en aucune demande officielle.

— Je crois que nous avons bien progressé, dit-il alors qu'il garait la voiture.

Elle lui sourit, même si le cœur n'y était pas. Il parlait de l'ameublement du cottage, non de leur relation.

— En tout cas, je tiens à te féliciter. Tu sais t'y prendre pour mener un projet à bien, déclara-t-il avant de l'embrasser tendrement.

C'est elle qui rompit la première leur baiser, à bout de souffle. Elle le contempla, se perdant dans ses yeux noisette. Il était beau, charmant, et chaque moment passé en sa compagnie était un régal. Mais ses sentiments pour lui évoluaient trop vite, et elle devait prendre garde à ne pas se brûler les ailes.

Chassant ses sombres pensées, elle répondit d'un ton léger :

— Je sais surtout m'y prendre pour dépenser ton argent.

Il rit de bon cœur avant de reprendre ses lèvres avec fougue.

— Tu sais t'y prendre pour beaucoup de choses. Et si je n'avais pas une tonne de travail, je te kidnapperais dans ma chambre.

Ils descendirent de voiture, et il lui prit la main pour monter l'escalier. Elle ne se souvenait pas d'avoir éprouvé un tel sentiment de bonheur et de plénitude.

Il déposa son sac de voyage sur le seuil.

— Je dois voir Henry, et j'ai de la paperasse qui m'attend dans mon bureau. On se voit plus tard ?

« Quand exactement ? » eut-elle envie de lui demander, mais sa fierté l'en empêcha. Elle avait passé la nuit et une bonne partie de la journée avec lui, et voilà qu'il lui manquait déjà.

A l'intérieur, Mara vint à sa rencontre. Elle n'était pas du genre à se mêler de ce qui ne la regardait pas, mais elle jeta néanmoins un regard interrogateur vers le sac de voyage.

Macy lui offrit un sourire gêné.

— Carter et moi sommes allés… acheter des meubles.

— Je suis contente qu'il ait enfin décidé de rénover le cottage. Si c'est en partie grâce à vous, bravo. Henry et moi avons essayé à maintes reprises de le convaincre, mais en vain. A une époque, cet endroit était merveilleux.

— Quand mon projet de rénovation sera terminé, j'espère que le cottage sera à la hauteur de vos souvenirs.

— Je suis sûre que ce sera même mieux. Et j'ajouterais qu'une femme capable d'emmener Carter acheter des meubles a mon approbation totale, dit-elle en riant.

— C'est plutôt lui qui m'a emmenée. Enfin, c'est une longue histoire, mais je suis heureuse d'avoir votre approbation.

— Au fait, j'ai trouvé cette enveloppe dans le salon, elle vous est adressée.

— Oui, merci, c'est une lettre de mon avocat qui est arrivée hier.

Pour le moment, elle n'avait aucune envie de l'ouvrir. Ces derniers mois, elle avait passé son temps à lire et à signer des documents légaux, et elle avait besoin de faire une pause.

— J'ai cuisiné du poulet, si vous voulez.

— C'est gentil, mais je n'ai pas faim. Je vais aller directement au cottage pour préparer l'arrivée des meubles.

Elle monta son sac dans sa chambre, posa l'enveloppe sur la commode, puis se campa devant la fenêtre pour regarder l'horizon. Des terres s'étendaient à perte de vue. Le bétail paissait paisiblement et les chevaux gambadaient dans les corrals. Elle aperçut Carter qui s'entretenait avec quelques-uns de ses hommes. Il était facile à repérer, et elle aurait pu le discerner dans une foule tant son allure et sa posture lui étaient familières.

Soudain, une vague de mélancolie s'empara d'elle. Jusqu'à la fin de son séjour ici, sa vie serait un rêve. Mais après, elle devrait revenir à la réalité.

*
* *

— Vous avez vu Rocky ? demanda Macy à Bill Fargo.

— Tiens, je me faisais la réflexion que je ne l'avais pas vu depuis un moment. C'est étrange, d'autant plus que ce matin, j'ai surpris Riley McCay en train de raconter à une serveuse ses mésaventures avec son fils. Il affirmait que Carter lui avait interdit de revoir son chien. Si je m'en souviens bien, il a parlé de le reprendre d'une manière ou d'une autre.

— Vous avez prévenu Carter ?

— Non. Sur le coup, j'ai pensé qu'il s'agissait de paroles en l'air. Mais si Rocky a disparu…

— Il est peut-être en train de faire une longue sieste à l'ombre, dans les fourrés.

Si Riley avait vraiment repris Rocky, cela ne ferait qu'attiser les problèmes entre lui et Carter.

— J'espère que vous avez raison, car si le vieux l'a pris, votre petit ami va le faire arrêter.

— Carter n'est pas mon petit ami.

— Ah bon, il est quoi pour vous, alors ? s'enquit Fargo, sans ciller.

Elle n'avait pas de réponse, car elle ignorait où en était sa relation avec Carter.

— Je ne sais pas.

— Je peux vous assurer que McCay tient beaucoup à vous.

— Il tient à moi comme il tient à Rocky, c'est un sauveur dans l'âme, je ne crois pas que j'aie une place spéciale dans sa vie.

— Pensez ce que vous voulez.

La conversation était trop déroutante, et elle préférait changer de sujet.

— Nous devons retrouver Rocky. D'ailleurs, j'ai une idée.

— Macy, quoi que vous fassiez, pensez aux conséquences. Vous savez que je vais devoir répéter ce que Riley McCay a dit à la serveuse du café ce matin.

— Je comprends. Vous devez agir selon vos principes, et moi j'agirai selon les miens.

Elle prit congé pour mettre son plan à exécution. Elle espérait retrouver le chien et susciter un rapprochement entre Carter et son père. Le projet était ambitieux, mais elle avait le courage de ses ambitions.

- 10 -

Macy se trouvait dans la cuisine de Riley McCay, la seule pièce de la maison qui semblait habitable, puisque les deux autres avaient été condamnées depuis l'incendie.

— Je m'excuse encore de vous avoir fait peur l'autre soir. Je n'étais pas dans mon état normal et j'ai mal agi.

L'homme avait l'air sincère.

Carter ressemblait beaucoup à son père. Soudain, en observant les tempes grisonnantes et l'air contrit de Riley McCay, elle comprit la frustration de Carter. Il était l'unique personne qu'il n'avait pas réussi à sauver.

— J'accepte vos excuses, mais vous auriez dû prévenir Cater que vous entriez dans sa propriété. Je suis là pour vous aider, mais vous devez promettre de ne plus aller chez votre fils sans le prévenir et, surtout, de ne plus reprendre Rocky.

— Je ne l'ai pas pris. Il m'a suivi.

— Monsieur McCay, mon père avait aussi des problèmes d'alcool, et il n'a cessé de me mentir. Je vois clair dans votre jeu. Je sais que vous avez tout fait pour que Rocky vous suive.

— Il me manque.

— C'est Carter qui vous manque.

Riley ne répondit pas et s'adossa à sa chaise, pensif. Elle posa une main sur son bras.

— Si vous voulez voir Rocky ou votre fils, appelez Carter.

— Il ne veut pas me voir.

— Si vous vous comportiez enfin en père…

Une voiture se gara devant la maison, et Macy regarda par la fenêtre. Quelle poisse ! Ce n'était ni Henry ni Bill Fargo, mais Carter. Et il ne passait pas par hasard.

Il bondit hors du véhicule, entra dans la maison telle une tornade et la fusilla du regard dès qu'il la vit assise à table avec son père.

— Macy, que fais-tu ici ?

Riley se leva, déroulant son corps pour se faire aussi grand que son fils.

— Fiston, ne parle pas sur ce ton à Macy.

Il ne répondit pas à son père.

— Macy, je t'ai posé une question. Que fais-tu ici ?

— Je bois un verre de thé glacé avec ton père.

Carter balaya rapidement la table vide.

— Ah oui ? Et vous buvez dans des verres invisibles ?

— J'allais sortir la carafe du frigo. Tu veux te joindre à nous ? lui demanda son père.

— Pas question.

Son père se rassit, résigné.

— Comme tu voudras.

— Macy, comment es-tu venue ici ?

Après de longs pourparlers, elle avait réussi à convaincre Mara de la conduire à l'autre bout de la ville. Elle lui avait expliqué que son but était de rapprocher Carter et son père. Mara s'était laissé attendrir et elle avait cédé.

— Peu importe.

— Tu refuses de me répondre ? lâcha-t-il, furieux.

Elle refusait surtout de se laisser impressionner par sa colère. Elle se leva, le menton relevé dans un air de défi, prête à l'affronter. Il la toisa en silence, mais elle sentait qu'au fond de lui, il fulminait.

— Viens, on y va, lui dit-il enfin.

— Je crois que tu n'as pas bien entendu. Je suis venue prendre le thé avec ton père.

Une lueur indicible passa dans ses yeux comme un éclair.

— Soit, fais ce que tu veux. Je ramène Rocky.

— C'est mon chien, rouspéta Riley.

Carter serra la mâchoire, à bout de patience.

— Ce chien n'est plus à toi depuis qu'il a failli périr dans un incendie par ta faute. Je n'ai pas de preuves contre toi, mais je sais que tu es venu prendre Rocky chez moi. Ne refais jamais ça.

— Viens, dit Carter au chien, d'un ton beaucoup plus calme.

Avant de quitter la maison, il se tourna vers elle. Son corps fut parcouru de frissons quand elle vit son regard glacial.

— J'enverrai une voiture te chercher dans une heure.

Macy le regarda monter dans son véhicule, puis démarrer en trombe. Elle ferma les yeux, abattue. Son plan avait échoué, ne faisant qu'empirer la situation.

Carter était introuvable lorsqu'elle rentra au ranch.

Grâce à l'air conditionné, il faisait beaucoup moins chaud à l'intérieur, et l'air était plus frais à l'extérieur, mais Macy étouffait. En voulant aider Carter à se réconcilier avec son père, elle avait peut-être tout gâché avec lui.

Son sang se glaçait chaque fois qu'elle repensait au regard qu'il lui avait lancé en partant de chez son père, comme si elle était la pire des traîtresses.

Pourtant, elle ne voulait que son bien. Elle aurait dû

écouter les conseils de Bill Fargo et réfléchir à deux fois aux conséquences de ses actes. Désormais, il était trop tard, et elle s'en mordait les doigts.

Son regard se posa sur l'enveloppe marron qu'elle n'avait toujours pas ouverte. Elle devait l'ouvrir et arrêter de se voiler la face. Pourtant, elle ne voulait pas qu'on lui rappelle qu'elle n'appartenait pas à Wild River, que sa vie n'était pas ici. Elle avait envie de faire semblant. Encore un peu.

Elle s'effondra sur son lit, le cœur serré. Allait-elle vraiment passer la nuit seule à se morfondre ?

Soudain, son téléphone sonna.

En voyant le nom s'afficher sur l'écran, elle sourit, soulagée. Avery. L'amie dont elle avait besoin ce soir.

— Salut, Macy.

— Avery ! Je crois que tu as un sixième sens. Tu as senti que j'avais besoin de toi ?

— Moi aussi, j'ai besoin de quelqu'un à qui parler. On doit être sur la même longueur d'onde.

— Vas-y, raconte-moi.

— Je suis un peu chamboulée, mais ce n'est pas très intéressant. Il y a cet homme très persévérant…

— Mais je trouve ça très intéressant. Raconte.

— Non, ce n'est pas ce que tu crois. C'est un expert en art, et il veut à tout prix me persuader de vendre la collection impressionniste de mon père.

— Qui est-ce ?

— Il s'appelle Marcus Price. Il bosse pour Waverly's.

— Figure-toi que je l'ai rencontré. Ann Richardson me l'a présenté. Il est plutôt bel homme.

— Je ne lui ai parlé qu'une seule fois pour lui dire que je refusais son offre. Depuis, il n'arrête pas de me rappeler, et je l'évite.

— Tu ne veux vraiment pas vendre ?

— Non. C'est tout ce qui me rattache à mon père. J'adore ces tableaux, et je ne veux pas m'en séparer.

— Alors, dans ce cas, pourquoi ne pas rencontrer ce Marcus Price pour lui donner ta réponse en personne ? Tu pourras ainsi lui faire savoir de vive voix que tu n'es pas intéressée.

Avery hésita avant de répondre.

— Tu as peut-être raison. Je vais y réfléchir. Merci du conseil. Bon et toi, alors ? Où en es-tu avec le cow-boy de Wild River ?

Elle se lança dans un récit détaillé de ses aventures avec Carter, y compris la tentative de le rapprocher de son père, qui s'était soldée par un échec cuisant.

— Avery, c'est terrible, mais je crois que j'ai tout gâché.

— Pourquoi n'essaies-tu pas d'aller lui parler ?

— Il est très têtu. Je crois qu'il ne m'écoutera pas. Pas cette fois. Et il m'avait bien prévenue de ne pas me mêler de ses affaires.

— Alors, présente-lui des excuses. Si c'est un homme sensé, il les acceptera.

Elle ne voulait pas lui présenter d'excuses, car elle pensait avoir raison. Carter n'avait pas le droit de tirer un trait sur son père. Mais elle avait peur que leur relation n'y survive pas.

— Je vais y réfléchir.

Après avoir pris congé de son amie, elle resta allongée sur son lit, plongée dans ses pensées. Sa conversation avec Avery lui avait fait prendre conscience à quel point elle tenait à Carter. Certes, elle le trouvait beau et séduisant, mais elle avait aussi un profond respect pour lui, et beaucoup d'affection… De l'amour ?

Elle n'avait jamais ressenti pareilles émotions pour aucun autre homme avant lui. Raison pour laquelle elle tenait à ce qu'ils restent en bons termes, à finir la rénovation et, surtout, à ne pas ternir sa visite au ranch à cause d'une dispute. Une idée lui vint, qu'elle décida de suivre.

Carter plongea dans la piscine. Comme c'était bon de sentir l'eau fraîche sur sa peau à cette heure tardive.

Un croissant de lune se reflétait à la surface.

Lorsqu'il était plus jeune, il nageait souvent dans la rivière avec ses amis. Mais, depuis qu'il travaillait, il y avait renoncé, se contentant de faire des longueurs dans sa piscine pour brûler l'excédent d'énergie accumulée dans son corps.

Il venait souvent nager quand il devait prendre une décision, ou bien réfléchir à une situation, ou encore se calmer les nerfs et y voir plus clair.

Cet après-midi-là, il avait perdu son sang-froid en apprenant la disparition de Rocky. Après avoir parlé à Fargo, il s'était rendu directement chez son père, certain d'y trouver le chien. Et il avait vu juste. Seulement, il ne s'était pas attendu à y trouver aussi Macy.

Cela avait été un véritable choc. Fargo savait-il qu'elle s'y trouverait ? Si c'était le cas, il ne lui avait rien dit.

Macy n'était pas son otage. Elle avait le droit de se déplacer où bon lui semblait. Mais pas celui de s'immiscer dans ses histoires de famille. Elle était allée trop loin.

Il était plus en colère contre elle que contre son père. Et il n'arrivait pas à comprendre pourquoi. Il n'arrivait pas non plus à savoir pourquoi il avait l'impression d'avoir été trahi.

Bien entendu, elle n'avait pas pensé à mal en agissant ainsi, mais sa colère ne retombait pas pour autant.

Après avoir nagé une demi-heure, il sortit de l'eau. Il prit sa serviette, l'enroula autour de sa taille, puis rentra.

Macy devait être endormie, mais ça ne l'empêcha pas de ralentir devant sa chambre. Il soupira, résigné. Non, il n'était pas encore prêt à lui pardonner. Pour deux raisons. D'une part, parce qu'il lui avait demandé expressément de ne pas s'immiscer dans sa relation avec son père et, d'autre part, parce qu'il n'avait pas envie qu'elle voie le taudis où il avait grandi.

A regret, il passa son chemin.

Une fois dans sa chambre, il enfila un caleçon puis s'allongea sur le lit et alluma la télé. Avec un peu de chance, il pourrait voir une rediffusion de base-ball.

Cinq minutes plus tard, il entendit frapper à la porte. Il éteignit le téléviseur, se leva et alla ouvrir.

Macy se tenait devant lui, vêtue d'une jupe courte mettant en valeur ses jambes filiformes et d'un haut moulant accentuant sa jolie poitrine. Cette tenue était plus sexy que le plus coûteux des négligés.

Il sentit son cœur s'emballer et un désir intense enflammer tout son corps. Il déglutit, puis plongea dans les yeux mauves qui étincelaient d'une multitude d'émotions, l'interrogeant en silence.

Comment résister ? Il tendit une main vers elle.

— Si tu passes le seuil, sache que ce soir, ce sera purement sexuel entre nous. Je suis encore fou de rage contre toi, Hollywood.

- 11 -

Macy savait ce qu'elle voulait. Elle préférait un Carter en colère que pas de Carter du tout. Pas question de passer la nuit seule et de se réveiller le lendemain en se sentant perdue et coupable. Elle souhaitait aussi éviter toute gêne entre eux lorsqu'ils se croiseraient dans le ranch.

Elle lut la colère de Carter sur son visage. Il désirait des rapports purement sexuels ? Soit. Si c'est tout ce qu'il voulait ce soir, alors, pour elle, ce serait toujours mieux que rien.

Sa décision prise, elle plaça sa main dans la sienne. Ses yeux lui jetèrent comme un avertissement. Il la défiait. Soit ! Mais elle ne reculerait pas. Elle était prête à l'affronter. Il avait l'air de vouloir la dévorer, mais elle ne le craignait pas. Au contraire, la situation l'excitait, et son corps était parcouru de frissons de plaisir.

Elle continuait de lui faire confiance, en dépit de la colère qu'il ressentait. Elle savait qu'il ne lui ferait pas de mal, et elle acceptait de le laisser prendre les commandes.

En cet instant, elle lut dans ses yeux qu'il lui ferait l'amour, mais qu'il n'y aurait rien de romantique ni de doux. Ce serait un corps à corps torride et sans limites.

Enfin, il l'entraîna vers le lit.

Il s'assit en premier et, alors qu'elle restait debout devant lui, il plongea son regard dans le sien. Ses yeux acier n'avaient rien de caressant, comme s'ils lui dérobaient son intimité la plus précieuse. Il s'immisçait en elle par la pensée. Sa poitrine était un véritable brasier, gonflée de désir, et son sexe ne demandait qu'à être touché.

Ecartant les jambes, il l'attira entre ses cuisses et referma les genoux. Elle était prise au piège.

— Déshabille-toi.

Sans ciller, les doigts tremblants, elle entreprit d'enlever son haut.

— Pas si vite, Hollywood.

Pour se calmer, elle respira profondément, se souvenant qu'elle avait un jour joué une prostituée dans une production de Broadway. Son personnage ne devait pas se dévêtir sur scène, mais chacun de ses mouvements devait irradier la sensualité et la passion. Avec Carter, elle n'avait aucun mal à se mettre dans cet état d'esprit. Elle voulait lui plaire et le satisfaire, désireuse que cette nuit soit inoubliable, pour tous les deux.

Elle ralentit ses gestes, roulant des hanches à chaque petit mouvement jusqu'à ce qu'elle enlève son haut et que sa poitrine soit dénudée, entièrement offerte à Carter.

Il parut légèrement désemparé.

La première petite victoire de la soirée. Elle espérait qu'il y en aurait d'autres.

— Maintenant, la jupe.

Dès que Macy défit la fermeture Eclair, il posa les mains sur ses hanches et la fit tourner sur elle-même. A présent, elle était dos à lui.

Il descendit la jupe. Elle sentit l'air frais caresser ses fesses nues. De longues secondes s'écoulèrent. Jetant un coup d'œil par-dessus son épaule, elle vit que Carter admirait ses fesses. Avant qu'elle ait le temps de se retourner, il y posa les mains et se mit à les caresser de ses paumes rugueuses et expertes, faisant éclater en elle un tourbillon de sensations exquises.

C'était la première fois qu'elle faisait ça. Jamais auparavant elle n'avait donné à un homme carte blanche sur son corps. Jamais elle n'avait eu confiance en un homme comme elle avait confiance en Carter. Il n'y avait pas que la confiance. Il y avait autre chose, sur lequel elle préférait ne pas s'attarder pour le moment.

Elle sentit la pointe de ses seins se durcir et l'excitation s'accentuer dans tout son corps, rendant son sexe presque douloureux.

Puis Carter la fit s'asseoir sur ses genoux, de profil. Elle laissa échapper un petit cri d'étonnement qu'il avala alors qu'il lui tournait le visage pour venir poser sa bouche sur la sienne, l'embrassant à en perdre haleine, rageusement, sa langue léchant tout au passage, ses dents lui mordillant les lèvres. Comme s'il avait l'intention de la dévorer sur place.

Il marqua une légère pause, puis reprit de plus belle alors qu'elle ne s'était pas encore remise de la violente tempête du premier baiser. Cette fois, tout en l'embrassant avec voracité, il titilla ses tétons, lui arrachant des gémissements de plaisir. C'était une torture exquise, agréablement douloureuse. Elle était à sa merci et s'en régalait, offerte à lui. Une reddition sans condition.

— Touche-moi, murmura-t-il, la voix rauque.

Elle lui caressa d'abord le torse, laissant sa main s'aventurer dans sa toison virile. Son torse était ferme sous sa paume, et son exploration ne tarda pas à prendre un caractère plus érotique. C'était tellement bon de toucher ses épaules, de sentir sous ses doigts la puissance de son corps robuste. Elle se délectait de palper ses muscles compacts sous sa peau si ferme. Après avoir déposé une pluie de baisers sur son torse, elle mordilla et lécha ses tétons.

Elle sentit son érection s'accentuer sous le tissu de son caleçon, et une chaleur inouïe s'empara de tout son corps, l'embrasant d'un désir ardent.

Alors qu'elle était toujours assise sur ses genoux, blottie contre son sexe raidi, il la fit basculer légèrement en arrière, une main dans son dos pour la retenir, tandis que l'autre main se glissait entre ses cuisses.

Ondulant sous ses caresses expertes, elle se cambrait pour mieux s'offrir. Elle crut défaillir lorsqu'elle sentit ses doigts s'introduire en elle et la fouiller sans pudeur. Bientôt, elle fut secouée de spasmes de plaisir, incapable de résister plus longtemps à l'extase qui déferlait en elle et qui lui arracha des cris.

Lorsqu'elle rouvrit les yeux, Carter la fixait, satisfait et admiratif. Elle n'avait jamais ressenti pareilles sensations et comptait bien lui rendre la pareille.

Il la souleva, la déposa sur le lit, s'empressa de se déshabiller et revint avec un préservatif. Il se rassit et la réinstalla sur lui, face à lui cette fois. Ses gestes étaient d'un érotisme inouï, et elle se sentait au comble de l'excitation. Elle enroula les jambes autour de son bassin.

— Prends-moi, Macy, je ne peux plus attendre, dit-il d'une voix pressante et lascive.

Elle résolut de se donner entièrement à lui, se promettant d'user de toute son habileté pour lui procurer autant de plaisir qu'il lui en avait donné.

Quand elle glissa son sexe dur à l'intérieur d'elle, ce fut comme un feu d'artifice sensuel. Leurs corps vibraient à l'unisson, comme jamais auparavant. Elle se cambrait sur lui, allant à sa rencontre. Jamais il ne l'avait possédée aussi pleinement. Ils se fondaient l'un dans l'autre, comme accédant à une autre dimension d'eux-mêmes, jusqu'à l'orgasme qui déferla sur eux en même temps, les projetant, haletants et comblés, par-delà les rives du plaisir.

Lorsqu'ils eurent recouvré leurs esprits et que les battements de leur cœur se furent calmés, il déposa un baiser mouillé dans sa nuque, puis l'allongea à côté de lui sur le lit.

— Tu es incroyable.

Elle était vidée, exténuée, comblée, mais les paroles de Carter réveillèrent instantanément le désir en elle.

— Toi aussi, murmura-t-elle.

Il plongea son regard dans le sien, la fixant avec attention. Elle espérait encore qu'il revienne à de meilleurs sentiments à son égard, mais elle comprit qu'elle se trompait.

Ce soir, elle ne dormirait pas dans son lit, il ne la prendrait pas tendrement dans ses bras, elle ne se réveillerait pas blottie contre lui au petit matin.

Elle était venue dans sa chambre pour faire l'amour avec lui, et il l'avait laissée entrer uniquement pour assouvir leur désir mutuel. Rien d'autre.

Il détourna la tête, se désintéressant d'elle, sans pour autant la repousser physiquement, mais elle comprit que c'était le signal du départ.

Elle déposa un dernier baiser tendre sur son épaule, puis se leva.

— Bonne nuit, Carter, dit-elle en se baissant pour ramasser ses vêtements.

Au moment de se relever, elle sentit qu'il lui tirait une mèche de cheveux. Avant qu'elle ne puisse faire un autre mouvement, il se retrouva derrière elle, l'entourant de ses bras.

— Tu peux me dire où tu vas ?

— Me coucher.

Il l'embrassa derrière l'oreille, léchant son lobe au passage.

— Ton lit est ici, tu as déjà oublié ?

— Mais tu as dit que tu étais toujours en colère contre moi.

— Je suis furieux.

Elle se tourna pour lui faire face.

— Je crois que tu fais une erreur.

— Avec toi ? s'enquit-il sur un ton taquin alors que ses mains s'emparaient de ses fesses, la caressant habilement, de manière possessive.

C'était tellement bon. Comment lui résister ?

— Si j'ai commis une erreur ce soir, alors je veux bien signer pour mille autres erreurs de ce genre.

— Je… Ce n'est… Enfin…

Il lui faisait perdre la tête.

Il la fit taire en prenant possession de sa bouche en un baiser passionné.

— Le mieux, c'est d'admettre que nous ne sommes pas d'accord sur le sujet et de tourner la page. Mais pour l'heure, reviens te coucher près de moi, la nuit est loin d'être terminée.

Jour après jour, Carter pensait de moins en moins à Jocelyn. Certes, il n'oublierait jamais sa trahison et la manipulation dont il avait été victime, mais le fait est que Jocelyn Grayson n'avait plus d'importance dans sa vie, même si les enseignements qu'il avait tirés de cette expérience allaient lui servir toute sa vie.

Il avait abandonné l'idée de se marier et il ne croyait plus en l'amour.

Toujours est-il qu'il était satisfait de sa relation avec Macy. Il ne se souvenait pas d'avoir été aussi heureux de sa vie. Comme il déléguait à ses employés, il était en mesure de passer du temps avec Macy. Il allait la retrouver tous les jours pour déjeuner et discuter avec elle de l'avancement de son projet. Les meubles qu'ils avaient achetés en revenant de Dallas avaient été livrés et s'harmonisaient à merveille à chaque pièce.

Quand l'occasion se présentait, il l'incitait à monter avec lui à l'étage, où ils faisaient l'amour dans l'une des chambres. Les occasions étaient nombreuses. Il sourit en pensant à ces moments volés. Au cours de la semaine qui s'était écoulée, ils avaient fait l'amour tant de fois qu'il aurait été incapable de les compter.

Leurs ébats érotiques de l'après-midi étaient un régal, mais nuit après nuit, dans l'obscurité de sa chambre à coucher, ils apprenaient à mieux se connaître, désireux de s'explorer mutuellement, encore et toujours.

Il était épris de Macy. Elle était comme une drogue dont il était devenu dépendant. Depuis la nuit où elle était venue le rejoindre et où, d'un accord tacite, ils avaient accepté de ne plus parler de son père, elle occupait la moindre de ses pensées. Elle l'obsédait. Il se demandait quand cette phase de passion prendrait fin. Elle ne pouvait durer éternellement. Tôt ou tard, le rideau retomberait.

La vie de Macy était à Hollywood. Ses rêves étaient là-bas, qu'elle veuille ou non l'admettre. Il lui avait offert un asile temporaire, mais elle finirait par repartir.

Pour l'heure, elle était à lui. Rien qu'à lui.

— Carter ?

Cette voix le ramena sur terre. Où était-il ? Que faisait-il avant de s'adonner à ce rêve éveillé ?

— Carter ? Tu m'entends ?

Ah, oui, il était avec son comptable, dans son bureau. Il avait fait venir Jacob Curtis de Dallas pour ne pas avoir à faire la route et s'éloigner de Macy.

— Oui. Tu me tiendras au courant de la suite de l'inventaire.

— Tu m'as l'air complètement déphasé. Tout va bien ?

— Tout va pour le mieux dans le meilleur des mondes. Merci d'être venu jusqu'ici.

— Je suis payé pour ça. Mais comme on se connaît depuis longtemps, je dirais que tu avais mieux à faire ici que d'aller jusqu'à Dallas.

— On ne peut rien te cacher.

Après le départ de son comptable, il prit la Jeep et se rendit à l'auberge. A son arrivée, il fut déçu de voir que Macy n'était pas seule. Bill Fargo était assis à son côté.

— Alors, qu'est-ce que Mara vous a préparé, aujourd'hui ?

— Des petits gâteaux avec un glaçage et une citronnade.

— C'est très festif.

— Oui, c'est l'anniversaire de Bill. Je n'en savais rien, mais Mara a le don pour découvrir ce genre de choses. Je l'ai invité à se joindre à nous ce soir.

Il avait espéré passer la soirée seul à seule avec Macy, mais il ne voulait pas se montrer grossier, surtout que Bill Fargo était devenu un bon ami de Macy.

— C'est gentil, mais je crois que je vais décliner l'offre. Je ne fête jamais mon anniversaire.

— Pas question. Vous devez venir. Je vais faire ma spécialité. Pasta alla Macy.

— Tu sais cuisiner ? demanda Carter, tombant des nues.

— Disons que je ne suis pas la plus nulle en cuisine.

— Alors là, je suis sidéré.

— J'adore les pâtes, mais ce soir, je suis de service.

Elle lança un regard implorant à Carter, qui comprit aussitôt le message.

— Je vous fais grâce de ce soir. C'est mon cadeau.

Il aurait préféré un dîner aux chandelles en tête à tête, mais il appréciait beaucoup Bill Fargo et, surtout, il n'avait jamais mangé un plat de pâtes cuisiné par une starlette d'Hollywood.

— Bravo au chef ! lança Carter quand il eut terminé son assiette.

— Macy, c'était délicieux, je me suis régalé.

— Je suis ravie que ça vous ait plu. Il en reste, si vous voulez.

— Non, merci, sans façon, j'ai déjà mangé plus qu'il ne faudrait, dit Bill.

— Et moi, je vais devoir nager au moins cinquante longueurs si je veux éliminer ce repas.

Après le dîner, ils passèrent dans le salon avec leur verre de vin et le reste de la soirée fut tout aussi agréable.

Une fois Bill parti, Carter mit à exécution sa résolution et se prépara à aller nager. Il tenta de la persuader de l'accompagner, mais elle déclara qu'elle préférait nettoyer la cuisine afin de laisser l'endroit propre pour Mara le lendemain matin.

— Tu veux que je t'aide ?

— Non. Mais ne dépense pas toute ton énergie à nager. Gardes-en pour après.

Cette remarque lui valut un long baiser langoureux qui enflamma ses sens.

— Sois prête dans une heure. Je meurs d'envie de t'avoir rien que pour moi depuis ce matin.

Elle s'empressa de nettoyer la cuisine, puis alla prendre une douche. Rafraîchie et vêtue d'un déshabillé lavande que Carter lui avait offert la veille, elle se coiffa et se sentit prête pour accueillir son cow-boy adoré.

Elle était de bonne humeur. D'ailleurs, elle se sentait tellement bien qu'elle décida enfin d'ouvrir l'enveloppe marron qui était toujours sur la commode.

C'était bel et bien des documents. Au moment de les remettre dans l'enveloppe, elle aperçut une plus petite enveloppe blanche. Dessus, elle trouva un Post-it où il était écrit :

Macy,

J'ai trouvé cette lettre en triant le bureau de votre mère à Santa Monica. Elle vous est adressée, aussi je ne l'ai pas ouverte. Si vous avez besoin de moi, n'hésitez pas à me contacter.

Barton Lowenthal

Elle enleva le Post-it et aperçut l'écriture de sa mère. Elle était reconnaissable entre toutes, très symétrique et d'une clarté éclatante.

Macy chérie.

Elle examina longuement l'enveloppe, le cœur serré, l'estomac noué, la gorge sèche. Allait-elle oser l'ouvrir ? Enfin, elle trouva le courage de le faire.

A l'intérieur, elle découvrit une feuille blanche couverte de l'écriture de sa mère. La lettre datait de quelques jours avant sa mort.

Des larmes roulèrent le long de ses joues. Elle avait déjà fait ses adieux à sa mère, mais après la lecture de cette lettre, elle devrait lui dire adieu une seconde fois, et ce serait peut-être encore plus douloureux. En dépit des larmes qui lui brouillaient la vue, elle réussit à lire les mots si délicatement soignés et parfaitement formés.

Ma belle princesse,

Je sais que je n'ai pas été pour toi une mère traditionnelle, mais j'espère que tu sais combien je t'aime. Si tu me crois, alors je peux reposer en paix.

En tant que mère, je n'aurais pas pu souhaiter avoir meilleure fille que toi. Tu m'as comblée de joie et d'amour. Ton père et moi avons toujours été très fiers de toi. Clyde aurait fait n'importe quoi pour sa petite fille. Ne l'oublie jamais.

Je sais que je n'aurais pas dû montrer à quel point j'étais en colère contre lui lorsqu'il nous a quittées. Je ne voulais surtout pas que tu aies une mauvaise image de lui. Clyde avait des défauts, comme tout le monde, mais au fond, c'était un homme bien et un père formidable.

Je dois avouer que j'ai été égoïste d'être en colère contre lui pendant toutes ces années après son décès. Sans lui, je me sentais seule, j'avais l'impression d'avoir été abandonnée, et il me manquait énormément. Il a été mon seul et unique amour, et jamais aucun autre homme ne l'a remplacé par la suite, et Dieu sait si j'ai cherché à le remplacer. Je n'aurais jamais dû me remarier et croire que je pouvais l'oublier dans les bras d'un autre. Mes deux mariages suivants ont été les deux plus grosses erreurs de ma vie.

Je tenais à te le dire, car je veux que tu saches que j'ai toujours cru en l'amour véritable et éternel.

Ton père a été l'amour de ma vie.

Jamais je n'ai regretté d'être tombée amoureuse de lui,

et j'espère qu'un jour, toi aussi, tu trouveras l'amour de ta vie. Un amour fort, solide et bouleversant.

Voilà ce que je te souhaite, ma chérie. Je te souhaite de trouver un homme que tu aimeras par-dessus tout et qui t'aimera en retour avec la même ferveur. Un homme qui sera digne de toi et qui saura te rendre heureuse et te combler pour le restant de tes jours.

Ta maman qui t'aime

A présent, les larmes brouillaient complètement sa vue. Elle resta ainsi, tenant la feuille d'une main tremblante, sanglotant en silence.

Trois petits coups légers à la porte attirèrent son attention. Elle leva la tête. Carter la rejoignit, vêtu simplement d'un jean élimé.

— Il est plus de minuit, tu viens te coucher ?

C'est comme si elle le découvrait sous un nouveau jour. A ce moment-là, elle sut.

Elle était amoureuse de Carter McCay.

Elle aimait tout chez lui, ses yeux noisette, son accent chantant, son corps d'apollon, sa vivacité d'esprit, son humour, et bien d'autres choses encore.

La lettre de sa mère venait de lui faire prendre conscience de ses véritables sentiments pour lui. Elle l'aimait de tout son cœur.

Elle prit aussi conscience qu'elle avait peur de quitter Wild River. Elle ne voulait surtout pas être séparée de Carter.

Elle ferma les yeux. Que faire ?

— Que se passe-t-il, ma beauté ? demanda-t-il d'une voix emplie de tendresse en venant la rejoindre sur le lit où elle s'était assise.

— Je… Je… Je viens de lire la dernière lettre de ma mère.

— Ne pleure pas, dit-il en la prenant dans ses bras pour la réconforter.

Elle posa la tête sur son épaule, reconnaissante qu'il se montre aussi affectueux, même s'il avait l'air un peu déconcerté.

— Enfin, tu peux pleurer, si ça te fait du bien, ajouta-t-il.

Elle leva vers lui son visage rougi et ses yeux embués de larmes.

— En fait, cette lettre chamboule ma vision des choses. Je pensais tout savoir et avoir tout compris, mais je me rends compte que j'avais tort. A propos de beaucoup de choses. C'est fou.

— Et si tu me racontais ?

Elle accepta volontiers de se confier à lui et en éprouva un véritable soulagement.

— Tu te souviens des diamants que j'ai mis en vente chez Waverly's ?

— Oui, bien sûr. J'en ai même acheté un.

— Je pensais qu'ils étaient maudits. J'avais d'ailleurs échafaudé toute une théorie sur le sujet.

— Je ne vois pas où tu veux en venir.

— Le soir où nos chemins se sont croisés et que tu m'as raconté l'histoire avec Jocelyn, je me suis sentie vraiment mal, pensant que tu avais été blessé par ma faute, et que si je n'avais pas vendu ces diamants, tu aurais peut-être eu plus de succès. J'étais persuadée que les gens qui possédaient ces bagues étaient voués à être malheureux. Ma mère s'était mariée trois fois, et ses mariages ne lui avaient apporté que chagrin et désespoir.

— La lettre t'a fait revoir ta théorie ?

— La lettre a anéanti ma théorie. Grâce aux explications de ma mère, je comprends mieux. Je sais ce qui a motivé ses actions. Je vois plus clair.

— Tu ne penses plus que les diamants sont maudits ?

— Non.

— A l'origine, c'est pour ça que tu as voulu les vendre ?

— Non, je les ai vendus car j'avais besoin d'argent. Ma mère dépensait sans compter, et je n'ai rien hérité d'elle, hormis ses biens matériels. Et j'ai eu le malheur de faire de grosses erreurs de jugement.

Carter lui déposa un baiser sur le front, la gardant blottie contre lui.

— Tu veux m'en dire plus ?

— Tu te souviens quand je t'ai parlé de la scène de nu que j'ai refusé de faire ?

— Je crois que je ne pourrai jamais oublier.

— Mon refus de tourner la scène m'a valu d'être traînée en justice par les studios. Puis une chaîne de télé m'a aussi intenté un procès, car je m'étais engagée à participer à une émission, mais quand je me suis rendu compte qu'il s'agissait d'étaler la vie amoureuse de ma mère, je me suis retirée.

— Donc, tu as vendu les diamants maudits parce que tu avais besoin d'argent et non pas parce que tu les croyais maudits ?

— Oui et non. En fait, je ne voulais pas spécialement les garder, car ils avaient été la source de nombreux drames dans ma vie. Mais comme je te l'ai dit, je pensais que ta soirée de fiançailles avait échoué à cause du diamant Tarlington que tu avais offert à Jocelyn.

Il s'écarta légèrement d'elle pour lui faire face.

— Enfin Macy, tu n'y es pour rien, et le diamant n'y était pour rien non plus. C'est moi qui me suis trompé en croyant être amoureux de Jocelyn. Avec le recul, moi aussi, j'ai commis une erreur de jugement.

Désormais, elle avait la conviction qu'il n'était plus amoureux de Jocelyn et qu'il en était arrivé à la conclusion que ce n'était pas une femme pour lui.

— Depuis que tu as lu la lettre, tu regrettes d'avoir vendu les diamants ?

— Pas ceux des autres mariages, mais celui que mon père a donné à ma mère. Je ne le reverrai jamais, dit-elle, fondant de nouveau en larmes.

Il la prit de nouveau dans ses bras. Le réconfort fut immédiat.

— Je suis désolée de gâcher la soirée.

— Tu ne gâches rien du tout, ne dis pas de bêtises. D'ailleurs, j'ai une idée. Reste là, je reviens tout de suite.

Une fois qu'il fut sorti de la chambre, elle en profita pour sécher ses larmes et remettre de l'ordre dans ses cheveux. Elle avait mal à la tête, l'estomac noué, mais elle était soulagée d'avoir enfin avoué la vérité à Carter au sujet des diamants.

Elle était également soulagée de s'être avoué qu'elle l'aimait. A présent, son souhait le plus cher était de se donner à lui corps et âme. Sans plus attendre. Quand il revint dans la chambre, il tenait dans la main un coffret en velours.

Il se rassit à ses côtés et le lui tendit.

- 12 -

Macy accepta le coffret que lui tendait Carter, le cœur gonflé d'espoir. Elle riva son regard aux yeux merveilleux de Carter et ouvrit le coffret.

— Mon Dieu !

La petite boîte contenait le diamant que Carter avait acheté chez Waverly's. Il lui offrait une bague !

Son rêve était en train de se réaliser.

A présent, elle attendait qu'il formule les mots qui scelleraient à jamais leur destinée et feraient d'elle la plus heureuse des femmes. Elle était tellement sûre d'être amoureuse de lui qu'elle bouillait d'impatience.

Elle avait envie de se jeter à son cou, d'hurler sa joie et de faire l'amour avec lui jusqu'au petit matin.

Mais d'abord, elle devait écouter ce qu'il avait à dire.

— Si tu veux, elle est à toi. Elle ne me servira à rien, car jamais plus je ne demanderai à une femme de m'épouser. Tu pourrais la vendre. Avec l'argent, tu auras les fonds nécessaires pour ouvrir l'école de théâtre dont tu rêves depuis si longtemps.

Il avait parlé. Avec sincérité.

En quelques phrases, il venait d'anéantir tous ses espoirs. Elle sentit son cœur se serrer, et sa vue se brouilla. Si elle n'avait pas été assise, ses jambes se seraient sans nul doute dérobées sous elle.

Quelle déception ! La douleur qu'elle ressentait dans

tout son corps lui donnait envie de hurler. A peine venait-elle de s'avouer son amour pour Carter qu'il la rejetait en ignorant tout des sentiments qu'elle éprouvait pour lui.

A croire que la théorie du diamant maudit était juste. Comment avait-elle pu se laisser aller à croire en l'amour ? Elle qui pensait qu'elle comptait dans la vie de Carter. Elle qui avait cru que lui aussi ressentait de tendres sentiments pour elle. Elle s'était convaincue qu'elle ne servait pas uniquement à lui faire oublier son chagrin d'amour.

Quelle idiote !

Il attendait sa réponse, l'air satisfait, une fois de plus. Elle se jura alors qu'elle ne perdrait pas la face devant lui. Plus rien de ce qu'il dirait ne pourrait la toucher. Le pire était passé.

— Si ce n'est pas suffisant pour ouvrir une école à Hollywood, je veux bien investir en toi. Je pourrais être l'investisseur secret.

Elle avait tort, le pire n'était pas passé. Ce qu'il venait de dire était encore plus blessant. Il la considérait uniquement comme une partenaire d'affaires.

Après avoir examiné la bague, elle résolut de ne pas montrer à quel point elle était dévastée. Puisant dans ses compétences artistiques, elle décida de jouer le rôle d'une femme meurtrie qui fait appel à sa dignité pour se sortir d'une impasse émotionnelle.

— Carter, merci, c'est très généreux. Inutile d'entrer en partenariat, la bague suffira à réaliser mes rêves.

Arborant son plus beau sourire de comédienne, elle poursuivit. Plus rien de l'arrêterait.

— Je te remercie infiniment de m'avoir accueillie ici. Merci pour… tout.

— Je t'en prie.

— D'ailleurs, je voulais justement te dire que j'avais fixé ma date de départ, ajouta-t-elle.

— Ah bon ? demanda-t-il, étonné.

Elle devait partir d'ici le plus vite possible.

— En fait, mon agent m'a appelée dans la journée et m'a proposé une audition à Hollywood dans trois jours. J'ai d'abord hésité, mais finalement je vais la faire.

— Dans trois jours !

— Il est temps que je te laisse tranquille et que je reprenne le cours de ma vie, ajouta-t-elle, très satisfaite de paraître maîtresse d'elle-même alors qu'elle se sentait totalement anéantie à l'intérieur.

Il la fixa longuement, les yeux emplis d'une lueur de regret. Puis il laissa échapper un soupir de résignation. Le contrat était clair depuis le début. Son séjour ici était sans engagement. Il ne chercherait pas à la retenir. Il ne tenterait pas de la dissuader de partir. Elle ignorait même s'il lui manquerait.

C'était horrible de penser qu'il puisse oublier si rapidement son passage à Wild River, mais elle n'avait pas le choix. Il remit en place une mèche de cheveux derrière son oreille et l'embrassa, s'emparant de sa bouche comme si elle lui appartenait. Elle eut l'impression que son cœur saignait.

Cette nuit-là, il lui fit l'amour avec une passion sans bornes. Il effleura chaque endroit de son corps avec sa bouche, ses mains, sa langue. Il la caressa jusqu'à ce qu'elle hurle son prénom et lui procura du plaisir comme si elle était la femme la plus désirable au monde.

A chaque baiser, à chaque corps à corps, à chaque orgasme, elle sentit son amour éperdu pour cet homme grandir démesurément.

*
* *

Debout sur sa terrasse, Macy regardait le ciel bas et profitait de la brise salée en provenance du Pacifique. Par temps clair, de chez elle, elle pouvait voir l'océan.

Depuis son retour de Wild River, elle vivait recluse dans son trois pièces de Brentwood. Il lui avait fallu du temps pour s'acclimater de nouveau à sa vie à Los Angeles.

Le jour de son départ de Wild River, Carter avait insisté pour la conduire à l'aéroport. Avant de la quitter, il l'avait embrassée langoureusement, la tenant serrée contre lui, comme s'il ne comptait pas la laisser partir.

Puis il avait mis fin à leur étreinte et lui avait souhaité bon voyage. Malgré tout, même s'il n'avait pas dit les mots qu'elle aurait tant aimé qu'il prononce en lui donnant la bague, elle sentait qu'il était contrarié de la voir partir.

— Si tu as besoin de quoi que ce soit, n'hésite pas à me contacter. Tu es la bienvenue à Wild River. Quand tu veux.

Mais ses propos avaient manqué de conviction. Il pensait peut-être qu'elle avait hâte de retrouver sa vie à Hollywood, pourchassée par les paparazzi.

De plus, il avait été on ne peut plus clair le soir où il lui avait donné le diamant.

Jamais plus je ne demanderai à une femme de m'épouser.

Parfois, elle était assaillie de regrets. Après tout, pourquoi n'était-elle pas restée à Wild River ? Depuis quand rêvait-elle d'amour, d'avoir un mari, des enfants, et une jolie petite maison entourée d'une clôture blanche ?

Depuis qu'elle avait rencontré Carter.

Elle voulait son amour. Entier et éternel.

Avant de le quitter, à la porte d'embarquement, elle lui avait murmuré ces simples paroles :

— Sache que je ne t'oublierai jamais. Et s'il te plaît, promets-moi d'essayer de faire la paix avec ton père.

Elle n'avait pas attendu de réponse, pensant qu'il serait probablement contrarié ou embarrassé, mais elle avait été soulagée de lui dire ce qu'elle avait sur le cœur. Puis elle était partie sans se retourner.

Ce qui la frappait le plus, c'était l'ironie de la situation. Pendant la durée de son séjour à Wild River, elle n'avait cessé de se dire que sa relation avec Carter était vouée à l'échec, car il possédait le diamant maudit. En réalité, Carter ne l'aimait pas ; il ne l'avait jamais aimée, et cela n'avait rien à voir avec la bague qui avait appartenu à sa mère.

Depuis une semaine, Carter travaillait comme un forcené. Quand il allait à Dallas, il enchaînait les rendez-vous. Au ranch, il se plongeait corps et âme dans des tâches qu'il n'avait plus l'habitude de faire. Et malgré tout, il n'arrivait pas à chasser ce sentiment qu'il avait perdu quelque chose de précieux et d'irremplaçable.

Aujourd'hui, en rentrant de Dallas, il était plus perturbé que jamais. Prenant son téléphone, il faillit appeler une fille avec qu'il était déjà sorti et qui n'hésiterait sûrement pas à venir le rejoindre.

En vérité, il avait envie d'appeler Macy. Mais à quoi bon ? Elle avait sûrement déjà repris le cours de sa vie à Hollywood.

Son cœur se serrait chaque fois qu'il repensait au fait qu'elle l'avait quitté dès qu'il lui avait donné la bague. Après tout, peut-être avait-elle tout prémédité pour faire vibrer sa corde sensible, sachant qu'il était de nature généreuse ? Peut-être qu'en cet instant même, elle s'était mise en quête des deux autres diamants ?

Il frémit devant les doutes qui l'assaillaient. Macy n'était pas comme Jocelyn, mais la duperie de cette dernière lui revenait, brouillant ses certitudes.

Encore aujourd'hui, il tentait de se convaincre qu'il avait bien fait de ne pas chercher à la retenir. Après tout, ils savaient depuis le début à quoi s'en tenir tous les deux et n'avaient jamais évoqué de projets d'avenir.

Il avait invité Macy à Wild River pour qu'elle puisse souffler et fuir les paparazzi, et non parce qu'elle était belle à couper le souffle et qu'il avait ressenti le besoin d'être en sa compagnie.

Rocky le rejoignit. Lui aussi semblait avoir souffert du départ soudain de Macy. Il passait ses nuits dans la chambre où elle avait dormi, attendant probablement son retour. Le chien le regarda, une véritable tristesse dans ses yeux caramel.

— Je sais qu'elle te manque autant qu'à moi.

Soudain, sous l'effet d'une impulsion étrange, il décida de prendre la Jeep et d'aller à l'autre bout de la ville.

Rocky le suivit, espérant peut-être qu'il le mènerait à Macy. Il se gara devant la maison de son père.

— Rocky, on entre dix minutes et on repart.

Une heure plus tard, Carter repartit en direction du ranch. Arrivé sur ses terres, il alla directement au cottage, comme en pèlerinage. Bill Fargo passait justement par là.

— Bonjour ! lança-t-il à l'intention de Carter.

— Vous faisiez votre ronde ?

— Je suis payé pour ça !

— Vous voulez faire une pause ?

— Si vous voulez.

Il gara la Jeep puis le rejoignit.

— Alors, comment ça va ? s'enquit Carter.

— Tout est trop calme, sans Macy.

— Oui… dit-il, sentant le regard avisé de Bill Fargo peser sur lui.

— C'est la première fois que je vous vois ici depuis son départ.

— J'étais trop occupé.

— Trop occupé à ignorer la réalité.

Carter aurait dû être offusqué. Après tout, cet homme était son employé. Mais il décida de ne pas relever, car Fargo avait en partie raison, même s'il n'était pas prêt à se l'avouer.

— C'est-à-dire ?

Il essayait de gagner du temps, se demandant jusqu'où Fargo irait dans son raisonnement.

— Vous avez peur de faire face à la réalité.

— Qu'est-ce qui vous fait dire ça ?

Fargo posa son chapeau, passa la main dans sa chevelure grisonnante et entreprit de lui répondre.

— Il fut un temps où moi aussi j'étais trop occupé, comme vous. Tellement occupé que la femme de ma vie m'a filé entre les doigts. C'est le plus grand regret de ma vie.

— Qu'est-elle devenue ?

— Je l'ai perdue. C'était il y a très longtemps, mais quand j'en parle, j'ai l'impression que c'était hier. Toute ma vie, elle m'a manqué. Je ne voudrais pas qu'il vous arrive la même chose.

— Je peux vous assurer qu'il ne m'arrivera pas la même chose.

— Et moi, je peux vous assurer le contraire si vous continuez à ignorer la réalité. Vous devez laisser parler votre cœur. Et surtout, n'écoutez pas votre fierté, qui ne vous sera pas de bon conseil. Si vous avez des sentiments pour Macy…

— Qu'est-ce qui vous dit qu'elle a des sentiments pour moi ? Comment lui faire confiance ? C'est une actrice. Un sacré talent, d'ailleurs. Elle a pris le large dès qu'elle a réussi à récupérer le diamant.

— Si vous pensez que son but était de vous extirper le diamant, vous êtes le dernier des imbéciles.

Carter le regarda, abasourdi.

— Pardonnez-moi. Je dis ce que je pense. Macy était anéantie quand elle est partie. Je l'ai entendu dans sa voix, je l'ai vu dans ses yeux. Et je dirais que si elle a usé de ses talents d'actrice, c'était pour cacher à quel point elle avait le cœur brisé. En tout cas, ce serait vraiment dommage de laisser vos peurs et vos doutes vous empêcher de découvrir la vérité.

Carter voulait mettre fin à cet échange au plus vite, sentant qu'il perdait pied et qu'il ne maîtrisait plus la situation. Il changea de sujet sans même faire allusion à ce que Fargo venait de lui dire, puis prit congé.

Pas question de suivre les conseils que Fargo venait de lui donner. Il n'avait pas envie de se ridiculiser une nouvelle fois en faisant une déclaration d'amour qui se solderait par un échec. Un homme avisé en valait deux, et il n'irait pas retrouver Macy Tarlington.

Le lendemain, il se leva de bonheur et décida de se livrer à un travail physique pour se calmer. Il accomplit toutes les tâches qu'il s'était fixées, partit faire une grande promenade à cheval, nagea un nombre incalculable de longueurs… Pourtant, en fin de journée, il était toujours aussi tendu.

Le surlendemain, il rendit visite à son cousin qui dut

le reconduire chez lui tellement il avait abusé de l'alcool. Cet après-midi-là, il tenta de trouver Fargo pour finir leur conversation. Il ne réussit pas à le trouver ni à le joindre sur son téléphone. Henry ignorait où il était.

Contrarié, il regagna sa chambre. Il devait prendre une douche et se changer pour se rendre à un dîner d'affaires qu'il aurait préféré annuler.

Alors qu'il enlevait sa chemise, il remarqua une petite boîte en velours sur sa commode. Son cœur manqua de s'arrêter. On aurait dit la petite boîte qu'il avait offerte à Macy.

En s'approchant, il aperçut un petit message. Curieux, il ouvrit le coffret. Stupéfait, il y trouva le diamant mythique de Tina Tarlington. Eberlué, il reposa la bague et lut le message.

Cher Carter,

Vous avez acheté une bague très coûteuse chez Waverly's lors de la vente aux enchères de Tina Tarlington. C'est moi qui vous ai battu, ou plutôt mon assistante, dans l'achat du diamant du premier mariage de Tina. J'ai eu la chance de faire la connaissance de Tina, dans sa jeunesse, et à une époque, j'ai même cru que nous ferions un bout de chemin ensemble, mais le destin en a voulu autrement. Je suis toujours resté son plus grand admirateur. Je crois pouvoir affirmer que vous êtes amoureux de sa fille. J'aimerais que vous lui rendiez la bague. Soit pour me rendre service, soit comme gage de votre amour. A vous de décider. Mais si j'étais vous, je n'hésiterais pas. Macy vaut plus que tous les diamants du monde.

Les mots dansaient devant ses yeux. Méfiant par nature, il chercha un signe qui lui prouverait que la bague était bien authentique. A l'intérieur de l'anneau, il trouva l'inscription suivante : « Pour Tina, mon amour. »

Puis tout se mit en place dans son esprit. Il était en possession du diamant Tarlington, et une seule personne sur Terre le méritait.

Il ferma les yeux, accueillant la vague d'émotions qui le submergeait tel un raz-de-marée. Il avait nié ses sentiments pour Macy pendant trop longtemps, et il était grand temps d'y remédier.

Macy regardait le cow-boy perché en haut d'une colline, son Stetson noir masquant ses yeux, son physique fluet accentué par un jean moulant et une chemise rouge texane. En entendant le mot « Action » prononcé par le réalisateur, elle partit à cheval à la rencontre du cow-boy.

Son partenaire était un jeune acteur très ambitieux qui mâchait du tabac et lustrait ses bottes neuves toute la journée pour mieux se mettre dans la peau de son personnage.

Quelle ironie qu'elle ait été prise pour tourner cette publicité. Le thème l'avait dérangée, mais c'était bien payé et elle avait besoin d'argent.

Il dit sa réplique, tentant d'imiter sans grand succès l'accent texan, puis manqua de tomber à la renverse en la faisant descendre de cheval, si bien qu'il fallut retourner la prise.

En présence de ce faux cow-boy, difficile de ne pas penser au cow-boy de ses rêves. Carter lui manquait plus que jamais. Et ce tournage lui rappelait à chaque instant son séjour à Wild River.

Le diamant que Carter lui avait remis lui permettrait de lancer son projet d'école de théâtre, mais elle n'avait plus le cœur à y penser. Elle n'avait pas envie de vendre la bague ni de chercher un lieu potentiel. Elle trouvait toujours une excuse pour reculer l'échéance. D'ailleurs, elle n'aurait jamais dû accepter cette bague.

Jour après jour, elle espérait sentir diminuer son amour pour Carter. Elle s'efforçait de ne pas penser à lui, de tirer un trait, de s'empêcher de rêver. Mais chaque fois, elle en arrivait à la même conclusion. Elle l'aimait plus que tout au monde et l'aimerait sûrement toute la vie, comme sa mère avait aimé son père. Son cœur saignait chaque fois qu'elle songeait que jamais il ne l'avait aimée en retour.

— Terminé ! cria l'assistant réalisateur.

Enfin ! Cette publicité était un véritable calvaire, et elle avait hâte de rentrer chez elle. Ces derniers temps, les paparazzi la laissaient tranquille, et elle ne se sentait plus obligée de se déguiser chaque fois qu'elle sortait dans la rue. C'était agréable de ne plus être traquée comme une bête et de se promener sans craindre d'être assaillie par une horde de journalistes fouineurs.

Sur le chemin du retour, elle s'arrêta à son épicerie habituelle pour faire quelques courses. Elle avait envie d'une omelette aux légumes.

En arrivant non loin de sa résidence, elle se raidit en voyant l'ombre d'un homme derrière elle. Elle le reconnut immédiatement à la forme du chapeau.

— Ronny, je t'ai déjà dit que c'était non, affirma-t-elle sans se retourner.

— Qui est Ronny ?

En entendant la voix, elle s'immobilisa et laissa tomber son sac à provisions. Elle se retourna, doucement, au cas où elle eût rêvé.

— Carter ?

Elle découvrit son visage d'apollon et son sourire radieux.

— Salut, Hollywood.

— Que fais-tu ici ? demanda-t-elle, incrédule.

— Tu me manquais.

— Toi aussi, tu me manquais.

Son cœur menaçait d'exploser dans sa poitrine et elle craignait que ses jambes la lâchent à tout moment. Il se baissa pour ramasser le sac et regarda à l'intérieur.

— Je crois que quelques œufs ont échappé au massacre.

Elle sourit timidement, ne sachant pas à quelle sauce elle allait être mangée ni ce que Carter faisait devant chez elle.

— Je comptais faire une omelette ; ce n'est pas grave s'ils sont déjà cassés, plaisanta-t-elle, tentant de rester naturelle.

— Tu as un peu de temps à m'accorder ? J'aimerais te parler, dit-il, gêné.

Il voulait lui parler ? Parler de quoi ?

— D'accord.

— Tu es sûre que tu n'attendais pas plutôt Ronny ? demanda-t-il, le regard inquisiteur.

— Ronny ? Ah, non. Ce n'est pas…

Ce n'est pas un vrai cow-boy, comme toi. Il n'est pas toi.

— Car si c'est lui que tu attendais, alors moi aussi je vais l'attendre. Pour lui faire sa fête.

Elle éclata de rire. Lui aussi.

— Tu m'invites à entrer chez toi ?

— Suis-moi.

Ils marchèrent en silence jusqu'à son appartement.

— Joli, dit-il, une fois qu'ils furent entrés.

Il visita les lieux et alla admirer la vue de la terrasse pendant qu'elle rangeait les courses dans le frigo.

Carter avait raison, quelques œufs avaient échappé

au massacre. Elle était tellement tendue qu'elle prit le temps de trier les aliments du frigo pour se donner du courage. Quand elle eut refermé la porte, Carter était à un mètre d'elle.

Elle ne l'avait pas entendu s'approcher. Il avait l'air immense dans sa petite cuisine. Son allure était impeccable, comme d'habitude, et il était toujours aussi séduisant. Il portait une chemise blanche, sa veste texane noire et un jean élimé qui lui allait à la perfection.

Il ôta son chapeau. Une mèche tomba sur son front. Il était plus sexy que jamais. Elle se fit violence pour ne pas se jeter dans ses bras.

— L'autre jour, je suis allé voir mon père. Nous avons longuement parlé.

Macy avait la gorge sèche.

— C'est bien.

— Rocky est venu avec moi.

— Riley a dû être content de vous voir tous les deux.

— Oui, je crois.

Elle était fière de Carter et contente qu'il ait fait l'effort d'aller voir son père. Etait-ce pour lui dire cela qu'il avait fait le déplacement ? Pour la remercier et lui dire que grâce à elle, il était de nouveau en bons termes avec son père ?

Ne sachant pas sur quel pied danser, elle attendit, en silence. L'expression de son visage changea.

— Je…

Il s'arrêta, hésitant.

Elle ne l'avait jamais vu aussi tendu.

— Je croyais que je ne pourrais jamais le refaire.

— Refaire quoi ? demanda-t-elle, prudente.

Il semblait chercher les mots justes sans savoir par

où commencer. Patiente, elle lui laissa le temps de formuler ce qu'il avait à lui expliquer.

— Jocelyn s'est moquée de moi, et ma fierté en a pris un sacré coup. Elle voulait rendre Brady jaloux, et elle s'est servie de moi pour attirer son attention. Je n'ai rien vu venir. Mais son rejet et ses aveux m'ont profondément secoué. Ce n'est jamais agréable d'être le dindon de la farce.

Elle acquiesça, attendant la suite.

— En fait, je ne la connaissais pas et je ne l'aimais pas. A présent, j'en suis certain.

— Comment peux-tu en être aussi sûr ?

Il la fixa intensément.

— Parce que je suis fou amoureux de toi, et que c'est la première fois que je ressens cela pour une femme.

Abasourdie, elle s'adossa au réfrigérateur.

— Tu es vraiment amoureux de moi ? s'enquit-elle, folle de joie.

— Oui, vraiment. Je t'aime. Je croyais que je ne pourrais jamais plus refaire confiance à une femme et je m'étais juré de ne plus jamais demander une femme en mariage. Je n'étais plus prêt à offrir mon cœur ou à partager ma vie. Puis je t'ai vue devant ce restaurant à New York…

— Et tu m'as sauvée.

— C'était le destin. Nous devions nous rencontrer.

Elle le regarda droit dans les yeux, émue. Elle savait à quel point c'était dur pour lui de lui avouer son amour. Ce moment était probablement l'un des plus beaux de sa vie. L'espace d'une seconde, l'idée lui traversa l'esprit de le faire patienter un peu, pour qu'il souffre comme elle avait souffert, mais elle se ravisa. Enfin, elle pouvait prononcer les paroles qui lui brûlaient les lèvres depuis des jours.

— Moi aussi, je suis folle amoureuse de toi.

En entendant ces mots, il ferma les yeux, comme s'il voulait se laisser pénétrer par cette déclaration, s'imprégner pleinement de cet instant inoubliable.

Lorsqu'il rouvrit les yeux, elle était quasiment collée à lui.

— Tu ne m'embrasses pas ?

Il la prit dans ses bras, et elle s'abandonna.

— Pas encore, je n'ai pas terminé.

— J'écoute, dit-elle en le prenant par le cou tout en admirant son visage qui lui avait tant manqué.

— Je fais refaire le kiosque à l'extérieur du cottage. Une fois terminé, ça va être magnifique. Je veux que tu ouvres ton école d'art dramatique là-bas. Tes étudiants pourront venir pour des sessions l'été ou les week-ends pendant l'année scolaire. J'ai envie que tu réalises ton rêve. Je veux que tu sois ma femme, et que tu viennes habiter avec moi à Wild River jusqu'au crépuscule de nos vies.

— Oh, Carter !

Le scénario de ses rêves semblait vouloir se réaliser, et elle se sentit submergée par une vague de bonheur intense.

— Et ce n'est pas fini.

Posant un genou à terre, il sortit de sa poche un foulard rouge et lui présenta un diamant éblouissant.

— Cette bague n'a de raison d'être que si tu la portes.

Elle poussa un cri en découvrant le diamant qui avait scellé l'amour entre son père et sa mère.

— Je croyais ne jamais le revoir. Mais comment…

— C'est une longue histoire, je te raconterai plus

tard. Pour l'heure, laisse-moi continuer, dit-il en lui prenant la main.

Elle tremblait d'émotion.

— Macy Tarlington, je te promets de t'aimer, de te protéger et de te rendre heureuse pour le restant de ta vie. Acceptes-tu d'être ma femme, de porter mes enfants et de venir fonder notre foyer à Wild River ?

Elle n'hésita pas un seul instant.

— Oui, Carter, j'accepte.

Dès qu'elle était arrivée à Wild River, elle s'était sentie chez elle, et elle n'eut aucun mal à envisager d'y passer le restant de ses jours avec Carter.

Elle aimait Carter de tout son cœur, et sa place était à son côté, elle en était persuadée. Elle avait l'impression de nager dans le bonheur. Cette demande en mariage dépassait toutes ses espérances.

— Oh ! Carter, je crois que je n'aurai jamais assez de temps pour te prouver combien je t'aime.

Lorsqu'il lui passa la bague, qui lui allait parfaitement, elle laissa échapper des larmes de bonheur. Alors, il se releva et l'embrassa avec ardeur et tendresse.

Elle avait l'impression qu'elle allait défaillir, mais son cow-boy merveilleux était là pour la soutenir et lui manifester son amour. Il la souleva, l'entraînant hors de la cuisine.

— Où est ta chambre ? J'ai envie de toi depuis que tu es partie de Wild River, et je ne veux plus attendre un instant de plus.

Elle lui indiqua la pièce, sans mot dire, plongée dans une douce béatitude. Plus tard, quand le soleil se fut couché et alors qu'ils étaient blottis l'un contre l'autre dans le lit, il lui raconta l'histoire de leur bienfaiteur mystérieux.

— Nous ne sommes pas plus avancés quant à la véritable identité de Bill Fargo, mais nous lui devons néanmoins une fière chandelle. Sans son intervention, je serais encore tout seul à me morfondre dans mon ranch. Grâce à lui, j'ai réussi à dépasser mes peurs et mon obstination, et j'ai pu laisser éclater au grand jour mon amour pour toi.

— Grâce à lui, j'ai décroché le meilleur mari du monde.

Il l'embrassa.

— Et moi, j'ai décroché la plus formidable des starlettes d'Hollywood… enfin, la plus formidable des grandes actrices d'Hollywood. Il n'y a pas beaucoup de Texans qui pourraient en dire autant, ajouta-t-il avec un clin d'œil.

Elle était au comble du bonheur. Désormais, elle ne manquerait pas de remercier le destin pour chaque instant de sa vie passé en compagnie de cet apollon au Stetson.

Envie d'en savoir plus sur la saga
Les secrets de Waverly's ?

Tournez la page... un **bonus exclusif**
de Barbara Dunlop vous attend !

Le Cœur d'Or, 1912

Découvrez l'histoire des statuettes maudites, ce trésor tant convoité par Waverly's...

Retrouvez la suite de votre saga dès le mois prochain
dans votre collection *Passions* !

Le Cœur d'Or
Deuxième partie

Rayas, 1912

En entendant claquer la lourde porte de la prison, suivi du cliquetis de la serrure, la princesse Salima Adan Bajal fut parcourue de frissons. Le sol en pierre était glacial sous ses fines ballerines, et l'humidité des murs gris semblait pénétrer ses vêtements de soie.

— Où allons-nous ? murmura-t-elle au garde imposant qui l'accompagnait.

Elle avait la gorge sèche. La peur accélérait les battements de son cœur, et la tension accumulée ces dernières heures se faisait sentir dans tout son corps.

Avant de pénétrer dans les geôles du royaume, Zaruri, le garde, avait pris possession de la statue en or qu'elle lui avait donnée en échange de son silence.

Elle craignait d'avoir commis une erreur. Maintenant qu'il avait le Cœur d'Or, il pouvait facilement la tuer et ne pas honorer son engagement.

— Nous descendons, annonça-t-il d'une voix gutturale.

Il ouvrit alors une épaisse porte de bois.

— Comment ressortirons-nous ? s'enquit-elle, inquiète.

Elle se raidit davantage à l'idée de descendre encore plus bas dans ce donjon froid et humide. Mais le fait de savoir que Cosmo Salvatore, son bien-aimé, était enchaîné dans un des cachots la poussait à continuer.

Elle avait rencontré Cosmo à Istanbul lors d'une visite chez des cousins. A l'époque, ce capitaine de l'armée italienne était en permission spéciale. Ça avait été un véritable coup de foudre. A la fin de son séjour, elle lui avait demandé de la laisser partir. Elle lui avait dit que leur union était impossible, mais ne lui avait pas révélé sa véritable identité.

Or il n'avait rien voulu entendre. Têtu, il l'avait poursuivie jusqu'au royaume de Rayas, l'embrassant fougueusement en public dès l'instant où il l'avait retrouvée. Les gardes du palais l'avaient immédiatement arrêté.

Elle avait supplié son père, le roi Habib, de le libérer. Mais ses plaintes n'avaient fait qu'augmenter la colère de son père. Il lui avait refusé sa clémence, et les juges avaient condamné Cosmo à la peine maximale.

Elle entendit un autre garde crier des profondeurs du donjon, puis une porte s'ouvrit, et le vacarme résonna à travers les murs de pierre.

Elle attendit. Si elle mourait ici, elle aurait au moins la satisfaction d'unir son destin à celui de Cosmo, pour qui elle était prête à donner sa vie. Elle rendrait l'âme en sachant qu'elle avait tout fait pour tenter de le sauver.

Elle inspira profondément, se préparant à la prochaine étape. Soudain, Cosmo apparut, éberlué, fermement maintenu par un garde.

— Salima, que fais-tu ici ? demanda-t-il, inquiet et étonné.

— Je suis venue te délivrer.

Elle tendit la main vers lui, mais il eut un mouvement de recul.

— Pars ! ordonna-t-il sur un ton sec.

Puis il se tourna vers Zaruri.

— Emmenez-la !

Elle réussit à lui toucher le bras.

— Je suis venue te chercher, tout va bien.

— Non, ça ne va pas. C'est de la folie. Tu n'es pas en sécurité. Pars !

— Pas le temps de discuter. Il faut y aller, déclara Zaruri d'un ton ferme, prenant les choses en main.

Les deux gardes les firent avancer en silence.

— Nous allons sortir d'ici, murmura-t-elle à Cosmo.

— Ils vont te tuer, répondit-il à voix basse.

Elle secoua la tête.

Malgré ses craintes, elle refusait de croire que son entreprise était vouée à l'échec. Les gardes étaient de son côté, elle en était persuadée. S'ils avaient eu l'intention de la tuer, ils l'auraient déjà fait.

— Je t'aime, lui dit-elle.

— Salima ! proféra-t-il entre ses dents.

— C'est ma faute si tu es enfermé ici.

— Et c'est ma faute si tu es venue risquer ta vie.

— J'aurais dû te dire que j'étais une princesse.

— Et j'aurais dû t'écouter quand tu m'as dit de ne pas chercher à te revoir.

Les gardes s'arrêtèrent devant une porte en fer.

Zaruri sortit une clé, actionna le verrou. La porte s'ouvrit dans un grincement sinistre.

Sans aucun ménagement, il poussa Salima dehors. Elle fut surprise d'être ainsi malmenée. Qui plus est par un garde. En tant que membre de la famille royale, elle n'avait pas le droit d'être touchée par les sujets du royaume.

Mais Cosmo vint vite la rejoindre, et plus rien n'avait

d'importance à ses yeux. Ils pouvaient enfin respirer l'air pur de la nuit.

— Les chevaux sont près de la rivière, leur dit Zaruri.

— N'oublie pas que je t'ai fait jurer de garder le secret, rappela Salima d'un air digne.

— Et n'oubliez pas, princesse Salima, que vous êtes une fugitive. Alors que moi, je suis un roi, dit-il, brandissant fièrement la statue en or.

Cosmo s'avança, la tirant doucement par la main. Il fit un pas en arrière, puis un autre, l'attirant toujours plus près de lui, guettant les réactions des gardes. Zaruri et son acolyte ne bougèrent pas.

Alors, Cosmo et Salima s'enfuirent vers la rive sans demander leur reste. Ils trouvèrent les chevaux à l'endroit prévu.

Salima s'apprêtait à monter à cheval quand Cosmo l'attira sous les arbres où il la serra contre lui dans une étreinte ardente.

— Excuse-moi, je dois empester, dit-il.

— Cela n'a pas d'importance, dit-elle en se blottissant contre lui, son corps désireux de ne faire qu'un avec le sien.

— Tu n'aurais pas dû venir.

— Je ne pouvais pas les laisser te tuer.

— Me tuer ? s'exclama-t-il, étonné.

— Ils t'ont condamné à mort.

— Ils m'ont condamné à deux ans de prison.

Le tribunal avait-il menti à Cosmo ? Le roi avait-il menti à Salima ?

— On m'a dit que tu serais décapité.

— Parce que je t'ai embrassée ?

— Je suis un membre de la famille royale.

Il lui prit le visage entre ses mains rugueuses et si rassurantes.

— Je trouve que le jeu en valait la chandelle.

— Comment peux-tu plaisanter dans un moment pareil ? murmura-t-elle, encore secouée par ce qu'elle venait de vivre.

Alors, les lèvres chaudes, viriles et tendres de Cosmo prirent possession de sa bouche. Ce baiser attisa en elle un désir intense qui enflamma tous ses sens. Elle se hissa sur la pointe des pieds, et l'écharpe entourant son visage tomba en arrière, libérant sa chevelure noire dans laquelle se prit la brise nocturne.

Au bout d'un long moment, Cosmo mit fin à leur étreinte.

— Je t'aime, Salima. Je comptais purger ma peine, puis revenir te chercher. Un jour, je serai général. Je pourrai te protéger.

Leur étreinte fougueuse l'avait transportée à des années-lumière de la réalité, mais, soudain, celle-ci reprenait tous ses droits.

— Nous devons partir d'ici au plus vite.

— Crois-tu qu'ils vont se mettre à notre poursuite ? Qu'ils vont chercher à nous séparer ?

— Pas après que tu m'auras déflorée.

Son regard s'assombrit, et elle sentit un frisson parcourir tout son corps.

Alors, il l'embrassa de nouveau. Ce fut une étreinte fougueuse et ardente, leurs corps plaqués l'un contre l'autre.

— Qu'arrivera-t-il alors ? demanda-t-il d'une voix suave.

— Soit ils me répudieront, soit ils me tueront.

— Ils te laisseront le choix ?

Elle n'arrivait pas à croire qu'il ait de nouveau le cœur à plaisanter.

— Non, malheureusement, cela ne fonctionne pas comme ça.

— Comment cela fonctionne-t-il, alors ?

— Nous devons disparaître pour toujours.

— Cela me convient parfaitement.

Les cheveux de Salima volaient au vent, les petites fleurs blanches tressées dans sa chevelure noire flottant telle l'écume sur la mer. Ses bras étaient couverts d'un voile très fin fait de dentelle et de satin. Sa robe fourreau descendait jusqu'à ses escarpins à talons. Elle lui seyait à merveille, mettant en valeur sa taille fine et sa poitrine arrondie grâce à un joli décolleté.

Salima se sentait très occidentale. Si elle s'était mariée dans son royaume, la cérémonie aurait été très différente.

Il leur avait fallu des semaines pour traverser la Méditerranée. Au bout d'un long périple, ils étaient arrivés en Angleterre, puis, une fois à Southampton, ils avaient embarqué sur un paquebot à destination de New York. Dès qu'ils étaient montés à bord, Cosmo avait demandé au capitaine de les unir et au second d'être leur témoin.

La cérémonie fut très rapide.

Ils s'embrassèrent, puis signèrent le registre avant de rejoindre leur chambre de taille modeste.

Dès qu'il eut ouvert la porte, Cosmo la prit dans ses bras. Alors qu'ils passaient le seuil de façon très romantique, elle sentit la panique l'envahir.

— Nous avons utilisé nos vrais noms.

Pendant leur fuite, ils avaient dû mentir constamment sur leur identité.

— Nous y étions obligés, si nous voulons être vraiment mariés, dit-il en refermant la porte du pied.

— Et s'ils retrouvent notre trace ?

Son père et ses trois frères avaient sans aucun doute lancé une escouade à leurs trousses. Ils avaient sûrement dû commencer par l'Italie, mais ils n'hésiteraient pas à remonter vers le nord de l'Europe.

Cosmo la posa à terre.

— N'y pensons pas. Pour le moment, j'aimerais te faire mienne, murmura-t-il, les yeux rivés aux siens.

— Maintenant ? De jour ? s'exclama-t-elle, étonnée.

Il lui caressa le cou.

— Oui, de jour.

— Mais…

Elle avait envie de lui, elle voulait être sa femme dans tous les sens du terme. Mais il y avait des passagers dans le couloir, le personnel d'équipage…

Il sembla deviner ses pensées.

— Personne ne viendra nous déranger, mon amour, dit-il alors qu'il verrouillait la porte de la chambre.

Il revint vers elle, imposant, puis la prit par la taille.

— Cela fait des semaines que j'attends. Des mois, même.

— Je sais.

Il resserra son étreinte pour lui faire sentir à quel point il avait envie d'elle.

Son regard sombre la pénétra intensément.

— Je veux te faire mienne, répéta-t-il d'une voix gutturale.

Et elle désirait se donner à lui plus que tout au monde.

Ils ne se connaissaient que depuis quelques mois, mais

elle n'imaginait plus de vivre sans lui. Plus question d'être mariée à un sheik du désert ou à un prince d'un royaume voisin, afin de servir les intérêts politiques de son père ou de la région.

Si elle avait suivi les traditions de son pays, elle n'aurait jamais pu rire, crier, courir pieds nus sur une plage ou sentir le vent dans ses cheveux.

Elle aurait porté les enfants d'un inconnu, elle aurait suivi cet homme comme une ombre, en silence, l'accompagnant aux dîners officiels et se flétrissant peu à peu derrière les murs d'un palais.

Elle avait préféré se fier à son instinct et suivre son futur époux à l'autre bout de la terre. A présent, il l'embrassait passionnément, faisant naître au plus profond d'elle-même un tourbillon de sensations inédites.

Soudain, on tambourina à la porte.

Elle entendit quelqu'un crier dans sa langue. Immédiatement, Cosmo se plaça devant elle, tandis que la porte s'ouvrait en un vacarme assourdissant.

Un homme enturbanné à la carrure imposante pénétra dans le petit habitacle. Il tenait devant lui un matelot qu'il menaçait, couteau sous la gorge.

— Salima, vous avez déshonoré votre royaume, sali la mémoire de votre mère et brisé le cœur de votre père.

Cette déclaration la secoua profondément. Elle se sentait honteuse de reconnaître à quel point il avait raison.

Cosmo tenta de faire diversion.

— Je vous interdis de parler ainsi à ma femme.

— Vous avez épousé cette chienne ? vociféra l'homme.

Le matelot assistait à la scène, les yeux écarquillés.

L'homme enturbanné referma la porte avant de jeter une corde qui atterrit aux pieds de Salima.

— Attachez-le, lui ordonna-t-il tout en inclinant la tête vers Cosmo.

— Ne l'écoute pas, Salima.

Le bandit appuya plus fermement le couteau contre la gorge du matelot, et des gouttes de sang coulèrent dans son cou.

Le matelot poussa un cri étouffé. Elle détourna les yeux, de peur de défaillir.

— Attachez-le !

— Ma chérie, fais-moi confiance, murmura Cosmo, s'éloignant d'elle.

Paniquée, elle ne savait que faire. Si elle obéissait à leur assaillant, celui-ci tuerait Cosmo, puis il la ramènerait de force au royaume où elle devrait affronter la colère de son père.

Pas question d'abandonner après tout ce qu'ils avaient déjà accompli. Elle se baissa pour ramasser la corde.

— Salima, ne fais pas ça, dit Cosmo sur un ton ferme.

— Salima, vous êtes une princesse avant d'être sa femme.

Cette observation fut comme un déclic. Il avait raison. Elle était une princesse. Elle se releva, digne, l'allure fière et royale.

— En effet, je suis votre princesse. Je vous ordonne donc de libérer cet homme, de laisser mon mari tranquille et de quitter cette cabine, commanda-t-elle de sa voix la plus imposante.

L'homme hésita. S'ils s'étaient trouvés au royaume de Rayas, il aurait été arrêté pour avoir désobéi à un ordre royal. Mais ils étaient à bord d'un paquebot britannique, et il savait qu'il ne craignait rien.

— C'est vous qui devriez m'obéir, ou vous aurez affaire à moi.

— Vous n'avez pas le droit de me toucher.

— C'est ce qu'on va voir.

— Vous devrez d'abord me tuer.

Elle était prête à se sacrifier pour sauver Cosmo et ce pauvre matelot. D'un pas hardi, elle s'avança.

Mais Cosmo la stoppa net, puis il prit l'homme par surprise en le frappant au visage, le forçant à lâcher le couteau qui retomba sur le sol. Mais l'homme récupéra vite.

Le matelot se rua sur Salima pour l'écarter. Cosmo et l'homme se jetèrent alors l'un sur l'autre. Au sol, la lame du couteau brillait toujours. Puis Cosmo se retrouva en mauvaise posture, le cou enserré.

— Cosmo ! hurla Salima, se levant d'un bond.

Mais avant qu'elle ait eu le temps d'agir, il se libéra, plongea pour attraper le couteau, roula sur lui-même pour éviter l'homme qui bondissait sur lui. Il enfonça la lame dans le cœur de leur assaillant. L'instant d'après, celui-ci rendait l'âme.

Salima vint vite le rejoindre.

— Je suis témoin qu'il s'agissait de légitime défense, et que vous m'avez sauvé la vie, déclara le matelot.

— Je ne veux pas que ça se sache, dit Cosmo.

Après quelques instants de réflexion, le matelot acquiesça.

— Je m'occupe de lui. En attendant, je vais vous donner une autre cabine.

Salima se blottit contre l'épaule de Cosmo, alors qu'ils remontaient trois étages en direction de leur nouvelle cabine. Le marin les fit pénétrer dans une chambre très spacieuse.

— Les gens ont décommandé à la dernière minute. C'est l'une des cabines les plus luxueuses du *Titanic*.

Salima tremblait comme une feuille.

Elle avait les larmes aux yeux et écoutait la conversation d'une oreille distraite.

Le mobilier de bois était magnifique. Il y avait un lit à baldaquin et du papier mural rouge et or qui renforçaient l'atmosphère opulente et romantique de la pièce.

La porte se referma.

L'instant d'après, Cosmo la tenait dans ses bras, tout contre lui. Ils s'installèrent sur le canapé vert émeraude. Il la fit s'asseoir sur ses genoux avant de lui offrir une coupe de champagne.

— Bois, ordonna-t-il.

Elle tremblait toujours autant.

— Il voulait te tuer.

Il lui caressa les cheveux.

— Depuis que je suis entré dans l'armée, des gens essaient de me tuer. Mais jusqu'à présent, j'ai eu de la chance.

— Tu as le don de plaisanter dans les moments les plus tragiques.

— Les moments tragiques sont derrière nous. Arrête de t'inquiéter.

— Je n'y arrive pas !

— Bois, cela te détendra.

Sceptique, elle avala pourtant une gorgée. C'était la première fois qu'elle buvait de l'alcool. Le liquide pétillant était un véritable délice en bouche. Elle but la flûte d'une traite.

— Doucement, madame Salvatore.

— Tout est ma faute.

— Pourquoi dis-tu ça ?

— J'ai donné le Cœur d'Or.

Elle leva son verre, et il la resservit.

— C'est grâce à cette statue que je suis sorti de prison.

— Mais maintenant, elle est maudite.

— Bois plus doucement, lui dit-il.

Elle acquiesça, mais but de nouveau son verre d'une traite.

Il éclata de rire.

— Je t'adore, ma chérie.

— La statue a jeté une malédiction sur notre amour.

Enfant, elle avait entendu cette histoire à maintes reprises. La légende des trois statues. Un de ses ancêtres les avait léguées à sa fille en la mettant en garde. Les générations à venir devaient les préserver afin d'assurer leur fortune.

Cosmo déboutonna doucement le haut de sa robe de mariée.

— De mon point de vue, je ne vois pas où est la malédiction, dit-il d'une voix taquine.

Elle le regarda faire, hypnotisée. Son décolleté était à présent très ouvert et laissait entrevoir la dentelle de son soutien-gorge.

Il glissa les mains sous le tissu de sa robe, l'attirant à lui en un baiser brûlant.

La flûte de champagne lui échappa et tomba sur le tapis épais. Salima sentit son cœur se mettre à battre frénétiquement, son excitation se mêlant à l'effet désinhibant de l'alcool.

Elle avait très envie de lui. Jamais elle n'avait ressenti cela pour un homme. Elle lui fit enlever sa veste et déboutonna sa chemise, désireuse d'explorer son corps, de sentir sa peau contre la sienne.

— Salima, gémit-il alors qu'il prenait possession de ses seins.

Une sensation d'une intensité inouïe parcourut tout

son corps, comme si la foudre venait de s'abattre sur elle. Elle sentit une moiteur entre ses cuisses, tandis qu'elle se laissait submerger par le désir. Haletante, elle tenta de mettre fin à l'étreinte.

— Mais…

— Fais-moi confiance, dit-il alors que, d'une main, il effleurait la pointe de ses seins, tandis que l'autre s'aventurait entre ses jambes pour venir caresser la dentelle qui recouvrait son sexe encore vierge.

Ses caresses embrasaient tout son corps, et elle s'y abandonna avec délice. Puis sa langue se fit plus insistante. Elle s'ouvrit à lui, prisonnière de ses sens, tandis que le feu de la passion se diffusait dans tout son corps.

Alors, il lui enleva sa culotte, puis ses doigts explorèrent son sexe moite.

— Si tu savais comme j'ai envie de toi, ma belle.

Il lui ôta sa robe, révélant sa nudité.

Elle plaqua son corps contre le sien, désireuse de le sentir tout à elle.

Il enleva son pantalon et la fit s'asseoir à cheval sur lui, collant son pénis dressé contre son sexe moite.

— Allons-nous vraiment le faire comme ça ? demanda-t-elle, choquée.

— Comme ça, dit-il alors qu'il passait une main entre leurs deux sexes.

Elle le sentait raidi contre lui, ses doigts la fouillant pour mieux ouvrir la voie. Puis il la pénétra, doucement, s'immisçant dans les profondeurs de son être.

— Mais… protesta-t-elle de nouveau.

Il la fit taire d'un baiser tandis que, d'un mouvement puissant, il finissait de la pénétrer.

Au départ, la douleur fut vive. Puis elle fit place à

un plaisir inouï. Plus il allait et venait en elle, et plus la sensation était agréable.

Elle se cambra pour mieux l'accueillir.

Les yeux rivés aux siens, il la fixait avec intensité.

Il était en elle et, de sa main, il continuait de caresser son sexe, faisant naître en elle des étincelles de désir.

C'était tellement bon, tellement beau, tellement insensé !

— Oh ! gémit-elle, alors que le rythme de son assaut s'accélérait.

— Si tu penses vraiment que notre amour est maudit, alors, je ne veux plus jamais que nous nous quittions.

Retrouvez le suite de votre saga et un nouveau bonus exclusif « Le Cœur d'Or» dès le mois prochain dans la collection Passions *!*

KAREN TEMPLETON

Le secret d'un été

Passions

éditions HARLEQUIN

Titre original : THE DOCTOR'S DO-OVER

Traduction française de FRANCINE SIRVEN

83-85, boulevard Vincent-Auriol, 75646 PARIS CEDEX 13.
Service Lectrices — Tél. : 01 45 82 47 47
www.harlequin.fr

- 1 -

Melanie Duncan eut un mouvement de recul. Une odeur putride flottait dans le réfrigérateur de sa grand-mère, un modèle si vieux qu'il datait au moins de l'ère Nixon. Au bord de la nausée, elle secoua la tête. Tous ces bocaux, toutes ces boîtes entassées de partout ! Ah, les Tupperware ! Amelia Rinehart leur avait toujours voué une vraie passion.

Réprimant un frisson, Mel ouvrit avec précaution l'un des placards jaune moutarde de la cuisine, y découvrant des piles de magazines, quotidiens et prospectus divers. Sa grand-mère avait passé toute sa vie à amasser dans cette immense maison froide et angoissante et cette maison était désormais la sienne. La sienne et aussi celle d'April et de Blythe. Elle s'approcha de l'évier, tourna le robinet rouillé et attendit que l'eau chaude remonte du sous-sol, ce qui avait toujours pris des heures.

Tout en patientant, elle regarda par la fenêtre poussiéreuse le jardin envahi de mauvaises herbes filant en pente douce vers la crique, jusqu'à l'eau miroitant de reflets bleu nuit sous le soleil de la fin septembre. Elle revit soudain les trois jeunes filles qu'elles étaient alors, lézardant au soleil sur la jetée, alanguies sur leur drap de bain aux couleurs du supermarché de la ville, alors qu'un groupe de rock hurlait dans une radiocassette. Celle de Blythe, sans doute.

Au robinet, soudain, l'eau surgit, bouillante, lui arrachant un cri. Tout en pestant, elle s'empressa de régler la température. Elle était sur les nerfs, probablement encore sous le choc. Pas tant à cause du décès de sa grand-mère qui, après tout, approchait les quatre-vingt-dix ans, ce qui ne l'avait sans doute pas empêchée de résister bravement à la Faucheuse. En fait, non, ce qui la perturbait, c'était d'avoir hérité de la propriété d'Eastern Shore. Elles ne s'adressaient plus la parole depuis dix ans, avec sa grand-mère, et elle ne croyait pas remettre un jour les pieds dans cette maison.

Elle tressaillit, soupira quand il s'avéra impossible d'avoir de l'eau tiède et s'essuya les mains au torchon posé sur l'évier en marbre. Puis elle secoua la tête devant la pile de bouteilles consignées qui encombraient le comptoir en formica ébréché. Devant la porte du patio menant au porche en ruine, c'était une jungle de plantes vertes desséchées. Et il y avait ces centaines de sacs en papier, remplis d'ordures oubliées, calées entre le réfrigérateur et le placard. « Beurk », dirait sa fille. Grâce au ciel, le lave-linge fonctionnait, car il était hors de question de laisser son enfant dormir entre ces draps à l'odeur de renfermé, qui étaient empilés dans l'armoire à linge.

Sa grand-mère avait-elle toujours souffert du syndrome de l'écureuil, à accumuler ainsi tout et n'importe quoi de manière compulsive ? Avec ses cousines, adolescentes, elles avaient eu d'autres préoccupations, durant les longs étés paresseux qu'elles avaient passés ici.

Haussant les épaules, elle se rendit dans la salle à manger et appela sa fille qui, mille fois plus curieuse qu'elle, avait applaudi, aux anges, en pénétrant dans la maison capharnaüm. Elle était aussitôt partie en exploration.

— Quinn, où es-tu ? cria-t-elle en s'efforçant de chasser de son esprit des images de sa fillette encerclée par une meute de rats.

Mais à son grand soulagement, elle entendit bientôt la petite voix de Quinn.

— J'arrive !

Elle observa le buffet au fond de la pièce, le miroir piqué disparaissait presque derrière un amoncellement indescriptible de babioles, bidules et autres gadgets non identifiables, et, dans chaque coin, des paquets de formes et de tailles variées, certains encore fermés, objets parfaitement inutiles frénétiquement achetés par correspondance.

Pour un rapide ménage, c'était raté. Il serait difficile de débarrasser en deux petits jours ce qui s'était entassé ici pendant de nombreuses années. Et alors ? Qu'était-elle supposée faire de cette maison, avec ses cousines ? Oui, St Mary Cove était indéniablement pittoresque, mais il ne fallait pas rêver, les éventuels acheteurs ne se bousculeraient pas : la demeure nécessitait beaucoup trop de travaux. Elle doutait que l'une de ses cousines dispose des fonds nécessaires pour entreprendre les réparations qui s'imposaient. En tout cas, elle ne les avait pas, elle. Et cette seule pensée suffisait à la replonger dans l'abîme de désespoir dont elle s'efforçait, sans réel succès, d'émerger.

Après un long soupir, elle traversa la maison des Horreurs et sortit pour décharger la banquette arrière de sa voiture, une brave petite Honda, déjà pièce de collection. Soudain, une brise légèrement fruitée l'enveloppa. Oh, non ! Surtout, ne pas céder à la nostalgie.

Pourtant, en une fraction de seconde, il fut là. Dans sa tête, bien sûr, pas en personne, car elle ne voyait pas comment il pourrait être au courant de sa présence ici. C'était juste un moment d'égarement qui allait passer très vite… Bon sang, voilà des années qu'elle tenait bon, à s'interdire de penser à lui, pour se convaincre que cela n'avait plus guère d'importance, que lui n'avait plus d'importance, que ce qu'ils avaient partagé appartenait au passé, à ces étés d'un temps irrévocablement révolu.

— Maman ? On fait quoi ?

Elle leva les yeux et sourit à sa fillette. Quinn avait dix ans, c'était sa vie, son amour, sa raison d'être. Pour l'heure, elle se tenait debout sous le porche, avec un petit air renfrogné. Melanie sentit son cœur se serrer. Si elle avait commis un certain nombre d'erreurs dans son existence, cette ravissante enfant, élève de CM2, un peu maigrelette, avec des cheveux d'un roux flamboyant, n'en faisait assurément pas partie. Pour ce qui concernait sa conception, en revanche…

— On décharge. Et bonne nouvelle, tu peux jouer la mule…

Pour rien au monde elle n'aurait laissé ce qui restait du cheese-cake pourrir à Baltimore, pendant leur absence. Pas plus que le soufflé à la citrouille d'ailleurs, sa recette la plus innovante. Elle aimait cuisiner et jouissait même d'une certaine renommée, à Baltimore.

Elles transportèrent le tout dans la cuisine. Devant l'ampleur du désastre, Quinn soupira.

— Le ménage n'a pas été fait depuis des lustres, on dirait…

— A nous d'y remédier, répliqua Mel, tout en ouvrant avec précaution le placard sous l'évier.

Bingo ! Six cartons de détergent en poudre à moitié

vides et autant de sacs-poubelle, une dizaine d'éponges usagées et suffisamment de Javel pour désinfecter un sous-marin. Et aussi, Dieu soit loué, deux sacs de gants en caoutchouc tout neufs. « Le Seigneur pourvoira à tes besoins », avait coutume de lui dire sa mère. Au bord des larmes subitement, elle se sermonna. « Pas de ça non plus », s'ordonna-t-elle avant de se tourner vers sa fille pour lui tendre une paire de gants, une éponge et l'un des flacons de détergent.

— Commence par l'évier, dit-elle en enfilant elle aussi des gants, avant de se planter devant le réfrigérateur, un sac-poubelle à la main. Quant à cette horreur-là, j'en fais mon affaire.

— C'est parti ! répondit Quinn gaiement en grimpant sur un tabouret.

Sa fille se mit à la tâche avec détermination tout en chantant, faux et fort. Mel sourit, submergée par l'amour. Elle protégerait son enfant bec et ongles, particulièrement contre ceux qui niaient jusqu'à son existence.

Levant les yeux du dossier médical de Jenny O'Hearn, Ryder Caldwell, l'esprit ailleurs, regarda son père.

— Tu disais ? demanda-t-il.

David Caldwell glissa son stylo dans sa poche, puis il lui adressa un regard sombre, avant de retirer sa blouse blanche pour l'accrocher à la porte du cabinet.

— Je disais qu'Amelia avait légué la maison aux filles.

Cela n'avait rien d'une surprise, mais Ryder ne put s'empêcher de ressentir un pincement au cœur, tandis que son père enfilait son éternel manteau en velours bronze. Pluie ou soleil, il n'en changeait jamais, au grand désespoir de sa femme. Sacrifiant au rite, son père tira ensuite d'un coup sec sur chaque manchette de sa chemise bleu ciel… Et Ryder se remit à réfléchir. Le fait qu'Amelia Rinehart ait légué la maison aux cousines était cohérent. Toutes trois y avaient passé, disons, neuf ou dix étés, au moins.

Ce qui était surprenant, en revanche, c'était sa réaction à cette nouvelle. Après tout ce temps, la perspective de revoir Mel provoquait toujours une émotion en lui. De l'eau avait coulé sous les ponts, pourtant. N'était-on pas censé changer, avec le temps ?…

— Ça va ?

Ryder observa son père. Plus grand que la moyenne des hommes, David commençait néanmoins à se voûter, et ses tempes grisonnaient. Souvent, Ryder avait l'impression de voir ce qu'il allait devenir, dans une trentaine d'années, à la différence de son frère cadet, Jeremy qui, lui, avait hérité du teint clair et des cheveux roux de leur mère. Entre autres choses.

— Bien sûr, pourquoi ça n'irait pas ? répondit-il.

Refermant le dossier de Jenny, il traversa le couloir pour se rendre dans la salle d'attente déserte, et déposa le document sur le bureau d'Evelyn, leur secrétaire. Elle s'en occuperait dès le lendemain.

Dehors, une pluie légère battait les immenses baies vitrées de la petite clinique familiale fondée par son père trente ans auparavant, au cœur de la ville. A la fin de ses études, cinq ans plus tôt, Ryder l'y avait rejoint, là encore au grand désespoir de sa mère. Sa profession et la clinique restaient les seules constantes de sa vie, marquée sinon par une succession d'événements survenant avec une insupportable régularité, dans le but manifeste de l'anéantir. Heureusement, il était coriace.

— Mais comment as-tu…

— Par Phil, au golf, le coupa son père. D'après lui,

elles devraient arriver aujourd'hui ou demain, pour décider de ce qu'elles vont faire de la maison… J'ai pensé que tu aimerais le savoir.

— A cause de Mel ?

— Cette jeune fille te vénérait, répliqua son père avec un léger sourire. Je n'ai jamais vu d'enfants aussi proches que vous l'étiez.

Enfilant son imper marron, presque aussi vieux que le manteau de son père, Ryder fit face au vieil homme.

— C'était il y a des années, papa, dit-il avec un sentiment de culpabilité qui, bizarrement, était agréable, comparé à la douleur aiguë qui le tenaillait, depuis bientôt un an. Nous ne nous sommes plus adressé la parole, depuis cet été-là. Après la mort de son père…

— Elle a un enfant, Ryder…

Quoi ? Comment ? Et d'où son père tenait-il cette information ? Et puis quel rapport avec lui ?

— Une fille, de dix ans.

Et alors ? C'était censé prouver quoi, au juste ?

— Tu crois qu'elle est de moi, c'est ça ? Excuse-moi, papa, mais c'est parfaitement impossible…

— Non, je sais que ce n'est pas ta fille, Ryder, dit son père avec lassitude. Elle est l'enfant de ton frère.

Encore sous le choc, Ryder avait roulé sans trop savoir comment. Garé de l'autre côté de la rue, face à l'imposante demeure de style victorien érigée au cœur d'un parc arboré envahi de mauvaises herbes, il attendait. Quoi ? Il aurait été bien en peine de le dire. Il faisait nuit noire et la pluie tombait à seaux, à présent. Il ignorait si la petite Honda, avec sa plaque du Maryland, appartenait à Mel. Et si la lumière, dans la cuisine, signifiait qu'elle était là.

Avec… sa fille.

En fin de compte, on avait beau tenter de se persuader que le passé était le passé, que le temps travestissait les souvenirs… Eh bien, parfois, il suffisait d'un mot, d'une pensée ou d'une odeur pour que tout remonte à la surface.

Son père n'avait guère fait de commentaires, marmonnant simplement quelque chose à propos de problèmes à venir. Ryder en avait conclu que sa mère avait eu son rôle à jouer dans l'histoire. Rien de surprenant à cela, elle avait toujours été ultraprotectrice avec son plus jeune frère. Or, selon son père, Jeremy savait pour l'enfant.

Ciel, une bonne heure s'était écoulée, et il en était encore tout retourné. Il laissa échapper un petit rire. Il en était plus ou moins arrivé à ignorer la douleur que lui infligeait cette lame logée dans son cœur, mais voilà qu'aujourd'hui…

Honnêtement, si cette enfant avait été la sienne, à supposer que cela ait été possible bien sûr, il n'en aurait pas été moins stupéfait et furieux. Bon sang, il ne parvenait pas à décider ce qui faisait le plus mal : que Jeremy ait fait un bébé à Mel, ou que le secret ait été si bien gardé, pendant toutes ces années. Ou que Mel ne lui ait rien dit…

Oh ! tu te sens trahi, vraiment ?!

A cet instant, la porte de la maison s'ouvrit. Aussitôt, il se recroquevilla derrière le volant, tel un vulgaire rôdeur, tout en abaissant silencieusement sa vitre pour mieux voir. Maudite pluie ! Malgré le fracas du déluge, il reconnut l'écho de son rire, apparemment toujours aussi contagieux. Au son de cette musique, un raz-de-marée de souvenirs le submergea. Instinctivement, il serra les poings, comme pour les refouler, puis l'enfant apparut, silhouette menue enveloppée d'une veste vert citron. La lumière du porche lui révéla des cheveux bouclés d'un roux flamboyant, avant qu'elle ne mette sa capuche. Elle s'avança, regardant droit devant elle. La pluie, sans doute.

Mon Dieu, c'était le portrait craché de Jeremy !

Son cœur s'affola au moment où Mel surgit à son tour, avec une large pèlerine rose bonbon jetée sur les épaules et des sabots en plastique assortis. L'ensemble était d'un goût douteux, et il ne put retenir un sourire. La mode n'avait jamais été une préoccupation pour Mel.

Ayant refermé la porte, Mel rejoignit sa fille qu'elle serra brièvement contre elle, avant de déposer un baiser sur sa joue. Il retint son souffle. Bien sûr, avec le rideau de pluie et le manque de lumière, il ne voyait pas vraiment son visage, mais tout portait à croire qu'elle était aussi jolie qu'autrefois. Ses cheveux étaient d'un noir intense, apparemment toujours aussi longs, et contrastaient avec la couleur de ses yeux d'un gris-vert tendre. C'étaient des yeux d'une profondeur et d'une beauté à couper le souffle, ce qu'il n'avait jamais osé lui dire. Il savait pourtant combien elle avait besoin de l'entendre. A cette seconde, il crut la voir tressaillir.

Avait-elle quelqu'un dans sa vie ? Etait-elle mariée ? Avait-elle poursuivi ses études ? Etait-elle heureuse, désespérée, usée par l'existence ?… Usée, non, ce n'était pas le genre de Mel.

Il n'avait pas l'intention d'aller la saluer. Pas tout de suite, en tout cas. Dans l'immédiat, il profitait de l'avantage qu'il avait sur elle, car elle ne devait pas s'attendre à ce qu'il soit au courant de son retour et de la naissance de Quinn. Et il n'allait certainement pas l'affronter maintenant (« affronter » n'était pas le terme qui convenait, mais il n'en trouvait pas d'autre, pour l'instant). Il faudrait d'abord que le calme revienne dans sa tête où des millions de pensées se télescopaient pour le moment. Et il devrait également faire parler sa mère, le plus tôt étant le mieux. Or, pour une raison qui restait encore à éclaircir, sa priorité avait été de venir jusqu'ici, pour voir Mel.

Le pâle éclat du lampadaire se refléta dans sa pèlerine lorsqu'elle se pencha pour dire quelque chose à la fillette. Il n'entendit rien de leurs paroles, mais bon sang, que Quinn ressemblait à sa mère, au même âge ! Alors, soudain, la situation lui sembla parfaitement incompréhensible. Et insupportable. Comment avait-il pu ignorer l'existence de cette enfant durant ces dix années ? Comment avait-on pu le tenir dans l'ignorance pendant tout ce temps ?

Il avait été happé par ces grands yeux curieux à la seconde même où il avait vu Mel pour la première fois. Elle avait deux jours, alors, et lui, du haut de ses cinq ans, s'était juré ce jour-là de veiller sur elle pour toute la vie. Et tant pis si ses parents à elle vivaient dans le cottage du gardien de la propriété tandis que lui habitait dans la maison de maître, en tant que fils aîné de la famille Caldwell. Tous deux étaient indéfectiblement liés pour l'éternité. Il sourit à cette pensée, aux images du passé, à l'écho de son rire cristallin quand il lui faisait des grimaces, de ses petites mains quand il tentait de lui apprendre à marcher, ou à faire du tricycle, ou lui faisait réciter l'alphabet. Plus tard, il lui avait montré comment lancer une balle de base-ball, comment plonger dans la piscine ou encore l'art de lancer avec précision des bombes à eau… Tous ces jeux, toutes ces bêtises, son frère Jeremy, plus jeune de quatre ans, ultraprotégé et dorloté suite à une sévère pneumonie, les trouvait stupides et ennuyeux.

Bien sûr, en grandissant, il s'était bientôt agacé d'avoir constamment Mel dans ses pattes, notamment quand il recevait ses camarades de CM2, ou qu'il était absorbé dans le collage de l'une de ses maquettes d'avion de chasse. Ce n'était pas facile avec une fillette de cinq ans à côté de vous, qui touche à tout et n'arrête pas de parler. Surtout que cette fillette n'hésitait pas à le marteler de ses petits poings quand, excédé, il avait le malheur de lui demander de le laisser tranquille. Elle lui tournait alors le dos et s'en allait, drapée dans sa dignité, avec sa queue-de-cheval qui s'agitait de gauche à droite.

Et immanquablement, après chaque dispute, il partait à sa recherche, la retrouvant le plus souvent dans la cuisine, à « aider » sa maman, Maureen, à préparer le repas, ou à construire des châteaux avec ses Lego à lui. Elle l'accueillait alors avec un grand sourire, tout était oublié, tout était pardonné. Il laissa échapper un soupir et regarda Mel et sa fille se diriger vers leur voiture.

De derrière sa vitre, il les observa en train de décharger la Honda, tout en pensant à son addiction à ce sourire. Il était au lycée alors, et Mel entrait dans l'adolescence. Il se rappela aussi, à la même période, des regards soupçonneux de leurs mères respectives. Ce qui était parfaitement ridicule : Mel et lui étaient à des lieues de ce genre de préoccupations. Mel était sa petite sœur, bon sang, et lui n'était pas un garçon. Il était Ryder. Point. Il y avait une frontière entre eux qu'ils n'avaient jamais eu l'idée de franchir. Jusqu'à l'été où Mel avait fêté ses seize ans.

Il venait juste de passer son examen d'entrée en médecine. Après six mois de révisions intensives, il avait retrouvé la compagnie amicale et chaleureuse de Mel avec un immense bonheur. Mais la voir dans son maillot deux-pièces à fleurs était subitement venu menacer la frontière qui les protégeait l'un de l'autre. Elle avait toujours été plus mûre que les jeunes filles de son âge. Mais cet été-là, c'était comme si son corps s'était mis au diapason de sa maturité intellectuelle. Et peu à peu, il était devenu évident qu'elle ne le regardait plus de la même façon.

Evidemment, il aurait pu réfléchir à deux fois avant de tromper sa confiance, sauf que c'était précisément cette même confiance qui l'avait jetée entre ses bras, au lendemain de la disparition soudaine de son père. Elle était tout naturellement venue chercher auprès de lui le réconfort qu'elle ne pouvait espérer de personne d'autre, et notamment de sa mère qui était effondrée.

Même après tout ce temps, une vague de honte le submergea au souvenir de la violence de son désir, quand elle s'était ainsi abandonnée contre son corps. Terrifié, il avait été pris de panique : il devait la repousser, s'éloigner d'elle à tout prix, et courir, loin et vite. Il n'avait rien trouvé de mieux que de retourner à l'université, des semaines avant la rentrée.

Elle représentait tout pour lui, plus que n'importe qui d'autre en ce monde. Et il avait tout gâché et piétiné son cœur déjà meurtri. Pire, il ne s'était jamais excusé auprès d'elle et n'avait jamais essayé de réparer ce qu'il avait cassé entre eux. Cela s'expliquait en partie parce qu'à vingt et un ans, il n'avait pas la moindre idée de la manière dont il devait s'y prendre. Mais la véritable raison, c'était qu'il la désirait trop et que cela faisait de lui le pire des pervers.

Réprimant un grognement, il ferma les yeux, son

propre cœur encore à vif trépidant dans sa poitrine. Il n'avait pas besoin que cette période de sa vie revienne le hanter. Il n'aurait jamais imaginé revoir Mel ni avoir l'opportunité de lui donner sa version de l'histoire. Il ne savait même pas si elle accepterait de l'écouter, après tout ce temps. Et comment le lui reprocher ?

Pourtant… Il tourna la clé dans le contact et prit la rue qui menait à la maison de ses parents, de l'autre côté de la baie. Il voulait entendre ce que Mel avait à dire. Comment se faisait-il qu'elle ait eu un enfant de son frère ?

— Tu lui as dit ? s'exclama Lorraine Caldwell. Mais tu as perdu la tête !

Face à elle, son mari restait impassible. Assis dans son fauteuil club préféré, dans leur grand salon, David agita les deux doigts de scotch qu'il s'était versés, et haussa les épaules. Après bientôt trente-cinq ans de mariage, elle ne savait toujours pas si le calme de son mari l'apaisait ou au contraire l'excédait. Mais ils étaient toujours mariés, et cela signifiait forcément quelque chose. Car s'il n'y avait rien eu de fort entre eux, probablement seraient-ils séparés depuis longtemps, étant donné… un certain nombre de circonstances. Des choses dont ils évitaient de parler depuis trois décennies, mais qui régulièrement revenaient à la surface, comme un fantôme refusant de passer de l'autre côté. Et aujourd'hui, en plus de l'éclat de ces yeux bleus qui avaient eu raison de son cœur de jeune fille, elle vit le léger sourire qu'elle connaissait par cœur se dessiner sur ses lèvres.

— Je crois me souvenir d'avoir été le seul à te dire

que tu avais perdu la tête quand tu as prétendu pouvoir garder ce secret…

David n'était pas vraiment d'accord avec cet arrangement. Elle était partagée entre la rancœur et, il fallait bien l'avouer, l'admiration. Mais à l'époque elle l'avait détesté pour ses réticences.

— Elle n'était pas censée revenir ! Et surtout pas avec… l'enfant. C'était le contrat que nous avions passé !

Elle avait baissé la voix, bien qu'ils soient seuls, n'ayant plus de personnel à demeure.

— Manifestement, tu n'avais pas envisagé toutes les hypothèses, répliqua son mari. Que tu le veuilles ou non, Lorraine, tu ne peux pas régenter le monde entier.

Elle laissa échapper un rire plein d'amertume. Le monde entier ? Pas même un petit bout, apparemment.

— Par pitié, David… Ils ne se seraient peut-être même pas croisés. Pourquoi t'es-tu empressé de tout raconter à Ryder ?

— Parce que je ne voulais pas m'en remettre au hasard et que Ryder soit pris au dépourvu, s'ils venaient à se rencontrer. Et puis, tu n'as pas envie de la voir, toi ?…

Elle retint son souffle, désemparée. Pas une fois durant toutes ces années elle ne s'était autorisée à douter. Elle avait pris la bonne décision, la seule qui s'imposait, à l'époque. Une décision voulue par les circonstances. Et il aurait fallu changer les règles aujourd'hui ? Pas question !

— Et Jeremy ? objecta-t-elle, tentant désespérément de se raccrocher à quelque chose devant le gouffre qui menaçait de l'engloutir tout entière. Et Caroline ? Ils ne sont mariés que depuis six mois… Et si Ryder s'avisait de demander des comptes à son frère ? ajouta-t-elle, face au regard placide de son mari. Tu y as pensé ?

— Je suppose que c'est inévitable, répondit David avec un haussement d'épaules. Il aurait mieux valu que Jeremy lui parle dès le début.

— Pourquoi ne pas l'y avoir contraint ? demanda Ryder avec calme, depuis l'entrée du salon.

Elle sursauta au son de sa voix.

— Demande à ta mère, répondit David sans manifester la moindre émotion, avant de vider son verre.

Sans un mot, Ryder, les mains enfouies dans les poches du vieil imper qu'il traînait depuis l'université, se tourna vers elle. Si son plus jeune fils avait toujours eu tendance à l'excès en toute chose — sans doute parce qu'elle l'avait trop couvé —, Ryder était d'un caractère nettement plus stoïque, comme son père. Elle s'arrachait d'ailleurs les cheveux à le voir si imperméable face aux critiques ou aux émotions. Ce soir néanmoins, elle nota dans les yeux presque noirs de son aîné une lueur de colère que son habituel masque de froideur était impuissant à camoufler. Alors, entre l'intensité du regard de son fils et cette barbe de trois jours qu'il s'obstinait à porter depuis la faculté et qui lui donnait un air de voyou, elle frémit. Ce n'était pas de la peur, mais la culpabilité qu'elle s'était appliquée à mettre en sourdine durant ces dix dernières années et qui lui transperçait le cœur.

« Les secrets finissent toujours par se savoir », songea-t-elle, atterrée. On aurait pu penser qu'elle avait retenu la leçon, la première fois ? Eh bien, apparemment, non.

Ryder observa sa mère, encore séduisante et toujours incorrigiblement mondaine. Assise sur le canapé, elle soupira quand l'un des chiens s'approcha d'elle et posa la tête sur ses genoux. Deux barrettes en argent retenaient ses cheveux d'un roux terne qui se détachaient nettement sur son visage émacié. Dans son cardigan rouille, avec son jean et ses sandales, elle avait quelque chose de Katherine Hepburn. Une prestance qui, de tout temps, avait intimidé tous ceux qui l'approchaient, tous excepté lui-même.

— Alors ? la pressa-t-il.

Elle effleura le pied en acajou de la lampe placée à côté d'elle, puis croisa les mains.

— Ce qui se passait entre Jeremy et Mel, nous l'ignorions. Personne ne s'en doutait. Jusqu'à ce que Maureen vienne nous voir, accompagnée de sa fille — c'était dans ce salon —, pour nous annoncer que Mel était enceinte. Honnêtement, nous pensions que l'enfant était de toi, ajouta sa mère en lui coulant un bref regard. Et puis… nous avons fait le calcul.

Furieux, il croisa les bras.

— Et quand avez-vous réalisé que ce n'était pas le cas ?

— Jeremy avait dix-huit ans à peine, dit sa mère, les yeux baissés. Il s'apprêtait à entrer à l'université de Columbia. Il était évident que c'était une malencontreuse erreur. Cela ne signifiait rien pour lui, mais même Mel a reconnu…

Lorraine soupira et se tut, sans oser le regarder.

— Mel a reconnu quoi ? demanda-t-il d'une voix blanche.

— Qu'elle n'aimait pas Jeremy. Oh ! par pitié, Ryder, ne me regarde pas comme ça. Ce n'était qu'un flirt de vacances, rien de plus, et cette amourette a eu des conséquences terribles, chuchota sa mère. Mais comment blâmer Jeremy ? Cet été-là, Mel se pavanait en mini shorts et portait des hauts outrageusement courts, on lui voyait le nombril, c'était d'une indécence…

Il ferma les yeux, effaré. Cet été-là, toutes les filles s'habillaient comme des Lolita. Mel n'avait fait que suivre la mode.

— Sans parler de son maillot de bain, ajouta sa mère avec un air pincé.

— Et alors ? rétorqua-t-il. Cela faisait forcément d'elle une coupable ?

— Bien sûr que non, répondit sa mère en rougissant. Mais peut-être aurait-elle pu… comment dire ?… essayer d'être plus discrète et de s'habiller de façon moins sexy, je ne sais pas… Tu connais ton frère.

— Lorraine, s'il te plaît, marmonna son père.

— Eh bien, quoi ! Il était subjugué, et il y avait de quoi, vu son âge.

— Tu sais, maman, dit-il, les poings serrés, n'étant ni aveugle ni gay, j'étais de mon côté parfaitement conscient des « atouts » de Mel, cet été-là. Elle ne les exhibait pas plus que les autres filles de son âge. Moins même que la plupart d'entre elles. Quant à ce maillot de bain… Bien sûr qu'il mettait ses courbes en valeur, mais elle ne se baladait tout de même pas en string, bon sang… Oui, je connais Jeremy, conclut-il en adressant un regard noir à sa mère, mais j'aurais cru…

— Tu n'as pas le droit de tout lui mettre sur le dos, répliqua Lorraine en se levant. Je sais que ce n'est pas l'envie qui te manque, mais je n'ai jamais compris le pourquoi de votre mésentente. C'est d'ailleurs l'une des raisons pour lesquelles nous avons décidé de te cacher cette histoire. Je savais le mal que cela te ferait si tu apprenais que Mel avait… Toujours est-il que je n'ai pas voulu que le destin de Jeremy bascule à cause d'une erreur, reprit-elle après une courte pause, visiblement impressionnée par le regard assassin qu'il lui avait jeté. Il préparait son entrée à Colombia, à cette époque. Nous avons donc conclu un marché avec Maureen. En échange de notre soutien financier, elle quittait définitivement St Mary's avec sa fille, et nous n'entendrions plus jamais parler de cette histoire.

Livide, il secoua la tête, profondément mal à l'aise, au bord même de la nausée. Ce n'était pas tant à cause des propos de sa mère que de la manière dont elle s'exprimait. Mais pour l'instant, une seule chose lui importait, à savoir les faits.

— Tu n'as jamais songé à demander à Jeremy de prendre ses responsabilités ?

— A dix-huit ans ? Et qu'aurait-il bien pu faire ?

— Et Mel ? Elle n'avait que seize ans. Manifestement, c'est elle qui a le plus souffert de… l'erreur de mon frère.

— J'ai essayé de lui faire entendre raison, tenta d'expliquer Lorraine, avec une lueur fugitive de désespoir dans les yeux. Je lui ai suggéré d'envisager d'autres… options, mais elle n'a rien voulu savoir. Elle tenait à garder le bébé, ce que je n'ai jamais pu comprendre. C'était son choix, Ryder. Notre choix à nous…

— … était de préserver Jeremy, en balançant toute l'histoire sous le tapis.

— Nous avons ouvert un compte d'épargne au nom de l'enfant. Et nous l'avons alimenté toutes ces années en versements réguliers, pour la mettre à l'abri du besoin. Nous avons respecté notre part du marché, tu peux me croire. Ta belle-sœur n'est au courant de rien et nous apprécierions que tu tiennes ta langue. Cela pourrait être fatal au mariage de ton frère. Tu ne voudrais tout de même pas avoir cela sur la conscience ?

Il esquissa un sourire plein de dédain. Ces révélations l'avaient évidemment sidéré, mais rien de ce qui sortait de la bouche de sa mère ne le surprenait plus, au fond. Affirmer que Lorraine avait la manie de tout régenter autour d'elle serait en dessous de la vérité. Aussi loin qu'il s'en souvienne, sa mère avait toujours dirigé la maisonnée. Cette maison, dans laquelle elle avait grandi, avait jadis appartenu à son chirurgien de père, membre de la haute société, bien avant qu'elle n'épouse David. Son père n'était alors qu'un simple médecin généraliste dont elle était tombée éperdument amoureuse, au cours de l'été de ses dix-neuf ans. Elle s'était toujours comportée comme une princesse capricieuse, ne voulant rien changer au mode de vie qui était le sien avant son mariage. Il s'était souvent demandé comment elle avait pu n'en faire finalement qu'à sa tête et mener son père à la baguette.

Sauf que ce soir, en observant celui-ci, il se rendit compte pour la toute première fois de ce qui se cachait dans l'expression embarrassée de David, lorsque le vieil homme acquiesça, comme à son habitude, aux paroles de son épouse : de la faiblesse, tout simplement. *Bon sang, réagis !* Cet homme, il l'admirait pourtant, en raison de son dévouement à ses patients, à son travail… Mais ce n'était qu'une illusion, apparemment. Car l'homme lui-même était bien faible.

Au bord du désespoir, il repensa à cette promesse silencieuse faite à ce petit bébé de deux jours de veiller sur elle, de la protéger. Il n'aurait jamais imaginé à l'époque que ce serait contre sa propre famille qu'il aurait à le faire.

— Rassure-toi, dit-il à sa mère. Je n'en soufflerai pas un mot à Caroline. Ce n'est pas à moi de le faire, mais à Jeremy. Et il mériterait bien un coup de pied dans les fesses, celui-là. Mais peu importe. Maintenant, je sais que j'ai une nièce et je peux te le promettre, elle va au moins apprendre à connaître un membre de cette famille qui s'est toujours désintéressée d'elle.

— Et si Mel n'est pas d'accord ?

Il regarda tour à tour sa mère, puis son père.

— Cela ne concerne que Mel et moi. Vous n'avez pas votre mot à dire.

- 2 -

En dépit de toute la nourriture à la maison, Mel et Quinn décidèrent de s'offrir un repas de grillades. Elles avaient fini par trouver leur bonheur au rayon traiteur de l'unique supermarché de la ville. L'excursion avait été une véritable épreuve pour Melanie qui redoutait de tomber sur Ryder ou, pire, sur ses parents. Elle était passée devant la clinique, avait vu son nom sur la plaque, à côté de celui de son père. Et Jeremy, qu'était-il devenu ? Une rapide recherche sur Google lui avait appris qu'il était désormais associé au sein de l'un des cabinets d'avocats les plus prisés de New York.

— Hé, une plaque d'immatriculation de Virginie ! s'exclama Quinn. A qui peut être cette voiture ?

A la lueur des phares de la Honda, la vieille maison de sa grand-mère offrait une silhouette lugubre. Une Lexus était effectivement garée dans l'allée, juste devant le porche. La pluie avait enfin cessé, mais un froid glacial s'était installé, typique d'un début d'automne, de ce côté-ci de la péninsule.

— Ce doit être celle d'April, répondit Mel, un peu anxieuse à l'idée de revoir sa cousine après plus de dix ans.

Elles s'étaient brièvement parlé au téléphone la veille, le temps de convenir de l'heure de leurs retrouvailles et d'évoquer aussi des souvenirs.

Et des fous rires.

Nous étions heureuses, ici! Elle se força à sourire pour refouler des larmes d'émotion. Elle était heureuse ici, durant ces étés. Amelia concluait traditionnellement une trêve avec sa mère, afin que sa petite-fille puisse retrouver ses cousines pendant les vacances. Celles-ci étaient ses « sœurs d'été », comme elles s'étaient elles-mêmes baptisées, même si elles étaient toutes à peu près du même âge.

— Oh ! mon Dieu, vous êtes là !

Vêtue d'une petite jupe écossaise, avec un cardigan assorti, April était toujours aussi menue et pétillante, et ses cheveux étaient toujours du même blond vénitien. Avant même que Mel ne soit descendue de voiture, April avait dévalé les marches du perron et s'était précipitée vers elle pour la prendre dans ses bras, la serrant longuement contre son cœur avant de s'écarter, le visage baigné de larmes.

— C'est bien toi, dit Mel en riant, tout en attrapant dans son sac un paquet de mouchoirs en papier qu'elle s'empressa de tendre à sa cousine. Toujours prompte aux larmes, à ce que je vois.

— Je sais, je suis hideuse, soupira April qui pleurait toujours pour un oui ou pour un non, autrefois. Je n'y peux rien, mais c'est tellement bon de te revoir… Attends une minute ! s'exclama-t-elle en se tournant vers Quinn. Ciel… Voilà donc ta petite fille ?

— Petite fille ? répéta Mel, feignant l'incompréhension. Quelle petite fille ? Je ne me souviens pas de…

— Maman, je t'en prie, soupira Quinn en levant les yeux au ciel, avant de tendre la main à April. Je suis Quinn. La plus sensée de nous deux…

— Tu ne comptes tout de même pas me serrer la

main ! protesta April en attirant la fillette. Viens dans mes bras, mon trésor !

Cette fois, ce fut Mel qui ne put retenir ses larmes. Oui, April pleurait plus que toutes les autres filles, à l'époque, pourtant, ce dont elle se souvenait surtout, à propos de sa cousine, c'était de son amour infini pour ses semblables. D'une sensibilité extrême, April était en plus d'une générosité étonnante.

A la faveur de la faible lumière du porche, elle nota à cet instant la sublime alliance de diamants au doigt de sa cousine. Entre ce bijou d'une élégance extrême et le modèle grand luxe de sa voiture, Mel comprit que le niveau de vie de sa cousine s'était considérablement amélioré, depuis l'enfance. Elles ne discutaient pourtant pas de ce genre de choses autrefois, même quand elles avaient pris conscience que leur grand-mère était à la tête d'une véritable fortune alors qu'étrangement, ce n'était pas du tout le cas de ses trois filles.

— Tu es si jolie, dit April en faisant tournoyer Quinn devant elle. Je parie qu'elle ressemble à son père, car je ne reconnais pas les traits de ton visage…

— Quinn, veux-tu emporter les paquets du traiteur à l'intérieur, suggéra Mel. Menu grillades, ça te tente ?

April marqua une hésitation, puis comprit visiblement le message.

— C'est parfait. J'ai une faim de loup !

Malgré un premier ménage dans la cuisine, l'odeur d'humidité persistait. Ce fut donc en grimaçant que Mel, précédant la petite troupe, slaloma entre les paniers en osier, les plateaux en sisal et les aquarelles délavées, minuscule échantillon des collections que leur grand-mère avait amassées dans le salon. Des tableaux pendaient encore au mur, à moitié oblitérés par les toiles d'araignée. Les étagères dépareillées ployaient sous le poids de centaines de livres, DVD et vidéocassettes. Mais au moins n'avaient-elles pas trouvé trace de chats. Jusqu'ici, en tout cas.

— Je ne pensais pas que la maison était dans un tel état de délabrement, chuchota April alors qu'elles déposaient les sacs sur la table en pin maintenant désinfectée.

Après avoir rangé leur repas, Quinn s'éclipsa pour reprendre son exploration. Mel ne put s'empêcher de ressentir une vague appréhension.

— Délabrée, c'est le mot, marmonna-t-elle en plaçant les bouteilles de lait dans le réfrigérateur, désormais comme neuf, ou presque. Les vestiges de l'Antiquité sont en meilleur état !

— Tu veux dire que c'était pire quand tu es arrivée ? s'esclaffa April.

— Un vrai champ de ruines, répondit-elle en éclatant de rire à son tour lorsque sa cousine s'assit sur l'une des chaises de la cuisine. Tes fesses risquent d'être parfumées à l'eau de Javel…

— D'après le notaire, déclara April avec un haussement d'épaules, Nana serait morte fauchée, et cette maison serait tout ce qui reste.

— Cela n'a rien d'étonnant. Elle a dépensé toute sa fortune à s'acheter des choses dont elle n'avait aucun besoin, expliqua-t-elle. Tu es montée ?

— J'avoue qu'après avoir vu le capharnaüm dans le salon, je n'en ai pas eu le courage. Pas question de m'aventurer là-haut toute seule. On ne sait jamais. Mais tu ne crains pas que Quinn…

— C'est une enfant intrépide. Elle sait se débrouiller.

April laissa échapper un long soupir.

— Je n'ose pas imaginer le temps que ça prendra de débarrasser toute cette camelote. Enfin, pour Nana, cela n'était pas de la camelote. Et on ne sait jamais, peut-être allons-nous découvrir quelques objets de valeur dans ce… dans ce…, dit April, cherchant le mot juste.

— Bazar ? suggéra-t-elle. Sérieusement, j'en doute. Si ça ne tenait qu'à moi, j'allumerais une allumette et pfft…

— Tu exagères, répondit sa cousine en rougissant. Nana avait aussi de très belles choses. Je me souviens notamment de son service en cristal. Et de celui en porcelaine. Et aussi de certains meubles, datant de l'époque où la maison avait été construite…

— Ce qui est vieux n'est pas forcément précieux, April. En fait, la maison dans son ensemble, la structure et son contenu, tout est à jeter…

— Oh ! protesta sa cousine, je suis sûre qu'une fois nettoyée, certaines choses rénovées… Mel, écoute-moi, nous pouvons redonner vie à cette maison.

April était visiblement au bord des larmes. Trop lasse pour argumenter, Mel changea de sujet.

— Bon, parle-moi plutôt de toi. Tu es mariée ?

April se renfrogna légèrement. Après avoir rincé les légumes, Mel sortit la planche à découper et tendit l'un de ses couteaux, rapportés de Baltimore. Une vraie cuisinière ne se sépare jamais de certains ustensiles.

— Oui, répondit sa cousine en s'emparant d'un oignon. Enfin, je l'étais. Clayton, mon mari… Il est décédé il y a quelques mois.

— Oh ! mon Dieu, ma chérie, je suis désolée !

— Tu ne pouvais pas deviner, mais ça va, ça va. Il était malade depuis longtemps, reprit April, les yeux brillants, en fixant le plafonnier. Il faudrait se débarrasser de ça…

— C'est prévu, répondit Mel en plaçant la poêle sur la cuisinière. J'imagine que tu n'as pas très envie de me parler de ton mari ?

— Pas plus que toi de cette maison, apparemment.

— Mais j'en parle. Je propose simplement d'en faire un feu de joie et d'empocher la prime d'assurance. Ou bien, de l'inscrire comme attraction, pour les soirs d'Halloween… Quoi ? demanda-t-elle face au silence de sa cousine.

— Rien.

— Rien ? A d'autres ! soupira-t-elle en pointant son couteau en direction d'April. Je me souviens très bien de ce regard. C'est le regard qui attire les ennuis.

April rit doucement, puis elle serra brièvement la main de Mel entre les siennes, avant de s'emparer d'un poivron rouge qu'elle entreprit aussitôt de découper en lanières.

— Comme c'est bon de nous retrouver ici, toi et moi…

— C'est vrai. Même si… Je ne suis plus celle que j'étais autrefois, tu sais.

— Tout le monde change, renchérit April. N'empêche, en dépit de la pagaille, de la saleté, c'est comme si le temps s'était arrêté, entre ces murs. Oh ! ce n'est pas que je replonge en enfance, Dieu sait que je ne le voudrais pour rien au monde, mais j'ai l'impression de sentir la présence de celle que j'étais jadis. Je ne m'attendais pas à cela… Alors, reprit-elle après une courte pause, raconte, tu es restée en contact avec Ryder ou pas ? Ma question est indiscrète, peut-être…

April avait manifestement remarqué le regard noir qu'elle lui avait jeté.

— Non, répondit-elle. Et non, nous ne sommes pas restés en contact.

— Vraiment ? Je veux dire… Vous étiez si proches…

— Nous étions des enfants, point barre, rétorqua-t-elle en s'affairant devant la gazinière, comme si sa vie soudain en dépendait. Il venait de partir en faculté de médecine quand maman et moi, nous sommes parties nous installer à Baltimore, après le décès de papa, et… nous nous sommes perdus de vue.

Quinn surgit à cet instant dans la cuisine, tel un feu follet, et s'empara d'un bout de carotte.

— Quand est-ce qu'on mange ? Je sens que je vais mourir d'inanition…

— Patiente encore une dizaine de minutes, répondit-elle en jetant les légumes hachés dans la poêle. Et si tu mettais la table ? La vaisselle est ici, ajouta-t-elle en désignant le placard près de l'évier. Enfin, c'était là qu'elle se trouvait autrefois…

Après avoir dérobé un morceau de poivron, Quinn ouvrit les portes du placard, révélant un plat Art déco jaune pipi, qui visiblement n'avait pas été lavé depuis des siècles. Elle était visiblement dégoûtée !

— Hé ! lança April en riant. Lorsque nous étions enfants, ta mère et moi, on adorait ce plat.

— Ne fais pas ta mijaurée, ma chère fille, je me souviens de t'avoir vue lécher le carrelage de la cuisine, ajouta Mel tout en faisant sauter ses légumes.

Quinn écarquilla ses grands yeux bleus, horrifiée.

— Je ne te crois pas ! s'exclama-t-elle.

— J'ai une vidéo qui le prouve. C'est sans doute pour cette raison que tu es dotée d'un système immunitaire digne d'un androïde. Tiens, le liquide vaisselle est là. Au travail !

Après le dîner, où elles bavardèrent gaiement en évoquant leurs souvenirs, Quinn disparut de nouveau pour aller fouiller parmi les centaines de livres et magazines. April et Mel se chargèrent de la vaisselle, l'une lavant, l'autre essuyant les assiettes et les rangeant sur le comptoir. Le placard contenant le reste de la vaisselle était trop sale à son goût.

— Le dîner était délicieux, dit April. Tu cuisines toujours aussi bien ?

— J'espère. J'adore cuisiner.

— Vraiment ? Alors, dis-moi, le père de Quinn s'occupe bien d'elle ?

— Non, répondit Mel. Il n'a jamais été présent.

April versa un peu plus de liquide vaisselle dans l'évier, débordant maintenant de mousse.

— Ce… C'est la fille de Ryder ?

Bon, elle s'attendait à cette remarque. Pourtant, l'entendre formuler aussi clairement la troubla. D'autant que tout le monde en ville se rendrait à la même conclusion.

— Non. Je te l'ai dit, Ryder et moi étions amis. De très bons amis, et il ne serait jamais rien arrivé d'inopportun entre nous. Il ne l'aurait jamais permis… Eh bien quoi ? demanda-t-elle en se tournant vers sa cousine qui gardait le silence. Tu ne me crois pas ?

— Bien sûr que si, je te crois. Mais je me rappelle aussi ce dernier été, quand nous étions tous ensemble. Ryder nous emmenait toutes les trois en balade, sur le bateau de son père… Je me rappelle aussi comment il te regardait, quand il croyait que personne ne le remarquait. Je me disais que si un garçon me regardait ainsi un jour, j'en mourrais de bonheur, conclut April en plaquant une main savonneuse sur son cœur.

— Oui, je me souviens de cet été… Tu lisais des romans d'amour par dizaines…

— C'est vrai, dit April dans un grand éclat de rire. Quel été merveilleux !…

Elle se souvenait précisément de ce jour où elles avaient mis la main sur la collection de romans Harlequin de leur grand-mère. Elles avaient rapidement pris l'habitude d'en emporter discrètement un ou deux, chaque fois qu'elles descendaient prendre le soleil. Ces satanés bouquins devaient encore croupir quelque part dans la maison. A moins que le temps ne les ait réduits en poussière.

— N'empêche, reprit April. Je me rappelle aussi comment toi, tu le regardais. Et ne t'avise pas de le nier. J'ai vu l'éclat de tes yeux.

Au-dessus de leur tête, on entendit le plancher craquer. Soit Quinn était en train de déplacer des meubles, soit elle avait affaire à un raton laveur de la taille d'une vache.

— D'accord, dit-elle avec un bref regard au plafond. Je suppose qu'à l'époque, j'avais un petit faible pour lui. Mais rien de plus normal, il était toujours si gentil avec moi.

Une nouvelle fois, April éclata de rire.

— Ryder était mon ami, répéta Mel en donnant un coup de torchon à sa cousine. Et c'était la seule chose qui importait.

April rinça son éponge et la posa sur l'évier avant de se tourner vers elle, une légère ride lui plissant le front.

— Dans ce cas, pourquoi ne vous adressez-vous plus la parole ?

— Parce que c'est comme ça, répondit-elle en posant un peu trop brutalement la dernière assiette sur la pile.

Sa cousine ne releva pas tout de suite. Elle attrapa

un autre torchon, sous le comptoir, pour s'essuyer les mains, puis se pencha au-dessus de l'évier et regarda par la fenêtre, le ciel couleur prune.

— Je ne voulais pas te contrarier, reprit April. Je suppose que de me retrouver ici me rend un peu mélancolique… J'ai sans doute envie de retrouver un peu de la magie de cet été-là.

— Je comprends. Mais c'est impossible.

— Je sais. Et je trouve ça triste que Ryder et toi ayez coupé tout contact. Tu n'es pas d'accord ? conclut April en se tournant vers elle.

— Non. En fait, je ne me suis même pas posé la question.

Du moins jusqu'à ce qu'un coup de fil de cinq petites minutes ne vienne une fois de plus la déstabiliser.

— Tu penses le voir, durant ton séjour ici ?

— Il n'y a rien de prévu. Bien, pouvons-nous, s'il te plaît, changer de sujet maintenant ?

Mais à cet instant, le carillon de la sonnette retentit. Sauvée par le gong !

— Oh ! je parie que c'est Blythe, dit April en sortant de la cuisine. Aux dernières nouvelles, elle ne savait pas encore si elle arrivait ce soir ou demain…

Ne sachant trop si elle était prête à faire face à son autre cousine, la plus âgée, la plus autoritaire aussi, Mel alluma la radio, posée à cet endroit du comptoir depuis des siècles, et trouva une station qui diffusait des tubes des années 1970. Sa mère écoutait ce genre de musique devant ses fourneaux, dans la cuisine de Caldwell. Elle entendit bientôt, par-dessus *The Sound of Silence* de Simon et Garfunkel, la voix fébrile d'April se rapprocher. Elle inspira profondément, afficha un sourire de circonstance et attendit.

— … la dernière chose que tu aies dite ? Tu as la mémoire courte, dit April, manifestement enthousiaste, avant de disparaître.

Pour la laisser toute seule face à Ryder.

Un Ryder divinement beau, plus du tout ado, et furieux.

— Comment as-tu su que j'étais là ?

Mel s'était éclipsée avec lui après avoir confié Quinn à sa cousine. Il était bien évidemment hors de question qu'elle ait cet entretien en présence de sa fille. Elle avait mis un certain temps à reprendre ses esprits. Et à vrai dire, elle n'en menait pas large. Il était là, à lui jeter des regards en coin, pas plus bavard qu'elle, tandis qu'ils marchaient dans la nuit glaciale, le long de la marina à l'entrée de la ville. C'était une promenade qu'ils avaient faite des centaines de fois, à toute heure du jour et de la nuit, et par tous les temps, le plus souvent pour profiter d'un moment ensemble, loin des adultes. Parfois, ils emportaient leur vélo ou leur skate, surtout quand les promeneurs étaient rares et…

Et se lamenter sur le passé ne résoudrait en rien les difficultés du présent.

— Phil Paxton l'a dit à mon père, répondit finalement Ryder.

Sa voix fit remonter d'un seul coup à la surface tout ce qu'elle s'était appliquée à oublier, depuis tant d'années.

Même l'évidente irritation de Ryder réveilla de tendres souvenirs en elle, ceux de l'époque lointaine où, petite fille, elle multipliait les bêtises et qu'il s'énervait contre elle.

— Phil a dit qu'Amelia vous avait légué la maison à toutes les trois et que vous veniez mettre de l'ordre dans ses affaires.

— Bravo pour la discrétion, marmonna-t-elle.

— Pourquoi ? C'est un secret ?

Au mot « secret », elle retint son souffle, puis, attrapant un mouchoir dans la poche de sa veste, elle s'essuya le bout du nez.

— Pas du tout.

— Dans ce cas, tu as peut-être un autre secret à m'avouer ?…

Inutile de demander ce qu'il entendait par là, l'ironie amère de son ton ne laissant en effet aucun doute là-dessus. Mais aujourd'hui encore, elle ignorait totalement ce qu'elle pouvait ou ne pouvait pas dire.

— Cela dépend. A quoi fais-tu allusion ?

— Toi et Jeremy, vous avez un enfant…

Elle remit son mouchoir dans sa poche et serra le poing.

— Jeremy est le père biologique de Quinn, ça s'arrête là.

Un silence s'ensuivit, bien plus glaçant que l'air ambiant, puis Ryder soupira.

— Mel, pourquoi ?

— Parce que j'étais perdue et qu'il était là…

Et que toi, tu n'y étais pas. Elle se rendit compte, stupéfaite, qu'elle lui en voulait toujours.

— C'est comme ça, conclut-elle.

Un autre silence s'installa, entrecoupé par le clapotis de l'eau contre la coque des bateaux, et le pas de Ryder sur l'embarcadère.

— Quand l'as-tu appris ? demanda-t-elle enfin.

— Cet après-midi.

— Tu l'ignorais ?

— Totalement.

— Bon sang ! s'exclama-t-elle, stupéfaite. Je n'arrive pas à y croire. Je pensais que tu étais au courant.

Ryder remonta le col de sa veste.

— Parce que je ne t'ai jamais recontactée ?

— Oui.

Il secoua la tête et enfouit les mains dans ses poches.

— Eh bien, ce n'était pas pour cette raison.

Comme il ne semblait pas disposé à lui donner de plus amples explications, Mel s'éloigna seule, jusqu'au bout de la jetée et, bras croisés, regarda au loin l'océan infini. Le clair de lune illuminait la surface de l'eau de millions de diamants. Mais elle sentit bientôt la présence de Ryder à son côté. Le vent ébouriffait ses cheveux.

— Je peux imaginer ta colère.

— Non, tu ne peux pas imaginer, répliqua-t-il en la dévisageant. D'après mes parents, Jeremy est au courant, en revanche.

— Il l'a toujours été.

— Et il n'a jamais…

— Jamais. En ce qui le concerne, Quinn n'existe pas.

Il enfouit le visage entre ses mains, puis leva de nouveau les yeux vers elle.

— Elle t'a posé des questions ? A propos de son père ?

— Jusqu'à ces derniers temps, pas autant que tu pourrais le croire. Même si…

Elle prit une profonde inspiration, avec l'impression douloureuse d'avoir du verre pilé dans la gorge.

— J'ai eu une relation sérieuse, durant deux ans, reprit-elle. Je pensais avoir trouvé, que cet homme était le bon. Quinn s'était beaucoup attachée à lui, suffisamment en tout cas pour ne pas m'interroger sur son père, car elle pensait en avoir trouvé un.

— Et ça s'est mal terminé ?

Il n'avait pas changé. En dépit du temps et de tout le reste, il faisait montre de la même gentillesse, de la même compréhension que dans son enfance. Elle se sentit soudain au bord des larmes.

— Son ex a réapparu. Dans sa vie, mais aussi dans son lit. En fait, il n'avait jamais cessé de l'aimer, ce qui ne l'a pas empêché de partager ma vie. Bref, il m'a offert de devenir son associée, au restaurant.

— Après son…

— Oui, juste après. Comme un lot de consolation, en quelque sorte, répondit-elle avec un petit rire amer. Il se disait sans doute que c'était la moindre des choses, sans parler du fait que le succès de son restaurant était uniquement dû à mes talents de cuisinière.

Ryder esquissa un sourire amusé.

— Si je comprends bien, tu as rendu ton tablier…

— Le jour même.

— Tu as bien fait.

— En théorie, certainement. Mais sur le plan pratique, je n'en suis pas si sûre. Oh ! je ne suis pas restée sans rien faire, j'ai notamment été sollicitée par de grands traiteurs, mais je n'ai rien eu de comparable, néanmoins. J'aimais vraiment ce travail de chef. Je pouvais donner libre cours à ma créativité, tester de nouvelles saveurs. L'association qu'il m'offrait était vraiment une fabuleuse opportunité, mais le cœur a pris le pas sur la raison.

— Tout cela s'est passé il y a longtemps ?

— Quelques mois, répondit-elle, même si la date précise de ce séisme restait en fait inscrite au fer rouge dans sa mémoire. Tu sais, Ryder, je ne m'y attendais pas du tout. Et Quinn non plus. Cette période a été un vrai cauchemar, d'autant que maman est décédée à peu près au même moment, l'année dernière. Elle et Quinn étaient très proches.

— Bon sang, Mel, je suis désolé.

Elle hocha doucement la tête et lui sourit.

— Quinn commence tout juste à se remettre de ces épreuves. Je l'espère, en tout cas. Mais elle n'en parle jamais.

— Et toi ? demanda-t-il avec tendresse.

— Je fais le yo-yo entre déprime et euphorie. Heureusement, j'ai la cuisine qui m'occupe l'esprit… Mais bon, pour en revenir à ta question, Quinn a commencé depuis peu à m'interroger sur son père. Ce n'est pas vraiment un sujet de conversation que j'affectionne, mais… Bref, je lui ai dit qu'il avait disparu avant sa naissance, qu'il ignorait même avoir une fille, que je ne savais pas où il était, ni comment le retrouver.

— Tu lui as menti ?

Elle le dévisagea.

— Comment expliquer à une enfant de dix ans que son père ne veut pas d'elle ? répondit-elle avec un sourire désabusé. Que les parents de ce père m'ont payée pour ne plus jamais entendre parler de moi, et que je ne remette plus jamais les pieds à St Mary's ? Et comment suis-je censée… Comment suis-je censée lui expliquer que sa mère s'est rendue complice de cet odieux chantage et ne vaut donc pas mieux que ces gens qui, contre de l'argent, l'ont privée de père ?…

— Mel, bon Dieu, tu n'avais que seize ans !

— Dix-sept, quand elle est venue au monde. Cependant, je ne peux pas prétendre que j'ignorais ce que je faisais. Je savais que cette « tractation » revenait plus ou moins à vendre mon âme, en tout cas mon intégrité, dans le but de subvenir aux besoins de mon enfant. Et ce mensonge n'a cessé de me hanter.

Ryder soupira en regardant droit devant lui.

— Si tu savais comme je m'en veux…

— Et de quoi donc ?

— Il ne se serait rien passé avec Jeremy, si j'avais été présent à tes côtés.

Des années d'expérience avaient appris à Mel que seuls quelques rares individus masculins semblaient prêts, ou aptes, à accepter leurs responsabilités. Du moins, les individus masculins qui avaient croisé son chemin. Elle avait failli en oublier que Ryder avait sans doute été l'être humain le plus responsable qu'elle ait jamais rencontré. Il était d'une loyauté, d'une intégrité sans faille… trop, peut-être.

— C'est ridicule, dit-elle. Tu ne dois tout de même pas te reprocher mes actes. Peu importe ce que je pensais, à l'époque… Je t'en prie, ajouta-t-elle avec un sanglot dans la voix, ne me déteste pas, Ryder. Je me déteste encore bien assez comme ça pour deux.

Ryder sentit son cœur se serrer, blessé autant que révolté par le mépris que Mel semblait éprouver pour elle-même. Il ne répondit pas tout de suite, ne sachant à vrai dire comment panser ses blessures, quand les siennes étaient encore si fraîches.

— Comment pourrais-je te détester ? murmura-t-il enfin. S'il y a quelqu'un à blâmer, c'est bien moi. Tout ça est ma faute.

— Au contraire, tu as voulu m'empêcher de commettre une bêtise, objecta-t-elle, avant d'ajouter : Ce soir-là, du moins.

Il tenta de faire passer ce goût acide dans sa bouche.

— N'empêche. J'aurais pu gérer la situation avec un peu plus d'élégance. Et ensuite, j'aurais dû t'appeler, t'envoyer un mail, bref, me manifester. Pour voir comment tu allais, je veux dire. Je te devais bien ça.

— Tu me devais bien ça ? répéta Mel, avec un regard sceptique. Tu ne me devais… Tu ne me dois rien du tout, voyons.

— Tu étais désespérée, Mel. Peu importe ce qui aurait pu arriver : tu étais venue chercher un peu de réconfort auprès de moi. Et au lieu d'essayer de comprendre comment te donner ce dont tu avais véritablement besoin, je t'ai repoussée. Et de manière plutôt brutale, si ma mémoire est bonne. Alors non, tu ne dois pas t'accabler ainsi, car je pense être aussi coupable que toi et…

Il s'interrompit quand elle éclata de rire.

— Tu es sérieux ? Tu penses vraiment que mon désespoir seul peut expliquer mon attitude, ce soir-là ? Sans doute mon chagrin a-t-il court-circuité mes inhibitions, mais j'avais envie de toi tout simplement. J'en avais assez d'être traitée comme ta petite sœur. C'est bête, hein ?

Il suivit son regard, et contempla avec elle le ciel bleu marine.

— Tu n'as pas idée de l'effort que cela m'a demandé pour te repousser, répondit-il calmement.

Il sentit qu'elle le dévisageait avant d'éclater de rire.

— Mon Dieu ! Tu es sérieux ?

— Absolument. Et ne te moque pas de moi, dit-il, avant de soupirer. J'étais ton ange gardien, ton garde du corps, et c'était à moi de te protéger…

— Continue, je t'en prie.

— Et puis, zut ! Tu étais une enfant. Sur le plan

légal, en tout cas. J'avais commencé à ressentir pour toi certaines choses inappropriées. Je ne voulais surtout pas laisser libre cours à mes sentiments, mais, bon sang, j'étais terrorisé ! Toute notre relation était basée sur la confiance, or ce que tu voulais, cette nuit-là, et ce que je voulais moi aussi ne devait pas, ne pouvait pas se produire. Je n'ai pu me résoudre à briser notre belle amitié, mais j'en ai souffert le martyre.

Elle hocha doucement la tête.

— En fait, tu as eu peur.

— Pour résumer, oui. Dans mon esprit, j'allais te faire souffrir. Et tu souffrais déjà bien assez comme ça. Ensuite, je suis reparti à la fac, sans savoir comment m'y prendre pour réparer ce désastre.

Couvrant ses cheveux de la capuche de son sweat, Mel fixa les scintillements de la lune sur l'océan.

— Cela a pris du temps, confia-t-elle, mais j'ai fini par me remettre de ton rejet, une fois la brume hormonale dissipée. Parce que, comme tu le dis, qu'aurais-tu pu faire d'autre ? Pourtant, ton silence m'a ébranlée, Ryder, je ne te mentirai pas…

— Alors, tu as voulu me rendre la pareille, dit-il avec une grimace.

— Pas de manière délibérée. Je n'ai pas jeté mon dévolu sur ton frère, sous prétexte que faute de merles, etc., tu connais la suite.

— C'est lui qui est venu vers toi ? demanda-t-il en se renfrognant.

— Pas ouvertement, non. Au début, en tout cas. Il a juste subitement semblé, je ne sais pas, intéressé, inquiet pour moi. Car je souffrais, Ryder, j'étais à la dérive, et furieuse contre toi, aussi, parce que tu étais sorti de ma vie. J'étais également furieuse contre moi, à cause de ma bêtise, pour avoir gâché la seule chose précieuse en ce monde.

Elle s'interrompit, visiblement en proie à des émotions et des souvenirs intenses.

— J'ai commis une grave erreur, Ryder, poursuivit-elle. Non pas que je ne porte pas à Quinn un amour absolu, mais, vois-tu, j'ai déçu tous ceux qui m'entouraient, à commencer par ma mère, qui adorait Quinn, mais elle n'a jamais pu oublier ce qui s'était passé, et comment ça s'était passé. Et puis, Nana s'en est mêlée. Elle ne m'a jamais plus adressé la parole.

— C'est aussi elle qui avait rompu toute relation avec sa propre fille, non ? Et pour des raisons connues d'elle seule. Tu n'es pas responsable des rancunes des autres, Mel. Quant à cet « accord », légalement, il ne vaut rien.

— Sans doute, mais pour être tout à fait honnête, cette histoire m'a au moins permis de partir de St Mary's. Ma mère et moi avons pu ainsi échapper à…

Elle se tut et il conclut pour elle :

— A ma famille.

Après quelques secondes d'un silence pesant, elle reprit :

— Pour être juste, ce n'est pas comme s'ils avaient maltraité mes parents. Et puis, j'ai toujours eu un faible pour ton père. C'est un homme bien, au fond. Je suis même certaine qu'il est à l'origine de ces généreuses « compensations » financières. Pour le reste, je veux dire, en ce qui concerne Jeremy et moi, eh bien, nous savions tous les deux à quoi nous en tenir. Il n'y a jamais eu ni comédie, ni pleurs, ni désespoir à l'idée d'une séparation. Il ne voulait pas reconnaître son enfant ? Eh bien, tant pis, je ferais sans lui. Je le détestais, pour ça, mais j'étais déterminée. Quant à l'attitude de tes parents, qui tournaient ainsi le dos à leur premier petit-enfant… Ta mère… est allée jusqu'à exiger que je me débarrasse du « problème ». Cela a été extrêmement difficile, pour moi.

Il n'en doutait pas. Et même s'il lui avait semblé noter une lueur de regret dans les yeux de sa mère, l'entêtement et l'orgueil demeuraient le principal moteur de Lorraine Caldwell. Serrant les poings, il chuchota :

— Je voudrais faire quelque chose pour toi…

— Oublie ça, Ryder. Le passé est le passé.

— J'aimerais connaître Quinn ! Et pourquoi pas ? s'empressa-t-il d'ajouter devant le regard effaré de Mel. Ce n'est pas parce que mon frère s'est comporté comme un salaud…

Mel se détourna brusquement et s'éloigna sur la jetée.

— C'est hors de question.

— Mais enfin, Quinn est ma nièce !

— Je n'ai pas le droit de le lui dire, tu vas comprendre, à la fin ?

— Légalement, ils ne peuvent pas…

— La loi n'a rien à faire ici, l'interrompit-elle. Je connais mes droits et mes devoirs. Ce que je peux faire, ce que je ne peux pas faire… Et ce que je ne veux pas faire. Et ça, c'est tout ce qui est susceptible de faire du mal à mon enfant.

— Tu me mets donc dans le même sac que les autres, alors que j'ignorais tout ?

— Tu n'étais pas là, Ryder, répliqua-t-elle, les larmes aux yeux. Tu n'étais pas là lorsque ta mère m'a traitée de petite traînée devant ma mère humiliée, alors qu'elle avait toujours fait preuve d'une loyauté absolue envers les tiens durant plus de vingt ans. Tu n'étais pas là quand elle m'a accusée de vouloir m'immiscer dans ta famille, en prétendant qu'elle avait vu clair dans mon jeu. Et elle a ajouté que comme ça n'avait pas marché avec toi, je m'étais rabattue sur Jeremy. Et tu n'étais pas là lorsqu'elle a exigé un test ADN avant la naissance de Quinn, pour vérifier que Jeremy était bien le père !

Il baissa la tête, écœuré.

— Mon Dieu, j'étais loin de me douter…

— J'imagine, mais tu peux me croire : j'ai encore moins envie d'avoir affaire à tes parents qu'eux avec moi. Et si tu veux connaître Quinn… Non, ça ne marchera pas. Le passé ne peut pas être effacé si facilement, comme par magie. Cela dit, le plus étrange, dans l'histoire, ajouta-t-elle, subitement plus calme, comme si la tempête était passée, depuis que je suis mère, je peux, d'une certaine façon, comprendre la réaction de Lorraine. Après tout, elle voulait protéger son enfant. Je n'approuve pas ses méthodes, mais je peux comprendre ses raisons.

Elle se tut, avec cette moue qu'elle avait déjà, enfant, quand elle boudait et s'obstinait.

— Quinn a déjà beaucoup souffert, notamment du décès de sa grand-mère, reprit-elle, mais aussi de ma rupture. Et cela, je ne me le pardonne pas. J'aurais dû me montrer plus prudente en ayant cette liaison, ne pas impliquer ma fille. Mais ce qui est fait est fait, et j'ai retenu la leçon. Et je ne permettrai pas que les gens qui ont rejeté ma fille s'avisent de l'approcher.

Malgré la nuit, la douleur dans ses yeux et dans sa voix était poignante.

— Et tu as cru que je t'avais rejetée, moi aussi ? demanda-t-il. Si j'avais su, les choses se seraient passées autrement, crois-moi.

— Vraiment ? Et qu'aurais-tu donc fait ?

— Je l'ignore. Quelque chose, en tout cas. Je t'aurais épousée, en dernier ressort…

— Mais bien sûr, dit Mel dans un éclat de rire. Tes parents en auraient été ravis. Tu penses vraiment qu'ils t'auraient laissé compromettre tes études, ton avenir, alors qu'ils s'y refusaient pour Jeremy ? Et puis, Quinn n'était pas ton enfant ! Et qui te dit que j'aurais été d'accord ?

— Cela aurait mérité que tu y réfléchisses, non ? D'autant que…

— J'étais amoureuse de toi ? conclut-elle en lui souriant avec tendresse, cette fois. Tu penses que le mariage aurait tout résolu ? Mais au contraire, cela aurait tout gâché.

— Parce que j'avais déjà tout gâché, c'est ça ?

Plongeant le visage entre ses mains, Mel laissa échapper un gémissement alors qu'ils se dirigeaient vers le parking.

— Bon sang, Ryder, quel intérêt trouves-tu à ressasser tout ça ? soupira-t-elle. Comme si nous avions le pouvoir de changer ce qui est arrivé. C'est le passé. Rideau. Et à la seconde où j'en aurai terminé avec la maison de Nan, je quitterai cette ville. Alors dis bien à ta mère qu'elle n'a pas à s'inquiéter. Loin de moi l'envie de faire des histoires.

Lorsqu'ils arrivèrent devant la voiture, il prit la main de Mel. Si ce geste la choqua, elle n'en laissa rien paraître. Au contraire, elle le regarda avec calme et bienveillance.

— J'ai bien conscience de ne pouvoir réparer le mal causé par ma famille, ni même par moi. Mais au nom de ce que nous avons partagé…

— Ce que nous avons partagé est mort depuis longtemps, répliqua Mel en retirant doucement sa main de la sienne. Nous ne sommes plus des enfants, Ryder. Il n'y a pas de retour possible. On ne peut pas réécrire les événements…

A cet instant retentit la sonnerie d'un téléphone. Elle sortit son portable de sa poche.

— C'est April, dit-elle en regardant l'écran. Oui ? Comment ? demanda-t-elle avant de monter précipitamment dans la voiture. Nous arrivons.

— Un problème ? s'enquit-il en s'asseyant aussitôt au volant, sans prendre le temps de boucler sa ceinture.

— Je n'ai pas tout saisi, expliqua Mel, mais April semblait paniquée. Apparemment, Quinn se serait blessée avec un clou, ou je ne sais quoi. Je suppose que je devrais te laisser l'examiner…

— C'est toi qui vois. Mais les urgences les plus proches sont à une heure de route. Et j'ai ma mallette dans la voiture…

— Sans doute est-ce plus prudent, chuchota-t-elle.

Moins de cinq minutes plus tard, Ryder se gara dans l'allée de la grande maison. Il s'apprêtait à descendre de voiture quand Mel le retint.

— Pas un mot…

— Puis-je au moins lui dire que nous étions amis ? Sinon, elle va se demander pourquoi nous étions ensemble, répliqua-t-il. Elle sait que tu vivais ici, autrefois, non ? C'est une petite ville, il n'y a rien d'étonnant à ce que nous nous connaissions.

— Bon, d'accord, soupira-t-elle en sortant de voiture. Dépêchons-nous, avant que ma fille ne se vide de tout son sang.

Il attrapa sa mallette sur le siège arrière et se précipita à sa suite. Jamais il n'avait eu autant de colère en lui, et contre tant de gens, et pour tant de raisons. Et puis il y avait des tas de regrets, aussi.

- 3 -

Mel fut soulagée de voir que sa cousine, blanche comme un linge, avait su surmonter sa peur du sang, ou du moins en faire abstraction devant sa fille. Quinn était assise sur le comptoir, main en l'air, visiblement choquée. April avait également pris l'initiative de cacher la plaie en enveloppant la main d'un linge.

— Mon trésor, dit Mel en se précipitant pour embrasser Quinn sur le front. Que s'est-il passé ?

— Y avait un clou qui dépassait, sur la porte. Je l'avais pas vu, marmonna sa fille tout en regardant avec curiosité l'inconnu derrière sa mère. Qui êtes-vous ?

— Un vieil ami de ta mère, répondit Ryder tout en fouillant dans sa mallette, avec son plus beau sourire. Et je suis également médecin. Une sacrée veine, non ?

— Mouais, ronchonna Quinn en l'observant poser sur le comptoir flacons et pansements.

Tout en riant, Ryder alla se laver les mains, puis enfila des gants en latex avec précaution.

— Puis-je regarder ?

— April m'a dit de tenir la main levée.

— Tu as beaucoup saigné ?

— Pire que ça…

— Alors, April a bien fait. Mais je crois que tu peux abaisser ta main, à présent…

Quinn s'exécuta et il déroula avec précaution le

linge ensanglanté. Mel serra les dents, l'estomac tout retourné. Lâchement, April s'éclipsa.

— Bien, reprit Ryder avec calme. Le saignement a cessé. Tu vas pouvoir te remettre au violon très vite.

Quinn rit doucement.

— Je ne joue pas du violon, je joue du piano.

— Vraiment ? dit-il en continuant à sourire. Je suis sûr que tu es douée.

— Pas vraiment, répondit la fillette. Mais je ne prends des cours que depuis un an.

— J'en ai pris durant dix ans. Et j'adorais ça.

— C'est vrai ?

— Non, avoua alors Ryder avec un air penaud, qui fit éclater Quinn de rire.

Et l'écho de son rire se répercuta longuement et douloureusement, dans le cœur de Mel. Maudit soit-il ! Comment s'y prenait-il pour la troubler ainsi, après tant d'années ?

— Je suppose qu'elle est à jour pour son vaccin antitétanique ? demanda-t-il.

— Je ne sais plus. On ne peut pas lui faire un rappel ?

— Ce sera plus sage, en effet. Bien, ma chérie, je veux que tu tiennes ta main au-dessus de l'évier. Je vais arroser ta blessure d'antiseptique pour la nettoyer. Ça risque de piquer un peu, mais cela ne durera pas longtemps. Tu es prête ?

Quinn inspira, puis acquiesça d'un signe de tête et tendit la main, grimaçant quand Ryder la désinfecta.

— J'ai presque terminé, dit-il. Tu es très courageuse. Voilà.

Il entreprit alors d'examiner la plaie, imitée par Quinn. Mel, en revanche, n'était pas malheureuse de laisser ce genre de choses à quelqu'un d'autre. Surtout quand ce quelqu'un d'autre avait soigné ses propres bobos, quand elle-même était enfant. Ryder avait trouvé sa voie très jeune.

— Je vais avoir besoin de points de suture ? demanda Quinn, apparemment plus curieuse qu'inquiète.

— Bien entendu, et d'une bonne centaine, en plus, répondit Ryder, pince-sans-rire.

Quinn pouffa et Ryder lui jeta un regard où Mel lut une tendresse infinie, en tout cas autre chose que de la simple gentillesse envers une jeune patiente. Manifestement, il était déjà tombé sous le charme de Quinn. Et à en juger par le sourire de sa fille, le coup de foudre était réciproque. Et au moment où il se tourna vers elle, Mel se rendit compte que leur petite conversation avait fait l'impasse sur sa vie à lui. Etait-il marié ? Divorcé ? Il n'y avait pas d'alliance à son doigt, mais cela ne voulait rien dire.

— En fait, dit-il, si la plaie ne se trouvait pas à cet endroit, nous pourrions nous contenter d'un pansement. Mais une main est toujours plus longue à cicatriser. Je vais donc te faire deux ou trois points, mais ce ne sera qu'une broutille, dit-il avec un clin d'œil à Quinn.

Si seulement on pouvait recoudre aussi facilement les blessures de l'âme, les déchirures du cœur que les bords d'une plaie. Si seulement il suffisait de patience et d'habileté pour réparer le mal qui avait été commis.

Tout en retirant ses gants, Ryder regardait sa nièce. Vaccinée et bandée, Quinn, visiblement en pleine forme, sauta au bas du comptoir pour aller examiner la vieille télé du salon, non sans l'avoir au préalable embrassé sur les deux joues. Le geste lui alla droit au cœur.

— Elle est toujours aussi câline ? demanda-t-il en suivant la fillette des yeux.

— Cela dépend, répondit Mel. Encore faut-il qu'elle ait confiance. Mais il semblerait que tu aies réussi l'examen.

Il posa alors les yeux sur elle, la regardant suffisamment longtemps pour la faire rougir, puis il se dirigea vers la porte de derrière et son vilain clou.

— J'en suis honoré. C'est une enfant adorable, dit-il en ouvrant la porte sur le froid glacial et humide. Tu aurais une pince pour que je puisse arracher ce clou ?

— Sans doute…

Il observa Mel qui ouvrait les placards et fouillait dans les tiroirs. La culpabilité le submergea de nouveau, lorsque son regard s'attarda sur les courbes de son corps, ses fesses sous le jean, la rondeur de ses seins sous le sweat…

— Désolée pour le désordre, dit-elle en continuant de s'affairer.

— Pas de problème, répondit-il en promenant son regard sur les montagnes de détritus. Tu n'en es pas responsable.

— Non, c'est exact. Tiens, voilà ! s'exclama-t-elle en brandissant un marteau au moins centenaire.

— Ça devrait aller, dit Ryder en s'emparant de l'outil avant d'extraire le clou rouillé du battant de la porte. Une question, ajouta-t-il. Puis-je savoir pourquoi le chauffage est éteint ?

— Le thermostat ne fonctionne pas.

— Où se trouve-t-il ?

— Dans la salle à manger, mais…

— Je reviens.

En regagnant la cuisine quelques minutes plus tard, il

savoura le regard interloqué de Mel quand elle entendit le chauffage se déclencher.

— Comment as-tu fait ?

— Le thermostat n'a rien, répondit-il en ouvrant les portes d'un placard dans lequel se trouvaient une bonne dizaine de bocaux remplis de différents thés. Le problème venait de la veilleuse de la chaudière. Mais c'est réparé, maintenant.

Il n'était pas revenu dans cette maison depuis une éternité, mais ces assortiments de thé, il s'en souvenait parfaitement. Il attrapa deux sachets dans le pot marqué Earl Grey et se tourna vers Mel.

— Une bouilloire ?

— Je doute que ce thé soit encore bon…

— Nous verrons bien, répondit-il en riant.

Manifestement à contrecœur, Mel attrapa une bouilloire sur une étagère qu'elle rinça et rinça encore, avant de la remplir d'eau et de la poser sur le feu.

— Tu es descendue au sous-sol ? demanda-t-il encore.

— Oui, mais c'est encore pire qu'autrefois, répondit-elle en soupirant. Tu ne devrais pas rentrer chez toi, à présent ?

Rentrer où ? Dans cette maison vide et froide ? Seul ?

— Dès que tu m'auras offert une tasse de thé en remerciement de mon intervention qui a sauvé la vie de ta fille. Je suis transi…

— Hé ! lança April, sur le pas de la porte, une écharpe autour du cou. Puisque le chauffage marche, ta fille et moi avons décidé d'aller acheter un stock de crème glacée pour nous remettre de nos émotions. Des requêtes particulières ?

— Avec pépites de chocolat, pour moi, répondit-il,

ce qui lui valut aussitôt un regard furibond de la part de Mel.

— Tu ne dois pas rentrer ? demanda-t-elle, après avoir entendu la porte se refermer.

— Rien ne presse. J'attends ma glace, maintenant. Tu peux couper les radiateurs dans les pièces vides. Pour économiser le fuel…

— Toujours aussi tatillon, à ce que je vois.

— Toujours aussi butée, à ce que je vois.

— Touché !

Elle rit. C'était bon de se retrouver là avec elle, à se chamailler, comme avant, à simplement être ensemble. Il regarda la pièce autour de lui. C'était un vrai champ de bataille.

— Cette maison est dans un triste état, dit-il.

— Oui, c'est exact, répondit-elle, les yeux rivés sur la bouilloire.

— Cela ne va pas être facile de trouver des acheteurs.

— Un seul fera l'affaire, tu sais, répondit-elle. Pourquoi, tu es intéressé ?

— Non, pas du tout. Je voulais juste faire la conversation.

Un lourd silence s'ensuivit, puis elle se tourna vers lui, la bouilloire à la main.

— Merci de ce que tu as fait pour Quinn, chuchota-t-elle.

— Pas de problème, mais j'aimerais la revoir, d'ici un jour ou deux, histoire de m'assurer que le processus de cicatrisation suit son cours.

— Bien sûr, dit-elle en lui tendant une tasse de thé fumante. Je n'ai pas encore trouvé le sucre…

— C'est très bien comme ça, répondit-il. Assez maintenant, Mel. S'il te plaît, assieds-toi et parlons.

Relevant le menton, elle croisa les bras.

— De quoi veux-tu parler ?

— De football, bien sûr, à moins que… Non, j'ai une autre idée. Et si tu me parlais de Quinn ?

— Ryder, soupira-t-elle.

— Pourquoi as-tu décidé de la garder ? demanda-t-il avec le plus d'égards possible. Nous recevons de nombreuses mamans ados, à la clinique, je connais bien leurs difficultés.

— Vraiment ? ironisa-t-elle.

— Je pense, oui, dit-il, refusant de s'énerver. Alors, pourquoi ? Surtout en de telles circonstances.

Elle haussa doucement les épaules, et il nota une ébauche de sourire sur son visage.

— Ça a été la décision la plus difficile de ma vie. Et ça le restera probablement. En fait, je crois que je voulais qu'elle sache que l'un de ses deux parents au moins souhaitait sa venue au monde. C'est puéril, romantique, tout ce que tu veux et même totalement insensé, et, pour être honnête, j'ignore comment je me serais débrouillée sans ma mère. Mais bref, maintenant, Quinn est à moi, et je suis à elle et c'est comme ça.

Ryder hocha la tête en souriant.

— Elle ne ressemble pas du tout à Jeremy, j'ai l'impression.

— Elle a énormément de points communs avec sa mère, répondit-elle après un long moment.

— Romantique, puérile et insensée ?

— Disons plutôt entêtée, farouchement honnête et incapable de se taire quand il le faudrait…

Il éclata de rire, si bien qu'elle parut hésiter quelques

secondes avant de s'asseoir en face de lui, les yeux pleins d'étoiles.

— Elle est si intelligente, poursuivit-elle néanmoins. A quatre ans, elle a appris à lire toute seule. Je lui fais moi-même l'école, à la maison. Elle peut ainsi apprendre à son rythme. Elle adore les sciences, elle est même bien meilleure que moi en maths. Elle est en avance de presque deux années.

— Waouh !

— Comme tu dis. Sauf que je ne sais pas si je vais pouvoir continuer à m'occuper d'elle, vu son niveau.

— Peut-être qu'une école privée pourrait répondre à ses besoins ? Certains établissements proposent des cursus adaptés aux enfants précoces…

— Je sais, dit-elle en se levant pour retourner à l'évier. J'ai déjà contacté deux écoles à Baltimore, mais…

— Mais quoi ?

Elle secoua la tête.

— En dépit de notre amitié, répondit-elle en plongeant ses yeux dans les siens, j'ai toujours eu conscience que tu contrevenais aux règles. J'étais l'enfant de la bonne et toi… Enfin, tu comprends…

— Non, répondit-il en resserrant sa main autour de la tasse. Non, je ne comprends pas.

— Mais bien sûr que si, dit-elle avec lassitude. Même les enfants appartiennent à des classes sociales distinctes. Malgré tous tes efforts, je ne me suis jamais sentie sur un pied d'égalité avec toi. Et je me suis juré d'épargner à Quinn ce genre d'humiliation, qu'elle connaîtrait en fréquentant par exemple une école de riches, où des enfants lui feront forcément sentir sa différence.

Il laissa échapper un soupir.

— Les choses ont évolué, heureusement. Et ce type d'école accueille des enfants de toutes les catégories sociales. C'est vrai que ma mère peut parfois se montrer extrêmement snob, mais…

— Tu crois que je n'ai jamais entendu les réflexions de tes camarades à mon sujet et que j'ignore la véritable raison pour laquelle tu me demandais de disparaître, quand ils devaient te rendre visite ? Dès lors que notre amitié restait confidentielle, tout allait bien…

— Bon sang, Mel ! Tu avais cinq ans de moins que moi ! Aucun gamin de douze ans n'a envie d'avoir une fillette de sept ans dans les pattes quand il reçoit ses copains, voyons !

— Ce n'était que cela ? Tu es sûr ?

— Absolument ! Mais où veux-tu en venir, exactement ?

Elle fronça les sourcils, visiblement sceptique.

— L'un de tes amis, dont j'ai oublié le nom, est pourtant venu deux ou trois fois te rendre visite avec sa petite sœur. Et elle n'avait pas l'air bien plus grande que moi.

— Tu veux parler de la sœur de Robbie Baner. Sylvia ou Sarah, je ne sais plus.

Le silence qui s'ensuivit fut pesant, mais elle finit par reprendre :

— Un jour, elle m'a vue, cachée derrière la porte du couloir, et a aussitôt demandé à sa mère si elle pouvait jouer avec « la petite fille ». Ta mère a regardé dans ma direction, puis a murmuré quelque chose comme : « Ce n'est pas une bonne idée », avant de s'éloigner avec ses invités.

— Mon Dieu ! soupira-t-il en passant la main dans ses cheveux. Non, je n'ai aucun souvenir de tout ça.

En revanche, je me rappelle bien cette petite peste… Un vrai cauchemar. Tu peux t'estimer heureuse d'avoir échappé à sa compagnie.

— Là n'est pas le problème, répliqua-t-elle, glaciale.

— Je sais bien, Mel. Et si je veux être honnête, peut-être y a-t-il un fond de vérité dans tes remarques. Non que je donne raison à ma mère. Mais je suppose que je n'avais pas envie qu'elle vienne se mêler de notre amitié…

— Merci pour ta franchise, dit-elle.

— Je ne pourrais jamais te mentir, pas consciemment, en tout cas. Mais je t'en prie, il faut me croire, notre amitié était bien réelle, suffisamment réelle pour agacer ma chère maman.

— C'est bien la preuve de ce que j'avance.

— Ma mère est un anachronisme en jupons, si c'est cela que tu veux dire. Et tu as parfaitement raison, c'est une incorrigible snob, mais c'est avant tout une mère et… Tu ne vas pas aimer ma réflexion, mais toi-même, tu projettes bien d'une certaine façon tes problèmes sur ta fille, non ?

— Je suis sa mère et je projette sur elle ce qu'il me plaît. Et il en sera ainsi jusqu'à ce qu'elle soit en âge de prendre ses propres décisions et m'envoie promener. Ce qui ne devrait pas tarder, entre nous soit dit, même si cette perspective ne m'angoisse pas le moins du monde. Et avant que tu ne poses la question, oui, elle a des amis. Je ne l'ai pas élevée en vase clos. Nous faisons même partie d'un groupe de soutien scolaire à domicile. Rien que des gens bien, normaux, heureux d'appartenir à la classe moyenne.

— Et que se passera-t-il si Quinn intègre une école privée ultrachic ? Adieu la classe moyenne…

— C'est exact. Et ce sera alors à elle de gérer la situation, le moment venu.

— Afin de ne pas être contaminée, tu veux dire ?

— Oui, je suppose, répondit-elle avec un haussement d'épaules. Il est nettement plus facile de prétendre que les différences de classes n'existent pas lorsque l'on est tout en haut de l'échelle sociale.

— Mel, cela n'a aucun sens, voyons. Ne serait-ce que par rapport à tes grands-parents. Cette maison…

— Elle appartenait à la famille de mon grand-père, ce que j'ignorais il y a quelques années encore. Apparemment, Nana était vendeuse ou quelque chose comme ça, lorsqu'ils se sont mariés, bien après la disparition de ses parents à lui. Malheureusement, en tout cas du temps de Nana et dans cette ville, le mariage ne suffisait pas à faire oublier les racines d'une personne. Un paysan irlandais demeurait un paysan irlandais. Aussi, quand ma mère a épousé l'homme à tout faire de tes parents…

— Ta grand-mère a vu rouge.

— Tout à fait. Comme si le choix de ma mère la faisait régresser, elle, comme si ses efforts pour gommer ses propres origines sociales étaient réduits à néant par cette mésalliance. Que papa et maman se soient dit « oui » par amour importait peu. Je me demande pourquoi les gens prennent toujours tout de manière si personnelle ? Pourquoi ne peut-on simplement être heureux pour nos enfants, au lieu de se soucier des conséquences que leurs actes auront sur nous ?

A cet instant, il se prit à espérer. Peut-être pourrait-il l'aider et alléger le fardeau du ressentiment qui pesait sur ses épaules, même si elle avait raison, par certains côtés. Mais qu'y pouvait-il ? Et dire qu'ils étaient si proches, autrefois. Non, il voyait mal ce qu'il pouvait faire pour elle, à moins que…

Il se leva, referma sa mallette et enfila son manteau.

— Tu pars ?

— Pour l'instant, oui.

— Pas de glace, alors ?

— Une autre fois.

Elle le suivit tant bien que mal jusque dans l'entrée, mais le salon était aussi encombré qu'un vide-grenier. Une fois à la porte, ils échangèrent leurs numéros de portable.

— Combien te dois-je ? demanda soudain Mel. Pour la visite à domicile ?

— Je ferai comme si je n'avais rien entendu.

— Je refuse de…

— D'accord. Eh bien, disons que tu me dois un dîner…

— Je ferai comme si je n'avais rien entendu.

— A cause de Quinn ?

— Certainement pas, répliqua-t-elle, le menton fièrement relevé, avec ce même regard furibond qui avait autrefois le chic d'excéder Ryder.

— Mel, loin de moi l'idée de vouloir exclure Quinn. Dieu sait combien je hais tous ces secrets, car je sais qu'un jour ou l'autre, cela se paie. Mais je réalise aussi combien la situation est délicate, pour Quinn notamment. Aussi, je te promets que ce n'est pas de moi qu'elle apprendra la vérité. Et laisse-moi terminer, dit-il quand Mel fit mine de vouloir le remercier.

Il s'approcha et plongea ses yeux dans les siens.

— Toi et moi, nous étions amis autrefois, et tu es de retour. Il est grand temps d'ouvrir toutes ces portes secrètes, de donner un grand coup de pied dans la fourmilière de ces chuchotements et de ces hypocrisies, ne crois-tu pas ? Donc, je réitère mon offre : allons dîner, rien que toi et moi.

— Et si je refuse ?

— J'envisagerai alors de te kidnapper.

— Ta mère serait folle de rage.

— Ma mère est toujours folle de rage contre quelque chose, dit-il, ravi de constater que Mel riait de bon cœur, elle aussi.

— Je ne sais pas, Ryder, dit-elle en retrouvant son sérieux. Laisse-moi un peu de temps pour y réfléchir.

— Entendu.

Sur ces paroles, il aurait dû lui souhaiter bonne nuit et sortir de cette maison sans demander son reste. Mais il aurait fallu qu'il ait deux sous de jugeote. Au lieu de cela, il caressa sa joue et sentit sous ses doigts la texture délicate de sa peau si douce. En une fraction de seconde, ce fut comme s'il perdait pied. Il n'avait plus touché aucune femme, depuis Deanna. Il n'en avait pas envie. Mais ce soir, l'envie ou, plus précisément, le désir le prit par surprise, le laissant complètement désemparé.

De son côté, Mel réagit en écarquillant les yeux.

— Que fais-tu, Ryder ?

— Je pense à des choses auxquelles je n'ai pas le droit de penser, murmura-t-il, la gorge nouée, notant que Mel semblait aussi troublée que lui.

— Ryder…

— Je n'ai pas plus envie que toi de revivre le passé, dit-il d'une voix ferme. Mais qu'une chose soit claire : si je t'ai repoussée autrefois, ce n'était pas parce que j'étais riche. Je t'ai repoussée parce que j'étais stupide. C'est compris ?

— Oui, répondit-elle après une hésitation et, comme elle semblait ne rien vouloir ajouter, il ouvrit la porte et s'engouffra dans la nuit.

Il pressa le pas, sauta dans sa voiture et démarra sur les chapeaux de roues, avec l'impression d'avoir le diable aux trousses.

- 4 -

Quinn trouva bizarre que Ryder soit déjà parti lorsqu'elle rentra avec April. Ryder n'avait-il pas passé commande d'une glace avec pépites de chocolat ? Mais tout était déjà si bizarre, ici, l'atmosphère de la maison, le comportement des adultes, alors, un peu plus ou un peu moins, quelle différence !

Et sa mère n'échappait pas à la règle. Au début, Quinn était trop préoccupée par sa blessure pour y prêter attention, mais une fois achevés les soins prodigués par Ryder, elle avait bien remarqué l'émotion de sa mère. D'autant que sa main tailladée n'était pas si terrible que cela, comparée à la fois où, petite fille, elle avait eu deux doigts brisés par une fenêtre qui s'était violemment refermée sur ses doigts. Cette fois-là, oui, il y avait eu de quoi être bouleversé. Elle s'était presque vidée de son sang. Mais ce soir, c'était autre chose. Et cette autre chose portait un nom : Ryder. Pourtant, à les entendre, ils étaient amis.

Cela n'avait pas de sens. Cela dit, les adultes étaient comme ça : bizarres. Elle ne trouvait pas d'autre mot pour qualifier cette catégorie d'êtres humains.

Pas plus tard que la veille au soir, sa mère l'avait laissée se gaver de crème glacée, pendant qu'elles regardaient une cassette avec April, un vieux film rasoir. Les cassettes vidéo, c'était un truc qu'on était obligé de rembobiner, une fois fini. Et puis on l'avait envoyée se coucher plus tôt que d'habitude, tandis que sa mère et sa cousine restaient en bas pour discuter. Mais elle n'avait pas sommeil, parce qu'elle n'arrêtait pas de penser à sa maman, tellement bizarre depuis leur arrivée dans cette maison hantée. Bien entendu, ces histoires de fantômes, c'était pour les enfants, du chiqué, comme pour Halloween. Pourtant, elle se sentait nerveuse entre ces murs et incapable de se défaire d'une certaine appréhension. Elle avait l'impression que quelque chose était prêt à surgir.

Sauf qu'on n'était pas à Halloween et que la seule chose qu'il y avait d'effrayant dans cette maison, c'étaient la saleté et le désordre.

Au moins faisait-il beau aujourd'hui. Et sa mère lui avait promis une longue promenade sur le front de mer, une fois que son autre cousine, Blythe, serait arrivée de Washington. Comme sa main ne la faisait pas trop souffrir, elle sortit ses affaires de classe et fit quelques exercices, puis elle se mit au piano du salon, mais renonça rapidement : l'instrument était complètement désaccordé. Elle errait donc depuis un moment dans la maison quand elle finit par pénétrer dans l'une des chambres de l'étage. La poussière la faisait éternuer sans relâche. Quelle drôle d'odeur ! Elle lui rappelait celle qui régnait dans l'appartement de Mme Davis, sa baby-sitter, qui ouvrait rarement ses fenêtres.

En bas, elle pouvait entendre sa mère et April qui n'en finissaient pas de parler. Sans qu'elle puisse rien y faire, une crampe lui tordit l'estomac. C'était le genre de douleurs qui la tenaillaient lorsqu'elle entendait sa mère et Lance discuter dans le salon, juste avant leur rupture, avec des mots aussi tranchants que le plus affûté des couteaux.

Elle ferma les yeux, imaginant sa grand-mère, entendant presque les battements de son cœur, quand elle la serrait entre ses bras. Mamie avait l'habitude d'affirmer que trop penser au passé, surtout aux souvenirs douloureux, vous empêchait de voir le bonheur qui était sous votre nez.

Elle entendit soudain le rire d'April. April était cool. Quand elles étaient sorties acheter les glaces, hier soir, elles avaient eu une vraie discussion. April s'inquiétait de ce que Quinn ressentait. De son côté, elle savait que le mari d'April était décédé, sa mère le lui avait dit. Quinn avait alors pensé avec tristesse à sa grand-mère, elle aussi disparue. Triste, elle l'avait également été un certain temps, à propos de Lance, mais ça allait bien mieux, aujourd'hui, parce que, à bien y réfléchir, elle n'avait jamais aimé son sourire qui était un sourire hypocrite. Cet homme devait cacher des choses.

Le sourire de Ryder, en revanche… Elle s'était tout de suite sentie en confiance, avec lui.

Mon Dieu, toutes ces saletés amassées par sa grand-mère, c'était invraisemblable. Sa mère l'avait mise en garde contre les araignées, mais elle adorait les araignées. Certes, la prudence s'imposait cependant en présence d'une veuve noire, mais, à part ça, la maison était vraiment cool. Surtout avec l'océan tout près.

Elle s'avança jusqu'à la fenêtre poussiéreuse de la chambre obscure et regarda l'immensité du ciel, avec la sensation d'échapper à son corps, d'avoir des ailes et… Elle aperçut à cet instant un garçon d'à peu près son âge, difficile à dire de cette hauteur. Il marchait seul au bord de l'eau, avec un gros chien noir batifolant autour de lui.

— C'est sûrement Blythe ! entendit-elle alors sa mère crier.

Quinn s'avança sur la pointe des pieds, mais le plancher craquait affreusement sous ses pas. Elle descendit deux marches et s'assit de manière à voir l'entrée à travers la rampe, regrettant de n'avoir ni chat ni chien pour lui tenir compagnie, le temps que la vie reprenne son cours normal. Mais qu'est-ce que cela signifiait, au fond ?

— Mon Dieu, se lamenta Blythe Broussard avec effarement. Quel chantier !

— Et ce chantier comme tu dis est à nous. Une vraie chance, tu ne trouves pas ? marmonna Mel alors que sa cousine faisait les cent pas dans le salon.

Blythe était toujours aussi longiligne, toujours aussi distinguée, avec de multiples bracelets cliquetant sur son cardigan cintré. Elle avait des cheveux blonds coupés ras, mais avec raffinement.

— Chance n'est pas vraiment le mot qui me serait spontanément venu à l'esprit, répondit Blythe. En fait, je n'arrive toujours pas à savoir si elle nous détestait plus ou moins que nos mères.

— Non, non, dit April qui pénétrait dans le salon, tenant un plateau en bambou avec tasses et biscuits. Détester est peut-être un peu excessif…

Entre le glamour de Blythe et le style coloré d'April, Mel se sentit soudain un peu mal à l'aise dans son jean, son sweat à capuche et ses sandales toutes simples. Ses cousines étaient ravissantes et résolument féminines, mais Ryder n'avait pas semblé choqué par son allure, hier. Aussitôt, le souvenir de l'éclat de ses yeux, de l'intensité de sa voix et de la douceur de sa main sur sa joue s'imposa à son esprit. Elle avait senti son corps fondre à son contact.

— Je ne crois pas exagérer, répondit Blythe en se laissant tomber dans l'un des fauteuils.

Mel n'avait effectivement jamais été proche de ses tantes, car leur grand-mère s'était débrouillée pour rompre tout contact avec les mères d'April et de Blythe, pour des raisons diverses et variées.

Mais ses pensées revinrent obstinément à Ryder. Il ne semblait pas marié, puisque… Mais cela ne prouvait rien. Elle devait en avoir la preuve, savoir exactement de quoi il retournait avant le dîner qu'il lui avait extorqué.

— Au moins, nous sommes au bord de l'océan, dit April. Et le soleil brille…

— Mesdames, je crois que le problème n'est pas la météo, dit Mel en claquant la porte sur ses rêveries importunes.

Une extrême lassitude s'était emparée d'elle quand elle avait vu, à la lumière du jour, l'étendue des dégâts.

Puis elle regarda April, toute guillerette, toujours pimpante avec son bandeau dans les cheveux, qui déposait les tasses sur la table basse. Elle était toujours aussi douce et attentionnée. Même enfant, sa cousine mettait un point d'honneur à sourire en toutes occasions, déployant des trésors d'ingéniosité pour s'habiller avec élégance. Mais son sourire d'aujourd'hui échouait à masquer la tristesse de son regard.

En dépit de leur longue conversation, la nuit dernière, durant laquelle April l'avait poussée à se confier sur l'échec de sa relation avec Lance, sa cousine, elle, était restée nettement plus secrète quant à son mariage, sauf pour dire combien son mari lui manquait. Mais après tout, si April tenait à conserver certaines informations secrètes, de quel droit la forcerait-elle à parler ?

— Où as-tu donc déniché ces viennoiseries ?

— Je suis allée les acheter à la nouvelle boulangerie, dans la rue principale, pendant que vous dormiez. Alors, café ou thé, mesdames ? J'ai tout ce qu'il vous faut. Y compris du chocolat.

Blythe et Mel échangèrent un regard.

— N'est-elle pas une hôtesse incomparable ? demanda Mel.

April rit de bon cœur au compliment, tout en disposant les viennoiseries sur la table.

— J'aime tout simplement faire plaisir et me sentir utile. Bien, je vous écoute…

— Café pour moi, répondirent ses cousines à l'unisson, puis Mel se désolidarisa du chœur :

— Quinn, le petit déjeuner est servi !

Blythe se tourna aussitôt vers elle.

— Qui est Quinn ?

— La fille de Mel, répondit April avant de repartir en cuisine. C'est une enfant adorable.

— Ne l'écoute pas, protesta Mel tout en prenant une brioche. Quinn est adorable, oui, mais à ses heures perdues. N'est-ce pas, ma chérie ? demanda-t-elle à sa fille, qui apparut sur le seuil de la cuisine.

L'intéressée vint aussitôt serrer la main de Blythe, puis attrapa un pain aux raisins et repartit aussi vite qu'elle était venue.

— Que fais-tu donc, là-haut ? lança sa mère.

— Rien. Je visite…

— Tu ne veux pas une tasse de chocolat chaud ?

— Non, merci.

Mel se tourna vers Blythe.

— Adorable ? Elle n'en fait qu'à sa tête, oui.

Sa cousine rit doucement.

— J'ignorais que tu avais eu un enfant, dit-elle.

Etant leur aînée d'un an, Blythe les avait toujours maternées, April et elle. A l'excès même, exigeant de ses cousines qu'elles lui confient tout, dans le but officiel de les préserver.

— C'est vrai, bafouilla Mel en mordant dans sa brioche. April n'en savait rien, elle non plus.

— Et pourquoi m'as-tu caché ça ?

Elle se sentit rougir.

— Eh bien, on ne s'était pas parlé depuis deux ans, peut-être. Je n'allais pas resurgir comme ça, avec cette nouvelle. Hmm, ces brioches sont vraiment délicieuses, dit-elle pour changer de sujet. Mais les miennes encore meilleures.

Cette tentative s'avéra un échec, car Blythe était apparemment restée Blythe.

— Il y a un mari ? demanda-t-elle.

— Non, répondit-elle, en manquant de s'étouffer avec sa brioche, tandis qu'April réapparaissait avec le café. Et toi ?

— Si j'ai des enfants ? s'exclama Blythe dans un éclat de rire. Non, et c'est tant mieux, vu l'échec de mon mariage. Ç'a été une expérience lamentable.

— Oh ! ma chérie ! compatit April avant de s'asseoir avec elles. Comme c'est triste !

— Pas vraiment, non, répondit Blythe. Bien, ajouta-t-elle avec détermination, pour bien leur faire entendre que le sujet était clos, qu'allons-nous faire de cette maison ?

— Il semblerait qu'April n'approuve pas mon idée, dit Mel. J'avais l'intention d'asperger le tout d'essence et de craquer une allumette. Je suggère donc de la vendre, et le plus rapidement possible. Mais je suppose qu'auparavant, un grand coup de ménage s'impose.

— Et si on louait un bulldozer ?

— Je ne pense pas qu'un tel engin puisse franchir la porte-fenêtre…

— Ecoutez, les filles, je suggère qu'avant de faire le vide, nous fassions le tri, suggéra April. Il ne faudrait pas jeter quelque chose d'important.

— Si tu y tiens ! soupira Blythe en faisant virevolter ses boucles d'oreilles. Trier, je veux bien, mais je ne peux pas rester ici à demeure. J'ai des clients qui m'attendent. Je viendrai vous prêter main-forte en fin d'après-midi et le soir. Qu'en pensez-vous ?

— C'est d'accord pour moi, répondit April. Mais…

— Par ailleurs, je sais que nous ne tirerons pas un prix très intéressant de la maison, vu son état, poursuivit Blythe. Quelques coups de peinture permettraient peut-être de faire illusion, vous me direz. Je connais un agent immobilier, dans le coin. Je lui demanderai de passer pour procéder à une évaluation.

— Et tu ne pourrais pas intervenir, de ton côté ? s'enquit Mel.

Blythe éclata une nouvelle fois de rire, raillant sa naïveté.

— Je suis décoratrice, pas Dieu, même si certains de mes clients semblent le penser, répondit-elle avant d'avaler une gorgée de café.

— En fait, dit April, tout en promenant ses jolis yeux effarouchés de l'une à l'autre. Je me demandais si nous ne pourrions pas réfléchir à d'autres idées que la vente…

Blythe échangea un bref regard avec Mel.

— Quel genre d'idées ?

— Eh bien, nous pourrions par exemple créer une auberge ou une maison d'hôtes ?

Mel avala son café de travers tandis que Blythe s'esclaffait.

— Désolée, mais ne compte pas sur moi. Je n'ai pas l'intention de sacrifier ma vie, ni ma carrière, pour gérer une maison d'hôtes, où que ce soit et avec qui que ce soit. Même avec toi. Je ne suis pas non plus aubergiste. Fin de la discussion.

April se tourna alors vers Mel, qui secoua la tête avec véhémence.

— Ne me regarde pas comme ça, dit-elle, la gorge encore en feu à cause du café. Je préférerais qu'on m'arrache les ongles plutôt que de m'installer ici.

— Mais pourquoi donc, mon Dieu ? gémit April, avant d'ajouter, avec fermeté : A la limite, je peux comprendre que Blythe ne soit pas disposée à changer de vie, mais toi… Tu as dit que tu avais perdu ton emploi.

— Tu as perdu ton job ? Oh ! ma chérie !…

Voilà pourquoi elle évitait en règle générale de se confier sur ses problèmes. Cela finissait toujours par lui retomber dessus.

— Dans une auberge, il faut quelqu'un en cuisine, poursuivait April. Cela ne risque pas d'être moi, c'est à peine si je sais faire des toasts. Et puis, si tu avais goûté ses petits légumes, hier soir, ajouta-t-elle en se tournant vers Blythe, c'était un vrai délice…

— Assez ! s'exclama Mel. D'abord, ce n'était que quelques légumes sautés, je n'avais même pas préparé de sauce. Deuxièmement, je suis désolée, mais vivre ici, je ne l'envisage même pas. Il y a trop…, voulut-elle expliquer, avant de se raviser pour ne pas avancer en territoire miné. De toute façon, Blythe n'est pas intéressée. Nous n'avons pas le choix. Il faut vendre et lui donner la part qui lui revient. Et par-dessus le marché, je n'ai pas un sou d'économie et…

— Mais ce n'est pas un problème, répliqua April avec calme. Parce que si tu es vraiment sûre de ne pas vouloir t'engager dans ce projet avec moi, je peux très bien vous racheter votre part à toutes les deux. Et il me restera encore bien assez d'argent pour entreprendre toutes les rénovations nécessaires

Elle les regarda, l'une après l'autre, et rougit en constatant la mine ahurie qu'elles devaient avoir.

— D'après mon notaire, conclut-elle, je suis riche désormais.

Tout en préparant une salade niçoise avec ce qu'elle avait sous la main, Mel n'en finissait pas de repenser à ce qu'il fallait bien appeler le scoop de l'année. Sa cousine leur avait déclaré tout de go qu'investir une somme à six chiffres dans la rénovation de la maison ne lui posait aucun problème.

Elle savait bien sûr que Clayton, le mari d'April, était un homme riche, héritier d'une entreprise familiale que sa mère et lui avaient revendue quelques années plus tôt. Pourtant, sa cousine elle-même n'imaginait apparemment pas que son défunt époux lui avait légué une véritable fortune.

April en était visiblement encore toute retournée, et ne pouvait ou ne voulait pas s'étendre sur le sujet, probablement parce que la douleur du deuil restait encore vive. Enfant, elle nourrissait déjà l'espoir de vivre dans cette maison un jour. Or elle avait aujourd'hui les moyens d'exaucer son rêve.

— Qu'est-ce que tu fais ? demanda Quinn en déboulant dans la cuisine pour se laisser choir sur une chaise.

Mel sentit son cœur se serrer face à l'éclat de ses grands yeux bleus et de son sourire ingénu.

A se retrouver ici avec ses cousines, à ressusciter cette amitié qui avait fait de leurs étés des moments si précieux, elle se rendait compte combien ce secret les avait isolées, sa fille et elle.

— Salade niçoise, répondit-elle, submergée par la colère. Tu as faim ?

— Pire que ça, répondit Quinn en piquant une pointe d'asperge sur la planche à découper.

Mel avait mis un point d'honneur à éduquer sa fille avec une alimentation saine et équilibrée.

— Dis, maman, lui demanda sa fille tout à trac. Ça va toi ?

— Comment ? Oh ! mais oui, voyons, très bien, bredouilla-t-elle. C'est juste que je n'ai pas très bien dormi, la nuit dernière…

Je n'ai même pas du tout dormi, merci, Ryder !

— Moi non plus, je n'ai pas très bien dormi, dit Quinn. Le silence était tellement fort que j'entendais mon cœur… Et alors, quoi de neuf ? demanda-t-elle en croquant cette fois une feuille de salade. Blythe va décorer la maison ou pas ?

Même si elles demeuraient toutes deux inflexibles, avec Blythe, et refusaient de s'engager dans le projet, il fallait s'attendre à ce que Blythe fasse quand même bénéficier la maison de ses talents de décoratrice, même si elle n'était pas prête à faire cadeau de ses interventions et encore moins à négliger sa clientèle. Elle n'avait visiblement pas la moindre intention de mettre ses affaires en péril pour superviser les travaux de reconversion de cette vieille maison. D'après les estimations d'April, ces travaux devraient être terminés avant Noël, pour la fête de St Mary's qui, chaque année, attirait des centaines de touristes en ville.

— April souhaite garder la maison et va nous acheter notre part, à Blythe et à moi. Et Blythe va aussi s'occuper de la déco.

— Alors, on pourra revenir, de temps en temps ?

Elle retint son souffle. L'angoisse le disputait à présent à la colère.

— Je ne sais pas, mon bébé.

— Mais pourquoi ? demanda Quinn, les yeux écarquillés. April ne veut pas de nous ?

— Mais bien sûr que si, voyons. Là n'est pas le problème.

— C'est Ryder, alors ?

Tout en lui démontrant l'absurdité de cette situation, la supposition de sa fille fut malgré tout un immense soulagement pour elle.

— Pardon ?

— Tu as dit que vous étiez amis dans votre enfance. Alors, pourquoi tu te comportes de façon si étrange avec lui ?

— Je ne me…

— Maman, soupira Quinn, je ne suis pas aveugle ! Même si je ne comprends pas tout à fait ce que je vois.

— Ce que les enfants sont perspicaces, de nos jours, se lamenta-t-elle en levant les yeux au ciel.

— Est-ce que ça veut dire que j'ai raison ? Le problème, ce n'est pas que nous ne pourrons pas revenir, mais que tu ne le veux pas. A cause de Ryder.

Elle secoua la tête et posa son couteau.

— C'est compliqué, vois-tu.

— Est-ce que c'est lui, mon père ?

Mel rit, mais son rire sonna plutôt comme une plainte. Tournant le dos à sa fille, elle se réfugia devant le réfrigérateur.

— Non, mon trésor. Ce n'est pas ton père.

— Tu le jures ?

— Sur ma vie.

— C'était ton petit ami, peut-être ?

Embarrassée, elle revint à la table avec deux poivrons, qu'elle entreprit aussitôt de découper.

— Non plus. Tu sais, Ryder a cinq ans de plus que moi. Il avait seize ans quand je n'en avais que onze, tu comprends.

— Oui.

— Voilà.

Par pitié, parlons d'autre chose à présent.

— Et comment vous êtes-vous rencontrés, tous les deux ?

Réprimant un soupir, elle saupoudra avec impatience la salade de dés de poivron, tout en cherchant ses mots. Comment expliquer cette histoire à une fillette de dix ans ? Elle secoua la tête, maudit sa grand-mère pour avoir eu la mauvaise idée de lui léguer cette maison. Elle aurait dû se montrer intraitable et exiger qu'on mette cette maudite bicoque en vente. Si elles s'en étaient débarrassées, avec ses cousines, elle aurait été privée de la possibilité d'y revenir. Entre Ryder qui semblait déterminé à renouer et Quinn qui était allée s'empaler sur ce clou rouillé, quelle serait la prochaine catastrophe ?

Elle déposa le saladier sur le comptoir — elle s'occuperait de l'assaisonnement au moment de passer à table —, puis s'assit face à sa fille. Cette enfant, elle s'était juré de la protéger jusqu'à son dernier souffle.

— Ton grand-père et ta grand-mère travaillaient pour les parents de Ryder. Mamie faisait le ménage et la cuisine, et papy était leur régisseur.

— C'est vrai ? s'exclama Quinn, visiblement désarçonnée.

— Tout ce qu'il y a de plus vrai. Nous vivions dans un joli pavillon, sur leur propriété. A ma naissance, Ryder a décrété qu'il serait mon ange gardien, une sorte de grand frère.

— Pourquoi ?

Parce que Ryder est comme ça.

— Cela, il faudrait le lui demander. Mais enfin, c'est surtout une façon de parler…

— Oui, bon, marmonna Quinn en piquant une tomate dans laquelle elle mordit avec gourmandise. Mais pourquoi avez-vous arrêté d'être amis ?

— La faute à la vie, ma chérie, tout simplement, répondit-elle en s'efforçant d'ignorer le fracas de son cœur. Nous avons grandi, il est parti à l'université, après le décès de mon père, puis mamie et moi, nous sommes allées vivre à Baltimore.

— C'était quand ?

— Avant ta naissance.

Quinn demeura silencieuse quelques instants, manifestement perdue dans ses réflexions.

— Et c'est tout ?

— C'est tout.

La fillette lui jeta un drôle de regard, puis haussa les épaules.

— Moi, je le trouve très gentil, dit-elle, partagée à

l'évidence entre le chagrin que lui avait valu la trahison de Lance et l'espoir de…

Elle décida de mettre un terme radical aux rêves de sa fille, avant qu'ils n'aillent trop loin.

— Il est médecin, ma chérie, c'est normal qu'il soit gentil.

— Ah bon ? Parce que tu te souviens du docteur, aux urgences, quand je me suis cassé le poignet ? Il était brutal, et malpoli et…

L'irruption de ses cousines à ce moment écarta le docteur Ryder Caldwell de la conversation. Mais elle comprit néanmoins au regard pénétrant de Quinn que ce n'était que partie remise.

- 5 -

Ryder sonna à la porte de la vieille maison, tentant de se convaincre qu'il s'agissait d'une visite motivée par le seul souci de vérifier le processus de cicatrisation de Quinn. Mais il avait parfaitement conscience de se raconter des mensonges. Si sa fille avait eu le moindre souci avec les points de suture, Mel l'aurait appelé. Son attitude était puérile. Il ferait mieux de tourner les talons et de s'éclipser sans demander son reste.

— Oh ! s'exclama l'élégante blonde qui lui ouvrit la porte, avant de le regarder avec un sourire narquois. Ryder ?

— Bon sang, Blythe !

Elle rit, puis l'invita à entrer, tellement raffinée dans son pull en cachemire et son pantalon de cuir. Elle appela Mel sans le quitter des yeux, tout en retirant quelques toiles d'araignée dans ses cheveux.

— Quel bonheur de passer la journée ici, dit-elle en riant. J'ai passé la journée en compagnie des araignées et des cafards. Tu n'imagines pas combien je me réjouis de te voir. Je commençais à me demander si cette ville n'était pas envahie par les fantômes…

Il sourit au compliment. St Mary's avait toujours été son port d'attache. Il aimait cette ville, il s'y sentait chez lui. C'était pour cela qu'il avait choisi de s'y établir pour exercer son métier. Mel apparut sur ces entrefaites et son visage s'empourpra aussitôt, en même temps que ses yeux s'illuminèrent. Troublé, il sut alors à quoi s'en tenir, à supposer que cela ait encore été nécessaire. Face à Mel, il ne se sentait décidément plus l'âme d'un grand frère.

Elle portait une queue-de-cheval, comme autrefois. Et, visiblement, elle était en plein ménage, mais elle était cependant tellement sexy !

— Salut, je viens prendre des nouvelles de Quinn, parvint-il à articuler, littéralement fasciné par la profondeur du décolleté de son cardigan rose. Est-ce qu'elle va bien ?

Un ange passa, puis deux, puis trois. Après ce qui lui sembla une éternité, Blythe toussota et se retira.

— Si vous voulez bien m'excuser, j'ai un rendez-vous galant avec les toilettes du haut, leur lança-t-elle en s'en allant.

Ils la suivirent des yeux, puis, après quelques secondes d'un silence gêné, Mel répondit à sa question, qu'il avait d'ailleurs complètement oubliée.

— Quinn va bien.

— C'est moi, le médecin, c'est à moi d'en juger, non ?

— Après dix années de pratique, j'ai la prétention d'avoir sur ma fille un diagnostic digne d'un prix Nobel de médecine, répliqua-t-elle en soupirant. Bon, d'accord, viens constater par toi-même. Si ça te dit, nous avons préparé des cookies.

Elle portait le jean à merveille, décidément. Un vrai pousse-au-crime. La gorge nouée, il se sermonna. Il devait prendre du recul avec les événements. Mel était de retour. Tous deux étaient adultes, désormais, et… Quel mal y avait-il à être attiré par elle ? Aucun, mais cette femme n'était pas n'importe quelle femme. C'était

Mel. Et le moment pour ce genre de choses était mal choisi, à peine meilleur qu'autrefois, parce qu'il ne se sentait pas prêt. Une chose était sûre, en tout cas, il n'était pas à l'aise avec le désir qu'elle lui inspirait et qui avait été la cause d'un désastre sans nom. Cela étant, malgré cela, et tout le reste, il ne pouvait en faire abstraction.

Ils pénétrèrent dans le salon. Il y avait des dizaines de bibelots partout, sur la console, la table, les chaises et les fauteuils.

— Alors ? dit-il. Pas trop débordée par l'ampleur de la tâche ?

— Pour l'instant, nous essayons juste de faire le tri entre ce qui ira à la décharge et ce qui restera entre ces murs.

— Restera ?

— Eh bien, en fait, répondit Mel avec une moue boudeuse, nous n'allons probablement pas vendre. Plus exactement, April refuse de se séparer de ces murs. Elle voudrait ouvrir une maison d'hôtes. Elle va donc nous racheter notre part, à Blythe et moi, et accueillir ici des touristes.

— Et cette idée te plaît ?

— Je n'ai pas le droit de m'y opposer, dit-elle après un moment. Et somme toute, au fond, je suis soulagée. Je n'aurais plus à me soucier de cette maison. Le problème sera ainsi définitivement réglé.

— Ryder ! lança Quinn, depuis la cuisine. Tu es venu voir comment allait ma main ?

En voyant sa jolie frimousse couverte de farine, il fut crucifié par une violente douleur. Cette enfant innocente ignorait qui il était et, plus grave, qui elle était elle-même.

— Exactement, mademoiselle, répondit-il sur un

ton faussement enjoué, en regardant avec envie sur le comptoir les cookies encore fumants. Et ce vieux four, il marche toujours ? s'enquit-il, perplexe.

— Plus ou moins, répondit Mel avec un soupir. Mon Dieu, j'ai l'impression d'avoir fait des cookies pour un régiment…

— Non ? Tu crois ? la taquina-t-il.

— C'est parce que chacune a sa façon de faire, dit Quinn avant de lever sa main bandée. Je n'ai même pas mal…

— Tant mieux, répondit-il en s'asseyant auprès de la fillette. Mais laisse-moi donc examiner ça.

— Je vous en prie, monsieur, dit Quinn, en lui présentant sa main dans un geste royal.

Pour la deuxième fois en moins d'une minute, il sentit comme un coup de couteau lui transpercer le cœur. Il regarda Mel à la dérobée, avec une détermination soudaine. Cela devait cesser ! Pour le bien de Mel et de sa fille, il devait mettre au plus vite un terme à ce subterfuge. Car non seulement cette situation était à l'évidence un vrai calvaire pour Mel, mais en plus, en laissant ainsi Quinn dans l'ignorance, on s'exposait à une réaction terrible dc sa part, lorsqu'elle découvrirait la vérité.

Car elle la découvrirait. Ces choses-là finissent toujours par remonter à la surface, un jour ou l'autre. Toujours.

Une minute plus tard, satisfait de son examen, il refit un pansement propre à Quinn.

— Ce n'est pas pour me jeter des fleurs, dit-il, mais je suis assez content de mon travail.

Le sourire de Quinn lui alla droit au cœur, bien plus qu'il ne l'aurait voulu.

— Moi aussi, répondit la fillette en sautant du

comptoir avec un regard de défi à sa mère. Puis-je emporter quelques cookies dans ma chambre ?

Mel lui en tendit une pleine assiette.

— Permission accordée.

Poussant un cri de joie, l'enfant sortit de la cuisine, un cookie déjà dans la bouche. A son tour, il attrapa un biscuit et mordit dedans avec gourmandise, tout en observant Mel qui s'affairait, rangeant divers ustensiles et rinçant à l'évier ébréché saladiers et couverts.

— Je ne partirai pas d'ici avant d'avoir une indigestion de cookies, plaisanta-t-il.

Mel lui fit face tout en s'essuyant les mains à un torchon délavé. Et soudain, il se retrouva projeté dans une autre cuisine, avec face à lui une autre femme qui se séchait les mains à l'identique et lui souriait elle aussi. Mon Dieu, comme la vie était simple, alors ! Pour lui, en tout cas.

— C'est la recette de ta mère ? demanda-t-il en prenant un deuxième cookie.

Il vit le chagrin assombrir son regard, puis elle hocha doucement la tête.

— Elle ne cuisinait plus qu'en de rares occasions après notre départ. Elle disait ne plus en avoir l'envie, en l'absence de papa. Alors, j'ai pris le relais. Et comme tu as pu le constater, je déteste les plats préparés, j'aime mettre la main à la pâte.

— J'avais remarqué, en effet, dit-il. Et tu n'utilises que des ingrédients naturels, je parie.

— Autant que possible, oui, répondit-elle. Bien. Je dois retourner à mon ménage, à présent. J'ai une foule de choses à classer. Blythe repart dès demain pour Washington et…

— Tu as besoin d'aide ?

— Ne te sens pas obli…

— Tu préfères passer le restant de tes jours à mettre de l'ordre dans cette maison ? Allez, au travail, décréta-t-il en ouvrant les portes du placard le plus proche.

— Honnêtement, Ryder, tu n'as rien de mieux à faire ?

Il posa une pile de bols en céramique dépareillés sur le comptoir, le cœur battant à la perspective d'aborder un sujet dont il doutait qu'elle soit prête à discuter.

— On est samedi, je te signale. Alors, oui, je suis libre comme l'air.

— Je n'en crois pas un mot.

— Et si, au lieu de rester là à discuter de mon emploi du temps, tu te mettais au travail ?

Il sentit son regard sur sa nuque tandis qu'il débarrassait le placard, avant que, soupirant, elle ne s'attaque au vaisselier dont elle tira toute une collection de verres hétéroclites.

— Bon sang, Mel, marmonna-t-il alors que le silence s'éternisait, tu vas me dire ce qui te chiffonne ou je dois le deviner ?

— Mais enfin, Ryder, que veux-tu, à la fin ? demanda-t-elle en se tournant vers lui, les sourcils froncés.

— De toi ?

— Si tu veux, commençons par là.

— Un dîner, murmura-t-il en souriant.

— Je n'ai pas encore décidé, voyons, dit-elle en levant les yeux au ciel.

— Alors, disons, regagner ta confiance ? A moins que ce ne soit trop demander.

Il se surprit lui-même de son aplomb, surtout en voyant Mel rougir et replonger dans le vaisselier.

— Cela risque d'être difficile, confia-t-elle. En

vérité, je ne sais même plus si je suis capable de faire confiance à qui que ce soit.

— Ne crois-tu pas…, dit-il, hésitant, tellement sa réponse lui avait laissé un goût amer. Ne crois-tu pas que chacun de nous a droit à une deuxième chance ?

— Pour quoi faire, une deuxième chance ? répliqua-t-elle. Je ne me fais plus aucune illusion, la vie ne fait que rarement des cadeaux et je refuse de vivre le même cauchemar.

— Et si le bonheur était au rendez-vous, cette fois ?

— Le bonheur ? Non, la vie est une guerre.

— Tu n'étais pas aussi amère, autrefois.

— Les gens changent.

— Pas comme ça, Mel, soupira-t-il.

— Est-ce que l'on m'a laissé le choix ? répliqua-t-elle en le fixant. Tu n'as pas la moindre idée de ce qu'ont été ces dix dernières années, Ryder, de ce qu'a été ma vie. D'accord, tout n'a pas été négatif, loin de là, grâce à Quinn qui a illuminé chacune de mes journées. Mais n'empêche, depuis longtemps, j'ai le sentiment d'être l'héroïne d'une mauvaise série noire. Un problème n'est pas plus tôt résolu qu'un autre se présente. Et tu sais quoi ? Par ma faute, uniquement par ma faute et… Oh ! mais laisse tomber. Excuse-moi, dit-elle en lui tournant le dos.

— Pour avoir déversé toute ta rancœur sur moi ?

Elle haussa les épaules et grimpa sur une chaise pour atteindre la dernière étagère du vaisselier.

— A quoi t'attendais-tu ?

— Je peux comprendre, d'autant que certaines personnes t'ont laissée tomber au moment où tu avais le plus besoin d'eux.

— Beurk, quelle horreur ! s'exclama-t-elle. Il y a le cadavre d'une blatte grosse comme ma main, juste là…

Elle descendit de son perchoir avec une moue dégoûtée, tenant entre le pouce et l'index l'insecte desséché dont elle s'empressa de jeter la carcasse dans la poubelle. Puis elle lui fit face et plongea ses yeux dans les siens. Il retint son souffle.

— Je voudrais savoir… Excuse mon scepticisme, mais tu tiens vraiment à te rapprocher de moi ?… demanda-t-elle en baissant la voix. Tu veux vraiment apprendre à connaître Quinn ?

— Je pourrais me vexer, Mel.

— Arrête, il t'en faut bien plus que ça, je le sais.

— Détrompe-toi. Et pour en revenir à ta question, oui, j'ai envie de nous donner une nouvelle chance, d'arranger les choses entre toi et moi. Oui, j'ai envie de connaître Quinn. Ce sont certes deux choses différentes, mais elles se rejoignent, au fond.

— Et si moi, je n'ai pas envie d'arranger les choses ? Je ne crois pas qu'il soit possible de ramener à la vie quelque chose qui s'est éteint, voilà plus de dix ans, et qui aurait fini par s'éteindre, de toute façon, ajouta-t-elle avant qu'il puisse protester.

— Qu'en sais-tu ? rétorqua-t-il.

— Eh bien quoi ? Tu aurais attendu que je grandisse ? Allons, Ryder, crois-tu sincèrement que tu aurais dit « non » à toutes les tentations, à la fac, rien que pour mes beaux yeux ?… Bien sûr que non ! s'exclama-t-elle en le voyant rougir et baisser les yeux. Et puis, après cette nuit-là, tu aurais pu chercher à me retrouver, mais tu n'en as jamais rien fait. Et pourquoi, Ryder, dis-moi ? Parce que ce chapitre-là de ton existence était clos. Tu avais tourné la page. Et après tout, c'est bien normal, non ? Tu as rencontré d'autres filles, d'autres femmes. Cela dit, quelque chose m'intrigue. Comme se fait-il que tu sois encore célibataire ?

— Pardon ?

— Tu as parfaitement entendu. A plus de trente ans.

Il hocha doucement la tête, réfléchissant à tout ce qu'elle venait de dire. Elle avait raison, bien sûr. Ils n'étaient que des enfants, à cette époque. Et il n'envisageait pas de rentrer à St Mary's, alors oui, il avait rompu le fil qui l'unissait à Mel. Ou plus exactement, il l'avait laissé s'effilocher, parce que, de toute façon, ça n'aurait pas marché. Quelque chose s'était brisé dans leur amitié. Quelque chose d'autre avait pris la place de l'amitié. Et ce quelque chose était impossible. Mais bon sang, même après tout ce temps, comme ça faisait mal !

Et voilà qu'aujourd'hui, ils étaient là tous les deux, face à face, modelés l'un et l'autre par l'existence et leurs expériences, y compris les plus douloureuses. Quel avenir avaient-ils devant eux ? Quel espoir avait-il de regagner sa confiance ?

— Tu as raison, il y a eu les… autres, murmura-t-il en délaissant le rangement du placard.

— Tu me rassures. Un instant, j'ai cru…

— En fait, j'ai été fiancé, dit-il, prenant une sorte de malin plaisir à surprendre Mel, alors même que cet aveu rouvrait en lui une plaie à peine cicatrisée.

Il te suffisait de ne pas le demander. Sous le choc, Mel vit quelque chose passer dans les yeux de Ryder, comme une tristesse infinie.

— Tu… as été ?

— Elle est décédée, répondit-il dans un murmure.

— Mon Dieu, Ryder, mais quand ?

— L'année dernière, un mois avant notre mariage, dans un accident de voiture, dit-il en esquissant un haussement d'épaules.

Elle lui avait déjà vu ce geste, autrefois, quand il voulait se faire passer pour un brave, alors qu'on lui avait fait du mal et qu'il voulait faire croire qu'il s'en fichait.

Mais là, mon Dieu ! Si elle lui avait dit sa façon de voir la vie et sa méfiance à l'égard d'autrui, si elle ne croyait plus en grand-chose aujourd'hui, cela ne signifiait pas pour autant qu'elle était indifférente ou insensible. Elle pouvait partager la douleur de quelqu'un d'autre, surtout celle de Ryder. Enfant, elle l'avait vu sanguinolent et contusionné de partout, après ses matches de foot, mais jamais il n'avait émis la moindre plainte. Et combien de fois aussi l'avait-elle entendu se rebeller contre sa mère sans même un tremblement dans la voix ? En revanche, côté cœur, il était le plus tendre et le plus romantique des garçons. Et là, devant elle, ce n'était plus la peine d'un ado, mais le visage d'un homme blessé, brisé par un chagrin manifestement encore vivace. Elle s'empressa de refouler ses larmes lorsqu'il lui lança son regard le plus noir.

— Surtout pas dc pitié, compris ? murmura-t-il.

Elle aurait aimé le prendre entre ses bras et le serrer très fort sur son cœur, mais, au lieu de cela, elle attrapa un carton et entreprit de le remplir de soucoupes et d'assiettes à dessert en état de servir.

— Il y a une chose que je ne m'explique pas, Ryder, chuchota-t-elle en évitant de le regarder. A l'évidence, tu souffres encore de cette perte et pourtant… Pourquoi me regardes-tu comme si…

Un long silence s'ensuivit, très inconfortable.

— Je te regarde comme un homme regarde une

femme, répondit-il enfin. Parce que tu es belle et que je ne suis pas mort, même si je n'avais plus ressenti ce genre de choses depuis longtemps.

Elle posa deux assiettes un peu trop rudement dans son carton, si bien qu'elle en cassa une au passage. Ce n'était pas une perte, de toute façon.

— Je vois, dit-elle à voix basse.

— J'en doute.

— Je sais comment agissent les hommes meurtris, reprit-elle. Je connais leur façon de quêter du réconfort.

— Je ne veux pas te paraître trop brusque, mais si c'était ce que je cherchais, je ne me tournerais pas vers toi, dit-il avec fermeté. Du réconfort, je pourrais en trouver ailleurs, figure-toi. Mais vois-tu, je n'ai eu aucune aventure, aucune liaison depuis…

Bras croisés, elle le regardait dans l'attente de la suite.

— Eh bien, oui, je te trouve séduisante, reprit-il. Diablement séduisante.

Elle leva les yeux au ciel et soupira.

— Où veux-tu en venir, Ryder ?

Il s'empara d'un beurrier dans le placard et l'examina un long moment, visiblement perdu dans ses pensées.

— Quand j'ai appris que tu étais de retour, répondit-il enfin, je ne savais pas à quoi m'attendre. J'ignorais comment je réagirais, en te revoyant. Et pour être honnête, je n'y vois pas encore tout à fait clair. Mais quand je parle de deuxième chance… Le fait de me retrouver face à toi me rappelle notre passé. Nous étions heureux, même si je sais aujourd'hui que ce n'était pas forcément le cas, pour toi.

Elle pouvait mentir. Elle avait une longue pratique du mensonge, sauf qu'elle était affreusement fatiguée du mensonge.

— Mais moi aussi, Ryder, je me rappelle avec plaisir notre enfance commune.

Il lui adressa un sourire empreint de tristesse.

— Je pensais que ça passerait. Je croyais qu'un jour viendrait où je ne penserais plus à toi et que tu cesserais de me manquer. Mais j'avais tort.

Mon Dieu, elle allait se mettre à pleurer ! Et c'était bien la dernière chose à faire.

— Eh bien, dis donc ! dit-elle après un trop long silence et sur un ton dont elle savait qu'il ne trompait personne. C'est sentimental, tout ça…

Mais Ryder se contenta de lui tendre la main.

— Viens ici, murmura-t-il.

Au lieu de s'enfuir de cette cuisine, comme l'aurait fait toute personne dotée d'un minimum de bon sens, elle s'avança vers lui et ne résista pas, lorsqu'il l'attira entre ses bras. Et contrairement à ce qu'elle aurait cru, elle n'éprouva rien d'étrange à cette étreinte. En fait, ce fut même plutôt réconfortant, ce qui, paradoxalement, était assez inquiétant.

— Toujours amis ? demanda Ryder avec douceur.

Elle soupira, sachant que malgré toutes ses protestations et toute sa détermination à faire comme si ce qu'ils avaient vécu enfants était mort et enterré, ça ne l'était pas. Pire, cela menaçait même d'éclipser ce qui avait été. Car il y avait tout à craindre, notamment les pires folies, de deux êtres au cœur brisé. Alors, elle s'arracha aux bras de Ryder qui prit sa main et chercha son regard.

— Ryder…

— J'ai tant de choses à réparer.

— Je ne t'ai rien deman…

— C'est inutile.

Elle retira sa main de la sienne et croisa les bras. Ses doigts fourmillaient de picotements, mais ce n'était pas l'unique partie concernée de son anatomie. Qu'elle le veuille ou non, il lui avait manqué, lui aussi, et aujourd'hui, le regard qu'elle posait sur lui était celui d'une femme. Ryder la faisait vibrer, et cela n'avait plus rien de commun avec ses premiers émois d'adolescente.

— Je te l'ai dit, chuchota-t-elle en luttant contre le désir. Le passé est le passé, ce qui s'est passé entre nous est oublié, pardonné, il n'y a rien à réparer.

— Et ce que ma famille t'a fait, tu l'as pardonné ?

— Je ne vois pas comment tu pourrais réparer cela, répondit-elle avec un rire sans joie.

— En tout cas, je peux essayer, dit-il en plongeant ses yeux dans les siens. Tu as besoin d'un ami, Mel. Chut ! ordonna-t-il quand elle fit mine de vouloir protester. Au moins pour Quinn, parce que ce n'est pas bon de garder tout ça en toi. Et je suis sûr que tu n'as pas envie que ta frustration et ton ressentiment déteignent sur ta fille.

— Jamais je ne ferais une chose pareille !

— Consciemment, je veux bien le croire, mais… Tu veux parier ?

Non, elle ne voulait pas parier. Qu'il aille au diable ! Mais il avait pourtant raison. Il lui arrivait en effet de s'énerver parfois contre sa fille, et ce, sans raison valable, tout simplement parce qu'elle n'en pouvait plus de ressasser le passé. Et combien de fois sa mère avait-elle fait les frais de cette colère ? En fait, Ryder avait été le seul à la comprendre, jusqu'à… Cette complicité et cette osmose entre eux lui avaient manqué à un point dont elle ne prenait conscience qu'aujourd'hui. Et c'était terrifiant.

— Tu sais quoi, Mel ? reprit-il. Moi aussi, j'ai besoin d'une amie.

— Même temporaire ? demanda-t-elle en le regardant.

— Je crois avoir fait des progrès pour recevoir ce qui m'est donné, déclara-t-il, avant de sourire. Je peux avoir un carton pour ces assiettes ou je dois les réduire en miettes ?

Quinn se rendait dans la buanderie quand elle avait surpris Ryder prenant la main de sa mère. N'osant plus bouger ni respirer, elle avait attendu. Puis des bribes de conversation lui étaient parvenues. Elle aurait dû s'éloigner sur la pointe des pieds, mais elle avait tendu l'oreille. On ne lui disait jamais rien ou, du moins, pas tout. A l'inverse, sa mère voulait tout savoir des secrets de Quinn, mais elle se refusait à toute réciprocité, sur le plan des confidences.

Alors, elle s'était plaquée contre le mur, à côté de la porte de la cuisine et, le cœur battant à tout rompre, elle avait écouté, sans comprendre vraiment tout ce qui se disait. De quoi parlait Ryder quand il évoquait ce que sa famille avait fait à sa mère ? Qu'avait donc celle-ci, qui pourrait déteindre sur elle ? Qu'est-ce que tout cela avait à voir avec elle ?

Lorsque l'on espionne une conversation, on n'est malheureusement, pas censé demander ensuite des éclaircissements. Puis Ryder et sa mère s'étaient remis à discuter de cartons et de ménage, aussi s'était-elle esquivée pour se ruer dans l'escalier, manquant de heurter April, les bras chargés de draps.

— Hé, où vas-tu donc si vite, fillette ? dit-elle en rangeant les draps dans un carton.

— Nulle part, répondit Quinn, tout en sentant ses joues s'embraser.

— Tout va bien, Quinn ?

Non, ça n'allait pas du tout. Elle se renfrogna.

— Si je te demande quelque chose, tu promets de ne rien dire à maman ?

Après une demi-seconde d'hésitation, April la prit par le bras et l'entraîna dans la chambre voisine, en lui faisant signe de s'asseoir dans un vieux fauteuil. Puis elle poussa la porte et s'assit à son tour sur le bord du lit.

— Je ne peux pas te promettre de ne rien dire à ta mère de ce dont tu veux me parler, dit alors April. C'est à toi de voir. Mais si tu as besoin d'un conseil, je t'écoute. D'accord ?

Quinn acquiesça d'un signe de tête et prit le temps de la réflexion, enfoncée dans ce fauteuil hideux. Elle connaissait à peine April, mais, en même temps, elle était perdue et éprouvait le besoin de se confier sur la conversation qu'elle avait surprise. Alors, elle prit sa décision.

— J'ai entendu maman et Ryder discuter, dans la cuisine. Je ne voulais pas écouter, je le jure, j'étais simplement venue chercher un verre de lait. La famille de Ryder… Je sais que mes grands-parents travaillaient pour eux, mais Ryder a dit quelque chose comme quoi il voulait réparer ce que ses parents avaient fait à maman. Tu sais de quoi il s'agit ?

April fronça les sourcils, puis secoua la tête.

— Non, ma chérie. je ne suis pas au courant, je t'en donne ma parole. Qu'a-t-il dit d'autre ?

— Rien de particulier. Pas à propos de ça, en tout cas. Mais je les ai vus aussi qui se tenaient la main.

— Qui ? Ta maman et Ryder ?

— Oui.

— Oh ! chuchota April en jouant avec ce petit collier en or qui ne quittait jamais son cou. Ils étaient très bons amis, tu sais, quand ils étaient enfants.

— Oui, maman me l'a dit. Mais j'ai eu l'impression que Ryder ne regardait pas maman comme une amie. Je veux dire, oui, ils parlaient de redevenir amis, mais… April, soupira-t-elle, quelque chose est en train de se passer, je le sais, quelque chose qu'on veut me cacher depuis très longtemps.

— Vraiment ?

— Je ne sais pas quoi, mais depuis que je suis petite, c'est comme…

Elle se tut et baissa les yeux, honteuse d'exprimer à haute voix une telle pensée.

— C'est comme si maman ne me disait pas la vérité.

Au bout de quelques secondes, April prit enfin la parole.

— Ma chérie ? Regarde-moi, ne pleure pas, dit-elle en prenant ses mains entre les siennes. Ta maman et moi, nous nous sommes perdues de vue depuis longtemps, si bien que je ne suis pas plus capable que toi d'expliquer ce que tout cela signifie. Cependant, je peux te dire une chose : ta mère t'aime de tout son cœur et elle préférerait mourir plutôt que de te faire du mal ou de te voir souffrir pour je ne sais quelle raison. Alors, si je peux te donner un conseil, mon trésor, c'est d'aller la trouver et de lui parler comme tu l'as fait avec moi. Inutile de mentionner ce que tu as entendu ou comment tu l'as entendu, contente-toi de lui expliquer comment les choses te paraissent confuses et que tu aimerais savoir ce qui se passe.

— Cela veut dire que toi aussi, tu penses que quelque chose est en train de se passer ?

— Je ne dirais pas cela, mais je sais… Il arrive à tout le monde d'entendre, un jour, ce qu'il ne devrait pas, alors ne te fais pas de reproches. Les gens qui surprennent une conversation ont trop souvent tendance à imaginer le pire. Ta maman serait folle d'inquiétude si elle savait combien tu es désemparée, en ce moment, après sa conversation avec Ryder.

— Il vaut mieux alors que je sois honnête avec elle, c'est ça ?

— Ça me paraît même la seule solution pour avoir les réponses à tes questions, en effet.

Quinn hocha la tête, à la fois soulagée et anxieuse, mais déterminée à éclaircir la situation.

Le dimanche soir, même si le salon et la salle à manger étaient pour l'instant les seules pièces de la maison à peu près rangées, Mel fut forcée de l'admettre : elles avaient fait du bon travail, malgré des manières de procéder très différentes. Mais, grâce au ciel, jusqu'ici, elles avaient évité les disputes.

Quoi qu'il en soit, elles n'étaient pas au bout de leur peine. La benne à ordures, en plein milieu de l'allée, débordait déjà d'un bric-à-brac infâme, dans lequel April elle-même n'avait pas trouvé son bonheur. Sa cousine cependant avait déjà mis de côté des objets et des meubles qui serviraient à décorer les chambres du bas, mais pas grand-chose, au bout du compte. Pour l'heure, on imaginait toujours mal une maison d'hôtes digne de ce nom entre ces murs. Tout était à faire, ce dont April paraissait pourtant se réjouir. Elle nageait même en pleine euphorie.

Trop fatiguée pour rentrer à Washington dans la soirée, Blythe avait remis son départ au lendemain matin. Ravie de cette opportunité, April l'avait aussitôt suppliée de lui dessiner un projet de réaménagement de la cuisine. Et ce fut dans la cuisine que Mel les retrouva toutes les deux, après avoir couché Quinn.

— Elle s'est endormie ? demanda April, une tasse de thé entre les mains.

Elle ressemblait à une petite fille avec sa queue-de-cheval et sa jupe plissée.

Elle aussi devait partir demain, dans la matinée. Elle projetait de faire un saut à Richmond, le temps de faire ses valises et de mettre la maison de Clayton en vente. Mais même si Mel ne se réjouissait pas à la perspective de se retrouver seule avec Quinn dans cette grande maison, elle avait promis de rester et de s'attaquer au rangement des chambres du haut ainsi que du grenier.

Elle laissa échapper un soupir. Certes, elle avait mal partout, mais ce rangement était le bienvenu, car elle était ainsi trop occupée pour penser à Ryder. Le soir, elle s'endormait, la tête à peine posée sur son oreiller.

— Elle a dix ans, tu sais, répondit-elle à April. Pas dix mois. Il y a longtemps que je ne lui lis plus d'histoires pour l'aider à s'endormir.

— C'est une petite fille adorable, répondit sa cousine, les yeux dans le vague.

Après un détour du côté des cookies, Mel rejoignit Blythe devant l'évier. Revêtue d'un T-shirt informe et d'un jean râpé, sa cousine bataillait avec les casseroles, tentant de leur redonner un peu d'éclat. Le regard de Blythe se porta soudain sur April, quand celle-ci referma la porte de la cuisine qui donnait sur le couloir, ainsi que celle qui ouvrait sur l'escalier. Mel écarquilla les yeux, avec un vague pressentiment.

— Que se passe-t-il ?

April soupira puis s'assit à la table, les yeux baissés sur son thé. Intriguée, Mel lui tendit l'assiette de cookies, mais sa cousine refusa d'un signe de tête.

— J'ai trop mangé, dit-elle. Ton rôti de porc aux navets était un vrai délice, Mel. Tu es vraiment une cuisinière hors pair. Si tu savais comme j'aimerais te convaincre de te lancer avec moi dans l'aventure.

Mel ne pouvait s'empêcher d'appréhender le moment où elle devrait se mettre en quête d'un nouvel emploi, dès son retour à Baltimore, car, au vu de la conjoncture, elle ne trouverait sans doute que des remplacements. Pourtant, elle répliqua :

— Pas question. Je suis convaincue que tu te débrouilleras très bien sans moi… Mais je suppose, reprit-elle sur un ton résolument alerte, que tu n'as pas fermé toutes les portes de la cuisine pour que personne ne t'entende louer les vertus de mon rôti aux petits navets.

April échangea un regard avec Blythe.

— Est-ce que Quinn t'a parlé ? chuchota-t-elle.

— Comment ça ? Tu sais bien que cette enfant est un vrai moulin à paroles !

Mais constatant un nouvel échange de regards entre ses cousines, elle commença à s'inquiéter.

Blythe posa sa casserole et s'avança vers le comptoir.

— Quinn est allée voir April, hier, pendant que Ryder était là.

— Je croyais l'avoir convaincue de venir te parler, confia April, mais…

Elle se tourna vers Blythe qui attrapa une chaise.

— Mais puisque visiblement elle n'en a rien fait… Tu ferais mieux de t'asseoir !

L'esprit confus, Mel regarda ses cousines.

— Mon Dieu, vous commencez à me faire peur. Que se passe-t-il ?

— C'est ce qu'aimerait bien savoir ta fille, répondit April. Crois-moi, je ne veux en aucun cas me mêler de tes affaires, mais Quinn est convaincue que tu lui caches quelque chose.

Cela faisait plus de quarante-huit heures qu'elles discutaient, ses cousines et elle, en évitant soigneusement le sujet du père de sa fille, en partie parce qu'elle craignait que ses cousines ne laissent échapper par inadvertance un mot devant Quinn. Et puis, tout simplement, elle n'avait pas envie de parler de ça.

Déjà, enfant, pour se protéger, elle préférait garder certaines choses pour elle. Peut-être s'agissait-il d'un réflexe lié au sentiment d'être toujours mise sur la touche ou jugée pour chacun de ses actes, même si ses cousines ne lui avaient jamais donné une seule raison de ne pas leur faire confiance. Mais aujourd'hui, elle n'avait pas plus de raison de croire qu'elles la jugeraient.

Elle finit par s'asseoir, cessant définitivement de résister quand April prit sa main dans les siennes. Elle repoussa l'assiette de cookies au milieu de la table et se lança.

— C'est une longue histoire. Vous aurez besoin de forces…

Une bonne vingtaine de cookies plus tard, il fallut raisonner Blythe qui voulait partir sur-le-champ pour New York afin d'aller dire ses quatre vérités à Jeremy.

Plus posée, comme à son habitude, April laissa échapper un soupir en regardant Mel avec tendresse.

— Quel gâchis, ma chérie !

— A qui le dis-tu, répondit-elle, un peu écœurée après tous les cookies pur beurre qu'elle avait ingurgités. Pourquoi ai-je accepté ce marché stupide ? Je l'ignore.

En voulant se servir un verre de lait, elle referma un peu trop énergiquement la porte du réfrigérateur qui émit un drôle de bruit, comme s'il rendait l'âme.

— Tu étais terrifiée, voilà tout, dit April. Tu pensais ne pas avoir le choix. Une chose est certaine, en tout cas : personne n'a le droit de te reprocher quoi que ce soit…

— Vraiment ? Et ma fille, que va-t-elle penser, lorsqu'elle apprendra ?

Blythe se leva et s'étira, mains sur les reins.

— Que tu es une super maman, voilà ce qu'elle pensera. Que veux-tu qu'elle se dise d'autre ? Elle s'en remettra, crois-moi.

— A condition que je l'y aide.

— Alors, tu dois lui dire la vérité.

— Ce que j'aimerais, c'est que ce maudit secret disparaisse comme par magie. Mais je sais que c'est impossible et la vérité est tellement… La vérité, c'est que la famille du père de mon enfant ne veut rien savoir d'elle. Et que dix années après, ils n'y semblent toujours pas disposés. A ce stade, honnêtement, je n'ai pas la moindre idée de ce qu'ils pensent, de la façon dont ils réagiraient si… Peut-être me traîneraient-ils devant les tribunaux, pour rupture de contrat, qui sait ? D'un autre côté, cela ne peut plus durer, j'en ai bien conscience. Pourtant…

Blythe lui massa doucement les épaules.

— Pourtant, tu ne veux pas risquer de voir Quinn prise entre deux feux.

— Exactement.

— Et Ryder. Il sait ?

— Aujourd'hui, oui. Mais uniquement parce que le décès de notre grand-mère m'a ramenée à St Mary's.

— Tu plaisantes ! s'exclama Blythe en se figeant derrière elle. Ses parents ne le lui ont jamais dit ?

— Non. Pas plus que Jeremy, d'ailleurs.

— Elle est peut-être là, la réponse, lui fit remarquer April.

— Que veux-tu dire ?

— Ryder savait lorsqu'il est venu ici, l'autre soir, après que Quinn s'est blessée ?

— Oui. Le notaire de Nana a manifestement raconté au père de Ryder que nous avions hérité de la maison. Et celui-ci a visiblement jugé préférable de prévenir Ryder, à propos de Quinn.

— Donc, le secret commence à sortir au grand jour.

— C'est indéniable, mais les choses ne sont pas plus simples pour autant. Quinn et Ryder ont fait connaissance, et elle l'adore déjà.

— Et lui l'adore tout autant, visiblement, renchérit April. J'ai la conviction qu'il ferait n'importe quoi pour t'aider. Laisse-le donc jouer les intermédiaires. Et puis, il semblerait qu'il n'y ait pas qu'avec Quinn qu'il souhaite se lier.

Blythe pouffa.

— Inutile de rire, Blythe Broussard, protesta April. De toute évidence, Ryder éprouve toujours quelque chose pour Mel.

— En réalité…, tenta-t-elle d'objecter.

— Et aujourd'hui que vous êtes adultes, reprit April

sans lui permettre d'en dire plus, vous pourriez tous les deux envisager…

— Non, tu ne comprends pas.

— Vous étiez si proches et si tendres l'un envers l'autre, lors de notre dernier été ici. Ce serait dans la continuité des choses, de tendres retrouvailles en quelque sorte.

Renonçant provisoirement à s'interposer pour rétablir la vérité, Mel se tourna vers Blythe.

— Cela se voyait donc tant que ça ?

Sa cousine éclata de rire.

— A la différence de ma chère cousine extralucide ici présente, je ne me rappelle pas que cela ait été aussi évident. Mais bref, l'idée de prendre Ryder comme médiateur, entre ses parents et toi, ne me paraît pas si absurde. Cela dit, si j'étais toi, je ne me lancerais pas là-dedans. On ne sait jamais, cela pourrait bien se retourner contre toi.

— Oh ! par pitié ! soupira April. Veux-tu bien arrêter avec ton éternel cynisme.

— Ohé, les filles, stop ! coupa Mel en déposant son verre vide sur le comptoir. April, je suis désolée, mais je pense que Blythe a raison. Cela ne peut pas marcher entre Ryder et moi. Même si sa fiancée n'avait pas été tuée, l'année dernière…

— Mon Dieu ! s'exclama April en manquant de s'étouffer. Dis-moi que ce n'est pas vrai.

— Malheureusement si. Et il souffre encore de cette perte. Par ailleurs, je ne me sens pas prête à me lancer comme ça dans une nouvelle relation, après le désastre que je viens de vivre.

— Et si tu étais l'espoir de Ryder, celle qui lui redonnerait goût à la vie ? suggéra April, les larmes aux yeux.

Blythe, de son côté, secouait la tête, visiblement exaspérée par l'incorrigible optimisme de sa cousine.

— Je t'en prie, April, supplia Mel, ce n'est pas possible. Je ne veux rien avoir affaire avec cette famille. Tu te rends compte de ce qu'ils nous ont fait, à Quinn et à moi ?

— Tu ne veux pas aider Ryder ? Mais c'est injuste !

— Zut, April, rien de tout cela n'est juste ! Bah, et puis personne d'autre que moi n'est mieux placée pour savoir comment gérer cette situation, car finalement, tout est ma faute. C'est moi et moi seule qui ai tout gâché, dès le départ. Et maintenant, excusez-moi, mais il est tard et je tombe de fatigue…

Elle s'apprêtait à sortir de la cuisine quand Blythe l'appela. Se retournant, elle découvrit ses cousines debout, côte à côte et bras croisés, manifestement déterminées à ne pas en rester là.

— Première chose, dit Blythe, si je t'entends une fois de plus t'accabler ainsi de reproches, je te gifle.

— Oui, renchérit April, et même si je n'aurais pas dit cela en ces termes, je pense que Blythe a raison.

— Merci, les filles, chuchota-t-elle, au bord des larmes.

— Je n'ai pas terminé, reprit Blythe. Quinn étant ta fille, c'est à toi en effet qu'appartient la décision. Mais, ma chérie, tu as aujourd'hui la chance de pouvoir résoudre enfin quelque chose qui de toute évidence ne cesse de te ronger depuis toutes ces années. Et selon moi, si tu quittes St Mary's sans rien faire, tu te le reprocheras, d'une façon ou d'une autre.

Elle voulut protester, dire quelque chose, mais aucun son ne sortit de sa bouche. Sa cousine avait raison. Onze ans plus tôt, elle était partie de St Mary's parce qu'elle n'avait pas eu le choix. Cette fois, le choix lui appartenait. Soit entretenir le mensonge, soit faire face à la vérité. Soit ignorer ses sentiments pour Ryder, soit les affronter.

— Appelle Ryder, ma chérie, dit Blythe avec douceur.

A son côté, April acquiesçait d'un hochement de tête.

- 6 -

Le lundi s'annonça comme l'une de ces journées radieuses où l'été fait de la résistance, poussant les gens à sortir de chez eux pour profiter du soleil. C'était aussitôt cette météo clémente qui avait incité le père de Ryder à inviter son fils à se joindre à lui pour déjeuner à la brasserie, à côté de la clinique. Il s'agissait d'un petit resto sympathique situé dans les locaux d'une ancienne taverne du XVIIIe siècle. Il flottait d'ailleurs sur St Mary's une aura particulière, chargée d'histoire. Et en cette période de l'année, la ville était plongée dans un calme délectable. Même les mouettes qui agaçaient tout le monde en été avaient pris le large.

Mais le soleil était chaud, le vent doux, aussi Ryder et David purent-ils dîner à l'extérieur, dans la cour du restaurant. Ryder ne se faisait pas d'illusions pour autant. Il était nerveux et réfractaire aux bienfaits de l'été indien.

— Quelle merveilleuse journée ! s'extasia son père en attaquant sa salade, les yeux baissés sur son assiette. On a du mal à imaginer que l'hiver est à notre porte.

— Tous les ans, c'est pareil, répondit Ryder.

Son père sourit et hocha doucement la tête.

— Alors ? reprit-il, en évitant toujours son regard. Tu as fait connaissance de l'enfant ?

Nous y voilà. Depuis que son père l'avait informé du

retour de Mel, le sujet avait été soigneusement évité. Or Ryder ne voulait pas aborder la question sans la permission de Mel. Et il ne savait comment s'y prendre pour l'obtenir, et ne savait pas plus comment la convaincre d'accepter de dîner avec lui.

— Oui, en fait, répondit-il en scrutant le visage de son père, apparemment fasciné par la vitrine d'un antiquaire juste à côté, elle s'est blessée, le soir de son arrivée, et avait besoin de points. Comme j'étais dans le coin…

Son père le regarda enfin dans les yeux.

— Donc, après nous avoir parlé, tu t'es rendu là-bas ?

— Qu'est-ce que tu croyais, papa ?

De nouveau, David regarda ailleurs.

— Comment est-elle ? demanda-t-il.

Ryder fut touché par la vulnérabilité de son père, visiblement ému de savoir sa petite-fille à moins d'un kilomètre.

— Elle ressemble à Jeremy, dit Ryder. Mais elle a l'intelligence et la finesse de Mel. C'est une gamine curieuse de tout, drôle, impertinente, aussi. Tu l'adorerais.

— J'en suis certain, répondit David en repoussant son assiette. Et Mel ? Comment va-t-elle ?

— Elle est en colère, dit simplement Ryder, la gorge serrée à la pensée de ce que sa famille lui avait fait subir. Elle sort d'une rupture difficile, ce qui n'améliore pas son humeur.

En fait, la fillette toujours souriante d'autrefois était devenue quelqu'un qu'il peinait à reconnaître. Sauf qu'il savait, du moins voulait-il le croire, que l'âme de cette fillette-là demeurait, enfouie sous les strates des déceptions et des désillusions.

— Je te le jure, ce n'était pas mon idée de…

— Je sais. Mais cela ne change rien. Le mal est fait. Et ce genre de souffrances ne se soigne pas à coup d'antibiotiques ou avec quelques points de suture. Bon sang, papa, qu'avez-vous fait, maman et toi ?

Une douleur fulgurante traversa le regard de son père. Perdu dans ses pensées, David versa deux sachets de sucre dans son thé glacé. Un vol d'hirondelles les survola à ce moment même.

— Je suppose que tu vas vouloir dire à Jeremy que tu l'as vue ? reprit-il à voix basse.

— Moi ou un autre, répondit-il. Il faudra bien que tout ça ressorte un jour, papa. Jeremy est adulte, à présent. Il faut l'espérer en tout cas. Lui et lui seul devra trouver le moyen de gérer la situation. Comme devra également le faire maman. Elle a déjà quelques exploits à son actif, mais là, j'avoue qu'elle s'est surpassée.

— Ce n'est pas comme si nous avions coupé complètement les ponts, protesta David en tapotant sa petite cuillère contre sa tasse. Nous avons subvenu aux besoins de l'enfant, pendant toutes ces années.

— Tu as acheté Mel ! Quant à verser une pension à cette enfant afin qu'elle ne meure pas de faim et ait un toit au-dessus de sa tête, c'était le minimum.

— Je veux la rencontrer, dit soudain son père, les larmes aux yeux.

En dépit du désarroi de David, Ryder refusa de se laisser attendrir. Son instinct protecteur avait resurgi et le portait à protéger aussi bien Mel que Quinn. Toutes deux étaient sa priorité. Et en ce qui concernait Mel par ailleurs, il ferait mieux de mettre ses hormones en sourdine. Cela étant, il était curieux de savoir jusqu'où allaient les regrets de son père.

— Tu voudrais la voir dans le dos de maman ?

— Si c'est nécessaire.

L'idée le tenta quelques instants, étant également un moyen d'infliger un camouflet à sa chère mère. Et il n'en doutait pas, son père et Quinn s'adoreraient. Cependant…

— Désolé, papa, mais la décision ne m'appartient pas. Je ne peux rien faire pour toi.

— Tu pourrais parler à Mel, essayer de voir si…

— Elle m'a déjà fait part de ses sentiments sur le sujet. Et si Quinn ne s'était pas blessée, elle ne m'aurait même pas autorisé, moi, à la voir.

— Ta mère et moi sommes les seuls responsables de…

— D'une situation que tu ne peux pas effacer comme ça, d'un coup de baguette magique, tout simplement parce que tu as changé d'avis.

Soulevant ses lunettes d'une main tremblante, son père se frotta les yeux.

— La sachant si près, c'est une véritable torture, Ryder, dit-il en s'efforçant de se reprendre. Nous avons commis une terrible erreur.

— Vraiment ?

David le fixa tout en hochant la tête.

— Jamais tu ne nous le pardonneras, n'est-ce pas ?

— Te pardonner quoi, papa ? répondit Ryder, en colère. Pour avoir fait ça à quelqu'un qui comptait tellement pour moi ? Pour avoir récompensé la loyauté de Maureen en traitant sa fille comme une vulgaire catin ? Pour avoir cautionné le comportement de Jeremy en le déchargeant de toute responsabilité ?

— Si je pouvais réparer le mal que nous avons fait, je n'hésiterais pas une seconde ! Je te l'ai dit, nous…

— Ça suffit, lâcha Ryder en se levant de table. Tu sais quoi ? Ce que moi je pense, que je veuille ou puisse te pardonner, franchement, c'est sans importance. Car il ne s'agit ni de toi ni de moi. Il s'agit de Quinn et de Mel, qui n'a pas la moindre idée de ce qu'elle doit répondre à sa fille, quand celle-ci l'interroge sur son père.

— Tu n'as qu'à dire à Mel de révéler la vérité à Quinn !

— J'ai une meilleure idée. Tu n'as qu'à aller le lui dire toi-même. Non, attends, allez-y tous les deux, maman et toi. En fait… J'ai une idée. Je vais passer un marché avec toi. Amène maman à reconnaître son erreur, et je me chargerai de parler à Mel.

Il avait enfin trouvé la lueur d'une solution qui jusque-là lui avait échappé. L'espoir illumina le regard de son père.

— Tu vas nous arranger un rendez-vous ?

— Pas si vite. On ne cautérise pas une blessure aussi profonde avec un simple « Désolé ». J'ignore quelle sera la réaction de Mel lorsque je lui parlerai de ton souhait de rencontrer ta petite-fille. Elle pourrait fort bien vous envoyer au diable, maman et toi. Et elle aurait entièrement raison.

— Mais enfin, Ryder, de quel côté es-tu ?

— Du côté de quelqu'un qui n'aurait jamais permis un tel mensonge, répliqua-t-il avant d'ajouter avec plus de douceur, face au désarroi de son père : Tu sais, papa, si je suis revenu à St Mary's, c'est par choix. Oui, j'ai choisi d'affronter le courroux de maman, quand, au lieu de devenir le spécialiste dont elle rêvait, j'ai préféré venir exercer ici, à tes côtés. Parce que je sentais que ce que tu faisais ici était important et parce que je t'admire. Tu es l'unique raison pour laquelle j'ai embrassé cette profession. Aussi, de ce point de vue, je serai toujours de ton côté. Mais ce que maman et toi, vous avez fait à Mel est méprisable. D'ailleurs, tu le reconnais.

Cependant, pour des raisons qui m'échappent, tu as toujours soutenu maman en tout et fait bloc avec elle, tandis que Mel, elle…

Il haussa les épaules.

— Tu as terminé ? demanda son père.

— Je crois, oui, répondit Ryder, retenant son souffle en entendant la sonnerie de son portable.

Un texto. De la part de Mel. Avait-elle décidé d'accepter de dîner avec lui ?

En dépit de sa résolution, la veille, Mel finit par se décider à envoyer un texto à Ryder et à accepter son invitation. Elle avait besoin de lui parler, mais dans un lieu où Quinn ne risquait pas de les entendre. Lorsqu'il renvoya à son tour un texto, lui proposant de la retrouver chez Emerson, le meilleur restaurant de fruits de mer de la ville, elle sourit, charmée par cette idée. Ce ne serait pas la première fois qu'ils se retrouveraient là.

Elle gara sa voiture à côté du petit 4x4 de Ryder et remonta la jetée en direction du restaurant sur pilotis. Emerson était une adresse réputée en ville, très fréquentée pendant la saison. Il s'agissait d'un endroit accueillant et sans prétention. On ne faisait pas de frais de toilette, pour aller dîner chez Emerson, l'ambiance y était simple et décontractée, comme l'était d'ailleurs sa tenue, ce soir. Jean et boots, et deux petites concessions seulement à la coquetterie avec un pull à col roulé rose mat et des boucles d'oreilles achetées dans l'une des boutiques de la ville. Elle avait ajouté une touche de mascara et un soupçon de rouge à lèvres, juste pour s'amuser.

Bien avant d'atteindre la porte du restaurant, ses narines furent titillées par des arômes de friture de poisson et de crabe farci. Ces odeurs réveillèrent aussitôt de vieux souvenirs. Elle entra dans la salle enfumée et aperçut tout de suite Ryder, près de la baie vitrée donnant sur la marina et l'océan. Elle se faufila entre les tables.

Il avait pris la pose de celui qui étudie la carte, alors qu'il devait la connaître par cœur, mais il jetait toutes les deux secondes un regard inquiet en direction de la porte. Mais… Ciel, ce sourire, lorsqu'il la vit ! Il manqua de la faire chavirer, littéralement.

Elle s'avançait vers lui, le pas mal assuré, quand Estelle Emerson qui, avec son époux Clarence, régalait la population de St Mary's depuis plus de trente ans, se précipita vers elle, les bras tendus.

— Dites-moi que je rêve ! s'exclama-t-elle. Quelle joie de te voir, mon petit ange ! Je revois encore tes parents venant ici avec toi encore nourrisson. J'ai appris, pour ta grand-mère, ma pauvre chérie. Je suis désolée. Mais je sais qu'elle a eu une longue vie. Tu es seule ?

— Oh ! euh, non. En fait, je…, dit-elle avant de désigner Ryder.

Il était d'ailleurs l'un des rares clients du restaurant, mais, à la différence de nombre de ses confrères, Estelle refusait néanmoins de fermer son établissement, même hors saison.

Après avoir jeté un coup d'œil à Ryder, Estelle reporta son attention sur elle. Savait-elle que tous deux étaient très proches, autrefois ? Difficile à dire. Toujours est-il qu'Estelle se pencha vers elle et chuchota à son oreille :

— Sois douce avec lui, ma chérie. Ce garçon a le cœur brisé.

— Tout ira bien, répondit-elle. Moi aussi, j'ai le cœur brisé…

Pour quelle raison fit-elle cette réflexion ? Elle n'en avait pas la moindre idée. L'accueil d'Estelle lui était allé droit au cœur, cela expliquait sans doute qu'elle se soit laissée aller à la confidence.

— Souviens-toi de ceci, ma petite chérie, reprit la vieille femme. On dit souvent que de l'adversité naît le bonheur.

— J'en prends bonne note, répondit-elle, tout sourires.

Comme Estelle l'abandonnait pour retourner à ses fourneaux, elle s'approcha de Ryder, rougissant lorsqu'il se leva à son approche, tout de noir vêtu, les yeux brillants, et lui avança une chaise.

— Tu es divine, dit-il en se rasseyant.

Laissant échapper un petit rire nerveux, elle retira la serviette en papier en forme de fleur, plantée dans son verre.

— Tu n'es pas obligé de faire cela… dit-elle.

— De faire quoi ?

— Tant de galanteries, toutes ces attentions, ce n'est pas un rendez-vous galant.

Il se renfrogna.

— Je n'ai même pas le droit de te faire un compliment ?

Se sentant rougir, elle s'empara de la carte pour se donner une contenance.

— C'est-à-dire que venant de toi, ça me fait tout drôle. Je ne m'y attendais pas, voilà tout.

— J'aurais dû te prévenir, c'est ça ?

— Non, mais je ne suis pas habituée aux compliments, vois-tu.

Mal à l'aise, elle eut un petit rire forcé avant de se plonger dans le menu.

— Aux compliments venant de moi ?

— Venant de n'importe qui.

Il avança la main et abaissa la carte derrière laquelle elle tentait de se cacher.

— Hé, je suis en train de lire !

— Tu es terriblement belle, dit Ryder, le regard noir. Tu l'as toujours été. C'est juste que je n'arrivais pas à te le dire, autrefois.

— Et aujourd'hui, tu le peux

— Tu as tout compris. Bien. Si nous commandions ? Qu'est-ce qui te ferait plaisir ?

Toi. Une fois de plus, elle sentit ses joues s'embraser. Cela devenait une mauvaise habitude. Estelle vint justement prendre leur commande à cet instant.

— Je vais goûter aux huîtres gratinées, puis une friture et enfin la salade de pommes de terre, dit Mel.

— Une laitue pour accompagner le tout ? suggéra Estelle.

— Bien sûr, avec l'assaisonnement maison.

— Bonjour le cholestérol ! commenta Ryder avec un sourire amusé dès qu'Estelle fut partie.

— Je préfère renoncer à quelques années de ma vie et mourir heureuse, plutôt que vivre cent ans en ayant mangé une nourriture insipide, répondit-elle. Cela dit, je suis fan de légumes.

— Sautés au beurre, j'imagine.

— N'est-ce pas ainsi qu'ils sont le meilleur ? protesta-t-elle et, quand il leva les yeux au ciel, elle lui tapota la main. Je prends soin de moi. Je fais de la gym, tu sais, ainsi que du jogging, du vélo. Et je ne te parle pas du ménage de la maison de ma grand-mère. Crois-moi, il n'y a pas mieux comme exercice. Bon, si nous en venions plutôt au fait, au lieu de tourner ainsi autour du pot.

— Ledit pot étant Quinn, je suppose ? Qui à cette heure doit se trouver sous la surveillance d'April ?

— Non, April est rentrée à Richmond. Mais les Harris vivent toujours à côté et leur petite-fille est à peu près du même âge que Quinn. Je la leur ai confiée… Donc, oui, Quinn, reprit-elle après une courte pause.

Quinn ne s'était toujours pas ouverte à elle de ses questions et de ses doutes. Elle lui avait pourtant tendu la perche à plusieurs reprises, tout en appréhendant cette conversation. Mais elle devrait l'avoir un jour ou l'autre avec sa fille. Cela étant, elle n'avait pas la moindre idée de ce qu'elle lui dirait, le moment venu. Une chose était sûre pourtant, le compte à rebours avait commencé.

Elle retint un soupir, puis de nouveau regarda Ryder, surprenant dans ses yeux cette compassion qui était déjà là, autrefois. Mais aujourd'hui, son âme était aussi hantée par le chagrin du deuil.

— Mes cousines ont fini par me convaincre de parler à Quinn. Que je le veuille ou non, je ne pourrai pas la protéger indéfiniment. Elle a fait part à April de ses interrogations. Elle pressent quelque chose, mais ne semble pas encore décidée à me demander des explications.

— Peut-être a-t-elle peur de ce qu'elle pourrait découvrir ?

— Je ne sais pas, mais elle a le droit de savoir qui est sa famille. Et il vaut sans doute mieux mettre les choses au clair avant sa puberté. Et… J'ai besoin de ton aide.

Ryder se pencha vers elle et prit ses mains entre les siennes.

— Tu peux compter sur moi, dit-il avec tendresse. Je dois d'ailleurs te dire que papa voudrait faire sa connaissance. Il m'a demandé d'arranger une rencontre.

— C'est vrai ?! s'exclama-t-elle, interloquée.

Il lâcha sa main et avala une gorgée d'eau avant de poursuivre :

— Ce n'est pas vraiment une surprise. Apparemment, il n'a jamais totalement adhéré à tout ça.

— Et que lui as-tu répondu ?

Ryder attendit pour répondre, parce qu'Estelle était arrivée pour les servir.

— Je lui ai répondu que cette décision t'appartenait à toi. Et qu'il ne fallait pas compter sur moi, à moins qu'il amène maman à reconnaître son erreur. Mais puisque tu évoques le sujet…

Elle croqua dans une crevette parfumée à la sauce cocktail, retrouvant d'un coup les saveurs de son enfance.

— Et tu penses sérieusement que ta mère sera capable de faire amende honorable ? dit-elle, sans cacher son scepticisme.

— Je n'ai pas eu l'occasion de lui parler, depuis la fameuse nuit, donc j'ignore ce qu'elle pense. Mais tout peut arriver.

— Y compris que ta mère reconnaisse ses torts ? Excuse-moi, mais j'en doute, répondit-elle en découpant un filet de dorade.

Sa propre façon d'accommoder le poisson faisait fureur, à Baltimore.

De son côté, Ryder avala un morceau de saumon, visiblement la tête ailleurs.

— Eh bien ? dit-il après quelques secondes. Que penses-tu d'une rencontre entre Quinn et mon père ?

— Ta mère serait au courant, ou pas ?

— Peu importe, selon moi, répondit-il. Ecoute, il n'y a pas mille façons de percer l'abcès. Et peut-être que si Quinn apprend à nous connaître, papa et moi, cela permettra de faire bouger les choses. Un petit peu, au moins.

Durant une bonne minute, elle resta les yeux rivés

sur son assiette. Elle avait pris sa décision, mais la perspective de faire le premier pas pour que les choses changent avait du mal à passer. Elle plongea les yeux dans ceux de Ryder.

— Tu comprends, nous formons bloc, elle et moi, et depuis très longtemps. C'est difficile pour moi, tu sais…

— Je comprends.

Elle inspira profondément, laissant échapper un rire sans joie.

— Je suis très partagée, Ryder. Bien sûr, je sais que je dois libérer ma conscience à propos de tout ça. Je sais que ce serait un immense soulagement. Mais pour être honnête, l'idée de partager Quinn m'angoisse…

Ryder hocha doucement la tête.

— Tu ne vas pas la perdre, Mel.

— Non, bien sûr, je le sais. D'autant que nous repartirons pour Baltimore dès que possible. Mais c'est autre chose, en réalité. Elle était si proche de Lance, elle a tellement souffert de notre rupture. Je suis désolée, je n'ai pas confiance. Je sais de quoi ta mère est capable. Quant à ton père…

— En réalité, l'interrompit Ryder, tu es inquiète que Quinn s'attache à mon père et que ma mère, l'apprenant, ne mette un terme à cette relation. Je me trompe ?

Mel baissa de nouveau les yeux et planta avec hargne la lame de son couteau dans une crevette.

— Pas seulement ton père, finit-elle par chuchoter.

Ryder ne répondit pas tout de suite, mais se mit à rire de bon cœur.

— Quoi qu'il arrive Mel, quel que soit le genre de relation que je nouerai avec Quinn, c'est mon affaire, pas celle de ma mère. Elle a ses opinions, j'ai les miennes. Et il en a toujours été ainsi. Et si j'ai la chance de faire partie de la vie de Quinn, eh bien, je serai toujours là pour elle. Pour toi. Pour vous deux. Promis juré. Je ne fuirai pas, cette fois, plus jamais.

Il sourit et posa théâtralement une main sur son cœur.

Il y avait une telle sincérité dans son regard et ses paroles qu'elle détourna les yeux pour regarder les convives des tables voisines. Ils étaient tous bien au chaud dans leur vie heureuse, alors que son cœur à elle lui murmurait des choses dangereuses, impossibles à entendre.

— Tu n'as pas confiance en moi, dit-il avec calme.

— Si, j'ai confiance en toi, dit-elle. C'est tout le reste qui m'inquiète. Et puis je suis fatiguée de penser à tout ça !

— Alors, laisse-moi faire. Je suis très bon quand il s'agit de penser, dit-il, la faisant rire avec ses mimiques.

Il lui prit de nouveau la main, et son cœur s'emballa, comprenant qu'elle avait perdu son temps — dix années en tout — à chercher un clone de cet homme. Elle crut ne pas pouvoir retenir ses larmes.

— Tu n'es plus seule, reprit Ryder. Je suis là désormais, Mel, pour Quinn et toi. Et nous surmonterons tout ça, je t'en donne ma parole.

— Mais par quoi commencer ? demanda-t-elle, la gorge nouée.

— Ecoute, papa et moi, nous ne travaillons jamais, le mercredi après-midi. Si le temps le permet, nous pourrions vous emmener, Quinn et toi, pour faire un tour de bateau, pendant une heure ou deux. Ce ne serait pas une réunion de famille, mais juste une balade entre amis, sans pression. De cette façon, papa fera sa connaissance et ta fille sortira enfin de cette maison lugubre. J'ai l'impression qu'elle a besoin de prendre l'air…

— Tu ne crois pas si bien dire, s'esclaffa-t-elle. Quinn tourne en rond comme un fauve en cage.

— Alors, qu'en dis-tu ? C'est d'accord ?

— Entendu. Mais dans l'immédiat, je goûterais bien à cette tarte à la crème de noix de coco…

— Vos désirs sont des ordres, madame, répondit Ryder en souriant avant d'appeler Estelle pour lui commander deux parts de tarte.

Pour la deuxième fois de la semaine, le mari de Lorraine laissa presque son épouse sans voix.

— Tu vas faire quoi ?

— Rencontrer notre petite-fille, répondit David avec douceur tout en enfilant son vieux sweat préféré. Ryder a pensé que ce serait une bonne idée que nous allions faire du bateau tous les quatre. Et Mel a accepté. A contrecœur, certes, mais je ne peux pas le lui reprocher.

— Cela signifie qu'ils ont dit à cette enfant…

— Elle s'appelle Quinn.

— Ils ont dit la vérité à Quinn ?

— Pas encore, mais c'est prévu d'ici quelque temps.

— C'est une idée de Ryder ?

— Que je fasse la connaissance de Quinn ? Non, répondit-il. C'est la mienne. Mais bon sang ! marmonna-t-il en fouillant dans le dressing. Où ai-je donc rangé ces satanées chaussures ?

— Et tu as pris cette décision sans juger bon de me consulter au préalable ?

Chaussures dans une main, il s'assit sur leur lit à baldaquin.

— C'est le plus drôle de l'histoire, vois-tu, ma chérie.

Quand j'ai expliqué à Ryder que je voulais rencontrer Quinn, il a dit « non ». Un refus était catégorique. J'imagine qu'il voulait protéger Quinn aussi bien que Mel, murmura-t-il, les yeux dans le vague, comme s'il se parlait à lui-même.

Et de nouveau, son regard croisa celui de sa femme, puis il baissa les yeux sur ses tennis, et ce fut comme si tout le poids du monde lui pesait soudain sur les épaules. Elle sentit sa gorge se serrer devant la blancheur presque uniforme maintenant de ses cheveux. Et de manière presque inconsciente, comme en état second, elle s'agenouilla sur la moquette ivoire et entreprit de glisser les tennis aux pieds de son mari. Il rit et eut un mouvement de recul.

— Mais que fais-tu, Lorraine ?

— Je ne sais pas, répondit-elle en nouant le premier lacet. Je ne sais pas.

Puis elle leva les yeux sur ce visage qu'elle adorait, le visage de cet homme qu'elle aimait et qui l'aimait en retour, même si elle avait eu le sentiment de ne pas toujours mériter cet amour.

— Et pourquoi a-t-il changé d'avis ? demanda-t-elle en finissant de nouer la deuxième chaussure, avant de s'asseoir à côté de son mari.

— Il n'a pas changé d'avis, en fait. Il a d'abord dit qu'il refusait de transmettre à Mel mon souhait de rencontrer Quinn, si je ne te parlais pas au préalable, pour t'amener à admettre que tu… que nous avions commis une erreur.

Elle se sentit rougir.

— Jamais. C'est hors de question. Je ne peux pas.

— Bien sûr que si, tu le peux. Si tu acceptais simplement pour une fois de ne pas t'entêter.

Elle croisa les mains sur ses genoux, fixa le diamant à son doigt, un solitaire que David lui avait offert pour leurs vingt-cinq ans de mariage. Si c'était aussi simple…

— Pourquoi ne m'avoir rien dit, dans ce cas ?

— Parce que je savais quelle serait ta réponse. Et de toute façon, Ryder et Mel ont dîné ensemble, hier soir, et elle s'est dit prête à tourner la page et à rétablir la vérité des choses, pour sa fille et pour elle aussi, visiblement. Pour le bien de tout le monde, en réalité.

— Ce n'est pas à elle de décider, dit-elle entre ses dents.

— Mais si, ma chérie, cette décision lui appartient, répliqua David en lui prenant la main. Tu ne pourras pas protéger indéfiniment tes enfants, tu sais.

— Et alors, quoi ? On va tout déballer comme ça à la face du monde ? Et Jeremy ? Tu as pensé à Jeremy ? Et à moi ? s'écria-t-elle, alors que son cœur battait la chamade.

— Que viens-tu faire là-dedans ? demanda David avec calme.

— Je vais passer pour une…

— Une imbécile ?

— David !

Son mari lui tapota le genou avec tendresse, puis il se leva. Elle ne l'avait pas vu aussi confiant ni aussi sûr de lui depuis bien des années.

— En réalité, nous passerons tous les deux pour des imbéciles, rassure-toi. Mais je serai à tes côtés. Je suppose que je devrais d'abord en discuter avec Ryder, mais… Et si tu nous accompagnais ?…

Il avait glissé ses clés et son téléphone portable dans ses poches, et la dévisageait.

— Pardon ! s'exclama-t-elle. Tu es fou, ma parole.

— Pourquoi ? Tu viendrais en tant que mère de Ryder, bien sûr. Pas en tant que grand-mère de Quinn…

— Je t'ai déjà dit « non » ! Je ne peux pas, je serais incapable de…

Au bord des larmes soudain, elle s'avança jusqu'à la baie vitrée et regarda leur parc à la pelouse impeccable, avec ses rangées de pins parasols. Son propre reflet dans la vitre était livide et monstrueux.

— Je ne peux pas, répéta-t-elle dans un soupir.

— Je comprends, dit David en venant déposer un baiser sur sa joue.

Non, il ne pouvait pas la comprendre. Comment le pourrait-il, quand elle-même échouait à le faire ?

Elle fit volte-face et agrippa le col du sweat de son mari.

— Je veux savoir quelque chose, murmura-t-elle, le cœur au bord de l'implosion. Si tu penses que nous avons si mal agi, pourquoi avoir accepté dès le début ?

Il soutint son regard, ses yeux pleins de regrets et de remords.

— Parce que si j'avais refusé, le prix aurait été trop cher à payer. Seulement, je n'avais pas compris qu'il faudrait bien payer, un jour ou l'autre, avec en plus des intérêts à la clé. Il va faire un temps superbe, ajouta-t-il en détournant les yeux. Tu devrais sortir les chiens.

Et il lui sourit une dernière fois, avant de quitter la chambre.

- 7 -

— Tout ira bien ! lança Ryder, alors que le voilier de trente mètres sortait doucement du port, David à la manœuvre. Depuis le temps que nous faisons de la voile, jamais aucun de nous n'est passé par-dessus bord.

— Je suppose que ces paroles sont censées me rassurer, dit Mel, éblouie par les reflets du soleil sur l'océan bleu marine.

— C'est la vérité, tout simplement, répondit Ryder. Quinn est en sécurité.

Détournant les yeux de sa fille, dans son gilet de sauvetage, assise à côté de David dont elle suivait avec fascination les moindres faits et gestes, elle regarda Ryder à la dérobée. Il était debout près d'elle, le pied sûr, comme s'il était sur la terre ferme, et le bras à quelques centimètres de ses épaules. Il souriait au vent, visiblement dans son élément, et elle dut résister à l'envie de prendre sa main. Mais le geste aurait été déplacé, et surtout stupide.

Il y avait toujours eu un bateau. Elle repensa à cette nuit où Ryder l'avait emmenée en grand secret faire une courte balade en mer. Elle devait avoir treize, peut-être quatorze ans, mais gardait néanmoins le souvenir très net de cette sensation de liberté, alors que le voilier filait au clair de lune, lui donnant alors l'impression que tout était possible. Au-dessus de leur tête, un aigle tournoya, avec le soleil qui se reflétait sur sa tête blanche.

— Oh ! lança Quinn. C'est un aigle ?

— Oui, cria David. Il y a un couple qui niche au sommet du pin, là-bas. Regarde !

L'oiseau piqua soudain vers l'océan et saisit un poisson entre ses serres, avant de repartir dans les airs.

— Cool ! dit Quinn, ce qui fit rire aux éclats le père de Ryder. Maman dit que la baie abrite plein d'oiseaux !

— C'est vrai, et plus encore en été, mais on en voit tout au long de l'année. Tu aimes les oiseaux ?

— Vous rigolez ! répondit Quinn en repoussant ses cheveux chahutés par le vent. J'adore les oiseaux.

— Hmm, dit Ryder en se penchant à l'oreille de Mel. C'est fait, il est fou d'elle. Papa observe les oiseaux depuis quelques années. Il passe presque tous ses dimanches matin dans les marécages et la forêt, avec ses jumelles et son manuel d'ornithologie.

Et de fait, à la barre, David souriait à la fillette, manifestement heureux de cette passion commune pour les oiseaux.

— On dirait que ça se passe plutôt bien, non ? ajouta Ryder. Ils ont l'air de bien s'entendre.

— Comme deux larrons en foire.

— C'était le but, il me semble.

— Je sais, c'est juste, dit-elle, fermant brièvement les yeux, le temps d'emplir ses poumons de cet air riche en iode et en souvenirs. J'aimerais tant que mon père soit encore parmi nous et qu'il ait eu la chance de la connaître. Lui aussi aurait été fou d'elle.

Elle se tut pour refouler les larmes qui menaçaient.

— J'en suis certain, dit Ryder. Mais qui ne serait pas fou d'elle ? En tout cas, c'est bien ta fille, conclut-il avec un sourire, en regardant l'enfant en pleine discussion avec son grand-père.

— Elle te fait penser à moi au même âge ? demanda-t-elle avec un pâle sourire.

Il observa Quinn, réfléchissant manifestement à la question.

— Par certains côtés, oui, mais peut-être est-elle un peu moins peste que tu ne l'étais.

— Oh ! Attends de mieux la connaître !

Trop tard. Elle réalisa la portée de ses paroles et ce qu'elles impliquaient. Fort heureusement, Ryder parut ne rien remarquer. En tout cas, il ne fit aucun commentaire.

— J'ai de super souvenirs de ton père. Je le revois avec ta mère, la façon dont ils riaient, ensemble, et leurs gestes de tendresse, dit-il.

Elle soupira en repensant à l'amour fou qui unissait son père et sa mère, à leurs baisers volés. Sa mère faisait mine de se fâcher : « Tony ! Pas devant les enfants, voyons ! » Ils paraissaient décidément très heureux, ensemble.

— C'était un mariage réussi comme il en existe peu, dit-elle, la gorge serrée par l'émotion.

— Oui, dit Ryder, les yeux rivés sur son père. C'est aussi l'impression qu'ils me donnaient. Ils avaient l'air d'être formidablement amoureux et heureux ensemble, à la fois complices et complémentaires. La disparition de ton père a dû être une terrible épreuve pour ta mère, ajouta-t-il, alors que son père mettait le cap sur un chapelet d'îlots, à quelques encablures.

— En effet. Il était son soleil, et le mien aussi, dit-elle en soupirant. Et puis je suis tombée enceinte.

Elle se tut, soudain glacée, et rabattit sa capuche sur ses cheveux saupoudrés d'écume.

— Qu'a-t-elle fait ? demanda Ryder. Je veux dire, après votre déménagement ?

Elle nota, crispée, la façon dont Ryder avait choisi ses mots.

— En réalité, elle m'a étonnée. Elle a monté sa propre entreprise d'aides ménagères. Ça a pris un peu de temps pour que nous puissions en vivre décemment, mais entre ses économies et l'argent de tes parents, nous avons pu nous en sortir. Et ça lui permettait de penser à autre chose. Ensuite, Quinn est née… Maman a été la plus merveilleuse des grands-mères.

Elle sourit, revoyant le bonheur de sa mère devant le berceau de sa petite-fille.

— Et ta grand-mère à toi ?

— Amelia ? Eh bien quoi ?

— Elle ne t'a plus jamais adressé la parole ?

— Jamais.

— Pas même aux obsèques de ta mère ?

— Il n'y a pas eu d'obsèques. Maman ne voulait pas de toutes ces « simagrées », comme elle disait. La famille était fâchée, alors cela ne rimait à rien. Comme Nana, en fait. Elle non plus n'a pas voulu de funérailles.

— Je sais.

— Oui, bien sûr, dit-elle.

Contrariée, elle repensa à l'urne funéraire qu'elle était allée récupérer, hier à la chapelle, sans savoir ce qu'elle allait faire des cendres de Nana.

— J'imagine qu'elle et ta mère ne se sont donc jamais réconciliées.

— Effectivement. Maman a même refusé de dire à Nana qu'elle était malade, en me menaçant des foudres de l'enfer si je le faisais.

Ryder s'accouda au pont arrière et contempla le sillage blanc sur le bleu de l'océan.

— Les êtres humains et leur maudite fierté, bougonna-t-il.

— A qui le dis-tu ! soupira-t-elle en observant sa fille, manifestement aux anges. Pour quelle raison Nana a-t-elle coupé les liens avec nous et pour quelle raison avons-nous rompu nous-mêmes tout contact entre nous ? Je l'ignore. Mais je peux te dire une chose : je n'imagine pas ne plus parler ou ne plus voir Quinn, quoi qu'elle puisse faire. Je me souviendrai toute mon existence du regard de ma mère, quand je lui ai appris que j'étais enceinte. Le mal que je lui ai fait, ce jour-là. Mais ça ne l'a pas empêchée de me soutenir jour après jour, envers et contre tout. Envers et contre tous même, ajouta-t-elle, frissonnant sous le regard intense de Ryder.

— Les blessures du cœur finissent toujours par cicatriser, dit-il en regardant l'horizon, comme s'il essayait de s'en convaincre.

— C'est ce qu'on dit, en effet, répondit Mel, frissonnant une fois de plus lorsqu'il lui sourit. Toujours est-il que je ne connaîtrai jamais la raison pour laquelle Nana a refusé la relation de mes parents. Bien sûr, je sais qu'elle considérait que mon père n'était pas assez bien pour sa fille et que maman aurait pu épouser un meilleur parti. Comme si… Hé, mon trésor, dit-elle en voyant Quinn s'approcher d'eux. Tu t'amuses bien ?

— Oui ! répondit sa fille avec un hochement de tête enthousiaste. Merci, Ryder. Quelle super-idée ! Et ton père est vraiment sympa ! Il connaît le nom de tous les oiseaux de la baie. Il m'a dit que si je voulais, il m'emmènerait les observer. Dis, maman, je pourrais aller avec lui ? S'il te plaît ! ajouta-t-elle en la regardant d'un air suppliant.

Mel lança un bref regard à Ryder, puis reporta son attention sur sa fille.

— Je ne sais pas. Nous ne sommes pas ici pour très longtemps et…

— Il a dit ce dimanche. C'est dans quelques jours à peine. Je t'en prie !

— Nous verrons, ma chérie, répondit-elle, mal à l'aise, ne sachant que répondre.

Fort heureusement, Quinn parut ne pas se formaliser de ses tergiversations ; elle était trop occupée à présent à bavarder avec Ryder, riant et plaisantant avec lui comme les plus vieux amis du monde. Mel repensa avec un serrement de cœur à la complicité qui la liait à son propre père. Elle sourit en les observant tous les deux, surprenant de temps à autre le regard de Ryder sur elle. C'était un regard souriant, bienveillant et tellement plus encore. Sa fille avait raison, cette promenade en mer était une idée merveilleuse. Et cela faisait longtemps qu'elle n'avait pas éprouvé un tel bien-être. Entre ciel et mer, elle se sentit soudain apaisée, comme entre parenthèses. Sauf que le voilier se rapprochait désormais de la marina, alors qu'elle aurait voulu ne jamais rentrer au port. Bref, elle devait arrêter ça tout de suite !

Aussi, lorsque Ryder, qui devait aller rendre visite à un patient, leur suggéra de l'accompagner, elle s'empressa de trouver une excuse et déclina l'invitation. C'était évidemment un pur mensonge, car ce qu'elle voulait fuir à tout prix, c'était avant tout son sourire et l'éclat beaucoup trop dangereux de ses yeux.

— J'ai une meilleure idée, dit David à Quinn, une fois

à quai. Que dirais-tu d'une coupe de glace au caramel avec noix de coco et pépites de chocolat ?

— Waouh ! s'exclama la fillette avec gourmandise. C'est pas une blague ?

— Pas du tout, répondit David en se tournant vers Mel. Finnegan reste ouvert toute l'année. Je pourrais y emmener ma petite-fi… ma nouvelle amie, pendant que vous iriez tous les deux chez les Washington…

Mal à l'aise, déstabilisée par la suggestion de David, elle s'empara de la main de sa fille et continua de marcher droit devant elle, sur la jetée.

— Une autre fois, peut-être. Il fait un peu froid pour une glace.

— Mais pas du tout enfin ! protesta Quinn en lâchant sa main. Maman, s'il te plaît !

— Il reste des dizaines de cookies, à la maison. Et une bonne moitié de cheese-cake.

— J'en ai une indigestion des cookies et du cheese-cake, marmonna la fillette, boudeuse.

— Une petite heure, insista David, le regard presque aussi implorant que celui de sa fille.

Mais le père de Ryder pourrait être amené à dire certaines choses à Quinn. Or elle estimait que ce genre d'aveux était prématuré. Mais comment jouer les mamans rabat-joie, alors que sa fille la regardait avec des yeux pleins d'envie, inconsciente des enjeux ? Elle était tellement innocente. Et soudain, Ryder posa une main sur son épaule, une caresse, plus qu'un contact. Et ce fut lui qui s'adressa à Quinn :

— Hé, dit-il, il y a un yacht fabuleux amarré au bout du quai. Si on allait le voir ?

Etonnamment, sa fille parut oublier l'offre de David. Elle s'éloigna avec Ryder, non sans avoir au préalable adressé un regard suspicieux aux trois adultes autour d'elle.

Une fois sa fille et Ryder à bonne distance, elle se tourna vers David, anxieuse à la perspective d'une conversation qu'elle n'était pas sûre de vouloir avoir.

— Je sais, dit-il en lui faisant face. Je comprends que vous soyez fâchée et inquiète, d'autant que j'ai failli trahir votre secret. Mais je vous promets que cela ne se reproduira plus.

Elle regarda sa fille, au loin, qui trottinait gaiement sur la jetée au côté de Ryder, riant aux éclats, puis elle regarda David.

— « Inquiète » est au-dessous de la vérité, docteur Caldwell. « Terrorisée » serait plus juste : j'ai une peur bleue que Quinn apprenne brutalement la vérité, sans y être préparée. Je ne sais pas du tout quelle sera sa réaction et j'insiste donc pour décider seule du moment et de la manière de lui dire ce qu'il en est. Enfin, et surtout, conclut-elle après avoir pris une profonde inspiration, je ne vois pas pourquoi je vous ferais confiance.

Derrière ses lunettes, la culpabilité assombrit le regard de David.

— Parce que j'aime déjà dc tout mon cœur cette enfant, dit-il à voix basse. Et je vous promets de ne jamais rien faire qui pourrait la blesser. Enfin, je veux que vous sachiez que je ne suis pas votre ennemi. Je suis de votre côté, Mel.

— Il est un peu tard pour cela, vous ne trouvez pas ? ne put-elle s'empêcher de répliquer.

— Je sais. Ce que nous vous avons fait, à vous et à elle… Je comprendrais que vous ne puissiez jamais nous pardonner. Comment vous le reprocher ? Mais à présent que j'ai fait la connaissance de Quinn, je ne peux pas imaginer d'en rester là. Et je suis sûr que Ryder non plus, dit-il avant de désigner son fils et Quinn qui revenaient vers eux.

Ryder couvait sa fille des yeux. Oui, mais voilà, cette petite avait une maman qui avait fait sa devise de ces mots : « Ne jamais faire confiance », surtout quand le bonheur de son enfant était en jeu. Quinn adorait Ryder, c'était une évidence. Et c'était précisément pour cette raison qu'elle devait se montrer encore plus vigilante.

— Nous voulons ce qui est le mieux pour Quinn, reprit David avec calme. Mais encore faudrait-il que vous nous donniez une chance de vous le prouver.

Elle défia le vieil homme du regard.

— Et Mme Caldwell ? Elle est incluse dans ce « nous » ?

— Pour l'instant, elle se débat avec sa maudite fierté, répondit-il. C'est difficile pour elle d'admettre son erreur, vous comprenez. Ou de demander pardon. Cela ne veut pas dire qu'elle s'y refuse. C'est tout le contraire, croyez-moi. Mais vous savez, Mel, murmura-t-il en baissant les yeux. Il y a certaines choses que vous ignorez.

Intriguée, elle eut un moment d'hésitation.

— Quel genre de choses ?

— Des choses dont je ne suis pas libre de vous parler à cette heure. Tout ce que je peux dire, c'est que les actes de Lorraine ont peut-être d'autres explications que celles que nous connaissons, vous et moi. Attention, je ne veux pas dire que ma femme est pour autant innocente dans cette malheureuse histoire. Mais je sais aussi combien ce doit être douloureux pour elle, en ce moment.

Elle en resta bouche bée, mais Quinn surgit soudain

devant eux, les joues roses et les cheveux ébouriffés, suivie de près par Ryder, mains dans les poches, sourire aux lèvres et des questions plein les yeux.

— Alors ? lança Quinn en lui prenant la main. Tu es d'accord ? Est-ce que je peux aller manger une glace avec le docteur David ?

Prendre une décision ? Ce n'était pas une mince affaire, quand les cellules de votre cerveau se bousculaient les unes contre les autres, lancées dans une ronde folle comme dans le tambour d'un lave-linge. Puis elle prit sa décision, en se basant sur deux choses. Premièrement, elle ne pensait pas que David vendrait la mèche, pour la bonne raison qu'il n'avait certainement pas envie de devoir expliquer certaines choses à sa petite-fille. Et deuxièmement, confier Quinn à David fournirait à Mel l'opportunité de questionner Ryder à propos de sa mère.

— Pour combien de temps en avons-nous ? demanda-t-elle à Ryder.

— Une heure, une heure et demie.

— Ne vous en faites pas pour nous, dit David en souriant à la fillette. Nous ne sommes pas pressés. N'est-ce pas, Quinn ?

Mel laissa échapper un soupir.

— C'est d'accord…

Quinn se jeta à son cou et déposa deux gros baisers sur ses joues avant de s'éloigner avec David vers ce que Mel réalisa soudain être son destin.

Dix minutes plus tard, Ryder et Mel filaient sur une route de campagne. Les champs s'étiraient à perte de vue. Ryder conduisait, regardant droit devant lui, apparemment perdu dans ses pensées, en tout cas silencieux, si bien qu'elle sursauta presque quand il prit la parole :

— Je sais que ça n'a pas dû être facile de confier Quinn à mon père.

— C'est un euphémisme, marmonna-t-elle.

Il rit, ce qui la fit sourire. Enfant, elle adorait le faire rire. Mais Ryder retomba de nouveau dans un silence pensif, et elle estima le moment mal choisi pour lui parler de sa mère.

— Alors, où allons-nous, exactement ? demanda-t-elle.

— Tu te souviens du vieux Moses Washington ? Il tient un stand de fruits et légumes, sur l'autoroute…

— En effet. Maman nous y emmenait souvent.

Ils y allaient tous ensemble, Blythe, April et Ryder, entassés dans la vieille Dodge de ses parents, en tongs et large T-shirt, empestant l'ambre solaire. Chacun suçait sa glace à la menthe.

— Il est malade ? demanda-t-elle.

— Pas vraiment. Il est juste âgé : quatre-vingts ans le mois prochain.

— Ciel. Déjà !

— Oui. Son cœur n'est plus ce qu'il était. Et il n'a plus toute sa tête. Il déteste la clinique, voilà pourquoi je vais l'examiner chez lui. Il occupe toujours la même maison, mais sa fille aînée Nina et son mari vivent désormais avec lui. Sa femme est décédée il y a six ans. Et tu vas voir, ajouta-t-il avec un petit rire, tu ne vas pas y échapper. A chacune de mes visites, j'ai droit à une part de tarte. Nina va vouloir que tu y goûtes.

— Ce sera avec grand plaisir, répondit-elle. Mon Dieu, j'ai l'impression qu'un million d'années s'est écoulé ! Quand je pense à ces étés… Comment as-tu fait pour nous supporter ? Nous étions les pires préados de la ville. Tu avais une de ces patiences !

— En fait, je n'ai jamais eu l'impression d'avoir affaire

à des pestes. C'était plutôt drôle. Et puis, j'étais un peu votre grand frère et vous m'obéissiez, plus ou moins.

— Nous faisions semblant, le plus souvent, protesta-t-elle en lui donnant un coup sur l'épaule.

— Attention, je conduis, dit-il après une légère embardée.

— Tu n'étais pas aussi prudent, à l'époque. Pardon, je ne voulais pas. Quelle idiote je fais ! soupira-t-elle face à la tristesse de son regard.

— Tu as beaucoup de défauts, Mel, mais tu n'es certainement pas idiote, dit-il en plongeant ses yeux dans les siens. C'est clair ?

Incapable de parler, tant elle s'en voulait de sa gaffe, elle se contenta de hocher la tête. Au sortir d'un virage, ils aperçurent un vol d'oies en formation sur fond de ciel bleu. Ryder les suivit des yeux quelques secondes, avant de reporter son attention sur la route.

— Cela prendra du temps, beaucoup de temps, avant que tu n'aies plus l'impression qu'on t'enfonce un poignard dans le cœur, chuchota-t-elle en repensant à la fiancée de Ryder. Avant que les souvenirs cessent d'être douloureux.

Il esquissa un sourire.

— Oui, c'est à peu près ça, admit-il, sans quitter la route des yeux.

— C'est un territoire que je connais bien.

Ils roulèrent en silence.

— Personnellement, la douleur ne m'a pas lâché pendant plusieurs mois, confessa finalement Ryder. Puis ça s'est espacé. Mais ça me tombait dessus d'un seul coup, au moment où je m'y attendais le moins. Tu vois, ces oies, Deanna en était folle. Elle adorait ces bestioles, l'idée de la migration vers les pays chauds.

Nous voulions trois enfants. Voire quinze, avait-elle l'habitude de plaisanter.

— Un humour comme je l'aime, dit-elle en riant.

— Je crois que vous vous seriez bien entendues, toutes les deux. Elle avait la tête sur les épaules, même si…

Voyant qu'il hésitait à poursuivre, elle se tourna vers lui.

— Même si quoi ? Je vois : même si elle était issue d'un milieu social privilégié ? Je suis sûre que ta mère l'adorait.

— C'est un détail que j'ignorais, en tout cas, lorsque j'ai fait sa connaissance, expliqua Ryder, éludant délibérément sa réflexion. Elle était bénévole au sein d'une association pour la protection de la faune, dans la région. Un jour, l'un de ses camarades s'est blessé. Elle l'a conduit à la clinique. Je m'en souviens. Tous les deux étaient sales, en tenue commando.

— Et tu es tombé fou amoureux.

— Quelque chose comme ça, oui.

Elle éclata de rire, imaginant Ryder éperdu d'amour pour cette passionaria des oies sauvages.

— Je suis sincèrement désolée, Ryder, dit-elle.

— Merci.

Quelques secondes s'écoulèrent encore, puis, n'y tenant plus, elle demanda :

— Et depuis, tu n'as pas eu d'aventures ? Pas d'autres liaisons ?

— Non. Ma mère a bien tenté une ou deux fois de me fiancer, mais ça n'est jamais allé plus loin qu'un dîner au restaurant. Je n'étais pas vraiment le partenaire rêvé. Je n'avais pas envie de m'investir, pas envie de m'engager, même si je savais au fond de moi que je devais aller de l'avant et tourner la page.

— Je suppose que tes parents t'y encouragent ?

— Non. Enfin, un peu, peut-être.

Elle hocha la tête.

— Toi seul sentiras quand le temps sera venu. Personne d'autre que toi ne le saura. Alors, ne laisse personne te pousser à entreprendre quelque chose, tant que tu n'es pas prêt.

— Oui, madame, répondit-il avec un sourire espiègle.

— Et d'ici là, consacre-toi à ton rôle d'oncle, pour Quinn.

Il fronça les sourcils.

— Tu es sûre ?

— Oui.

— Rien ne pouvait me faire plus plaisir. Mais j'accepte à une condition : que tu fasses partie du lot.

— Que je quoi ! s'exclama-t-elle, sceptique. Que veux-tu dire ?

— J'avais oublié combien il est facile de parler, avec toi. Je sais, je sais, on ne peut pas revenir sur le passé. Et ce n'est pas ce que je veux, mais ce que nous partageons aujourd'hui… Eh bien, j'aime notre relation et j'y tiens. Je ne veux plus que nous perdions contact. Si tu es d'accord, bien sûr.

— Malgré la distance ? Toi ici et moi là-bas ? demanda-t-elle dans un murmure.

— Du moment que tu es partante. Et Quinn aussi, bien sûr.

— Je suppose… Cela dépend de tout le reste, conclut-elle en soupirant. Et d'après ton père, il y aurait certains éléments que j'ignore…

— Comme quoi ?

— Je ne sais pas. Ton père a évoqué des « choses » dont il n'était pas libre de me parler, au sujet de ta mère.

— Vraiment ? demanda Ryder, l'air perplexe.

— Oui. Tu as une idée de ce qu'il voulait dire ?

— Pas la moindre, répondit-il en resserrant les mains autour du volant. Et j'imagine que tu vas me demander d'essayer de le découvrir ?

— Bien sûr. Comment comptes-tu t'y prendre ?

— Peut-être en posant clairement la question à ma mère ?

— Et tu penses qu'elle va te répondre ? répliqua-t-elle en riant. On dirait que tu ne connais pas ta mère.

— Tu sais, Mel, c'est la première fois en bientôt une année que je sors de ma coquille, que je pense à autre chose qu'à ruminer mon chagrin. Je ferai tout ce qui est en mon pouvoir pour en finir avec les mensonges et les cachotteries. Tu as ma parole.

Il y avait une éternité qu'elle ne s'était pas sentie épaulée, depuis son enfance, en vérité. Elle savait pouvoir faire confiance à Ryder. Et en ce sens, il avait raison, rien n'avait changé, en dépit de la vie et du temps qui passe. Mais lorsqu'elle le remercia et qu'il hocha la tête avec détermination, elle ne put réprimer un frisson. N'était-ce rien de plus que l'effet d'une profonde gratitude ? S'il en était autrement, ce serait catastrophique.

— J'espère que tu as passé un bon moment ?

Juchée sur son tabouret, Quinn sourit au docteur David, malgré tous les tambours qui jouaient dans sa tête. Tant de questions s'y bousculaient. Pourquoi Ryder l'avait-il emmenée voir le yacht, dans le but évident que sa mère et le docteur David puissent parler tranquillement ? Mais parler de quoi ? Depuis le bout de la jetée, elle les avait discrètement observés. Maman paraissait nerveuse, le docteur aussi. Pour quelle raison ?

Finalement, maman l'avait laissée aller avec le père de Ryder, ce ne devait donc pas être bien grave.

— Sur le bateau, vous voulez dire ? Oui, c'était cool !

— Tant mieux, dit le père de Ryder qui, à cet instant, sortit son portable de sa poche et envoya un texto, avant de ranger son téléphone. Je savais que ça te plairait.

— Maman va vouloir que je fasse un exposé, marmonna-t-elle avec une moue.

David éclata de rire devant son manque d'enthousiasme, et ce rire lui rappela celui de Ryder.

— Ryder m'a dit que ta mère avait choisi de te scolariser à domicile.

Pourquoi ne ferait-elle pas comme April le lui avait suggéré ? Parler simplement à maman de ce qu'elle ressentait. C'était facile à dire, mais les mots refusaient de sortir de sa bouche. Elle mourait d'envie de savoir, mais elle avait peur aussi de ce qu'elle pourrait découvrir. Et puis, maman lui dirait-elle toute la vérité ?

— Oui. Depuis l'âge de quatre ans.

— Tu n'as donc jamais été à l'école.

— Une fois, en CE1. Maman pensait que la compagnie d'autres enfants me manquait.

— Et c'était le cas ?

— Pas vraiment, répondit-elle avec un haussement d'épaules. J'aime bien être seule. Mais disons que l'expérience n'a pas été concluante. Je me suis rendu compte que je savais plus de choses que les autres élèves. J'étais en avance d'une bonne année sur eux. Alors, ils m'ont prise pour une bêcheuse… Et puis, je m'ennuyais. Apparemment, la maîtresse ne savait que faire de moi. Maman m'a alors demandé mon avis et je lui ai dit que j'apprendrais bien mieux à la maison.

A cet instant, le téléphone du docteur sonna. David

lut le message puis posa l'appareil sur la table juste au moment où la serveuse arrivait avec leurs coupes glacées surmontées par des tonnes de crème Chantilly.

— Quels avantages trouves-tu à étudier à la maison ?

— D'abord, de ne pas avoir à me lever trop tôt, le matin, répondit Quinn, ce qui fit rire David. Et puis, je peux rester en pyjama, si je veux. Parfois, maman aussi. Hmmm, dit-elle, aux anges. C'est bon !

— Un délice, tu veux dire.

— Est-ce que je peux vous demander quelque chose ?

Le docteur David lui jeta une sorte de regard au bord de la panique, comme elle l'avait vu cent fois chez sa mère quand elle prononçait ces mots.

— Bien sûr.

L'espace d'une seconde, elle pensa lui demander de but en blanc des explications sur ce qu'elle avait pu surprendre de certaines conversations. Mais elle ne savait pas vraiment que demander, ni comment formuler sa question. Et puis, au fond, elle sentait que c'était à sa mère, et à elle seule, de lui donner certaines réponses. Pourtant, quelque chose l'obsédait, et il lui sembla que si quelqu'un pouvait lui répondre, c'était bien le père de Ryder.

— Maman m'a dit qu'ils étaient amis, avec Ryder, autrefois.

— En effet. Ils étaient inséparables.

— Comme les meilleurs amis du monde ?

Le docteur hocha lentement la tête.

— Je crois que Ryder considérait ta mère comme sa petite sœur. Il veillait sur elle, prenait soin d'elle.

— Il n'a pas de frère ni de sœur, lui-même ?

Le docteur se figea, puis tourna et retourna sa cuillère dans la coupe.

— En fait si, il a un petit frère, Jeremy.

— Et pourquoi il s'occupait pas de lui, au lieu d'être avec ma mère ?

Le père de Ryder la regarda brièvement, avant de baisser les yeux sur sa glace. Alors, de nouveau, elle éprouva la sensation bizarre qu'on lui cachait certaines vérités. C'était comme dans ce jeu, quand maman cachait un objet et qu'elle devait le chercher. « Tu brûles », lui disait-elle quand elle était près de le retrouver. Elle avait l'impression de brûler à présent, mais la vérité se dérobait.

— Tous deux ont des personnalités très différentes. Ils ne s'entendent pas vraiment. Cela arrive parfois, dans certaines familles.

Elle engloutit une nouvelle cuillérée de chantilly, puis une portion de glace au caramel, dont une goutte lui tomba sur le menton.

— Donc, si je comprends bien, dit-elle après s'être essuyée d'un coup de serviette, Ryder aimait maman plus que son propre frère ?

Le docteur hésita.

— D'une certaine manière, oui, répondit-il. C'était ce que tu voulais me demander ?

— Non, désolée. Je me suis perdue en route. Maman me reprend sans cesse là-dessus. Elle dit que je ne vais jamais jusqu'au bout de mes idées et que je dois apprendre à me concentrer. Et Jeremy, il vit ici ?

— Non, à New York. Nous ne le voyons pas souvent.

— Pourquoi ?

— Chacun a sa vie, vois-tu.

— Moi, je trouve ça triste. Maman et moi, on est toutes seules maintenant, parce que grand-mère est décédée, mais ça doit être cool d'avoir une grande famille. Oh !

zut, je perds encore le fil. Croyez-vous que Ryder et maman pourraient s'aimer plus que comme des amis ?

Le docteur manqua de s'étouffer, puis il rit.

— Voilà une question à laquelle je ne me permettrais pas de répondre. Je n'ai pas envie de m'attirer des problèmes et…

Il s'interrompit et regarda en direction de la porte du salon de thé, derrière elle.

— Mais si c'était le cas, comment réagirais-tu ? demanda-t-il enfin.

— Moi ? Je trouve que ça serait super cool, répondit-elle en léchant la sauce chocolat sur ses lèvres. Comme ils sont déjà amis, ça ne devrait pas être trop difficile. Je veux dire, c'est presque comme s'ils étaient fiancés, en quelque sorte… En tout cas, ça serait bien parce que je pourrais rester ici, et comme ça, vous et moi, on irait souvent observer les oiseaux.

Pour la toute première fois, le visage du docteur se détendit.

— Oh, oui, ce serait bien. Ce serait même le rêve, dit-il. Que les rêves de chacun se réalisent ! ajouta-t-il en levant vers elle son verre plein d'eau pétillante, pour porter un toast comme le faisait quelquefois sa mère.

Elle rit et cogna son verre contre celui du docteur, le cœur léger en dépit des questions, toujours tapies dans l'ombre.

Lorraine doutait que Quinn ait noté le regard de David, derrière elle, tant la fillette semblait concentrée sur sa glace. Elle n'avait pas dû voir non plus la lueur fugitive de surprise dans les yeux de son époux, lorsqu'elle était entrée dans le salon de thé, faisant signe à David de ne rien dire, avant de s'installer à l'une des tables, à l'écart, mais suffisamment près pour les observer et les entendre.

Il ne devait savoir que penser, la discrétion n'ayant jamais été le style qu'elle affectionnait. En règle générale, elle aimait bien être remarquée, quand elle entrait quelque part, mais pas cette fois, pourtant. Elle était même allée jusqu'à s'habiller de tons neutres, pour passer inaperçue. Ce qui était un comble, pour une femme de sa classe. Quelle idée saugrenue, vraiment ! Comme si elle ne souffrait déjà pas assez comme ça.

En fait, quand David lui avait envoyé ce texto, lui disant où il se trouvait et lui donnant l'opportunité de changer d'avis, elle avait aussitôt répondu : « Pas question ! », sauf que la curiosité la tenaillant, elle avait fini par surmonter sa peur ou presque. Et maintenant, elle était là, à regarder sa petite-fille, une merveilleuse petite-fille qu'elle s'était autrefois juré d'ignorer et d'oublier. Mais elle ne l'avait jamais pu. Pas un seul instant, en vérité.

La serveuse apparut. Lorraine commanda un café et se surprit à admirer Melanie pour avoir élevé seule sa fillette. Apparemment, cette enfant respirait la joie de vivre. Melanie s'était manifestement appliquéc à ne rien transmettre de ses propres rancœurs à Quinn.

Submergée par les remords, elle s'efforça de réduire au silence les reproches dont la harcelait sa conscience : un mélange de reproches et de regrets. Elle ferma brièvement les yeux, imaginant des sorties de shopping à New York, des fous rires, puis le premier bal, et les fiançailles, somptueuses bien sûr… Elle aurait pu partager tant de choses, avec cette petite-fille. Mais assez ! Il était trop tard.

A l'époque, cela semblait un plan parfait. La décision

avait été un immense soulagement. Elle avait repris le contrôle de sa vie et de celle de ses proches. Elle s'était toujours vantée de savoir maîtriser le cours des événements, surtout lorsque le sort de sa famille était en jeu. Elle n'était jamais à court de plans.

Pourtant, ce plan-là, oui, ce plan-là avait été mis en place des années auparavant. Elle paya son café dont elle ne but même pas une goutte.

Ce n'était pas elle qui l'avait concocté, celui-là. Elle se leva, envoya un baiser discret à son époux et sortit du salon de thé, aussi furtivement qu'elle y était entrée.

Embrasse-la. Mais embrasse-la donc.

Cela faisait une heure que ces mots lui couraient dans la tête. Pour quelle raison, Ryder n'en avait pas la moindre idée. Enfin, ce n'était pas tout à fait vrai. En réalité, Mel avait passé la majeure partie de l'après-midi à l'écouter et surtout à le comprendre, à l'encourager à dépasser son chagrin. Sans doute voulait-il lui prouver sa reconnaissance. Non, ce n'était pas non plus tout à fait vrai.

Il en avait fini avec Moses et ils rentraient maintenant en ville. Par quel miracle le vieil homme pouvait-il se souvenir de Mel ? Mystère, d'autant qu'il le reconnaissait à peine, lui, son médecin, d'une semaine à l'autre. Ah, le sourire de ce bon vieux Moses, cette lueur dans ses yeux jaunis lorsqu'elle l'avait pris dans ses bras. Et quelle vigueur retrouvée quand il s'était mis à évoquer certains événements du passé ! Mel l'avait écouté avec patience et bonté, en lui abandonnant sa main.

— J'ai l'impression qu'une autre tempête nous arrive, remarqua-t-elle. Les températures ont chuté.

Elle était recroquevillée sur son siège, bras croisés…

juste sous les seins. Malheur à lui ! Il était troublé. Pire encore, il avait envie d'elle, et s'en voulait. Mais qu'y pouvait-il ? Elle était si drôle, si sexy, avec un cœur gros comme ça, sous des dehors un peu brusques. Et puis elle savait le faire rire. Il y avait si longtemps qu'il n'avait ri vraiment, sans faire semblant pour jouer au courageux devant les autres.

— Oui, on dirait bien, répondit-il en scrutant l'horizon, loin, très loin des attributs de Mel.

Une chose était sûre. L'envie qui le tenaillait d'embrasser Mel ne signifiait pas que Deanna ne lui manquait pas, ni que la proximité de Mel effaçait la douleur, même si celle-ci semblait avoir commencé à céder du terrain. Un peu comme la marée descendante. Mais justement, le propre de la marée, c'était aussi de monter.

A cet instant, elle soupira et ses seins, mon Dieu, ses seins se soulevèrent. Impossible de rien remarquer, à moins de tourner complètement la tête à gauche. Il se maudit.

Je suis un misérable, un individu méprisable.

Un vent froid s'immisça dans la voiture.

— Tu as trop chaud ? s'enquit-il, la gorge serrée.

— Oui, cette veste polaire est plus chaude qu'il n'y paraît. Et toi ?

— En fait, je suis gelé, répondit-il, en resserrant le col de son coupe-vent. Est-ce que cela t'ennuie si je m'arrête chez moi pour prendre quelque chose de plus chaud ? C'est sur le chemin.

— Bien sûr que non.

— Vraiment ? Je sais que tu es impatiente de retrouver Quinn.

Un silence pesant s'ensuivit.

— Ça va, pas de problème, dit-elle enfin avant de

s'esclaffer. Je suis sûre que Quinn va bien. Ton père en revanche doit être épuisé par ses bavardages.

— Je me demande de qui elle tient ça, lui fit-il remarquer en retrouvant peu à peu son sang-froid.

Quelques minutes plus tard, il se gara devant la petite maison qu'ils avaient achetée, deux ans plus tôt, avec Deanna. Serait-il capable un jour de la regarder sans ressentir une douleur fulgurante dans le cœur ? Cette douleur, c'était celle des rêves condamnés qui ne seraient jamais exaucés. Mel observa la maison, puis elle hocha doucement la tête.

— C'est joli, dit-elle. Ça te ressemble.

Ça nous ressemble. Cette maison était supposée être la nôtre.

— Je n'en ai que pour une minute, dit-il en ouvrant sa portière. Tu peux m'attendre ici.

— Certainement pas, dit-elle.

Elle descendit aussitôt de voiture, le devançant sur la petite allée pavée qui menait à la maison. Son jean mettait en valeur la finesse de sa taille, le galbe de ses fesses et…

Bon sang, tu vas te calmer !

Penaud, il serra les dents.

— Je suis en train de la retaper, dit-il, furieux contre lui-même. Elle a besoin de travaux, mais je ne peux y travailler que le soir et le week-end.

— Bravo, c'est une magnifique maison, dit-elle tandis qu'il ouvrait la porte, luttant bravement contre les volutes enivrantes de son parfum, contre le désir qui l'habitait, contre le chagrin et la culpabilité qui le dévoraient.

Mais à ce moment, Mel leva les yeux vers lui et le regarda avec une tendresse infinie, et un sourire se dessina sur ses lèvres qui étaient d'une sensualité absolue — « Un appel au crime », diraient certains —, toutes roses du gloss qu'elle avait passé dans la voiture.

— Au lycée, je me rappelle que tu arrivais à peine à tenir un marteau, en atelier menuiserie, dit-elle.

— Tu te souviens de ça ? dit-il en poussant la porte.

— Si tu savais tout ce que ma mémoire a engrangé de souvenirs futiles, dit-elle en pénétrant dans la maison. Mais c'est un vrai capharnaüm, dis donc, pire que chez ma grand-mère. Comme c'est joli, dit-elle en abaissant la fermeture Eclair de sa veste.

Il y avait désormais un obstacle de moins entre ses seins et lui. Zut !

Elle se dirigea vers le salon avec la démarche d'une panthère et s'approcha de la cheminée en brique, promenant ses doigts sur le manteau de bois sculpté.

— C'est magnifique ! s'exclama-t-elle. C'est toi qui as fait ça ?

— Oui. J'ai cru ne jamais m'en sortir, en tout cas merci.

Elle sourit, puis enfouit les mains dans ses poches et regarda les murs peints à la chaux, les portes-fenêtres poncées et vernies donnant sur les marécages, au loin. C'était le point fort de la maison, selon Deanna. Il eut un nouveau serrement de cœur.

— Tu l'as achetée pour elle, c'est ça ? dit Mel.

— Nous l'avons choisie ensemble, oui, répondit-il, ému.

— Et tu as voulu la garder.

— En effet, soupira-t-il. Cent fois pourtant, j'ai failli m'en débarrasser, et je me demande combien de temps il me faudra encore avant que je puisse mettre un pied dans cette maison sans…

Il secoua la tête, incapable de poursuivre.

— Je suis sûre que le moment viendra, dit Mel avec douceur et compréhension. Et ces travaux de rénovation te servent un peu de thérapie, c'est ça ?

Touché, il ne pensait plus qu'à la prendre dans ses bras et à se réchauffer à son contact.

— Oui, en effet, répondit-il en la suivant des yeux, alors qu'elle admirait le lambris qu'il avait mis des heures à poser.

— Après le décès de papa, ma mère s'est lancée dans une multitude de projets, essentiellement pour s'occuper l'esprit. A Baltimore, elle a redécoré et réaménagé entièrement la maison. Il te reste beaucoup à faire ?

— J'ai terminé le rez-de-chaussée et la chambre principale.

Elle se tourna vers lui, mais son regard était indéchiffrable.

— Ça fait encore mal, n'est-ce pas ?

— Bon sang, mais comment t'y prends-tu pour lire dans mes pensées comme ça ?

— Enfin, Ryder, il suffit de te regarder. Cette maison est fabuleuse, mais elle est source d'angoisse et de souffrance, pour toi. Peut-être devrais-tu renoncer ? Mais cela ne me regarde pas.

— Peut-être plus que tu ne l'imagines, dit-il. Lorsque le sherif est venu frapper à ma porte, ce soir-là, c'est comme si quelque chose s'était brisé en moi. Oh, oui, je suis sur la voie de la guérison, mais je n'aurais jamais pensé que ce puisse être aussi long. Il m'en a fallu du temps, avant d'être capable de franchir la porte. J'avais l'impression d'entendre Deanna, je croyais la voir devant une fenêtre ou agenouillée sur le parquet, à réfléchir aux couleurs dont elle peindrait le salon.

Et aujourd'hui, le fait d'être avec Quinn... Deanna et moi avions une foule de projets, reprit-il après une courte pause. Nous voulions des enfants et... Et zut, je déteste parler comme ça. Je déteste me sentir comme ça, conclut-il avec un rire plein d'amertume.

Mel fit quelques pas dans sa direction.

— Un jour, tu retomberas peut-être amoureux. Tu te marieras et tu auras ces enfants.

— Je t'en prie, Mel.

— Je suis désolée, chuchota-t-elle en jouant nerveusement avec la fermeture Eclair de sa veste, jusqu'à ce qu'il pose la main sur la sienne.

— Non, tu ne comprends pas, dit-il.

Mais comment le pourrait-elle quand lui-même y échouait lamentablement ?

Il s'assit sur le banc du hall, celui qu'ils avaient déniché au marché aux puces, et enfouit le visage entre ses mains. Mel s'agenouilla devant lui, avec tendresse et compassion, comme elle l'avait fait avec Moses, et écarta ses mains. L'expression qu'il découvrit sur son visage lui déchira presque le cœur.

— Ryder, parle-moi.

— Il faut que je te raccompagne.

— Pas tout de suite. Dis-moi ce que tu ressens.

— Je ne peux pas.

— S'il te plaît. Si tu ne peux pas te confier à moi, à qui d'autre le pourras-tu ?

Il laissa échapper un petit rire, celui d'un homme blessé et désemparé.

— Je te désire tellement, Mel...

Et en une fraction de seconde, ses paroles mirent le feu aux poudres. Ce fut comme s'il avait prononcé la formule magique. Elle sentit le désir exploser en elle, se libérer, tel un formidable feu d'artifice. Elle éclata de rire.

— Tu m'as emmenée ici pour coucher avec moi ?

— Oh, non, mon Dieu ! Comment peux-tu penser une chose pareille ? Et s'il te plaît, arrête de rire !

— Ryder, c'est trop drôle, tu es rouge comme une tomate !

— Cela n'a rien de drôle, Mel.

— Pardon, monsieur, dit-elle en pouffant.

Il la fusilla du regard.

— Sache une fois pour toutes que je ne t'ai pas conduite ici pour faire l'amour avec toi.

— Mais manifestement, cela t'a traversé l'esprit.

Après une seconde ou deux, il soupira, puis, secouant la tête, il se massa les tempes.

— Bon, d'accord, avoua-t-il. Peut-être une centaine de fois, mais pas plus.

— Seulement ?

Il la dévisagea avec un air un peu penaud.

— Tu ne t'en doutais pas ?

— Pas du tout. En fait, suite à notre conversation dans la cuisine de ma grand-mère, je pensais, eh bien… Disons que je pensais le problème résolu.

— Je t'ai pourtant dit que je te trouvais extrêmement séduisante.

— Et que tu n'avais pas l'intention de céder à cette attraction, mais… Dois-je en déduire que les choses ont changé ?

Ryder baissa les yeux et soupira de nouveau.

— Je suis désolé, tellement désolé.

— De quoi ? D'être un homme ? Je t'en prie. Depuis combien de temps ?…

— Suffisamment pour que j'agisse comme un imbécile, l'interrompit-il.

— Penser n'est pas agir, Ryder.

— Il n'y a guère de différence, pour moi.

Toujours à genoux, elle croisa les mains sur ses cuisses, ne sachant en vérité comment réagir : soit elle saisissait l'opportunité, pour se le reprocher juste après, soit elle résistait à la tentation, mais se le reprocherait tout autant.

— Il semblerait donc que la période d'engourdissement de tes sens arrive à son terme, et qu'en réalité, comment dire ? tout ça te démange, conclut-elle sans pouvoir réprimer un sourire.

— Cela ne m'aide en rien, Mel.

— Mais… Je… Et si je disais « oui » ?

Ryder la regarda, manifestement au supplice, puis il lui prit les mains.

— Sauf que cela ne serait pas bien du tout.

— Tout dépend de ce que tu entends par « pas bien ».

— Mel, je…

— Tu pleures encore Deanna, je sais. Je t'assure, je comprends. Je sais ce que tu ressens. Oui, je sais ce que c'est que de pleurer quelqu'un.

Sans plus réfléchir, elle tendit les bras vers lui et approcha son visage du sien.

— Mel, que fais-tu ? demanda Ryder en reculant.

— On appelle ça un baiser, vois-tu.

— Mais…

— Ryder. Un, tu en as envie. Et deux, je n'ai plus seize ans !

— Mais, c'est toi…, marmonna-t-il.

— Oui, c'est moi, moi à qui tu viens juste d'avouer ton désir. Et tu connais la bonne nouvelle ? Je suis d'accord. Alors, cesse tes jérémiades. Et si quelque chose cloche, nous arrêterons et tu sauras à quoi t'en tenir, dit-elle en se rapprochant encore de lui. Prêt ?

Il esquissa un timide sourire. Peu à peu, le chagrin dans ses yeux laissa la place à de l'espoir.

— Tu es diabolique.

— Cesse de parler, ordonna-t-elle en tendant les lèvres. Ta bouche, maintenant. Tout de suite ou…

Elle n'alla pas plus loin, car, à cet instant, il se pencha vers elle et lui donna un baiser comme on n'en voyait qu'au cinéma. Ryder avait une façon d'embrasser… Divine ! Passionnée ! Et c'était mille fois mieux que dans ses rêves. Mieux que tout ce qu'elle avait imaginé, adolescente, quand elle regardait sa bouche à la dérobée.

Et quand il l'allongea sur le tapis de l'entrée, sa langue nouée à la sienne, son cœur battait la chamade à l'unisson du sien. Elle gémit, subjuguée. Malgré le deuil et la solitude, Ryder n'avait visiblement rien oublié des gestes et des caresses qui font frémir. Elle sourit au contact de ses mains, l'une sur son sein, l'autre sur sa cuisse. Fermant les yeux, elle sentit contre son ventre la montée en puissance de son désir. Soudain, il s'arracha à sa bouche et plongea les yeux dans les siens.

— Quoi ? demanda-t-elle, le souffle court.

— Rien ne semble clocher, marmonna-t-il.

— Dois-je prendre cela comme un compliment ?

Il sourit.

— En fait, ça me plaît énormément.

— Vraiment ? Eh bien, à moi aussi, figure-toi. Tu embrasses bien, Caldwell. Très bien.

Il sourit de nouveau, avec une pointe de scepticisme. Peu importait. Elle prendrait ce qu'il voudrait bien lui donner. Point.

— Quels sont tes projets, à présent ? demanda-t-elle, rieuse. En rester là ?

— Je ne sais pas.

— Je crois que si, au contraire.

— Ce n'est pas si simple, Mel.

— Uniquement parce que tu compliques les choses, Ryder, dit-elle. Je crois que toi et moi, nous avons grand besoin d'un exutoire. Un besoin désespéré même, si l'on considère ce baiser. Voilà tout ce dont il s'agit et ce qu'il en restera. Les amis sont là pour ça, non ? Pour s'entraider.

Il la dévisagea un long moment, puis hocha la tête.

— Ces paroles me surprennent, venant de toi qui, il y a une semaine à peine, n'étais même pas sûre de vouloir dîner avec moi.

— Que veux-tu que je te dise ? Les choses évoluent.

De nouveau, il la regarda avec intensité, les sourcils froncés.

— Et tu pourrais vraiment faire abstraction de tout le reste ?

— De la famille, tu veux dire ? Premièrement, tu n'es pour rien dans ce qui est arrivé. Deuxièmement, ce n'est pas si souvent que je décide de faire quelque chose pour moi seule, et je suppose que toi non plus. Il ne s'agit donc que de nous deux, en l'occurrence. Cela ne regarde personne d'autre que toi et moi. Alors, par pitié, si tu oses me dire que tu as peur de me faire du mal, je te gifle. Je n'ai plus besoin que tu me protèges, compris ?

Puis elle effleura sa joue et, aussitôt, le regard de Ryder s'assombrit et la fit tressaillir.

— Alors, Ryder, tu veux bien ?

Il rit et déposa un baiser au creux de sa main.

— En quinze petites minutes ? murmura-t-il.

— En cinq si tu veux.

Sourire aux lèvres, il se leva et l'aida à en faire autant, mais il ne l'entraîna pas à l'étage, vers sa chambre.

— Ryder ?

Il lui fit face, lui prit le visage entre les mains et l'embrassa. Ce fut un baiser long et tendre, qui la laissa chancelante, désorientée.

— D'abord, j'ai besoin d'y réfléchir, murmura-t-il. Et puis, je ne peux pas te faire ça.

— Tu peux me faire tout ce qu'il te plaira.

— Non, je veux dire…, bredouilla-t-il, hésitant. Est-ce que tu brûles les étapes, lorsque tu prépares l'une de tes recettes ?

— Cela dépend, si le temps presse, oui, pourquoi pas ? Et parfois, on a des surprises. L'improvisation donne des résultats savoureux.

— Tu ne me facilites pas les choses.

— Toi non plus.

Il la lâcha pour attraper son coupe-vent qu'il enfila, l'air bougon.

— Je pense que tu mérites mieux que de l'improvisation, dit-il, puis il se tourna vers elle et ouvrit la porte.

Mel leva les yeux au ciel et s'approcha de lui, nouant les bras autour de son cou.

— Ecoute-moi bien, Ryder. Même si cela ne devait être qu'un moyen pour nous de souffler un peu, eh bien, laisse-moi te dire que si tu fais l'amour aussi bien que tu embrasses, tu ferais de moi la femme la plus heureuse de la planète. Compris ?

Et sur ces paroles, elle lui donna un baiser auquel il répondit avec la même passion que la première fois.

*
* *

En temps normal, Quinn ne rechignait jamais à aider sa mère à préparer le dîner. Mais après deux jours de pluie non-stop, passés à réviser le programme scolaire du trimestre et à aider au ménage, elle était si agitée, lorsque enfin le soleil montra le bout de son nez, que Mel la supplia presque d'aller prendre l'air. Sa mère craignait sans doute qu'elle ne les rende folles, elle et April, rentrée de Richmond le matin même. A présent, assise au bord de l'eau sur l'embarcadère au fond du jardin, Quinn clignait des yeux, fascinée par les reflets orangés du crépuscule. Une légère brise lui chatouillait la nuque. Mais de nouveau elle l'aperçut, à une dizaine de mètres à peine, sur sa gauche.

Oui, il était là, sur le rivage, avec son chien, suffisamment près pour qu'elle puisse bien le regarder. C'était la troisième fois, pas plus, qu'elle le voyait, mais jusqu'à aujourd'hui, toujours de la maison, trop loin pour lui adresser la parole. Il était plus âgé que ce qu'elle croyait, plus grand, aussi. A cet instant, il tourna la tête vers elle et ses cheveux blonds scintillèrent sous le soleil.

— Tu habites ici ? cria-t-il.

— Non, je suis juste en visite, lui répondit-elle, tout en regrettant qu'il en soit ainsi.

Elle adorait la petite ville avec ses vieilles bicoques, ses petites boutiques et surtout ce ciel et l'océan infini. Elle se sentait bien, ici. C'était comme si elle avait toujours appartenu à cet endroit. Et peu importait ce qui s'était passé ou pas entre sa mère et les parents de Ryder, elle aimait bien le père de Ryder, aussi.

— Mais tu peux venir ! lança-t-elle au garçon. On n'aura pas besoin de crier, comme ça.

Ce qu'il fit sans plus se faire prier. Il s'assit à côté

d'elle, sur l'embarcadère, et son chien vint se placer entre eux deux, un bon gros chien noir qui ne cessa d'essayer de lécher le visage de Quinn.

— Teddy, non ! Assis ! ordonna le garçon en tirant sur le collier de l'animal.

L'animal finit par se calmer, et ils purent enfin faire connaissance. Le garçon s'appelait Jack, il avait onze ans, allait à l'école en ville et vivait un pâté de maisons plus loin. Il montra à Quinn une grande bâtisse bleue avec un bateau amarré juste devant, dans sa propre marina. C'était un beau bateau, mais plus petit que celui du père de Ryder. Le père de Jack occupait un poste à responsabilité à Washington, et partageait son temps entre la capitale et St Mary.

— Et ta maman ? demanda Quinn.

Quelques secondes s'écoulèrent, puis Jack répondit, tout en caressant les oreilles de son chien :

— Elle est morte il y a un an. Il n'y a plus que papa et moi. Et aussi mes grands-parents. Tu t'es blessée à la main ?

— Quoi ? Oh ! ça ? dit Quinn en regardant ses points de suture qui commençaient à la démanger. Je me suis écorchée à un clou. Mais ça ne fait pas trop mal…

— Je peux regarder ?

— Bien sûr.

Elle leva la main, et Jack examina sa blessure avec attention avant de hocher la tête.

— Alors, et toi ? Tu es venue avec tes parents ?

— Avec ma mère. Je n'ai pas de papa. En fait, je ne sais même pas qui il est.

— C'est vrai ? Tu veux dire que ta maman s'est adressée à une banque du sperme ou quelque chose de ce genre ?

— Qu'est-ce que c'est ? demanda-t-elle très intriguée.

— Tu ne connais pas ça ? dit-il.

Elle secoua la tête et il releva le menton, manifestement très fier de savoir quelque chose qu'elle ignorait.

— C'est là où se rendent les femmes qui veulent avoir un bébé, mais qui n'ont pas de mari. J'ai deux copains, à l'école, leur mère les a faits comme ça. Alors, eux non plus, ils ne connaissent pas leur père.

Elle réfléchit un moment, trouvant étrange que si tel était le cas, sa mère ne le lui ait pas dit, tout simplement.

— Je ne sais pas, répondit-elle. Peut-être. Je lui demanderai…

Ils demeurèrent silencieux quelques secondes, puis Jack murmura :

— Ça craint de ne plus avoir ma maman.

— Je m'en doute, renchérit-elle, émue aux larmes. Moi, je n'ai jamais connu mon père, alors il ne peut pas me manquer, mais ma maman… Je ne peux même pas imaginer…

Elle n'alla pas au bout de sa pensée, mais elle était sincère, même si Jack se comportait un peu comme un M. Je-sais-tout. Elle décida alors de changer de sujet.

— Tu connais le docteur Caldwell ?

— Lequel ? Le vieux ou le jeune ?

— Le jeune.

Jack se renfrogna et jeta son bout de bois dans l'eau. Teddy se précipita pour aller le récupérer.

— Mouais, pourquoi ?

— J'ai l'impression que maman l'aime bien. Tu sais, comme un petit ami.

Jack se tourna vers elle, l'air confus.

— Pourquoi me racontes-tu ça ?

Elle sentit son visage s'empourprer. Jack avait raison.

Quel besoin avait-elle de lui parler de ça ? Elle ne le connaissait quasiment pas. Et sa mère serait fâchée contre elle.

— Je ne sais pas. Oublie ça. C'était idiot.

— Et lui ? Il l'aime bien ?

Elle regarda Jack qui la dévisageait avec une drôle d'expression.

— Je n'en sais rien, dit-elle en soupirant. Personne ne me dit jamais rien, de toute façon.

— Moi, c'est pareil, marmonna Jack tandis que Teddy revenait vers l'embarcadère, le bâton entre les dents.

Le chien sauta entre eux et s'ébroua, les trempant tous les deux. Jack relança le bâton, et Teddy replongea aussitôt.

— Le docteur Ryder devait épouser ma cousine, dit Jack à voix basse, en regardant droit devant lui.

Elle retint son souffle, stupéfaite.

— Tu veux rire ! Et que s'est-il passé ?

— Elle est morte. Dans un accident de voiture, le même accident que celui où ma mère a perdu la vie.

— Mon Dieu !

Totalement désemparée, elle suivit Teddy des yeux, en train de patauger gaiement. Elle qui voulait parler d'autre chose, elle avait réussi ! Elle tressaillit puis, sans savoir pourquoi, s'empara de la main de Jack. Il sursauta, manifestement choqué par son geste, mais lui laissa sa main quelques secondes, avant de la lui retirer pour lancer de nouveau le bâton à son chien.

— Ça te dirait de venir jouer à Mario Kart, à la maison ?

— Bien sûr, répondit-elle en lui souriant, soulagée.

Peut-être qu'après tout il ne la trouvait pas si sotte que cela ?

*
* *

Mel s'assit à la table de la cuisine avec un thé et son ordinateur portable, pensant avec lassitude aux deux journées qui venaient de s'écouler, au silence de Ryder, dont elle n'avait pas la moindre nouvelle, et à la réflexion de Quinn, une demi-heure plus tôt. Cela lui avait fait l'effet d'une bombe dont elle ressentait encore l'onde de choc.

Bref, elle avait bien besoin d'un petit moment à elle pour reprendre ses esprits. Elle ne pouvait tenir rigueur à Ryder de vouloir réfléchir, car, après tout, l'idée d'entreprendre une relation de ce type n'était pas anodine. Et Ryder n'avait jamais agi à la légère. En même temps, il pourrait très bien se rendre compte que cela n'était pas aussi insensé… Car après tout, il n'y avait pas de mal à se faire du bien, surtout avec lui, et si possible avant qu'elle ne fête son quatre-vingtième anniversaire. L'arrachant à ses pensées, April apparut à cet instant, l'air morose.

— Que se passe-t-il ?

— L'expert est passé cet après-midi, pendant que tu faisais les courses, soupira sa cousine en s'asseyant avec elle. La maison est infestée de termites.

— Vraiment ? s'exclama-t-elle en regardant alentour avec méfiance. Pourquoi ne m'as-tu rien dit ?

— Parce que j'avais besoin de temps pour tout digérer.

— Tout ?

— Eh bien, le système de canalisation du chauffage doit être entièrement changé. Et la toiture remplacée…

— Merci, Nana, marmonna Mel en posant une main compatissante sur l'épaule d'April. Tu es sûre de vouloir assumer tout ça ?

— Je peux au moins prendre en charge les réparations. Mais cela aura un impact sur le prix de vente.

— Ne t'inquiète pas pour ça, la rassura-t-elle aussitôt. Blythe et moi, nous te céderons notre part au prix le plus intéressant.

— Vous êtes gentilles, dit April en souriant. Tu sais, je tiens vraiment à m'investir dans cette maison et je voudrais tant pouvoir ouvrir à Noël, afin de profiter de l'afflux de touristes, à l'occasion de la fête de la ville.

— Eh bien, d'ici là, il va falloir venir à bout de ces satanés termites, déclara-t-elle avec détermination. Une tasse de thé ?

— Volontiers. Et une tranche de cheese-cake, s'il te plaît.

Mel mit de l'eau à chauffer, sortit du réfrigérateur ce qui restait de son succulent cheese-cake et sourit. Quand le monde ne tournait pas rond, rien ne valait un bon cheese-cake. A défaut de sexe, bien sûr, ne put-elle s'empêcher de penser, en se sentant rougir.

A peine eut-elle servi sa cousine que celle-ci dévora son gâteau, tout en désignant l'ordinateur à côté d'elle d'un air interrogateur.

— Je consulte les offres d'emploi, lui expliqua Mel. Et si je peux te donner un conseil, vas-y doucement avec le cheese-cake ou tu vas t'étouffer.

— Je m'en moque, répondit April en riant. Je connais des gens qui tueraient pour moins que ça. C'est absolument délicieux !

— Je n'ai pas envie d'avoir ça sur la conscience, plaisanta-t-elle. Mais tu pourrais envisager de servir du cheese-cake à tes futurs clients, au petit déjeuner. Je te donnerai ma meilleure recette.

— En fait, je vois bien ce cheese-cake comme dessert,

pour le soir, répondit April en fuyant son regard. Vois-tu, après avoir fait mes comptes, je me demande si je ne ferais pas mieux d'ouvrir une auberge plutôt qu'une maison d'hôtes. Avec menu gastronomique chaque soir, acheva-t-elle en toussotant.

Voilà donc où voulait en venir sa cousine !

— April, répondit-elle, je suis au-dessus de tes moyens !

— Je suis sûre que nous pourrions trouver un arrangement, insista sa cousine. Et puis, tu dois reconnaître que Quinn semble parfaitement heureuse, ici.

— Elle est en vacances, bien sûr qu'elle est heureuse d'être ici. Et ce que tu es en train de faire, ça s'appelle du chantage.

— Faux. En revanche, ce que je vais faire maintenant, c'est du chantage, répondit April en pianotant sur le clavier de l'ordinateur, avant de tourner l'appareil vers Mel.

A l'écran s'affichait un piano de cuisson ultraluxe, tout rose. C'était un outil fabuleux, le rêve de tout cordon-bleu. Elle fronça les sourcils et regarda sa cousine.

— Ça ferait bien, dans la cuisine, non ? dit celle-ci, l'air innocent. Il paraît que ces appareils sont parmi les plus performants. N'essaie pas de me mentir, tu as les pupilles dilatées…

Mel rit doucement et en quelques clics fit disparaître de l'écran l'objet de ses plus secrètes convoitises. Puis elle s'assit, rattrapée soudain par la fatigue et les questions de sa fille.

— Quinn m'a demandé tout à l'heure si son père était un donneur de sperme.

— Mais où est-elle allée chercher ça ? s'exclama April, stupéfaite.

— C'est Jack, le gamin qui vit près d'ici, le fils du haut fonctionnaire, répondit-elle, et devant l'air confus d'April, elle ajouta : Sa mère est décédée, ce qui, apparemment, a amené Quinn à lui confier que son père lui manquait. Jack lui a alors suggéré que je m'étais peut-être adressée à une banque du sperme, ce qui expliquerait que je ne lui ai jamais parlé de lui.

— Mon Dieu. Et Quinn sait ce qu'est une banque du sperme ?

— A présent, oui, répondit-elle en s'étirant. Et je dois t'avouer que l'idée de confirmer cette hypothèse m'a tentée.

— Mais tu n'en as rien fait, j'espère.

— Non, dit-elle en soupirant. Puis j'ai changé de conversation.

— Un art dans lequel tu excelles.

— Sauf que Quinn est revenue à la charge, avec une révélation à laquelle je ne m'attendais pas : la mère de Jack et Deanna étaient cousines. Toutes deux sont décédées dans le même accident de la route.

April laissa échapper un gémissement et contempla quelques instants son assiette à présent vide.

— Quinn m'a raconté qu'elle avait passé un moment en tête à tête avec le père de Ryder, pendant que vous couriez tous deux la campagne.

— Nous ne courions pas la campagne. Ryder avait une visite à domicile et David avait acheté ma fille avec une coupe glacée à la chantilly.

— Et tu l'as laissée avec lui ?

— Oui, dit Mel tout en essayant de se concentrer sur les offres d'emploi.

Sans grand succès à vrai dire. La photo d'une certaine gazinière restait comme imprimée dans sa rétine et les baisers échangés avec Ryder faisaient vibrer d'autres parties de son anatomie.

— Ciel ! Je n'y crois pas ! Quelque chose s'est passé entre Ryder et toi, c'est ça ? Et ne t'avise pas de prétendre le contraire ! Tu es rouge comme une tomate.

Elle croisa le regard amusé autant que contrarié de sa cousine.

— Cela ne te regarde pas.

— Je le savais ! Allez, Mel, ne sois donc pas si cruelle. Ne refuse pas à une pauvre petite veuve de vivre quelques émotions par procuration.

— Bien essayé, mais pas question.

— Ecoute-moi, la menaça alors April, Blythe sera là demain, avec les plans d'aménagement de la maison. Je n'aurai qu'un mot à dire et elle te harcèlera de questions et ne te lâchera pas avant avoir d'obtenu tous les détails. Tu la connais.

Mel hésita, puis se résigna.

— D'accord. On s'est embrassés, dit-elle. Mais cela ne signifie rien, s'empressa-t-elle d'ajouter.

— Voilà que tu rougis encore !

— Zut !

— Et c'est tout ? Vous avez juste échangé un baiser ?

Mel leva les yeux au ciel.

— Pour l'instant, murmura-t-elle.

— Fantastique ! s'exclama April en croisant les mains. Vous… Vous allez le faire ?

— Peut-être. Mais tu devrais te calmer ! Je te trouve bien excitée.

— Pas toi ! s'exclama April. C'est de Ryder qu'il s'agit.

— Je te rappelle que pour le moment, Ryder pleure toujours sa fiancée. Tu t'en souviens ?

— Ah, oui, c'est vrai, gémit sa cousine. Cela ne doit pas faciliter les choses.

— En effet.

— Alors, il ne faut pas espérer autre chose entre vous qu'une simple aventure ? demanda April, avec un regard pour le moins sceptique.

— Ce n'est pas un pis-aller. Une aventure, ça me va très bien.

— Avec n'importe qui ? Ou avec Ryder ?

— S'il te plaît, arrête avec tes questions !

— C'était juste pour savoir.

— Ecoute, une chose est sûre : Ryder pense toujours à Deanna, même si physiquement… Bref, je te passe les détails. Cela ne me pose aucun problème. En ce qui le concerne en revanche, je n'en suis pas si sûre. Tu aimais ton mari, tu dois comprendre combien ce doit être difficile, pour lui.

April plongea les yeux dans les siens et prit sa main avec tendresse.

— Ce que je comprends, c'est que ça doit surtout être très difficile pour toi.

— Pour moi ? Mais je viens de te dire…

— En fait, je crois que tu te racontes des histoires, si tu penses pouvoir faire l'amour avec Ryder et ensuite tourner la page, comme si rien ne s'était passé. Cela ne te ressemble pas, ma chérie.

Mel se renfrogna et reporta son attention sur l'écran de son ordinateur.

— Eh bien, j'ai peut-être changé, voilà tout, dit-elle.

Après quelques secondes, April se leva pour aller rincer son assiette dans l'évier.

— Me mentir est une chose. Mais te mentir à toi-même est beaucoup plus périlleux.

A cet instant retentit le carillon de la sonnette. Enfin, quelques notes du carillon qui, manifestement, avait le hoquet. Tout était donc détraqué, dans cette maison ! Elle soupira et se leva pour aller ouvrir, et ses jambes manquèrent de se dérober quand Ryder posa les yeux sur elle.

— J'ai réfléchi, annonça-t-il.

- 8 -

— Tu es sûre qu'April ne voit pas d'inconvénient à jouer la baby-sitter ? demanda Ryder, la gorge serrée, en se garant sur la marina voisine, déserte à cette heure.

— Sans aucun problème, répondit Mel, pour la troisième fois en moins de dix minutes. Quinn dort déjà comme une bienheureuse depuis une heure au moins. Et elle ne se réveillera pas avant sept heures.

Il avait bien noté le regard de sa cousine, tout à l'heure, quand ils étaient partis de la maison. Descendant de voiture, il s'empressa de lui ouvrir la portière. Quelques bateaux tanguaient sous de rares rayons de lune que dissimulaient de gros nuages gris. Elle lui sourit et prit sa main.

— Mais tu trembles, dit-elle en caressant sa joue. Ecoute, nous ne sommes pas obligés de…

— Je sais. Mais… je le veux.

Elle serra sa main dans la sienne et l'entraîna vers le voilier. Leurs pas résonnaient sur la jetée. C'était une idée à elle. Elle avait compris combien il lui serait difficile de l'emmener chez lui. Il l'aida à monter sur le pont, tremblant d'impatience autant que de froid. Mais lorsqu'elle chercha à l'enlacer, il secoua la tête.

— Pas tout de suite.

Elle s'assit près de lui pendant qu'il conduisait le bateau loin de la marina, mettant le cap sur un minuscule archipel où ils avaient mouillé, deux jours plus tôt. Mais cette fois, il contourna l'îlot principal et alla s'amarrer à un quai privé, derrière une maison qu'il savait vide depuis des mois. Le silence les enveloppa, seulement entrecoupé du clapotis des vagues sur la coque et du hululement d'une chouette.

— C'est beau, chuchota Mel. Parfait.

— J'ai apporté du vin, dit-il en toussotant.

— Pas besoin de vin. Merci.

— Et des préservatifs aussi.

— Alors là, oui, s'esclaffa-t-elle. Ça pourrait nous être utile en revanche.

Le cœur battant à tout rompre, il l'aida à descendre dans la minuscule cabine, courbant les épaules pour entrer, le plafond étant trop bas pour qu'il puisse se tenir debout normalement. Puis ayant allumé la lumière, le convecteur, il jeta une couverture sur le lit recouvert de coussins. Et il s'assit.

— Hé, dit Mel en s'agenouillant devant lui pour prendre son visage entre ses mains. Ne t'angoisse pas. J'ai envie de faire l'amour avec toi. Mais je peux aussi me contenter de m'asseoir à ton côté sur la plage pour admirer le paysage. C'est comme tu veux et…

D'un baiser, il la fit taire, l'attirant en même temps sur le lit. Elle entrouvrit la bouche, laissant échapper un soupir. Lorsqu'il glissa les mains sous sa veste, elle sursauta.

— Tu es glacé ! dit-elle en riant.

— Pardon.

— Pas de problème. Nous aurons vite fait de nous réchauffer, dit-elle. Dis, Ryder, tu es d'accord ?

Lorsqu'il hocha la tête, elle se leva et retira son jean, manquant de trébucher à cause du roulis, puis elle lui fit face et s'assit sur ses genoux, une lueur diabolique dans les yeux tandis qu'elle faisait descendre la fermeture Eclair de sa veste. Devant son expression stupéfaite, elle rit.

— Est-ce que ça valait la peine d'attendre ?

— Je suis médecin, ce n'est pas comme si je..., précisa-t-il avant de ravaler sa salive. Je suis sans voix, conclut-il en riant.

— Tant mieux, dit-elle.

Elle glissa les doigts dans ses cheveux et posa sa bouche sur la sienne. Ce fut un tendre baiser, comme ceux qu'en échangent de timides adolescents. Mais quand le bout de ses seins frotta contre son torse, il sentit tout son sang affluer là où il devait affluer. Gêné par sa réaction, il tenta de la repousser, mais elle résista.

— Hé, dit-il avec douceur. C'est un cadeau que je veux te faire. Et si ça doit aller vite, ce n'est pas un problème.

En une poignée de secondes, il se déshabilla, attrapa un préservatif et plongea en elle. Lui qui voulait prendre son temps ! Mais, étonnamment, elle cria avant lui, lacérant ses épaules quand l'orgasme la submergea, et il enfouit le visage dans son cou, à peine conscient de sa respiration haletante. Alors, nouant les jambes autour de ses reins pour l'attirer au plus profond d'elle, il ne vit bientôt plus que des étoiles.

Ce va-et-vient brûlant lui fit venir les larmes aux yeux. Il la sentit jouir une nouvelle fois, et il bascula avec elle dans ce gouffre exquis dont il se tenait à l'écart depuis plus d'un an. Ils retombèrent bientôt à bout de souffle sur le lit, et restèrent allongés dans la pénombre, dans les bras l'un de l'autre. Ce fut Mel qui rompit le silence.

— Tu te sens mieux ?

— Je te dirai ça dans une minute, répondit-il et, croisant son regard, il eut soudain honte de lui.

— Après une année d'abstinence ? C'était merveilleux !

— Tu mérites mieux que ça.

— Pour l'amour de Dieu, Ryder, soupira-t-elle en se tournant vers lui. J'ai une recette de cookies très compliquée, avec une tonne d'ingrédients à mettre dedans et généralement il me faut tout un après-midi pour la préparer. Mais vois-tu, parfois, il m'arrive de déchirer un sachet de préparation toute faite et en dix minutes, j'ai des cookies. Et tu sais quoi ? Ils sont aussi bons que les autres.

Il se tourna à son tour vers elle et promena les yeux sur son corps, la rondeur voluptueuse de sa hanche, autant de merveilles qu'il n'avait pas pris la peine d'admirer dans l'urgence où il s'était trouvé.

Alors, doucement, lentement, il fit glisser sa main sur sa cuisse, puis remonter les doigts sur sa hanche et sur sa taille, avant de s'attarder sur ses seins, comme une lecture en braille de ce corps merveilleux.

— Que dirais-tu d'établir un comparatif plus précis des deux recettes de cookies ? suggéra-t-il.

— Je suis d'accord, répondit-elle en riant.

— Heureux de te l'entendre dire, lança-t-il avant de lui donner un baiser.

Si Ryder pressé était stupéfiant, que dire du Ryder prenant son temps ? Une éternité plus tard, blottie contre son torse, Mel, éreintée et comblée, en avait encore le cœur qui cognait. Bien sûr, d'ici peu elle recouvrerait ses esprits et elle comprendrait alors son erreur, mais d'ici là…

— Je devrais te raccompagner maintenant, murmura-t-il tout en caressant l'arrondi de son épaule. April risque d'imaginer…

— April n'imaginera rien, répondit-elle en gloussant. April sait.

Si elle n'avait été collée à lui, elle n'aurait pas senti cette crispation quasi imperceptible chez Ryder.

— Elle sait ? Comment ça ?

— Que nous ne sommes pas sortis manger un hamburger.

— Ah, je comprends mieux son regard critique, tout à l'heure.

— April, un regard critique ?

— Il m'a semblé.

— Elle ne voudrait pas que j'aie le cœur brisé, mais je lui ai expliqué que cela ne risquait rien, répondit-elle.

Comme Ryder restait silencieux, elle tressaillit, mais trouva néanmoins le courage de demander :

— Est-ce que tu as pensé à elle, pendant…

— A qui ? April ? demanda-t-il, l'air confus.

— Non.

Sa main enserra presque douloureusement son épaule, puis il répondit :

— Tu dois savoir une chose, Mel. Je n'ai jamais fait l'amour avec une femme en pensant à une autre. Ce soir, c'était toi et moi, nous deux et c'est tout.

Mais elle surprit une ombre dans ses yeux. Le doute, probablement

— Mais ?…

Il soupira, puis l'attira tout contre lui et déposa un baiser sur ses cheveux. Elle aurait donné n'importe quoi pour être frappée de surdité subite, car ainsi elle n'aurait pas eu à l'entendre dire :

— C'était une erreur.

— Une erreur ? répéta-t-elle en cherchant son regard. Et il t'a fallu une heure pour le réaliser ?

— Nous avons couché ensemble et…

Il se tut. Une expression torturée se peignait à présent sur son visage.

— C'est comme ça que tu vois les choses ? Une simple coucherie ?

— Et que devrais-je voir d'autre ?

Ebranlée, agacée par la situation, elle s'arracha à ses bras et rassembla ses vêtements éparpillés sur le sol, se cognant à plusieurs reprises dans l'espace confiné de la cabine. Enfin, revêtue de son jean, elle attrapa sa veste.

— Bien, laisse-moi t'éclairer sur certaines choses, dit-elle en remontant sa fermeture Eclair d'un geste rageur. J'ai conscience que ce qui s'est passé entre nous, ce soir, ne nous engage ni toi ni moi. Mais crois-tu que je sois du genre à me donner ainsi à un homme, uniquement pour, comment dis-tu, « coucher » ? Bon, à l'évidence, tu ne sembles pas du tout penser que ce que nous venons de partager était rare et merveilleux et… Oh ! et puis après tout, ce n'est pas à moi de te dire quoi penser, n'est-ce pas ?

Ryder qui s'était rhabillé entre-temps la suivit sur le pont.

— Le fait même que tu sois en colère maintenant prouve que c'était une erreur, dit-il.

Elle fit volte-face, les poings levés comme elle le faisait enfant quand il s'amusait à la faire enrager, puis elle se figea.

— Je ne suis pas en colère à cause de ce que nous avons fait, mais parce que tu te comportes comme un idiot.

— Peut-être, mais c'est ainsi que je vois les choses ! répliqua-t-il, avant de secouer la tête. Je suis désolé…

— De quoi ?

Il soupira, puis lui jeta un regard excédé.

— Je pensais que faire l'amour avec toi m'aiderait, je ne sais pas, m'aiderait à guérir, à me libérer de cette prison dans laquelle je me suis enfermé et dont je suis le seul à détenir la clé. Mais après… Eh bien, je vois que les portes restent fermées. Et je m'en veux de t'avoir utilisée.

— Et si je n'attendais que cela, moi ? Si je voulais être utilisée ?

— Je ne suis pas certain que ce soit mieux ainsi.

— Voyons, Ryder, soupira-t-elle en s'accrochant au garde-corps pour garder l'équilibre. Et si tu arrêtais d'endosser la responsabilité des décisions prises par les autres ?

— Je ne…

— Bien sûr que si. Et tu l'as toujours fait. Autrefois, je trouvais cela admirable. Aujourd'hui, j'ai juste envie de te gifler !

Il sourit et haussa les épaules.

— C'est-à-dire… Je voulais recommencer quelque chose avec toi. Bâtir une relation nouvelle, un lien profond entre nous, et pour Quinn, et maintenant, nous avons gâché notre deuxième chance, j'en ai peur. J'ai tout gâché, voilà.

— Ecoute-moi bien, Ryder. Ce que nous sommes l'un pour l'autre et ta relation avec Quinn sont deux choses bien distinctes. As-tu passé un bon moment, ce soir ?

Il regarda au loin, mâchoire serrée, puis il répondit :

— Cela va sans dire.

— Alors, ne pourrais-tu pas simplement t'en tenir à ça et cesser de te torturer, pour l'amour de Dieu ?

Quelques secondes encore s'écoulèrent, puis il parut enfin se détendre. La ride qui barrait son front ne disparut pas, mais elle s'atténua. Et s'il ne sourit pas franchement, quelque chose qui ressemblait à un sourire se dessina quand même sur ses lèvres.

— Je vais essayer, dit-il.

— C'est un premier pas, répondit-elle, tout en essayant de se convaincre qu'elle n'était motivée en ce qui la concernait que par son désir d'aider un ami dans la peine.

Leurs efforts pour entretenir une conversation normale furent pitoyables. Le retour se passa donc dans le silence, chacun ruminant ses pensées. Elle avait sans doute rassuré Ryder, mais, au final, lui seul devrait trouver le chemin de la paix.

— Inutile de me raccompagner jusqu'à la porte, dit-elle quand il se gara devant la maison d'Amelia.

Il ne voulut rien entendre, bien sûr, parce qu'il avait toujours été un gentleman. Il alla même jusqu'à prendre sa main pour remonter l'allée. Ce qui ne fit qu'accentuer la tension entre eux. Une fois devant la porte, il enfouit néanmoins les mains dans ses poches.

— Je voudrais que tu saches combien tu comptes pour moi, dit-il avec calme. Oui, tu comptes énormément et je… j'ai énormément apprécié cette soirée et je suis heureux que cela se soit passé avec toi.

Elle lui sourit, profondément émue.

— De mon côté, je suis heureuse de t'avoir rendu ce service, parvint-elle à articuler.

— Tu es vraiment quelqu'un d'exceptionnel, Mel Duncan, dit Ryder avec un bref éclat de rire.

Sur quoi il tourna les talons, et l'écho de ses pas martelait à l'unisson des battements de son cœur.

Excepté quelques heures d'un sommeil agité, Ryder resta éveillé la majeure partie de la nuit, maudissant le tic-tac assourdissant de l'horloge ancienne qu'il avait dénichée au marché aux puces.

Après l'amour, et en dépit de tout ce qu'ils avaient pu se dire, la vérité n'avait pas été au rendez-vous, planant sur la conversation tel un fantôme. Et maintenant, alors que l'aube était à peine levée et qu'il se versait un café dans sa cuisine en perpétuels travaux, voilà qu'un autre spectre s'y profilait de nouveau. Il ferma les yeux, non par crainte de ce spectre, mais au contraire pour mieux le cerner, malgré la migraine et le chagrin.

La vérité était là, devant lui, presque palpable. Il avait conscience de ne pouvoir être celui dont Mel avait besoin ni celui qu'elle méritait. Mais qu'il le veuille ou non, il la désirait, surtout après la nuit dernière. Egoïstement, irrationnellement, comme un enfant obsédé par l'idée de posséder quelque chose dont il n'était pas digne.

Car le fait était qu'il connaissait trop bien Mel. Il savait qu'elle mentait en prétendant ne pas accorder plus d'importance que cela à leurs étreintes. Si généreuse soit-elle, cela n'allait quand même pas jusque-là, d'autant qu'elle lui avait aussi avoué ne pas donner son corps à n'importe qui. Il sourit. Ce serait un mensonge que de ne pas reconnaître combien cet aveu avait satisfait son ego.

Il avala une gorgée de café. Le breuvage était aussi amer que le rire qui s'échappa de ses lèvres, quand il pensa à la réaction qu'aurait Mel si elle connaissait ses pensées. Une gifle ! Oui, ce serait le meilleur remède, sans doute, pour lui permettre de reprendre ses esprits. Car c'était un cauchemar. Voilà qu'il se retrouvait avec elle dans la même situation que dix années plus tôt. Rien n'avait changé. Il devait la protéger de lui-même.

Mais cette fois, il ne prendrait pas la fuite. Il aimait cette ville, l'exercice d'une médecine de proximité, la relation profondément humaine qui le liait à ses patients. Et en réalité, la détermination de Mel à partir de St Mary's le plus rapidement possible était justement la solution qui lui faciliterait les choses.

Mais restait la promesse qu'il lui avait faite, concernant Quinn, de mettre fin au mensonge qui avait accompagné la naissance de la fillette, en dépit des frictions que cela occasionnerait avec sa mère. Mais si, ainsi que son père l'avait confié à Mel, Lorraine détenait encore des secrets à ce sujet, alors il ferait tout ce qui était en son pouvoir pour les lui arracher. Il devait bien ça à Mel.

Il attendit un horaire décent, aux environs de sept heures, pour appeler la femme qui l'avait mis au monde, gonflé à bloc après cinq tasses de caféine. A la quatrième sonnerie, elle décrocha, à bout de souffle.

— Ryder ? Mais pourquoi téléphones-tu si tôt ? Tout va bien ?

— Je vais bien. Et toi ?

— Comment ? Mais oui, voyons. Je viens de promener les chiens. Le téléphone sonnait quand je suis entrée… J'ai couru.

— Tu n'as pas encore pris ton petit déjeuner, je suppose ?

— Non, pourquoi ?

— J'avais pensé me joindre à toi.

— Volontiers, mais ton père dort encore. Il a eu un accouchement, la nuit dernière.

— Peu importe. C'est à toi que je souhaite parler.

— Vraiment ? dit Lorraine qui marqua une pause avant de reprendre : Je voulais moi aussi avoir une discussion avec toi. C'est donc très bien comme ça. Mais ne te dépêche pas trop, je suis hideuse…

Une demi-heure plus tard, Ryder était assis à la table ronde en marbre, dans la salle à manger, devant une assiette d'œufs pochés, de toasts et de confitures prétendument artisanales. Ses parents n'avaient jamais remplacé Maureen et Tony, optant pour l'intervention ponctuelle d'une bonne. Sa mère avait déclaré un jour qu'il était temps pour elle d'apprendre à cuisiner. Les repas de fête et les réceptions étaient cependant assurés par le traiteur de la ville.

Vêtue d'un pantalon en toile gris et d'un pull cachemire lavande qui tranchait outrageusement avec ses cheveux roux, Lorraine beurrait un toast, l'air faussement enjoué.

— C'est agréable, tu ne trouves pas ? Nous avons si rarement l'occasion de prendre notre petit déjeuner ensemble. Alors, mon garçon, quelle est la raison de ta visite ?

— Je suis venu pour parler de Quinn, répondit-il sans détour. Le moment est venu de tourner la page sur toutes ces absurdités. Tu n'es pas d'accord ?

Soudain crispée, Lorraine but une gorgée de café puis posa sa tasse. Sa main tremblait légèrement.

— Tu as raison, autant en venir directement au fait.

— En effet.

Sa mère le regarda droit dans les yeux, avec cette détermination qu'il lui avait toujours connue. Et autre chose aussi, qui le mit mal à l'aise. Mais avant qu'il puisse dire quoi que ce soit, elle déclara :

— Je l'ai vue, hier.

Il faillit en laisser tomber son verre de jus d'orange.

— Pardon ?

— Chez Finnegan. Ton père m'avait envoyé un texto pour me prévenir qu'ils étaient là-bas. Ne te mets pas en colère, dit-elle quand il fronça les sourcils. Je pense qu'il craignait que je n'aie pas d'autre occasion de la voir. J'ai hésité, crois-moi, mais la curiosité a été la plus forte. Alors, j'y suis allée, mais je me suis assise à l'écart, de manière à ce qu'elle ne puisse pas me voir.

Lorraine croqua du bout des lèvres dans son toast et se tapota les lèvres avec sa serviette.

— Elle est exceptionnelle, n'est-ce pas ?

Troublé par ses révélations, mais aussi par l'émotion qu'il percevait dans la voix de sa mère, il s'enfonça sur son siège.

— Oui, effectivement.

Lorraine lui sourit, se recoiffa d'un geste éminemment artificiel.

— Tu as raison. Il est temps de tourner la page. Je sais que j'ai mal agi.

— C'est le moins que l'on puisse dire.

— Ah, Ryder, soupira-t-elle. Lorsque nous avons appris que Jeremy avait mis Mel enceinte, ce n'était pas envisageable, de tous les points de vue. J'ai fait ce que j'ai cru être le mieux, tu dois me croire. Mais, maintenant, je veux connaître ma petite-fille. Je veux être sa grand-mère. Jeremy et Caroline ont pris la décision de ne pas avoir d'enfants, et toi…

Elle n'alla pas au bout de ce qu'elle était si près de dire.

— En d'autres termes, Quinn est ta seule chance…

— Je n'ai pas dit cela.

— C'est inutile.

— Je suis réaliste, Ryder. Je n'ai pas d'autre choix

que de faire avec ce que j'ai. Qui sait combien de temps encore tu vas pleurer Deanna.

— Je ne suis pas ici pour parler de Deanna, dit Ryder, refusant de laisser sa mère changer de sujet de conversation, ou y mêler ses problèmes personnels. Ni de moi. En fait, si je tiens à remettre de l'ordre dans tout ce gâchis, c'est que, moi aussi, je trouve Quinn adorable. Mais j'aspire à nouer avec elle une vraie relation, dénuée de mensonges et de secrets. Je veux qu'elle sache que je suis son oncle, mais cela ne sera possible que lorsque tu auras fait la paix avec Mel. Car pour avoir la possibilité d'approcher ta petite-fille, tu vas d'abord devoir en passer par Mel. Et par moi.

Sa mère l'observa avec curiosité.

— Ainsi, votre amitié est restée intacte ?

— Il semblerait, oui, répondit-il, alors que la culpabilité lui enserrait la gorge. Et dans cette histoire, je serai son avocat.

— Cela signifie que tu es mon seul espoir pour arranger les choses, dit sa mère avec un faible sourire.

— Jusqu'à un certain point. Le reste t'appartient.

— Mais est-elle au moins ouverte à cette idée ? Est-elle d'accord pour…

— Pas si vite. Oui, elle est décidée à dire la vérité à Quinn, surtout depuis que celle-ci l'a interrogée sur son père…

— Oh, non ! On ne peut pas impliquer Jeremy dans…

— Je vois mal comment tu pourrais l'éviter. Lorsque Quinn va apprendre que vous êtes ses grands-parents, étant donné que je ne suis pas son père… Bref, elle aura vite fait de résoudre l'équation.

— Mais le mariage de ton frère…, gémit Lorraine.

— Ce n'est pas notre problème, maman. Ce n'est pas

le tien non plus. Vois-tu, Jeremy est un grand garçon, maintenant. Il devra assumer, il n'a pas le choix. Et Caroline aussi.

Lorraine croisa les mains, un peu comme si elle priait.

— Mon Dieu, les secrets, c'est une vraie saloperie ! soupira-t-elle, puis elle regarda furtivement derrière elle, comme si une créature cachée là depuis trop longtemps risquait d'apparaître. Laisse-moi au moins le prévenir, ajouta-t-elle.

— Non, c'est moi qui vais l'appeler.

— Ryder, non, cela ne te regarde pas…

— Pardon ? Jeremy savait parfaitement ce que Mel représentait pour moi. Alors, tu ne vas pas prétendre que ce qu'il a osé lui faire n'était pas délibéré ! Et si je suis furieux contre toi, ce n'est rien par rapport aux sentiments que mon frère m'inspire.

Sa mère contempla son verre de jus d'orange pendant de longues secondes.

— Dans ce cas, pourquoi ne pas lui avoir téléphoné dès que tu as su ?

— Parce que Mel m'aurait tué, répondit-il. Mais avant que tu organises une rencontre avec Quinn, sache qu'il faudra du temps. Elle ne te sautera certainement pas au cou facilement.

— Mais nous pourrions tant offrir à cette enfant, objecta-t-elle, plus contrariée que chagrinée en réalité.

— En lui donnant ce que vous lui avez volé, c'est ça ?

Sa mère rougit, le fusilla du regard, mais baissa les yeux.

— Je suppose que je mérite ce qui arrive aujourd'hui.

— En effet.

— Mel ne semble pourtant pas avoir eu de problème

à laisser Quinn en compagnie de ton père ?… insista Lorraine, une note d'espoir dans le regard.

— Détrompe-toi. Et pourquoi aurait-elle confiance en toi, après ce que tu lui as fait ? Tu pensais que Mel ne me dirait pas comment tu l'as traitée ? Les choses méprisables que tu lui as dites ? Tu as fait pire que la blesser, maman. Tu l'as rabaissée et humiliée. Il faudra plus que de simples excuses pour réparer le mal, bien plus. Et quand je pense à sa mère…

— Pour l'amour du ciel, Ryder, arrête ! s'exclama Lorraine en se levant brusquement de table pour aller se planter devant la baie vitrée. J'ai paniqué, tu comprends ! Et je sais, cela n'est pas une excuse, mais…

— Mais quoi ? demanda-t-il en la rejoignant. Autant que tu le saches, papa a laissé entendre à Mel qu'il y avait dans cette affaire des éléments dont elle ignore tout… Non, je n'ai aucune idée de ce que cela peut être, s'empressa-t-il d'ajouter en voyant Lorraine se tourner brusquement vers lui, comme aux abois. Mais quelle que soit la vérité, tu la lui dois. Parce que sinon, tu n'auras jamais la moindre chance de nouer une vraie relation avec ta petite-fille.

— Il a raison, Lorraine, s'interposa son père depuis la porte. Ces histoires ont assez duré. Le moment est venu.

A peine levé visiblement, David alla se servir un café. Ecarlate, Lorraine regarda Ryder, puis son mari.

— Mais tu as dit…

— Ce que j'ai dit il y a plus de trente ans n'a plus cours aujourd'hui, l'interrompit son père sur un ton autoritaire qu'il ne lui connaissait pas. En outre, tu n'as plus le choix, il me semble…

La voix de David s'était radoucie. Quelques secondes

s'écoulèrent. Le regard de Lorraine s'attarda sur David, comme pour puiser en lui la force nécessaire.

— Cela ne concerne pas Mel directement, dit-elle enfin en se tournant vers lui. C'est au sujet de sa grand-mère et de ce que je lui ai fait.

- 9 -

— Mais on se gèle, ici !

Recroquevillée dans l'un des vieux fauteuils à bascule à moitié rongés par les vers sous le porche non moins délabré de la maison d'Amelia, Mel esquissa un sourire à Blythe qui était apparue à la porte-fenêtre menant dans le salon. Juchée sur des talons aiguilles, drapée d'une robe aussi excentrique dans sa coupe que dans ses couleurs, superbe et rayonnante telle une déesse, sa cousine semblait son exact opposé. Elle se sentait terriblement mal dans sa peau.

— Un sale temps, oui, à l'image de mon humeur, dit-elle en regardant le paysage devant elle, tout en gardant un œil sur Quinn et son nouveau camarade.

Le ciel et la mer se confondaient dans le même gris.

— Tu viens d'arriver ? ajouta-t-elle à l'intention de sa cousine.

— Tout juste, répondit Blythe en attrapant une chaise, une carafe de café à la main. Mais je ne fais que passer. J'ai un rendez-vous à Falls Church, cet après-midi. Qui est ce gosse avec Quinn ?

— Jack quelque chose, le fils d'un membre du Congrès.

— Wes Phillips ?

— Oui, ça doit être ça. Il a l'air gentil, dit Mel qui avait rencontré le garçonnet un peu plus tôt. Le fils, je veux dire, car je ne connais pas le père qui est en déplacement à Washington, sans doute en train de voter des lois qui verront nos impôts doubler. Je me demande ce qu'ils complotent, ajouta-t-elle en observant sa fille et le jeune garçon, manifestement en pleine discussion, sur la jetée. Les enfants, je veux dire. Pas Wes Phillips…

Blythe rit de bon cœur.

— Alors ? April m'a raconté. Tu es sorti avec Ryder, la nuit dernière ?

Elle frémit. Le texto reçu une demi-heure plus tôt avait le mérite d'être bref et clair. La mère de Ryder souhaitait s'entretenir avec elle.

— Et April t'a envoyée aux nouvelles ? demanda-t-elle.

— Donc, vous êtes sortis ensemble, lui et toi, insista Blythe. Mais sortis comment ? Sortis sortis ?

— On est sortis en mer, oui, sur son bateau, grommela-t-elle.

— Tiens, tiens, ricana Blythe. Et tu ne crois pas que cela risque de compliquer les choses avec Quinn ?

— Même si cela ne te regarde pas, sache qu'il n'y aura pas d'autres soirées de ce type. C'était juste pour un soir, une sorte d'accord entre lui et moi. Alors, non, il n'y aura aucune complication.

— Pour Quinn, ou pour toi ?

— Pour personne, répliqua-t-elle, alors que le souvenir de ses étreintes avec Ryder dans la cabine du voilier la hantait.

— Tu lui as dit ? demanda Blythe.

— J'y réfléchis. J'ai rendez-vous pour un entretien en vue d'un nouveau job à Baltimore, la semaine prochaine. D'ici là… Mais ça dépend de certaines choses…

— Des Caldwell, entre autres, ironisa sa cousine.

— Je présume qu'April t'a déjà dit que Quinn avait rencontré le père de Ryder. Cela a été un vrai coup de foudre, entre eux deux. Et à la vérité, je dois bien reconnaître qu'il ferait un grand-père formidable. J'ai toujours bien aimé le docteur David, ajouta-t-elle en soupirant. C'est quelqu'un de bien.

— Malgré son rôle dans l'histoire ? dit Blythe.

Elle sentit le regard de sa cousine se poser sur elle ou plutôt sur sa capuche. Un long silence s'installa, puis Blythe reprit :

— Je sais que tu t'es toujours interrogée sur le conflit qui opposait ta mère à Nana.

— Grand-mère n'aimait pas que maman travaille pour les Caldwell, répondit-elle en se tournant vers sa cousine, avec un mauvais pressentiment.

— Manifestement, il y avait autre chose, dit Blythe.

April fit son apparition sous le porche, luttant quelques secondes pour refermer la porte-fenêtre derrière elle, avant de venir s'asseoir auprès de Mel qui regarda ses cousines l'une après l'autre, la gorge soudain nouée.

— Que se passe-t-il ?

— Il ne se passe rien, répondit April en s'accroupissant devant elle. Mais il s'est passé quelque chose, avant notre naissance. Tu te souviens de ces cartons remplis de documents que Blythe et moi avons triés ?

— Oui.

Blyth plongea alors la main dans sa poche et en sortit une feuille de papier jauni qu'elle tendit à Mel.

— J'ai trouvé ceci.

Lorraine rangeait les affaires du petit déjeuner dans le lave-vaisselle quand on sonna, un tintement bref et impérieux qui la fit sursauter. Les chiens se précipitèrent sur la porte en aboyant.

— Lucy ! Ethel ! Ici !

Sur les nerfs, après la petite réunion de famille de ce matin, elle s'empressa d'aller ouvrir. David et Ryder étaient déjà partis pour la clinique, la femme de ménage ne serait pas là avant une heure. Le soleil brillait derrière les vitraux de la porte d'entrée quand elle ouvrit.

— Melanie !

Sans prononcer un mot, les joues en feu, les yeux brillants, la jeune femme lui mit sous le nez une feuille de papier.

— Vous avez eu une liaison avec mon grand-père ?

Mon Dieu, pas comme ça, non !

— Voulez-vous entrer ?...

— Quand je pense à tous les noms dont vous m'avez traitée, toutes les saletés dont vous m'avez accusée, alors que vous... Vous aviez couché avec le mari d'une autre ! Non seulement vous êtes snob, mais en plus, vous êtes une sacrée hypocrite !

— Je refuse de poursuivre cette conversation sur le pas de la porte, répliqua Lorraine en invitant sa visiteuse à entrer.

Les chiens retournèrent sagement dans la cuisine.

— Oui, je sais où se trouve le salon, marmonna Mel.

Lorraine la suivit dans cette pièce où elles avaient eu une discussion, des années plus tôt.

— Asseyez-vous.

— Inutile, répliqua Mel en regardant autour d'elle, avant de la défier du regard. Rien n'a changé, ici, je vois.

— Bien plus que ce que vous pouvez imaginer, répondit-elle avec l'impression que son cœur allait exploser tant il cognait dans sa poitrine. Je voulais vous le dire... Où avez-vous trouvé cela ? demanda-t-elle en regardant la lettre que tenait Mel.

— Ma cousine est tombée dessus en rangeant les affaires de ma grand-mère, répondit Mel.

Le chagrin le disputait à la colère, dans son regard.

— Puis-je regarder ?

— Faites, répondit Mel en lui tendant la lettre. Mais vous devez connaître son contenu par cœur, puisque c'est vous qui avez rédigé cette lettre.

— C'est vrai, chuchota-t-elle.

Elle déplia la feuille de papier avec précaution, un papier vélin, cadeau de mariage d'une tante éloignée. Son écriture était plus jolie, plus légère. Elle retint son souffle en relisant ces mots d'excuse qu'Amelia Rinehart lui avait demandé d'écrire, presque trois ans avant la naissance de Ryder. Elle faisait la promesse de ne plus jamais voir ni parler à George Rinehart. Mais cette promesse, elle n'avait eu aucune difficulté à la tenir, en réalité : elle savait qu'elle avait fait une bêtise. Quant à George, il s'était effacé. Elle replia la lettre et voulut la rendre à Mel.

— Gardez-la.

Lorraine la posa sur le guéridon, puis hésita quelques secondes avant de faire face à Mel.

— Je suppose que cela n'a pas d'importance, mais cette liaison n'a pas duré longtemps. J'y ai mis un terme.

— Qui a séduit l'autre ?

— Je... L'attirance était réciproque.

— Mon Dieu ! Il devait... Il avait quoi, trente ans de plus que vous !

— J'imagine que cela faisait partie de son charme, répondit-elle avec un haussement d'épaules. J'étais jeune mariée, très jeune et très seule. David était souvent absent. A l'époque, il effectuait sa spécialisation à Washington.

Pendant deux ans, je ne l'ai vu que très rarement. Et quand il rentrait à la maison, il était fatigué, distrait…

— Ce n'était pas une excuse pour le tromper.

— Bien sûr que non, mais j'étais une petite fille à papa, j'avais toujours été gâtée, choyée. Je n'étais pas armée pour la vraie vie, répliqua Lorraine avec colère. Ni pour résister à la tentation. Alors, j'ai commis cette terrible erreur que votre grand-mère ne m'a jamais pardonnée.

— Et le père de Ryder, il sait ?

— Oui, je lui ai dit. Peu avant que votre grand-mère ne découvre la vérité.

Mel parut un instant prise de court.

— Et il…

— M'a pardonnée ? Finalement oui. Mais en ce qui me concerne, je ne me suis toujours pas pardonné ce que je lui ai fait.

Mel aurait voulu détester Lorraine, pourtant chaque minute qui passait voyait sa colère se dissiper. Non qu'elle se sente prête à sauter au cou de la mère de Ryder ou à lui pardonner, mais cette femme lui semblait presque humaine soudain.

— Et vous n'avez jamais revu mon grand-père ?

— Je l'ai souvent croisé. St Mary's est une petite ville. Mais je ne lui ai plus jamais adressé la parole.

Mel finit par s'asseoir sur un coin de canapé, caressa distraitement l'un des chiens, qui, attiré par les éclats de voix, étaient venus soutenir leur maîtresse. Peu à peu, les choses prenaient tout leur sens.

— Mais cela n'a pas suffi à ma grand-mère ?

— Non, le mal était fait.

— Oui, cela ressemble bien à Nana. Elle n'a jamais

pardonné à ma mère d'avoir épousé mon père et de travailler pour vous.

Lorraine s'éloigna pour s'approcher d'une commode sur laquelle trônaient des photos de famille avec lesquelles elle joua nerveusement, ressemblant tellement à Quinn dans ses gestes que Mel en eut soudain le souffle coupé.

— Honnêtement, j'ignorais que Tony et Maureen se fréquentaient. J'imagine que Maureen devait savoir qu'Amelia n'approuverait pas, mais moi, je ne l'ai su qu'après leur mariage. Vous saviez qu'ils avaient pris la fuite ?

— Oui, bien sûr. Maman m'a raconté l'histoire cent fois.

— Ma gouvernante venait juste de prendre sa retraite, expliqua Lorraine, avec un pâle sourire. Maureen s'est présentée pour la remplacer. Puis il y a eu des scènes !

— Avec ma grand-mère ?

— Oui. Elle m'accusait de lui voler votre maman après lui avoir volé son mari. Pourtant, des années étaient passées. Puis vous êtes née, et Ryder est tombé en adoration devant vous. Votre mère et moi, nous savions qu'Amelia ne le supporterait pas, mais nous espérions qu'avec le temps, il se désintéresserait de vous. Quand il a été évident que ce ne serait pas le cas…

Lorraine se tut de façon abrupte.

— Quoi ?

— Eh bien, avant votre naissance, Ryder était un enfant très calme, trop calme même. C'était à peine s'il parlait. David et moi, nous nous inquiétons. Nous allions de pédiatre en psychologue, mais tous se montraient rassurants. Il ne souffrait d'aucune affection physique ou neurologique. Nous devions attendre, notre garçon grandirait. Puis vous êtes arrivée et Ryder s'est ouvert au monde. Comme ça, sans explication logique.

Surprise, elle cessa de caresser le chien qui aussitôt la rappela à l'ordre.

— C'est pour cette raison que vous avez fermé les yeux sur notre amitié.

— En quelques mois, Ryder est devenu comme tous les enfants de son âge. Nous vous étions tellement reconnaissants, son père et moi. Mais Ryder n'a jamais rien su de tout ça, bien entendu.

— Et vous dites que ma grand-mère ignorait pour lui et moi ?

— Nous y avons veillé, votre mère et moi. Par exemple, il n'allait jamais vous voir chez Amelia, en sa présence. Votre mère a toujours fait en sorte de lui cacher combien vous étiez proches.

— Mais alors, pourquoi…

— Pourquoi vous ai-je traînée dans la boue ? dit Lorraine d'une voix blanche. Si j'avais eu la moitié de votre courage, alors, rien de ceci ne serait arrivé, mais j'ai été d'une lâcheté extrême. Il n'y a pas de raison pour que me croyiez, je le sais, après tout ce que j'ai pu vous dire. Mais lorsque votre grand-mère a appris ce qui s'était passé, elle m'en a rendue responsable et m'a menacée de dévoiler à tous la vérité, si je ne vous chassais pas, votre mère et vous.

— Une minute, l'interrompit-elle. Ma grand-mère savait pour ma grossesse, et avant vous ?

— Oui, murmura Lorraine, alors qu'une larme roulait sur sa joue.

— Mais comment est-ce possible ?

— Votre mère le lui avait dit.

Le souffle coupé, elle se laissa tomber sur le canapé.

— Pourquoi ? Dans quel but ?

— Saviez-vous que votre mère cherchait à se réconcilier avec Amelia ?

— Non ! Et pourquoi ?

— Le décès de votre père avait fortement ébranlé votre maman. Je pense qu'elle a éprouvé alors le besoin de renouer avec sa propre mère. Et c'était à elle de faire le premier pas. Elle ignorait tout, bien sûr, de la liaison que votre grand-père et moi avions eue.

— Elles se sont réconciliées ?

— Elles ont en tout cas recommencé à se parler.

— Suffisamment pour que maman sente qu'elle pouvait confier à Nana que j'étais enceinte ? demanda-t-elle avant de laisser échapper un rire amer. Elle cachait mon amitié avec Ryder, mais n'a pas hésité à lui révéler que je portais l'enfant de Jeremy. C'est absurde !

— Sans doute, mais votre mère pleurait encore la disparition de votre père, à ce moment-là. Elle était perdue. Elle a cru bien faire.

Elle se redressa et se massa doucement le front.

— Nana a alors utilisé ça contre vous.

— Oui. La légèreté de son mari entachait sa réputation. De mon côté, je n'avais pas envie que toute la ville soit au courant de notre aventure. Nous avions donc intérêt toutes les deux à cacher la vérité.

— Elle vous a donc fait promettre de ne jamais parler à personne de votre liaison avec son mari.

— C'est cela, mais, à la mort de George, elle a découvert…

Lorraine se tut et rougit.

— Que vous n'aviez pas été la seule.

— Au point que soudain, elle se fichait bien que la ville sache, pour moi. Une de plus ne changerait rien.

En revanche, c'était différent, pour moi. J'avais honte, j'étais mortifiée, mais…

— Mais Nana a continué à vous menacer.

— Alors, vous me croyez ? dit Lorraine, les yeux pleins d'espoir, soudain.

— Nana ne m'a plus jamais adressé la parole. Pas une fois, elle n'a répondu à mes courriers lorsque je lui faisais parvenir des photos de Quinn. Et pour être honnête, je me souviens très bien de grand-père flirtant avec toutes les femmes de cette ville. Alors, oui, je vous crois. Mais…

Elle se leva et s'approcha de la commode sur laquelle elle s'empara d'une photo de Jeremy enlaçant sa jolie épouse asiatique.

— Toutes ces années à pleurer ! reprit-elle. Ma mère qui venait juste de perdre son époux a eu tellement de chagrin ! Jamais elle ne m'a fait le moindre reproche à ce sujet ; pourtant, non seulement je l'avais déçue, mais en plus, mes actes l'avaient obligée à quitter cette ville et cette maison qu'elle aimait tant. Mon Dieu, tant de mensonges ! conclut-elle en reposant la photo à sa place.

— Du vivant de votre grand-mère, je n'ai jamais rien dit à personne…

— Allons, Lorraine. Vous aviez le choix de…

— Quel choix ? Votre grand-mère… Vous n'étiez qu'une enfant, vous n'aviez pas conscience de l'influence de votre grand-mère dans cette ville. Elle aurait pu nous détruire.

— Cela n'explique pas pourquoi vous n'avez jamais tenté d'entrer en contact avec moi ou avec ma mère pour vous excuser. S'il est vrai que Nana n'a pas expliqué à ma mère ce qui faisait de vous son ennemie, maman n'a jamais compris non plus votre réaction. Et pourquoi ma grand-mère ne lui a-t-elle plus jamais adressé la parole, si elles s'étaient rapprochées l'une de l'autre ? Certes, elle aurait eu de la peine, mais au moins aurait-elle compris, et moi aussi.

— J'avais honte, Mel. Tellement honte de moi. Et c'est encore le cas aujourd'hui.

— Désolée, mais cela n'excuse rien.

Après quelques secondes, elle vit Lorraine s'approcher, les bras croisés.

— David a accompagné Amelia, à la fin de sa vie. Elle était seule, avait rompu tous liens et n'avait plus pour compagnie que sa rancœur.

— Et ses boîtes Tupperware, marmonna Mel.

— Mel, dit Lorraine avec gravité, en plongeant ses yeux dans les siens, je voudrais tant… Ne croyez-vous pas que nous avons tous assez souffert comme ça ?

— Ce que je n'arrive pas à comprendre, chuchota-t-elle, plus pour elle-même que pour Lorraine, c'est pourquoi Nana m'a légué cette maison si elle me désapprouvait tant.

— Parce que le problème ne venait pas de vous personnellement, Melanie. C'était moi la coupable, la responsable de tout ce gâchis. Et peut-être que dans l'esprit de votre grand-mère, c'était une manière de se faire pardonner. Cela peut sembler fou, je sais, mais après tout, elle vous laissait bien passer vos étés avec vos cousines, dans sa maison, en dépit de son différend avec votre mère. A sa manière, je crois qu'elle vous aimait.

— Une bien étrange façon d'aimer, soupira-t-elle.

— Puis-je vous donner mon avis ? Votre grand-père l'a fait tellement souffrir. Moi aussi, j'ai fait souffrir David, mais au moins ai-je essayé de me racheter… Et aujourd'hui, je ne vous demande qu'une chose : me permettre de me racheter vis-à-vis de vous et de Quinn. Je vous en prie, Mel, dit-elle en lui tendant la main, avant de se raviser. J'aimerais que vous veniez dîner toutes les deux. Pourquoi pas demain soir ? Disons, à 19 heures. Est-ce que Quinn a un plat préféré ?

— Mon enfant est omnivore, mais déteste le raisin.

— Alors, c'est entendu, dit Lorraine, osant finalement lui prendre la main.

Entendu ? Elle hésita. Certes, elle avait eu les réponses à certaines questions qui la hantaient. Pourtant…

— Les blessures sont si profondes, Lorraine. Et vous comprendrez aisément que je ne peux pas vous faire entièrement confiance.

— Entièrement, non, bien sûr, dit Lorraine, entre déception et espoir. Mais…

— Mais… Bien, nous viendrons dîner, dit-elle en se dirigeant vers le hall. Pour la suite, nous verrons. C'est tout ce que je peux vous promettre, pour l'instant.

— Je ne vous en demande pas plus. Merci. Mais il y a autre chose, ajouta Lorraine en ouvrant la lourde porte en chêne. Vous vous souvenez, je vous ai expliqué que Ryder s'était épanoui, grâce à vous, lorsqu'il était enfant ?

— Oui.

Le front de Lorraine se plissa et elle secoua la tête.

— La mort de Deanna l'a anéanti. Il n'est plus que l'ombre de lui-même. Enfin, il l'était, devrais-je dire, car depuis votre retour…

— Non, je sais où vous voulez en venir et…

— Vous seule avez le pouvoir de le ramener à la vie, Melanie. Son regard déjà a changé, je le vois bien. Et puis, vous êtes mère. Vous me comprenez, j'en suis sûre.

— Oui, je comprends. Et je suis heureuse que Ryder

vous semble aller mieux. J'ai tellement de peine pour lui, chuchota-t-elle, au bord des larmes. Mais vous ne pouvez pas comparer Ryder à cinq ans et l'homme d'aujourd'hui. Non, Lorraine, je suis désolée, mais ce n'est pas à moi ni à quiconque de ramener Ryder à la vie, il est le seul à y pouvoir quelque chose. Lui et moi, nous avons eu une longue conversation à ce sujet. Alors, si vous essayez de me suggérer de manipuler ses émotions dans le but de former une famille, même pour le bien de Quinn, je… Je suis prête à tout sacrifier pour ma fille, reprit-elle après avoir rassemblé son courage, mais ne comptez pas sur moi pour ce genre de choses.

Elle sortit et se dirigea vers la voiture, garée juste devant le perron. Elle allait se mettre au volant quand Lorraine l'appela. Mon Dieu, quoi encore ?

— J'ai conscience d'être la dernière personne sur cette Terre à avoir le droit de vous donner un conseil, dit Lorraine dont les longs cheveux roux étaient chahutés par le vent. Et la dernière personne dont vous l'accepteriez. Pourtant, je vous en supplie, Melanie, ne laissez pas le ressentiment vous aveugler et vous détourner d'une chance de bonheur. Et par pitié, que votre haine pour moi ne vous empêche pas d'aimer mon fils !

L'espace de quelques secondes, Mel fut comme K-O, puis elle se ressaisit.

— N'ayez aucune inquiétude à ce sujet. Ce n'est pas le cas…

Un léger sourire se dessina sur le visage de Lorraine.

— Tant mieux, tant mieux, dit-elle avant de rentrer, ses chiens sur les talons.

Ryder sortit sur les chapeaux de roues du parking de la clinique, maudissant la limitation de vitesse dans l'avenue principale, jusqu'à ce qu'il aperçoive la petite Honda de Mel roulant dans sa direction. Il klaxonna et lui désigna la contre-allée devant la parfumerie de la ville. A peine garé, il bondit pour lui ouvrir la portière, avant de l'attirer entre ses bras. Enfin, il se détendit et respira enfin.

— Laisse-moi deviner, dit Mel contre son cœur. Tu as parlé à ta mère.

Ryder la lâcha avant qu'elle ne suffoque.

— Je viens de raccrocher, dit-il. J'allais chez toi…

— April devait emmener Quinn à la librairie, dit-elle en désignant d'un coup la petite boutique, de l'autre côté de l'avenue.

Un silence pesant s'ensuivit.

— Et elles t'attendent, je suppose ?…

Nouveau silence gêné.

— Pas vraiment. Je pensais juste… Mais peu importe, dit-elle en lui faisant face. Et toi ? Ne me dis pas que tu es parti en abandonnant tes patients ?

— La salle d'attente était vide, répondit-il. Papa peut se débrouiller seul un moment. Et toi, ça va ? demanda-t-il, sur un ton faussement décontracté.

— Très bien, répondit-elle en riant.

Il regarda la petite place arborée, juste à côté.

— Viens, dit-il en prenant la main de Mel.

— Mais Ryder, je vais bien, je t'assure. Tu peux retourner travailler.

Ignorant ses protestations, il traversa l'avenue et pénétra dans le parc planté de chênes centenaires et d'érables, se dirigeant d'un pas décidé vers un vieux banc. Il l'y fit asseoir, puis s'assit près d'elle, sa main tenant toujours la sienne. Elle ne semblait pas y voir d'inconvénients.

— En fait, ce n'était pas mon plan, soupira-t-il en suivant des yeux un écureuil bondissant dans l'arbre voisin. J'aurais voulu être auprès de toi pour la grande confession.

— Tu savais qu'elle avait eu une liaison avec mon grand-père ?

— Pas jusqu'à ce matin, et uniquement après lui avoir arraché cet aveu. Et toi, comment l'as-tu appris ?

— Cette chère Nana conservait des documents, répondit sèchement Mel en retirant sa main de la sienne pour croiser les bras. Dont une lettre d'excuses, écrite par ta mère. Blythe l'a découverte parmi d'autres papiers.

— Bon sang, j'imagine ce que tu as pu penser et que tu continues sans doute à penser.

— Je n'ai pas encore bien compris. C'était il y a des millions d'années. Mais bon, au moins, je vois aujourd'hui ce qui clochait chez ma grand-mère. Ta mère t'a-t-elle expliqué ? Ma grand-mère la faisait chanter avec cette liaison. Elle n'a pas eu le choix.

— Oui, répondit-il en reprenant sa main glacée. Et tu la crois ?

— Je ne sais pas, soupira-t-elle.

— Quand je pense que tu es allée affronter le dragon dans son repaire, dit-il en serrant sa main pour résister à l'envie de l'embrasser.

— L'adrénaline, dit-elle avec un petit rire. Je n'ai pas réfléchi. Mais ce qui est fait est fait. Quinn et moi sommes attendues pour le dîner, demain, conclut-elle en fronçant les sourcils.

— Maman me l'a dit. Et elle est aux anges.

— Cela en fait au moins une. Franchement, Ryder, je suis perdue. Je ne peux pas faire abstraction de ces dix dernières années aussi facilement, simplement parce que tes parents me le demandent. C'est ce que j'ai expliqué à ta mère. Enfin, à présent, je dois absolument parler à Quinn avant ce dîner. Et j'ignore comment je vais m'y prendre. J'en suis malade.

Il se rapprocha d'elle et posa une main sur ses genoux.

— Je sais que tu voulais parler à Quinn au bon moment, ni contrainte ni forcée. J'ai confiance. Tu t'en sortiras très bien. Après tout, tu as tenu tête à ma mère, non ?

— Oui, mais comparée à ma fille, ta mère, c'est du gâteau.

— Je n'en crois pas un mot.

— Quinn est porteuse de certains gènes, dont les miens. C'est tout dire…

Il sourit, puis hocha doucement la tête.

— Je téléphonerai ce soir à Jeremy.

— Tu crois vraiment que c'est nécessaire ?

— Il le faut.

— Je sais, mais…

— Tu veux être présente au moment où je l'appellerai ?

— Pour rien au monde.

— Un message à lui faire passer ?

— Oui, répondit-elle après un moment. Tout ce qui pourra se passer avec ton frère ne regarde désormais que Quinn. Ni lui ni tes parents n'auront leur mot à dire. Si Quinn veut faire sa connaissance, c'est à elle de décider. Ce n'est pas moi qui l'y pousserai, crois-moi. Mais plus de mensonges ni d'hypocrisie.

A cet instant, le téléphone de Ryder vibra dans sa poche : un texto de son père.

— Il semblerait que ça bouchonne, à la clinique…

— Fais vite. De mon côté, je dois parler aux autres.

Ils se levèrent et se dirigèrent vers leurs voitures, mais à mi-chemin, pourtant, Mel le regarda et chuchota :

— Merci.

— Pour t'avoir lâchement abandonnée à mon ogresse de mère ?

— Eh bien, oui, mais surtout, merci d'être toi, d'être là.

— Je le suis et le resterai. Sois prudente sur la route.

— Ryder ! s'exclama-t-elle en riant. Je suis une grande fille, voyons !

Elle s'éloigna vers sa Honda, tandis qu'il déverrouillait sa portière. Il aurait dû se mettre au volant et la laisser partir, mais il la suivit des yeux. Elle lui parut si frêle soudain.

— Tu es sûre que ça va ? lança-t-il.

— Oui, Ryder, ça va, répondit-elle avec un faible sourire.

— Si tu as besoin de quoi que ce soit, tu m'appelles ? Promets-le-moi.

— Promis. Mais tout ira bien.

— Espèce de petit âne buté.

Elle se figea, visiblement submergée par les souvenirs. C'était ainsi qu'il l'appelait autrefois quand elle faisait un caprice.

— Je ne suis plus butée, Ryder, dit-elle avec calme. Je suis pragmatique. Je sais que tu veux bien faire, mais Quinn et moi, nous ferons face ensemble, rien que nous deux.

— Mais pourquoi, enfin ? dit-il par-dessus le toit de sa voiture. Je suis là, mon trésor. Pour vous deux. Et je le serai toujours.

— Bien sûr, dit-elle, les yeux rivés aux siens. A ta manière.

— Qu'est-ce que tu entends par là ? demanda-t-il, même s'il savait parfaitement ce que cela voulait dire.

Mel revint vers lui et posa une main sur son bras.

— Je sais pouvoir compter sur toi, Ryder, dit-elle. Je n'ai pas le moindre doute là-dessus. Je sais que tu ne me trahiras jamais. Et Quinn ne peut pas rêver de meilleur oncle. Mais vois-tu, j'aspire à plus. J'ai besoin de vrai, de fort, mais tout de suite, et pour toujours. Si cela ne vient pas de toi, alors cela me viendra de quelqu'un d'autre, dont le cœur est libre.

Il ravala sa salive avec peine et tressaillit, soudain glacé.

— Mais tu as dit que tout était OK après la nuit dernière, dit-il bêtement.

— Et je le pensais, répondit-elle. Mais vois-tu, en étant avec toi, je crains d'être trop tentée de recommencer.

Ses yeux imploraient les siens de la comprendre, de lui pardonner, mais de quoi s'agissait-il exactement ?

— Je ne sais pas que te dire, Mel.

— Et je ne veux rien entendre, dit-elle en retirant sa main. De toute façon, je m'y refuse en l'état actuel des choses. Je ne regrette pas la nuit dernière, jamais je ne la regretterai. Mais j'ai fini par comprendre. Revenir ici m'a permis de faire face au passé, mais aussi de me regarder en face pour savoir qui je suis, ce que je veux, ce dont j'ai besoin. Et j'ai besoin de quelqu'un qui m'aime à la folie, qui m'aime comme mon père aimait ma mère, qui m'aime comme ton père aime ta mère, qui m'aime comme tu aimais Deanna.

Elle avait les yeux pleins de larmes. Il ferma alors brièvement les siens, puis inspira profondément.

— Bon sang, Mel !

— Ce n'est pas ta faute si tu n'es pas cet homme-là.

Mais voilà pourquoi je ne peux pas me permettre de trop m'appuyer sur toi. Je n'en aurais pas la force. J'imaginerais des choses et ce serait de la folie.

La gorge serrée, il laissa échapper un rire sans joie.

— C'est-à-dire… Je ne suis pas prêt, je… Tu es… Tu es…

— Affamée, dit-elle en riant avant de déposer un rapide baiser sur ses lèvres.

- 10 -

Devant la porte en chêne avec un gros anneau de laiton, Quinn vérifia le bout de ses sandales argentées. Elle adorait ses baskets, comme son nouveau leggings blanc à pois multicolores et son sweat violet, tout neuf lui aussi. Bon, les sandales lui serraient un peu les pieds, mais Blythe avait dit quelque chose comme « il faut souffrir pour être belle ».

— Tu es sûre d'être prête ? lui demanda sa mère en lui prenant la main.

Elle ignorait pour quoi elle devait être « sûre d'être prête », mais elle sourit quand même à sa mère. Elle était jolie, elle aussi, dans sa robe turquoise et ses escarpins.

— Bien sûr, répondit-elle, se sentant le devoir de rassurer sa mère.

La main de Mel était froide, comme chaque fois qu'elle était stressée. Et cette nervosité, Quinn savait qu'elle avait un rapport avec Ryder. Toujours et encore Ryder. Hier, en sortant de la librairie avec April, elle avait vu maman embrasser Ryder sur la joue. Puis, juste après qu'il fut parti, maman avait souri en les apercevant, l'air gêné. Et ensuite, elles étaient allées faire du shopping toutes les trois, puisqu'elles étaient invitées le lendemain, maman et elle, par les parents de Ryder. Il n'était pas question de se rendre à ce dîner mal fagotées.

Une chose était sûre. Depuis quelques jours, les choses devenaient de plus en plus bizarres. Parfois, elle surprenait maman les yeux dans le vague ou le front tout plissé, comme si elle essayait de comprendre quelque chose. Parfois aussi, elle soupirait, des soupirs par dizaines. Et quand Quinn lui demandait si ça allait, maman répondait systématiquement : « Bien sûr, mon trésor, pourquoi ça n'irait pas ?... »

— Tu n'appuies pas sur la sonnette ? demanda Quinn, intriguée, après avoir passé une bonne minute devant cette porte.

— Oh ! désolée ! répondit Mel qui pressa sur le bouton.

Un gong retentit ainsi que des aboiements et elle recula aussitôt.

— N'aie pas peur, lui dit sa mère. Ils sont inoffensifs.

Le père de Ryder vint leur ouvrir avec un grand sourire, et leur fit des compliments sur leur toilette. Le clin d'œil qu'il lui adressa la fit rire, tout comme la fête des chiens qui tournoyaient, tout excités, autour d'elle.

— Lucy ! Ethel ! Assis !

Instantanément, les chiens cessèrent de lui lécher les mains, et elle vit s'avancer une grande dame aux cheveux roux. Elle était très jolie, pour quelqu'un d'aussi âgé, mais sa tenue ne ressemblait pas du tout aux leurs. La dame portait un pantalon noir et un pull beige, avec un gros collier en or autour du cou. Elle était chic. Souriant à Quinn, elle lui tendit la main, comme si elles se connaissaient déjà. Quinn alors sentit un drôle de truc, comme si elle connaissait effectivement la dame, mais sans pouvoir se rappeler d'où.

— Quinn, mon petit ange, lui dit la dame avec un grand sourire. Je suis Lorraine Caldwell, la mère de Ryder.

— Je suis très heureuse de vous rencontrer, répondit-elle poliment, en prenant sa main.

— Le plaisir est réciproque. Tu es si jolie !

— Merci. Euh, et vous aussi…

— Et comme vous êtes bien élevée, mademoiselle !

Cette dame était vraiment gentille. Dommage, car elle ne la reverrait pas avant longtemps, puisqu'elles devaient rentrer à Baltimore dans deux jours, avec maman. Soudain, Ryder apparut, et elle courut se jeter dans ses bras, avec une forte envie de pleurer, comme ça, sans raison.

Durant le dîner, Ryder nota la nervosité de Mel, anxieuse à la perspective que l'un ou l'autre de ses parents ne laisse échapper un mot de trop. Mais ils se gardèrent bien d'être trop bavards, ne voulant surtout pas gâcher la chance qui leur était donnée ce soir. Mais quand sa mère demanda à Quinn si elle se plaisait à St Mary's, ce fut tout juste s'il n'entendit pas le cœur de Mel s'emballer.

— J'aime bien, répondit la fillette, en lui adressant ce sourire radieux qui le faisait fondre chaque fois. Ce que j'aime surtout, c'est m'asseoir sur la jetée et regarder l'océan, le ciel, et les oiseaux, ajouta-t-elle pour son père.

— C'est toujours d'accord, pour demain ? s'enquit David.

Quinn regarda aussitôt sa mère qui hésita, mais finit par hocher la tête. La fillette dessina alors le V de la victoire, et Lorraine éclata de rire.

Sa mère en train de rire à un geste aussi anodin ! Ryder eut le sentiment d'avoir été téléporté dans une autre dimension où, apparemment, la divine Melanie

Duncan avait décidé de l'ignorer. Tout juste s'il avait pu surprendre l'éclat de ses yeux une demi-seconde, quand elle lui avait passé le saladier. Et à vrai dire, ce qu'il y avait vu l'avait ébranlé. Des regrets plein le cœur, il n'en finissait pas de se demander comment ils avaient pu en arriver là : entre amitié et plus, sans savoir où était leur place, pour finalement se rendre compte que les choses étaient plus compliquées que ça. Cela était vrai surtout pour lui, car, de son côté, cette jeune femme incroyable avait été claire. *Tu n'as qu'à dire un mot…* Sauf qu'il ne le pouvait pas… Ne le pouvait-il vraiment pas ? Ou avait-il trop peur de le dire ?

— Passons dans le salon pour le dessert, dit sa mère en se levant comme sur un petit nuage.

En dépit du poids qui pesait sur sa poitrine, il sourit lorsque Quinn plia sa serviette avec une application extrême avant de se lever à son tour. Comme par miracle, Mel le regarda à cet instant et il en profita pour lui adresser un clin d'œil, qui la fit rougir. Et tandis que les autres s'éloignaient, il prit son bras et chuchota :

— Il faut que nous parlions.

Elle regarda en direction de Quinn, assise au piano, devant la baie vitrée, et encouragée par Lorraine à l'essayer.

— Mais…

— Ils ne feront rien de stupide, l'enjeu est trop important, dit-il. J'ai parlé à Jeremy, ajouta-t-il en baissant la voix.

— Quand ? demanda-t-elle aussitôt, les sourcils froncés.

— Tout à l'heure, répondit-il en l'entraînant vers la véranda, baignée de la lumière mauve du crépuscule. J'avais tenté de l'avoir à plusieurs reprises, laissé plusieurs messages sur son fixe et son portable, mais il ne me rappelait pas. Jusqu'à tout à l'heure.

— Ah, dit-elle en s'avançant entre les hibiscus. Et qu'a-t-il dit lorsque tu lui as donné la raison de ton appel ?

— Pas grand-chose. J'ai eu l'impression qu'il ne pouvait pas s'exprimer librement. Il n'était pas seul, je présume. En tout cas, il sait que le jeu est terminé.

— Tu lui as dit ?…

— Oui.

— Donc, c'est fait, soupira-t-elle, les bras croisés comme si elle avait froid.

— Il semblerait que oui. Je ne t'avais jamais vue en talons aiguilles, dit-il tout à trac.

Elle esquissa un sourire et prit la pose mannequin.

— Je me sens bien, dedans, plus sûre de moi. C'est bête, non ?

— C'est surtout très sexy, dit-il.

Elle rit et lui tourna le dos pour contempler le parc, devant eux.

— Nous devrions aller retrouver les autres, suggéra-t-il.

— Sans doute, répondit-elle sans pourtant faire le moindre geste.

Il s'approcha d'elle et ne put résister davantage. L'ayant enlacée, il la serra contre son cœur. Et alors qu'il tremblait lui-même de désir, il la sentit frémir contre lui. De regret sans doute pour ce qui ne serait pas, entre eux.

— Pourquoi as-tu fui mon regard, durant le dîner ?

— Parce que, en dépit de tout ce que j'ai dit hier, chuchota-t-elle au bout de quelques secondes, il y a cette petite voix dans ma tête qui refuse de se taire, une voix qui me dit que je pourrais te guérir, et t'aimer pour soigner ton cœur.

Le souffle coupé, il ne trouva rien d'autre à dire que :

— Waouh !

— N'est-ce pas ?

— Voilà qui est franc, dit-il en enfouissant le visage dans ses cheveux.

— Franc mais déconseillé, soupira-t-elle avec un haussement d'épaules. J'ai si mal pour toi, Ryder, et je me sens tellement impuissante.

N'en pouvant plus de sa tendresse, de ses paroles, il la fit taire d'un baiser.

— Moi aussi, murmura-t-il contre ses lèvres.

Le problème n'était pas qu'il ne l'aimait pas, il l'avait toujours aimée et l'aimerait toujours. Le problème était qu'il ne l'aimait pas suffisamment.

Ils demeurèrent enlacés sous cette véranda comme dans un cocon, sachant tous deux que la conversation était close et leur relation avec. Sauf que Mel ne pouvait s'y résoudre et qu'à l'évidence, Ryder voulait quelque chose. Elle savait qu'elle pouvait l'aider dans sa quête de renaissance. Elle le savait, elle le sentait, surtout après ce baiser. Cela n'avait rien à voir avec le désir, rien non plus avec l'amitié. Mais leur relation était dans une impasse, et elle n'en détenait pas la clé, pas plus que Ryder, visiblement. Il était incapable de voir combien il avait besoin d'elle, enchaîné qu'il était au chagrin et à la peur, comme un fantôme à ses chaînes.

— Dis-moi, murmura-t-il, Quinn est une vraie petite fille modèle…

En dépit des circonstances, elle s'esclaffa.

— Tu es le champion du coq-à-l'âne. Mais oui, ma fille est très bien éduquée, en aurais-tu douté ? dit-elle en s'éloignant de lui, de sa chaleur et de sa tendresse.

— Bien sûr que non, mais c'est comme si…

— Comme si elle avait hérité d'un certain savoir-vivre, en effet. Les gènes, sans doute. Parfois, j'ai le sentiment qu'elle comprend bien des choses.

— Le monde des adultes.

— Oui, dit-elle en effleurant une fougère. Tu sais, je n'ai jamais compris la loyauté de ma mère envers la tienne. Même après notre départ, jamais elle n'en a dit le moindre mal. Aujourd'hui, je vois les choses différemment, même si je reste convaincue que Nana n'aurait pas mis sa menace à exécution en révélant la liaison de ta mère avec mon grand-père. Depuis ces deux derniers jours, je me demande comment maman a pu trouver le courage de tourner la page et de partir de cette ville qui était toute sa vie, et comment elle a pu me pardonner d'avoir saboté ses dernières chances de réconciliation avec sa mère. Alors que ma grand-mère ruminait sa rancœur et s'entourait, à défaut de chaleur humaine, de ces centaines d'objets inutiles et superflus…

— Grâce au ciel, tu ne sembles pas avoir hérité du syndrome de l'écureuil, lui fit remarquer Ryder avec un sourire.

— Absolument pas. Mais une chose est sûre, je ne peux pas laisser le passé priver Quinn de ce qui est important pour elle.

Ryder hocha la tête. Il la comprenait, bien sûr. N'en avait-il pas toujours été ainsi ?

— Merci, murmura-t-il.

Elle acquiesça d'un signe de tête, puis regarda autour d'elle.

— Nous jouions à cache-cache, ici, tu t'en souviens ?

— Oui, tu avais, quoi ? Quatre, cinq ans ?

— A peu de chose près, oui, répondit-elle avec un rire forcé. Que tu étais méchant ! Toujours à me faire peur. Je hurlais, je me rappelle.

— J'adorais te faire hurler.

— Mais je me sentais en sécurité, avec toi, protégée. Tous ces souvenirs, ils sont à nous, pour toujours. Cette idée me plaît.

— A moi aussi, avoua-t-il après une longue pause.

— Et tu sais quoi ? ajouta-t-elle, au bord des larmes. Je crois qu'il faut savoir oublier les mauvais souvenirs. Le plus important, c'est de donner sa chance au bonheur. Nous partons lundi, ajouta-t-elle comme il ne disait rien.

— Déjà ?

Elle refusa d'entendre la déception qui perçait dans sa voix, et surtout l'espoir dans son propre cœur.

— A vrai dire, j'ai prolongé un peu notre séjour, de manière à ce que Quinn puisse aller observer les oiseaux, demain, avec ton père. April a maintenant la maison sous contrôle. Quant à moi, j'ai trois entretiens d'embauche qui m'attendent.

— Tu n'envisages donc pas de rester et d'accepter l'offre d'April ?

Elle pensa aux équipements ultramodernes de la future cuisine d'April, à la chance que ce serait de pouvoir composer ses propres menus, d'avoir quelque chose à soi.

— Je ne peux pas, Ryder.

Il faisait nuit maintenant et elle croisa les mains, priant en silence.

Donne-moi une raison de rester…

— Tu as prévu de parler à Quinn avant ou après votre départ ?

— Je vais attendre un peu, répondit-elle en refoulant

ses larmes dans la pénombre complice. Je voudrais qu'elle assimile les événements, à son rythme, loin d'ici. Lorsque je la sentirai prête, je contacterai tes parents et, à partir de là, nous verrons.

— Bien, dit-il. Je pense que ses points de suture devraient tomber d'eux-mêmes d'ici deux jours, mais je vais quand même l'examiner.

Il lui prit la main et ils retournèrent à la lumière, retrouvant ses parents dans le salon, en pleine partie de Monopoly. Quinn était visiblement tout près de ruiner ses grands-parents qui manifestement s'en fichaient. En fait, Lorraine ne regardait même pas son jeu. Apercevant Mel, elle lui sourit et, une main sur le cœur, chuchota un « merci ».

Soudain, les chiens jusqu'ici sagement allongés sur le tapis bondirent et se précipitèrent dans le hall en aboyant. Mel vit Lorraine échanger un regard inquiet avec David, puis Ryder marmonner un juron et sortir du salon. Elle entendit alors des voix, celle de Ryder, mais aussi celle d'une femme qu'elle ne reconnut pas, et enfin celle d'un homme. Et elle reconnut cette voix-là, même si elle ne l'avait pas entendue depuis dix ans.

Elle sentit son cœur s'arrêter, puis repartir à pleine course. Elle se tourna alors vers Lorraine qui était livide.

— Bien, puisque tout le monde est réuni…

C'était la voix de Jeremy. Non, cela ne pouvait pas arriver !

— Maman ?… demanda Quinn, le regard inquiet.

— Mel, Quinn…, dit alors David en ouvrant la porte-fenêtre. Venez…

Trop tard, il était là, véritable caricature du type bon chic bon genre, flanqué de la jolie Asiatique que

Mel avait vue en photo, aussi intimidée que son mari était déterminé.

— Hello, chérie, dit-il, tu dois être Quinn…

— Jeremy, non, s'il te plaît, coupa Mel, prise de panique.

— Ne fais pas l'idiot, Jer…, s'exclama Ryder en se précipitant sur son frère.

— Oui, je suis Quinn, répondit alors la fillette, en regardant tour à tour sa mère et Jeremy.

Mel se tourna alors vers la jeune Asiatique et la supplia du regard.

— Jeremy, ce n'est peut-être pas…

— Et vous, qui êtes-vous ? demanda Quinn.

— Jeremy ! s'écria Ryder.

Mel s'empara de la main de Quinn et se dirigea vers la porte.

— Maman, mais que se passe-t-il ? protesta la fillette. Aie ! Tu me fais mal !

— Stop ! s'exclama alors Lorraine, réduisant tout le monde au silence. Jeremy, ferme-la et assieds-toi. Mel et Quinn, restez là. C'est moi, la cause de tout ce désastre.

— Maman…

Au regard que lui lança sa mère, Ryder se tut. Mel se plaça derrière Quinn, croisant les mains sur le cœur de sa fille, mais celle-ci se libéra pour s'avancer vers Jeremy.

— Quinn !

— C'est bon, maman, j'ai compris. Vous êtes mon père, c'est ça ?

La fillette s'était plantée devant lui et le dévisageait, partagée entre fierté et terreur.

- 11 -

— Ta maman s'apprêtait à te parler, dit Ryder, tandis qu'il marchait avec Quinn sur la plage, à la lueur de la pleine lune.

— Quand elle aurait été fatiguée de me raconter des mensonges, tu veux dire, marmonna-t-elle en serrant le col trois fois trop grand de la veste de Ryder autour de son cou. Et par pitié, ne me demande pas de rester calme.

— Loin de moi cette idée ! Ça fait du bien de se mettre en colère, pas vrai ?

— Moui, répondit-elle, sauf qu'elle avait plutôt l'impression qu'on lui avait planté un roseau dans le cœur.

Tout ce qu'elle voulait, c'était rester seule. Qu'on la laisse tranquille. Alors, elle s'était enfuie de cette belle et grande maison, mais Ryder avait couru après elle.

— Puis-je dire quelque chose ? demanda-t-il.

— Si tu veux.

— Tu vas devoir laisser ta mère t'expliquer en détail le pourquoi des choses. C'est ta mère, et elle t'aime plus que tout, et s'inquiète pour toi, dit-il. Mais il faut que tu comprennes une chose. Elle a été obligée de garder tout ça secret, jusqu'à ce qu'elle comprenne que cela avait assez duré. Alors, elle a imaginé un plan, et tout se serait bien passé, si mon idiot de frère n'avait pas tout fichu en l'air.

— Mouais, marmonna-t-elle en regardant Ryder — qui était donc son oncle. Alors, ce type savait que j'existais, et il m'a ignorée volontairement, pour réapparaître comme ça. A quoi s'attendait-il ? Que je lui saute dans les bras ?

— Je n'ai aucune idée de ce que Jeremy peut penser, lui expliqua Ryder. En revanche, je sais que ta maman m'a dit, il y a quelques jours, que toi et toi seule déciderais si tu souhaitais le rencontrer ou pas. Il a renoncé à ses droits autrefois, il n'en a plus aucun sur toi.

— Alors, toi aussi, tu savais durant tout ce temps ?

— Pas tout à fait, non. Ta mère ne me l'a appris qu'à son retour à St Mary's.

Ils se turent et marchèrent quelques secondes en silence, puis il reprit :

— Tout ça est très compliqué, mon trésor. Et crois-moi, en ce moment, ta mère souffre autant que toi.

— Tu es de son côté, évidemment.

— Il n'y a pas de côtés, Quinn, dit-il avec fermeté. Tu ne peux pas le croire, là, maintenant, mais c'est la vérité. Et sache qu'à partir de ce soir, les mensonges, c'est fini. Nous te devons bien ça, tous autant que nous sommes.

Ils firent demi-tour et prirent le chemin de la maison. Pleine d'angoisse, elle tressaillait.

— Il me tarde de rentrer à Baltimore, dit-elle.

Mais tout en le disant, elle sentit que ce n'était pas vrai. Les choses allaient de travers, décidément.

— Tout ira bien, Quinn. Ta mère et toi, vous surmonterez cette épreuve.

— Bof, dit-elle.

Regardant en direction de la maison, elle aperçut sa mère qui attendait, sur le perron.

— Je peux dire quelque chose ? ajouta-t-elle.

— Ce qui te chante.

— En fait, deux choses. Primo, merci pour ne pas m'avoir parlé comme à un bébé.

— Je t'en prie.

— Et secundo, pourquoi ce n'est pas toi, mon père ?

Ryder qui avançait mains dans les poches se figea, puis il lui prit la main et la serra avec tendresse.

— Parce que j'aimais trop ta mère pour faire certaines choses, répondit-il, ce qu'elle ne comprit pas entièrement. Mais je peux te dire une chose, si c'était moi, je serais l'homme le plus fier de cette planète, car tu es une enfant exceptionnelle. Comme ta maman à ton âge, d'ailleurs.

— Et tu la trouves exceptionnelle aujourd'hui encore ? demanda-t-elle après réflexion.

— A un point que tu n'imagines même pas, dit-il à voix basse, ne voulant pas que sa maman l'entende.

Elle enlaça alors la taille de Ryder et le serra très fort, avant de grimper les marches du perron et qu'il ne la voie pleurer.

Mel ne put retenir ses larmes quand Quinn se jeta dans ses bras, manquant de la faire tomber.

— Pardon de m'être mise en colère, dit la fillette.

Elle regarda Ryder en bas des marches. Il leva le pouce et lui sourit, mais ce sourire lui donna encore plus envie de pleurer. Puis il disparut dans la nuit et elle enfouit le visage dans les cheveux de sa fille.

— Ce n'est rien, tu étais bouleversée…

— Est-ce qu'on peut rentrer à Baltimore demain ?

— Mais tu étais si heureuse d'aller observer les oiseaux avec David…

— Maman, pourquoi tu m'as menti ? lui demanda Quinn en la regardant avec ses grands yeux. Tu disais ne pas savoir où était mon père.

— Ce qui était vrai. Ma chérie, soupira-t-elle en s'agenouillant devant sa fille pour plonger ses yeux dans les siens. Tu as le droit d'être fâchée contre moi, mais pas contre David, ton grand-père.

— Et pas contre ta mère, dit Lorraine qui apparut sur le perron, avec ses chiens. S'il y a quelqu'un à blâmer, c'est moi et moi seule. Tout est ma faute, soupira-t-elle en s'asseyant sur la balancelle.

— Où est… ? dit Mel.

— Parti à l'hôtel. Cette pauvre Caroline, gémit Lorraine en regardant Quinn qui s'était cachée derrière elle et lui tenait la main. Je l'ignorais, Mel. Je ne savais pas que Jeremy viendrait, je vous en donne ma parole. Et je ne sais pas pourquoi il est venu, au juste, ni dans quel but. Même si je suis heureuse que tout soit enfin éclairci. Mais quelle façon terrible de l'apprendre, pour toi, ma chérie, dit-elle à Quinn. Alors, du fond du cœur, je te demande pardon. Me donneras-tu une chance de pouvoir me racheter, ma chérie ?

Mel baissa les yeux sur sa fille, qui ne pipa mot.

— Vous avez fait votre part du travail, Lorraine, dit-elle.

Celle-ci eut un sourire las, puis elle regarda Quinn avec un immense espoir dans les yeux. Alors la fillette finalement hocha la tête. Pour Mel, ce fut comme si l'on retirait le terrible fardeau qui pesait depuis si longtemps sur ses épaules. En revanche, la migraine persista.

En dépit des explications et des excuses, Quinn insista pour rentrer dès le lendemain. Elle laissa David et Lorraine venir lui dire au revoir, avec un chaton en guise de cadeau d'adieu. Trop bouleversée, elle n'avait pas pu trouver le courage de faire cette sortie à laquelle elle tenait tant avec son grand-père. Quinn avait besoin de temps.

Le moment de la séparation venu, Lorraine serra Mel dans ses bras, comme pour chasser tout le ressentiment qui pouvait rester en elles. Ce ne serait pas facile, mais au moins Lorraine avait-elle fait preuve de franchise et clarifié les zones d'ombre du passé. Mel pouvait envisager avec sérénité de venir passer quelques jours de vacances à St Mary's, pendant l'été. Mais bien sûr, ce serait à Quinn de décider.

Une semaine s'écoula, durant laquelle sa fille se montra d'humeur morose, voire agressive, avec elle. Après tout, il n'y avait là rien que de très normal. On ne pouvait effacer dix ans de vie d'un coup de baguette magique. Il n'y avait pas de magie non plus, malheureusement, pour faire disparaître cette satanée migraine ramenée de St Mary's. Elle soupira, fatiguée. Sa journée de travail n'avait pas été exténuante, en vérité, mais c'était ce travail lui-même qui l'ennuyait, et Baltimore aussi. Finalement, avoir Ryder pour ami aurait mieux valu que pas de Ryder du tout.

En poussant la porte, elle fut aussitôt attaquée par le chaton qui vint lui mordiller le bout des sandales. Elle se pencha et attrapa la boule de poils pour déposer un baiser sur sa petite frimousse. Du salon lui parvint la musique d'un show télé, le préféré de Mme Davis, qui manifestement s'était assoupie.

Elle s'empara de la télécommande et éteignit la télévision, ce qui fit sursauter sa baby-sitter. Quinn était couchée depuis une heure environ et, apparemment, elle avait été sage comme une image. Une fois Mme Davis partie, Mel se voyait déjà en train de se préparer un thé, quand elle découvrit Quinn en pyjama dans le salon.

— Mme Davis m'a dit que tu dormais !

— C'est exact, mais j'ai plus sommeil.

— Un chocolat chaud t'aidera sans doute à te rendormir, avec une part de gâteau, peut-être ? J'ai ramené du cheese-cake du restaurant.

— C'est le tien ?

— Non. Ils ont leur propre chef pâtissier.

— Alors non, je n'ai pas faim de toute façon. Mais je veux bien discuter.

— Oh ?

— Oui, dit Quinn en prenant une chaise. Et ne t'inquiète pas, je ne suis plus fâchée contre toi. C'est juste que je me sens un peu perdue.

Pendant que son thé infusait, Mel s'assit face à sa fille.

— A propos de quoi ?

— De tout, soupira Quinn en levant les yeux au ciel. Par exemple, comment je peux être tellement en colère contre mes grands-parents et avoir en même temps envie de les voir ? Et toi, maman, comment tu peux faire comme si tout allait bien, après ce qu'ils nous ont fait ? Et puis pourquoi toi et oncle Ryder, vous ne comprenez pas que vous êtes amoureux l'un de l'autre ?

Il ne manquait plus que ça !

— Ecoute, ma chérie, dit-elle en scrutant le fond de sa tasse. Vois-tu, lorsque nous sommes allées à St Mary's, j'étais encore furieuse contre les Caldwell. Et il n'était pas question pour moi de te laisser les rencontrer.

— Mais tu as changé d'avis.

— En effet. J'ai découvert une vérité plus complexe

que je ne l'imaginais. Mais surtout, je n'ai pas le droit de décider pour toi. Et puis, je refuse de rester enchaînée au passé. Je pense que tes grands-parents sont animés aujourd'hui des meilleures intentions du monde. Il m'arrive encore d'éprouver de la colère, à leur égard, tout comme toi, mais la bonne nouvelle, c'est que cette colère a tendance à s'apaiser.

— C'est comme dans l'histoire du vieux loup, lui fit remarquer Quinn avec gravité.

— Pardon ?

— Ben oui. Le vieux loup plein de sagesse qui enseigne aux jeunes loups de la meute à renoncer à la colère et au ressentiment pour la sérénité et l'amour.

Emue aux larmes, Mel attrapa un mouchoir en papier et sourit à sa fille.

— C'est tout à fait ça, dit-elle.

— Alors, je peux aimer mes grands-parents ?

— Absolument. Et sache ma chérie que tout le monde commet des erreurs. L'important, c'est de s'appliquer à les réparer. Et aussi ce que tu apprends d'elles.

Quinn hocha doucement la tête, puis elle attrapa le chaton à ses pieds, qui se nicha aussitôt dans le creux de son cou.

— Des erreurs, tu veux dire, comme toi et Jeremy ? murmura la fillette après un moment.

Mel sentit son sang se glacer.

— Tu sais, mon trésor, il arrive que de certaines erreurs résulte quelque chose de merveilleux, chuchota-t-elle en prenant les mains de sa fille.

— Tu penses ce que tu dis ? Tu me trouves merveilleuse, même lorsque je suis méchante ?

— Tu es l'enfant dont chaque maman rêve, répondit-elle, au bord des larmes une fois de plus.

Quinn lui offrit un sourire plein d'innocence et d'authentique bonheur.

— J'aimais bien St Mary's, lui fit-elle soudain remarquer.

— Alors, nous pourrions envisager d'y aller passer un week-end, répondit-elle, sur ses gardes.

— En fait, reprit Quinn en baissant les yeux, Jack m'a parlé de son école, ça a l'air cool. Je me disais que peut-être, je pourrais aller à l'école, maintenant, moi aussi.

— Mais, ma chérie, ce n'est pas à l'ordre du jour et…

— Mais si tu épousais Ryder ?

— Mon cœur, ce n'est pas non plus à l'ordre du jour.

— Pourquoi pas ? Tous les trois, on serait si bien, ensemble. Tu ne crois pas ?

— Probablement, mais là n'est pas la question. Ecoute, tu te souviens de m'avoir parlé de la cousine et de la mère de Jack, décédées dans un accident ? Ryder aimait infiniment Deanna et aujourd'hui encore, il a beaucoup de chagrin… Bien sûr, il m'aime beaucoup, et toi aussi, il t'adore. Mais rappelle-toi ce qui s'est passé avec Lance.

— Sa fiancée est revenue, alors il a rompu avec toi. Cela ne peut pas arriver avec Ryder, maman. C'est triste, mais c'est comme ça.

— Tu as raison, mais le cœur de Ryder n'est pas libre, Quinn. Son cœur est toujours à Deanna. Je souffre de le voir si malheureux, tu peux me croire, mais je ne veux pas que l'histoire se répète. Je veux nous protéger, toi et moi.

La seconde d'après, Quinn sortit le cheese-cake et s'en coupa une part généreuse.

— J'aimerais qu'un jour, dit-elle entre deux bouchées,

on m'explique pourquoi les choses sont si compliquées, avec les adultes.

Mel ne put lui répondre que par un profond soupir.

Ryder sourit en se garant devant la maison d'Amelia. Quel changement ! Les travaux de réparation et de peinture de la façade donnaient déjà fière allure à la bâtisse. Certes, la cour et le jardin restaient encore à l'état de terrain vague, à cause des allers et venues des camions des artisans locaux. April surgit à cet instant, en jean et chemise à carreaux, les cheveux en bataille.

— Ryder, quel bon vent t'amène ?

— Mel m'a dit que ma veste était ici ?

— Oui, entre. Le temps de me laver les mains et je vais la chercher. Inutile de fermer la porte, c'est un ballet incessant, ici.

Il la suivit à l'intérieur et observa l'avancée des travaux autour de lui : une cloison abattue par ici, de nouvelles fenêtres par là.

— C'est fantastique, dit-il. Bravo.

— Et ce n'est qu'un début, répondit April. Blythe m'a promis que tout serait terminé début décembre. J'en doute, mais regarde les plans, là, au mur ! Cette nana est un génie, vraiment !

Il observa les projets d'aménagement pensés par Blythe. La jeune femme avait même poussé le souci du détail jusqu'à dessiner l'équipement de la cuisine, matériel high-tech, comptoirs en marbre, modules de rangement et même un piano de cuisson ultraluxe. En… rose ?

— Drôle de couleur, non ? s'étonna-t-il.

— Tu sais bien que Mel adore le rose, voyons, répondit April en lui tendant sa veste.

— Elle est de retour ? dit-il, surpris.

— Bon sang, Ryder, si c'est si important pour toi, qu'attends-tu ? dit April en soupirant. T'es-tu regardé dans une glace, dernièrement ? Tu erres dans cette ville comme une âme en peine, le regard sombre, perdu dans tes pensées. Tu n'es plus que l'ombre de toi-même.

— Et j'aime trop Mel pour lui offrir un fantôme, répliqua-t-il.

— Pas de ça avec moi, jeune homme, répondit April, en pointant un doigt dans sa direction. Tu n'es pas désespéré à cause de ton amour perdu, mais à cause de celui que tu viens de laisser échapper. Et après lequel tu as peur de courir. Le choix t'appartient, Ryder.

Il haussa les épaules et fixa les plans au mur, sans les voir.

— Tu voudrais qu'elle revienne uniquement travailler avec toi.

— C'est certain, surtout après avoir reçu une poignée de chefs potentiels pour le poste ! Je ne leur ferais même pas confiance pour nourrir mes chiens, si j'avais des chiens. Et puis Quinn sera elle aussi très bien ici, avec ses grands-parents. Et je pense qu'elle a également besoin de toi, peut-être encore plus que Mel. Mais c'est surtout toi qui as besoin d'elles, et tu as trop peur de l'admettre.

— Je n'ai pas peur, April.

— Vraiment ? Dans ce cas, prouve-le. Pas à moi, bien sûr, mais à Mel et à Quinn. Et aussi, à toi.

Il enfouit les mains dans ses poches et maugréa tout en se dirigeant vers la porte.

— Merci pour la veste. Et bravo pour les travaux.

Il était en colère, parce qu'April avait raison. Cette semaine sans Mel avait été un cauchemar. Oui, il avait peur de se donner une nouvelle chance de bonheur. Et en fin de compte, s'il persistait dans cette voie, il perdrait Mel aussi irrémédiablement qu'il avait perdu Deanna. Et jusqu'à son dernier souffle, il vivrait dans la solitude, le chagrin et les regrets.

Et quand il y réfléchissait, c'était pire encore qu'avec Deanna. Car s'il avait perdu Deanna, au moins n'était-ce pas sa faute. Mais avec Mel… Il avait prévu de passer à la clinique récupérer des documents, au lieu de quoi il prit la route de sa maison. Sa maison silencieuse et froide. *Le choix t'appartient.*

Il laissa échapper un soupir et regarda la vallée au loin. Bientôt, la nature amorcerait sa renaissance. Le ciel se teinterait d'autres couleurs, l'herbe reverdirait, les arbres… Le printemps reprendrait ses droits, et avec lui la vie comme un cycle immuable. Des portes s'ouvraient, d'autres se refermaient. *Le choix t'appartient.*

La vraie question était : que ressentait-il pour Mel ? Une chose était sûre, il aimait Deanna. Et Mel… La vérité était qu'il l'aimait depuis toujours et n'avait jamais cessé de l'aimer. Son cœur cognait dans sa poitrine. Il était aveugle depuis trop longtemps. Il envisagea de faire demi-tour pour demander l'adresse de Mel à April, puis il se dit que quelqu'un d'autre la lui procurerait certainement.

— Ryder ! s'exclama sa mère, surprise de le voir pousser la porte de sa maison. Tu as un problème ?

— J'ai besoin… Où puis-je trouver Mel ? demanda-t-il en prenant son courage à deux mains.

Lorraine lui sourit et recopia une adresse sur un bout de papier qu'elle lui tendit, avec un jeu de clés.

— Prends notre voiture, dit-elle. Elle est plus sûre.

*
* *

Il faisait presque nuit quand Mel sortit le dernier sac de courses du coffre. Quinn la précédait avec un baril de lessive, pour ouvrir la porte de la maison.

Soudain, elle entendit un hurlement.

Lâchant le sac, elle se précipita dans l'allée, manquant de crier à son tour quand elle découvrit Ryder, tout sourires, assis sur la dernière marche du perron. Quinn était assise à côté de lui, radieuse.

Mel ne put rien faire d'autre que d'éclater en sanglots.

Quelques heures plus tard, Ryder laissa échapper un soupir de satisfaction.

— C'était fantastique, dit-il. Tu es fantastique.

— Et ce n'est pas fini, répondit Mel.

— Oh ! je t'en prie, laisse-moi le temps de récupérer. Je n'ai plus dix-sept ans, tu sais.

Elle se leva de table en riant pour débarrasser. Quinn, comme à son habitude, avait dîné en toute hâte puis s'était retirée dans sa chambre pour lire. Pour lire ? En fait, sa fille lui avait fait discrètement le V de la victoire, juste avant de s'éclipser, comprenant que Ryder et sa mère avaient besoin d'un moment d'intimité.

— Ce n'était que du poulet rôti aux pommes de terre nouvelles, rien de plus, dit-elle.

— Rien de plus ? Mais c'était divin, protesta Ryder qui à son tour se leva afin de l'aider à débarrasser et en profiter pour l'enlacer alors qu'elle rinçait leurs assiettes.

Elle frémit au contact de ses lèvres sur sa nuque. Il était là, enfin. A l'instant où elle l'avait vu, sous le porche, elle avait su. Il était venu pour elle, pour Quinn, pour eux. Bien sûr, il en faudrait des discussions, des mises au point, des conditions, mais il était là, et l'espoir était permis, maintenant.

— Hmmm, murmura-t-il en respirant ses cheveux avant de l'obliger à se retourner pour l'embrasser.

Elle noua les bras autour de son cou et lui rendit son baiser, où la tendresse infinie laissa bientôt place aux premiers crépitements de la passion.

— Ryder, il y a l'eau qui coule.

— Problème résolu, chuchota-t-il après avoir éteint le robinet. J'ai mis ma maison en vente.

Elle s'arracha à ses bras et chercha ses yeux.

— C'est vrai ?

— Oui.

— Mais tu aimais tant cette maison et tous les aménagements que tu y avais réalisés…

— Deanna aimait cette maison, mais franchement, je préférerais vivre en ville. Quant à ces travaux, ce n'était rien de plus qu'une thérapie, comme tu l'as dit. Tu as du café ?

— Dans le placard, répondit-elle, en allant chercher la cafetière et un filtre.

Il prépara le café, puis tous deux attendirent, appuyés au comptoir, face à face, les yeux dans les yeux.

— D'après maman, Amelia n'a jamais rien su de notre amitié, dit-il après un long silence.

Elle s'avança vers lui et vint se blottir entre ses bras.

— Il semblerait, oui. Pourquoi ?

— Eh bien, je ne sais pas. Je me suis rendu chez elle, un jour, pour sa visite hebdomadaire, parce que papa était débordé. Et elle m'a demandé si tu allais bien.

— Tu plaisantes ? Quand était-ce ? s'exclama-t-elle, stupéfaite.

— Peut-être un mois avant son décès.

Elle sentit un frisson la parcourir.

— Et qu'as-tu répondu ?

— La vérité : que je ne t'avais pas revue depuis des années. Alors, elle a fait une grimace, comme si elle était contrariée. C'est bizarre, non ?

— En effet, répondit-elle.

— Bref, je suis donc à la rue, dit-il en riant. Oserai-je te demander… Tu accepterais de m'héberger quelque temps ?

Elle écarquilla les yeux, recula pour s'agripper au comptoir.

— Ryder, tu es sûr ?

— Tout à fait sûr, dit-il en sortant un écrin de velours de sa poche.

Muette de stupeur autant que de bonheur, elle laissa Ryder lui prendre la main et glisser à son doigt un anneau de diamants roses.

— Ma chérie, je te croyais perdue à jamais. Mais aujourd'hui, en dépit de l'amour que je portais à Deanna, je veux te dire combien je t'aime, toi, de tout mon cœur, de tout mon être. C'est un miracle, Mel. Tu es revenue à moi comme une fée, pour m'aider à renouer avec la vie, à croire en la vie et au bonheur. Oui, c'est fantastique de vivre !

Il l'enlaça et la serra contre lui, puis il couvrit son visage de baisers. Ils riaient tous les deux, même si elle pleurait aussi.

— Je suis guéri, Mel, grâce à toi et à Quinn. Alors, voilà, dit-il en plongeant ses yeux dans les siens. Mel, mon amour, j'ai l'honneur de te deman…

— Oui, dit-elle, sans le laisser finir et en se jetant à son cou. Oui, oui et oui !

Ils s'étreignirent pendant de longues secondes, une

éternité, tout à leur bonheur, le cœur plein de projets et d'envies.

— April va être folle de joie, dit Mel en riant.

— Et elle n'est pas la seule ! renchérit Quinn, à l'entrée de la cuisine.

Ryder éclata de rire et fit signe à la fillette de les rejoindre, tous trois s'embrassant et riant, formant une famille désormais.

Retrouvez un nouveau roman de Karen Templeton dès le mois de novembre dans votre collection Passions *!*

Passions

— Le 1er septembre —

Passions n°418

Le prix de la séduction - Yvonne Lindsay

Série : «Les secrets de Waverly's»

Pour convaincre Avery Cullen de lui vendre les toiles impressionnistes en sa possession, Marcus Price, marchand d'art chez Waverly's, est prêt à tout. Y compris à séduire la riche héritière, ce qui ne devrait pas s'avérer trop difficile, s'il en croit la lueur d'intérêt qu'il voit briller dans le regard de la jeune femme. Mais s'il veut parvenir à ses fins, Marcus doit aussi et avant tout faire face à un obstacle inattendu – en domptant le désir qui s'empare de lui chaque fois qu'il se trouve en présence de l'époustouflante Avery...

Fiancée pour un mois - Linda Winstead Jones

Bien des fois, Daisy a imaginé ses retrouvailles avec Jacob Tasker – il la dévorerait des yeux tout en regrettant amèrement de l'avoir abandonnée autrefois, elle l'éconduirait avec fierté... Mais pas une seule fois elle n'a pensé qu'il reviendrait dans leur petite ville de Bell Grove, plus beau encore qu'à l'époque de leur liaison, avec l'intention de lui demander l'impossible : jouer, auprès de sa famille, et pour un mois seulement, le rôle de sa fiancée...

Passions n°419

La passion de Gabriella - Nora Roberts

Saga : «Les joyaux de Cordina»

Perdue, bouleversée, Gabriella ne sait plus qui elle est... Comment a-t-elle pu tout oublier de sa famille, et même de Cordina, le magnifique pays dont elle est la princesse ? Dans le tourbillon d'émotions qui la submergent bientôt, elle ne peut se raccrocher qu'à une seule certitude : Reeve MacGee, l'homme chargé de la protéger, est le seul en qui elle puisse avoir confiance. Auprès de lui, c'est bien simple, elle a l'impression de pouvoir abandonner son titre, son rang, pour n'être plus qu'une femme, tout simplement. Une femme vibrante de désir pour lui...

L'honneur d'Alexander - Nora Roberts

Glacial, puissant, arrogant, incroyablement viril... Le prince Alexander, l'héritier de la couronne de Cordina, représente une énigme pour Eve. Et un objet de fascination, aussi. Pourtant, en aucun cas elle ne doit céder aux sentiments troublants qu'il éveille en elle. Si Alexander l'a conviée dans son palais, c'est uniquement pour qu'elle organise le plus grand festival du pays – et jamais il ne sera question d'amour entre eux. Car même si le prince la couve d'un regard chargé de désir, lier son destin à une étrangère sans noblesse lui sera à jamais interdit...

Passions n°420

Soumise à son destin - Christine Rimmer

Epouser Alexander Bravo-Calabretti, cet homme aussi froid que distant ? Jamais Liliana, princesse d'Alagonia, n'aurait imaginé qu'elle en arriverait à une telle extrémité... Et pourtant, depuis qu'elle s'est abandonnée dans les bras de son ennemi de toujours – pour une nuit seulement – elle n'a plus le choix. Car la voilà enceinte, et pour le bien de son enfant et de son pays, elle va devoir se marier avec Alexander. Même si cela signifie pour elle renoncer à l'amour sincère et éternel auquel elle a aspiré toute sa vie...

Juste un rêve... - Stella Bagwell

Depuis qu'elle travaille pour Russ Hollister, pas une seconde Laurel ne l'a considéré autrement que comme son patron. Mais il est très sexy, c'est un fait. Et curieusement, depuis qu'il lui a proposé de le suivre dans le nouveau poste qu'il occupera au ranch de Chaparral, elle se prend à rêver qu'il puisse s'intéresser à elle. Une rêverie à laquelle elle doit pourtant se soustraire au plus vite, elle ne le sait que trop bien. Non seulement Laurel ne peut risquer de compromettre sa carrière et son cœur pour une histoire nécessairement vouée à l'échec, mais depuis la tragédie qui a marqué sa vie, elle ne se sent pas prête à aimer de nouveau...

Passions n°421

Un vibrant secret - Nancy Robards Thompson

Série : «Le destin des Fortune»

Pour échapper à la tornade qui balaye Red Rock, Jordana Fortune se réfugie dans une maison à l'abandon – avec Tanner Redmond, qu'elle vient de rencontrer. Là, dans cet abri exigu et coupé du monde, elle ne tarde pas à s'abandonner au désir qu'il lui inspire... Seulement voilà, alors qu'elle pense ne jamais revoir Tanner, Jordana a la surprise de le voir débarquer chez elle quelques mois plus tard. Or, loin de l'amant tendre qu'elle a connu, c'est un homme furieux qu'elle découvre. Et pour cause : Tanner a appris qu'elle attend un enfant de lui, et s'il est là aujourd'hui, c'est pour exiger qu'elle l'épouse sans tarder.

La promesse d'un baiser - Sara Orwig

Lorsqu'elle croise le regard brûlant du séduisant inconnu qui vient de l'aborder, Sophia sent un étrange et délicieux frisson la parcourir. Elle n'a qu'une envie, à présent : qu'il l'embrasse. Déjà, l'air lui paraît plus chaud, l'ambiance, presque torride. Et lorsque, enfin, il pose ses lèvres sur les siennes, elle s'abandonne au plaisir, comme si c'était la chose la plus naturelle du monde... Est-ce cela, l'amour ? se demande-t-elle soudain, chavirée. Rien n'est moins sûr, car Sophia ignore encore que la rencontre qui vient de bouleverser sa vie n'est en rien le fruit du hasard...

Passions n°422

L'amant de Wolff Mountain - Janice Maynard

Lorsque, sept ans plus tôt, Sam Ely l'a rejetée après qu'elle s'est offerte à lui, Annalise Wolff s'est juré de fuir cet homme coûte que coûte. Hélas, quand une tempête de neige les réunit tous deux dans une demeure glacée et coupée du monde, Annalise doit se rendre à l'évidence : sa passion pour Sam ne s'est jamais éteinte. Et si elle en croit le regard ardent qu'il pose désormais sur elle, Sam semble quant à lui résolu à profiter de leur toute nouvelle proximité pour réécrire leur histoire...

Héritière malgré elle - Beth Kery

Deidre Kavanaugh n'en revient pas : son père biologique vient de lui léguer une immense fortune et la moitié des parts de son entreprise. Or, si cet héritage la surprend et l'émeut, il l'embarrasse aussi. Et cela d'autant plus que Nick Malone, le bras droit de son père, persuadé qu'elle n'est qu'une intrigante, a décidé de contester le testament. Pis, il a l'intention de séjourner auprès d'elle, à Harbor Town, pour mieux la surveiller ! Révoltée et blessée, Deirdre n'a pourtant d'autre choix que de supporter la présence à son côté de cet homme puissant – et bien trop troublant...

Passions n°423

Un défi très sexy - Debbi Rawlins

Cole McAllister : un regard brûlant sous son stetson, le corps le plus parfait sur lequel Jamie ait jamais posé les yeux... et un visage sur lequel se lit sans ambigüité la plus franche hostilité ! Mais même si Cole ne fait rien pour dissimuler son irritation quand son ranch, récemment transformé en chambres d'hôtes, se voit envahi par de jeunes citadines en quête d'aventure et de grands espaces, Jamie n'en est pas moins décidée à lui prouver qu'elle n'a rien, elle, d'une écervelée. Et surtout, à le convaincre de s'abandonner au désir entre ses bras. Un désir qu'elle est sûre de voir briller dans les yeux de son séduisant hôte chaque fois que leurs regards se croisent...

Pour une seule nuit... - Nancy Warren

Hailey ne laisse jamais la moindre place à l'imprévu. Aussi, quand elle se rend compte que le charme renversant et le corps sublime de Rob Klassen l'empêchent non seulement de se concentrer sur son travail, mais la poursuivent jusque dans ses rêves, n'a-t-elle d'autre choix que d'agir. Puisqu'elle ne peut éviter tout contact avec son plus important client, il ne lui reste qu'à céder, pour une nuit, au désir qui la consume, avant de se remettre sereinement au travail. Une nuit, une seule, mais qui promet d'être la plus passionnée, la plus enivrante et la plus excitante de toute sa vie...

Best-Sellers n°568 • suspense

La peur sans mémoire - Lori Foster

Intense et bouleversante. La nuit qu'Alani vient de passer avec Jackson Savor résonne en elle comme une révélation. Après son enlèvement à Tijuana, deux ans plus tôt, et les cauchemars qui l'assaillent depuis, jamais elle ne se serait crue capable de s'abandonner ainsi dans les bras d'un homme. Et pourtant, Jackson, ce redoutable mercenaire qui n'a de limites que celles fixées par l'honneur, a su trouver le chemin de son cœur. Hélas, cette parenthèse amoureuse est de courte durée. Au petit matin, à peine sortie de la torpeur du plaisir, Alani comprend qu'il y a un problème : son amant, si empressé un peu plus tôt, a tout oublié de leurs ébats torrides. Pas de doute possible : il a été drogué. Mais par qui ? Et comment ? Le coupable est-il lié aux odieux trafiquants sur lesquels Jackson enquête ? Ces questions sans réponse, ce sentiment d'impuissance, Alani les supporte d'autant plus mal qu'elle y a déjà été confrontée. Mais au côté de Jackson, et pour donner une chance à leur histoire, elle est prête à affronter le danger, et ses peurs...

Best-Sellers n°569 • suspense

Le mystère de Home Valley - Karen Harper

Mille fois, Hannah a imaginé son retour à Home Valley, la communauté amish où elle a grandi et avec laquelle elle a rompu trois ans plus tôt. Mille fois, elle a imaginé ses retrouvailles avec Seth, l'homme qu'elle aurait épousé s'il ne l'avait cruellement trahie. Mais pas un seul instant elle n'aurait pensé que cela se ferait dans des circonstances aussi dramatiques. Car dès son retour, alors qu'elle a décidé sur un coup de tête de se rendre de nuit dans le cimetière de la Home Valley, elle est prise pour cible par un homme armé, qui heureusement ne parvient qu'à la blesser. Pourquoi cet homme a-t-il voulu la tuer ? Va-t-il s'arrêter là ? Pour répondre à ces angoissantes questions, Hannah décide d'apporter toute son aide au ténébreux Linc Armstrong, l'agent du FBI chargé de l'enquête, et qui suscite la méfiance chez les autres membres de la communauté amish — et surtout chez Seth. Ecartelée entre deux mondes, entre deux hommes, Hannah va bientôt être submergée par ses sentiments – des sentiments aussi angoissants que les allées du cimetière plongées dans l'obscurité...

Best-Sellers n°570 • thriller

Piège de neige - Lisa Jackson

Prisonnière du criminel pervers qu'elle traque depuis des semaines dans l'hiver glacial du Montana, l'inspecteur Regan Pescoli n'a plus qu'une obsession : s'échapper coûte que coûte. Aussi essaie-t-elle, dans le cachot obscur et froid où elle est enfermée, de dominer la terreur grandissante qui menace de la paralyser. Car ce n'est pas seulement sa vie qui est en jeu, mais également celle d'autres captives, piégées comme elles et promises à la mort. Pour les sauver, autant que pour retrouver ses enfants et Nate Santana, l'homme qu'elle aime, Regan est déterminée à découvrir le point faible du tueur. Pour cela, il lui faudra aller au bout de son courage, de sa résistance physique... Et vaincre définitivement ce maniaque, avant qu'il ne soit trop tard.

Best-Sellers n°571 • suspense
Les disparues du bayou - Brenda Novak

Depuis l'enlèvement de sa petite sœur Kimberly, seize ans plus tôt, Jasmine Stratford a enfoui ses souffrances au plus profond d'elle-même et s'est dévouée corps et âme à son métier de profileur. Mais son passé ressurgit brutalement lorsqu'elle reçoit un colis anonyme contenant le bracelet qu'elle avait offert à Kimberly pour ses huit ans. Bouleversée, elle se lance alors dans une enquête qui la conduit à La Nouvelle-Orléans. Là, elle ne tarde pas à découvrir un lien effrayant entre le meurtre récent de la fille d'un certain Romain Fornier et le kidnapping de sa petite sœur. Prête à tout pour découvrir la vérité, Jasmine prend contact avec Romain Fornier, seul capable de l'aider à démasquer le criminel. Elle se heurte alors à un homme mystérieux, muré dans le chagrin et vivant dans le bayou comme un ermite. Un homme qu'elle va devoir convaincre de l'aider à affronter le défi que leur a lancé le tueur : *« Arrêtez-moi. »*.

Best-Sellers n°572 • roman
L'écho des silences - Heather Gudenkauf

Allison. Brynn. Charm. Claire. Quatre femmes prisonnières d'un secret qui pourrait les détruire… et dont un petit garçon est la clé. Allison garde depuis cinq ans le silence sur le triste drame qu'elle a vécu adolescente et qui l'a conduite en prison pour infanticide. Brynn sait tout ce qui s'est passé cette nuit-là, mais elle s'est murée dans l'oubli pour ne pas sombrer dans la folie. Charm a fait ce qu'elle a pu, bien sûr, pourtant elle a dû renoncer à son rêve et se taire. Alors elle veille en secret sur son petit ange. Claire vit loin du passé pour tenter de bâtir son avenir avec ceux qui comptent pour elle. Et elle gardera tous les secrets pour protéger le petit être qu'elle aime plus que tout au monde. Quatre femmes réfugiées dans le silence, détenant chacune la pièce d'un sombre puzzle.

Best-Sellers n°573 • roman
Un jardin pour l'été - Sherryl Woods

Son cœur qui bat plus vite lorsqu'elle consulte sa messagerie, son imagination qui s'emballe lorsqu'elle revoit en pensée le visage aux traits virils de celui dont elle est tombée amoureuse… Moira doit se rendre à l'évidence : elle ne peut oublier Luke O'Brien. Il faut dire qu'avec ses cheveux bruns en bataille, son regard parfois grave mais pétillant de vie, son sourire irrésistible, cet Américain venu passer ses vacances en Irlande n'a guère eu de mal à la séduire. Sauf qu'après le mois idyllique qu'ils ont passé ensemble, Luke est reparti aux Etats-Unis reprendre le cours de sa vie, et peut-être même retrouver une autre femme. Alors que Moira tente de se persuader que tout est ainsi pour le mieux, son grand-père lui demande de l'accompagner à Chasepeake Shores, la petite ville de la côte Est des Etats-Unis où vit Luke. Moira n'hésite que quelques secondes avant d'accepter. Même si, dès lors, une question l'obsède : saura-t-elle convaincre Luke qu'il y a une place pour elle dans sa vie ?

BestSellers

Best-Sellers n°574 • historique
La maîtresse de l'Irlandais - Nicola Cornick

Londres, 1813.

Autrefois reine de la haute société londonienne, Charlotte Cummings a vu son existence voler en éclats lorsque son époux – las de ses frasques – a mis fin à leur mariage du jour au lendemain. Brusquement exclue des soirées mondaines, ruinée et endettée, Charlotte n'a eu d'autre choix que de renoncer à son honneur en vendant ses charmes chez la cruelle Mme Tong. Jusqu'à ce qu'un jour un troublant gentleman ne lui redonne espoir en lui proposant un pacte aussi tentant que surprenant. Si elle accepte de devenir sa maîtresse, elle retrouvera son statut de lady et les privilèges qui vont avec. D'abord hésitante, Charlotte finit par se soumettre à ce scandaleux marché, même si elle pressent que cet homme mystérieux lui cache quelque chose…

Best-Sellers n°575 • historique
Un secret aux Caraïbes - Shannon Drake

Mer des Caraïbes, 1716.

Roberta Cuthbert ne vit que pour se venger du cruel pirate qui a tué ses parents et anéanti le village de ses ancêtres, en Irlande. Pour cela, elle a tout abandonné, allant jusqu'à se faire passer pour un homme et entrer dans la piraterie, afin de parcourir les mers à la recherche de son ennemi. Pourtant, le jour où elle fait prisonnier le capitaine Logan Haggerty, elle comprend que son déguisement ne sera d'aucune protection contre les sentiments troublants que cet homme éveille en elle. Comment pourrait-elle maintenir son image de pirate impitoyable quand elle ne s'est jamais sentie aussi féminine que sous son regard doré ? Bouleversée, Roberta n'en est pas moins déterminée à ignorer la tentation, coûte que coûte. Jusqu'à ce que le capitaine la sauve de la noyade lors d'une violente tempête, et qu'ils ne s'échouent tous deux sur une île déserte…

Best-Sellers n°576 • érotique
L'éducation de Jane - Charlotte Featherstone

Jane le sait : lord Matthew peut être dur. Cassant. Impitoyable avec ceux qu'il pense faibles. Pourtant, lorsqu'elle l'a trouvé, affreusement blessé, dans l'hôpital où elle travaille, et qu'elle l'a veillé jour et nuit, c'est lui qui, les yeux protégés par un bandage, se trouvait à sa merci. Lui, l'homme à la réputation sulfureuse, qui la suppliait de le laisser toucher son visage, sa peau, ses lèvres, son corps tout entier, comme si ces gestes troublants avaient le pouvoir de le ramener à la vie. Alors aujourd'hui, même s'il a recouvré la vue et risque de la trouver laide, comparée à ses nombreuses maîtresses, même s'il est redevenu l'aristocrate arrogant dont les frasques libertines défrayent la chronique mondaine, Jane est décidée à se livrer à lui, corps et âme. Un choix insensé qui pourrait la détruire, mais devant lequel elle ne reculera pas. Car à l'instant où Matthew a posé les mains sur elle, elle a su qu'elle avait trouvé son maître…

Composé et édité par les
éditions HARLEQUIN
Achevé d'imprimer en Italie (Milan)
par Rotolito Lombarda
en juillet 2013

Dépôt légal en août 2013